真なる自己を索めて

現代アメリカ文学を読む

In Search of the Universal Self

筒井正明

南雲堂

真なる自己を索めて

現代アメリカ文学を読む

目次

「汝自身を知れ」——デルフォイの神殿の言葉

「外に行こうとしないで、汝自身のうちに帰れ。真理は人の内部に宿っている」——アウグスティヌス

「自分を知る者は神を知る」——聖クレメント

「人が考えていることは何をなすべきかではなく、自分が何であるかである」——エックハルト

「私は私が存在することを知っている。そして、私の知っている私、その私は何であるか、と問うている」

——デカルト

「哲学的な認識の必然的な道は、普遍的な自己認識の道である」——フッサール

「私は運命から独立しうる。二つの神的なもの、すなわち世界と私の独立した自我が存在する」

——ヴィットゲンシュタイン

「仏道をならふといふは、自己をならふなり。自己をならふといふは、自己を忘るるなり。自己を忘るるといふは、万法に証せらるるなり」

——道元

「然らば何物か是れ自己なるや。嗚呼何物か是れ自己なるや。曰く天道を知るの心、是れ自己なり。天道を知るの心を知るの心、是れ自己なり」

——清沢満之

「わたしとは誰か。この疑問を何度も何度も繰り返す。深く繰り返す。わたしとは誰か。わたしのなかにあって、今、この瞬間、すべてを意識しているものは何か」

——ケン・ウィルバー

真なる自己を索めて

現代アメリカ文学を読む

「自己」が〝普遍的〟？

――自己自身を喪失するという最大の危機は、世間では、何事でもないかのようにいつの間にか済まされてしまう。

もう十五年近くも前のことになろうか、奉職している大学での授業「アメリカ小説」の大教室に入ろうとしたとき、入り口のところで戯れていた女子学生二人がわたしに、

「先生、〝じこ〟ってあるんですか？」と訊いてきたことがある。

「あるだろ。昨日だけでも東京で〝じこ〟のために何人か死んでるじゃないか」

「その事故じゃなくて、先生がいつも授業でおっしゃってる自己です。普遍的な自己っての？」

わたしは一年間の授業を通じ、現代のアメリカ文学の意味を〝自己〟の追究にみて、いろいろなアメリカ現代の作品を取り上げながら、自己の喪失、自己の追究、自己の実現などの様態を解説していた。

現代人は自分独自の考え方、感じ方、自分の真に欲しているところから発する自分独自の生き方を有していない。自己を確立していない現代人は、代わりに社会の既成の価値観や生き方を自分独自のもの

として無自覚に受け入れ、他者のものである考え方、感じ方を自分のものと信じ、他の大勢の人の一律化した既成のライフスタイルに従うだけの生活となっている。そうではなくて、人間は自分が真に欲しているもの、自分が真に価値を置くもの、つまりは自分自身というものを発見し、それにのっとって自分だけの、自分らしい生き方を貫くべきではなかろうか。

そういうことをアメリカ文学の作品に即して話をすると、学生はなるほどという顔をしてくれる。ところが、授業の話が進むにつれ、人間のそれぞれ個別の自己ではなく、すべての人間に共通する、普遍的な自己ということを言いはじめると、とたんに学生は腑《ふ》に落ちない顔をしはじめる。真の自己、普遍的な自己？　そんなことを言うことは、つまりは梶田叡一の言葉を借りるならば、「独立不可侵の〈私〉が厳然と存在するということ、しかもそうした〈私〉は時間と空間を超えて常に同一の実体を持つこと」[1]と言うにひとしい。そんなものがあるのだろうか？　学生の顔にははっきりと当惑の色が浮かぶ。自分独自の考え方、生き方というのはわかる。しかし、同時に万人共通の、普遍的な自己など、あるの？

わたしはそういう普遍的な自己を、意識層が集団無意識の内容を取りいれることによって成立しうるユングの「インディビデュエイション（個性化）」の概念などを援用して説明した。しかしながら学生は、意識が無意識の内容を取りいれて成立する「統一現象としての個性」こそが「真なる自己」だと説かれても、どうも釈然としないらしかった。

そして恥ずかしながら、そういう普遍的な自己を「解説」しているこの当の本人のわたしが、観念ではなく実感としてそれを知っているとは言えなかったと、いま思うと考えざるをえない。アメリカ文学のいくつかの作品が到達している「真なる自己」はユングの「個性化」理論によってもっともよく説明がつくと感じてはいたものの、いかんせん、わたしのその理解は観念的なものでしかなかった。

「先生がいつもお題目みたいに言ってる普遍的な自己っての、あるんですか？」と問うてきた勇気ある冒頭の女子学生は、普遍的な自己＝真の自己という「公理」に関し実感的な理解がじゅうぶんでなかったわたしの〝曖昧さ〟を、直感的に感じとっていたにちがいない。

彼女らの問いかけに対するわたしの答えはこうだった——「普遍的な自己？　ぼくはあると思うよ」。なんとも締まらない回答である。牧師が神は存在するやいなやと問われ、しどろもどろに、「私は存在すると信じていますが」としか応えられないようなものだ。

あれから十五年ほどが過ぎただろうか。わたしも齢を重ねるにつれ、真の普遍的な自己なるものに関し、ようやく身体ぜんたいで体感できる〝確信〟らしきものを持つことができるようになった。そう思うことができる。「時間と空間を超えて常に同一の実体を持つ、独立不可侵の〈私〉」こそが、「自己」として唯一本物の、「真なる自己」だということを、わたしはいま身体で感じている気がする。

人類はますます自分中心の我欲や欲望にとりつかれ、量にかぎりのある物質的な価値を得んものと、ひとと争い、競いあい、蹴落《けお》としあって、自己の利を達するための〝手段〟として愛情や友情の人間関係をむすぶことが多い。金のために、利潤のために、ぜいたくのために、いかに人は騙《だま》し、偽り、裏切っていることか。国はそれぞれ独善的で排他的となって、民族は他の民族を認めず、宗教は他の宗教を憎んで、攻撃しあい、殺しあい、排斥しあう。人類はいまだなんと地上的で、矮小で、我執のために盲目となっていることか。欠けているのは、彼も我も、すべての人が同じ根源に発して、同じ根源へと還《かえ》りゆく、おたがい懐かしさをもって接しあい対しあうことのできる同一存在であるという宇宙的な意識、自己中心の我執を超えた超絶的な人類共同体意識である。

現代文明はゆきづまっている。「真なる自己」こそが、「真なる自己」の基盤となっている世界観こそが、人類のめざすべき真のありようであるということを——ゆきづまった現代文明を切りひらくたしかなヴィジョンであるということを、わたしは自信をもって信じるようになった。そしてそれこそが、現代アメリカ文学のもっとも真正なる部分の訴えていることであると思う。

改まって言うのも恥ずかしいことながら、文学とは、世界は何であるのか、人間が人間として生きるとはいかなることなのか、などを問うものである。そのことは、「社会全体に対する特定の物語の共有化圧力の低下、すなわち、『その内容がなにであれ、とにかく特定の物語をみなで共有するべきである』というメタ物語的な合意の消滅」[2]が見られるこの「ポストモダン化」の時代でも、いや、そういう時代だからこそ、改まって断定されねばならない。個人がみんな画一化され、標準化されてしまって、生きるということの問いかけが「消滅」してしまっているかに見えるこの時代であればこそ、人間が生きるということはどういうことなのかという、青臭い問いかけが必要となってくる。

そういうすぐれた文学の〝原型〟ともいうべき、生きるということの裸形のかたちを問いつめた文学作品がある。トルストイの中編小説「イワン・イリッチの死」は、人間が人間として生きるとはいかなることなのかを問う文学のまさに〝原型〟と言える。

イワン・イリッチの生き方のすべては、父親と同じように、そしてわれわれすべての人間と同じように、「なにか本質的な仕事をする能力のない人間であることがはっきりしているにもかかわらず、過去の経歴と官位のおかげで……安穏に晩年を過ごすことができる地位までこぎつけること」[3]にあった。彼は、「最高の地位を占めている人びとの所信」を「己の義務と信じ」て厳格に実行しながら、優秀な成績で法律学校を卒業。そして、とくに愛しているわけでもなく、ただ「身分の高い人たちが正しいと考えていることを実行」するかたちで、プラスコーヴィヤという女性と結婚したが、結婚後一年と経たないうちに、愛のない結婚生活は「はなはだ骨の折れる仕事」にしか過ぎず、「勤務に対すると同じく、一定の態度を作りあげ」て、「世間から是認されるような作法にかなった生活を営む」ことだけに気をつけるようになる。勤務に対する「一定の態度」とは、社会的な機能を事務的に有能にこなし、そこからすべての「人間らしい関係」を排除することであった。イワンは、裁判所での「請願人、事務所内の調査、事務所そのもの、法廷——公判、予審、こういった凡てのものの中から、常に職務の正しい進行を阻害する生活的分子を、ことごとく排除する手腕」だけをつらぬくことによって、「世間から是認され、出世して、中央裁判所の判事まで上りつめてゆく。生活の息抜きは、誰もがやるカード（いまなら、さしずめゴルフ）。「こうして彼らは生活を続けた。すべてはなんの変化もなく、もとのままに流れていった。そして、なにもかもいたって結構ずくめであった」。

ところがイワン・イリッチはふとした些細な小事故がもとで、不治の病にかかってしまう。最初はけんめいに否定したものの、やがて彼も自分がもうすぐ死ぬのだということを認めざるをえなくなった。壮絶なまでの死の恐怖がイワンを襲う。彼は「子供のように声をあげて泣き出した。彼は自分の頼りなさを思い、自分の恐ろしい孤独を思い、人間の残酷さを思い、神の残酷さを思い、神の存在しないことを思って泣いた」。生きたいと思う。痛切に。「どう生きるのだ?」「いままで生きてきたように、気持よく愉快に?」ところが、「過去の愉快な生活」を思い起こしてみても、「なにもかも——幼年時代の最初の記憶をのぞくほか——ことごとく」が、「前とはまるで別なふうに感じられた」。「いったいお前はいま何をしてほしいというのだ?　生きることか?　どんなふうに生きるのだ?」そしてイワン・イリッチはとんでもないことに気づくのである。

『もしおれの生活が、意識的生活が、ほんとうにすっかり間違っているとしたらどうだろう？』以前まったく不可能に思われたことが、今ふと彼の心に浮かんだのである。つまり、いままで送ってきた生活が、掟にはずれた間違ったものだという疑念が、真実なのかもしれないのである。社会で最高の位置を占めている人びとが善と見なしていることに、反対してみようとするきわめて微かな心の動き、彼がいつもすぐに自分で追いのけ追いのけしていた、あるかなきかの微かな心の動き――これこそがほんとうの生活なので、そのほかのものはすべて間違いかもしれない。こうした考えが彼の心に浮かんだのである。勤務も、生活の営みも、家庭も、社交や勤務上の興味も――すべて間違いだったかもしれない。彼はこれらのものを、自分自身にむかって弁護しようと試みた。しかし、とつぜん、自分の弁護しているものの脆弱さを痛切に感じた。それに、弁護すべきものすら何もなかった。4

死の床についてはじめてイワン・イリッチは、これまでの生活のすべてが「なにもかも間違っていて、生死を蔽う恐ろしい大がかりな欺瞞」（同）であったことに気づいた。彼は「最高の地位を占めている人びとの所信」「身分の高い人たちが正しいと考えている」「世間から是認されるような作法」（エーリッヒ・フロムが「匿名の権威」と呼ぶもの）に従順に厳格にしたがう生活を守り、「あるかなきかの秘められた心の動向」（自分の奥底にうごめく自分自身の思い）は、それが湧いてきたときも、いつも「すぐ自分から追いのけ追いのけして」、見ないようにしてきた。「彼の勤務も、彼の生活設計も、彼の家庭も、社交や勤務上の興味も」、すべては誰もがやっていること、誰もがやるべきであるとされていることであって、彼の人生は既成の万人のあり方を踏襲するだけの、社会的な機能を果たすだけのロボットになりきる人生であった。そこには、自分だけの「あるかなきかの秘められた心の動向」に発するものが、「ほんとうのもの」が、いっさいなかった。自分だけの夢、自分だけの欲望、自分だけの意志に発したところの「勤務も、生活設計も、家庭も、社交や勤務上の興味も」、まったくなかった。彼は「自己」を確立していなかった。そして「自己」を確立していない人生が、「恐ろしい巨大な欺瞞」であることに、人生の終着点に来てはじめて気がついたのである。もちろん、そのときはもうすでに遅すぎた。

現代の資本主義社会では、イワン・イリッチ的な「個性を失った人間」が主流になってきたと、フロムは警告を発する。「平等」という現代のもっとも普遍的なお題目も、「〝一体〟ではなく〝同一〟を意味する」ようになった。[5]「現代社会は、この没個性的な平等こそ理想であると説くが、それは粒のそろった原子のような人間が必要だからである。……現代社会の仕組みは人間の標準化を必要としている」。イワン・イリッチのように、個性を失い自分を殺した標準化に自己を馴化《じゅんか》させることが、社会を円滑に働かせるのに必要だからだ。社会への同調、標準化は、とうぜん、イワン・イリッチのように、「仕事も娯楽も型通り」の生活をわれわれに強いる。「現代人はみな『九時―五時』人間であり、労働力の一部分、あるいは事務員と管理職からなる集団勢力の一部分である。イニシャティヴをとることはほとんどなく、仕事の内容はあらかじめ決められている。この点に関しては、ピラミッドの上にいる者も下にいる者もほとんどちがいはない。全員が、組織全体の構造によってあらかじめ決められた仕事を、決められた速度で、決められたやり方で、こなしてゆく。しかも、快活さ、寛容、信頼性、野心、誰とでも衝突せずにうまくやってゆく能力など、感情面ですらあらかじめ決められている」。

自己を失い、既成の型にはめられた生を生きることが、生きるということの意味であろうか？ それは「生存」あるいは「生活」ではあっても、「生きる」ことではないはずだ。

誕生から死まで、日曜から土曜まで、朝から晩まで、すべての活動が型にはめられ、あらかじめ決められている。このように型にはまった活動の網に捕らわれた人間が、自分が人間であること、唯一無二の個人であること、たった一度だけ生きるチャンスをあたえられたということ、希望もあれば失望もあり、悲しみや怖れ、愛への憧れや、無と孤立の恐怖もあること、を忘れずにいられるだろうか。[6]

われわれは、人生という「たった一度だけ」あたえられたチャンスを、「唯一無二の個人」として生きることができる。われわれは、「近代」になってはじめて、他とは異なる独自の自分という、もっとぜいたくな問題にかかずらうことができるようになった。ふたたびエーリッヒ・フロムによると、近代に入って産業革命が進み、人類は飢餓からじょじょに解放されるにつれ、「人類が外界との原初の一体感を脱して〝個人〟としてゆっくり立ちあらわれてくる過程は、宗教革命と現代とのあいだの数百年間の近代史においてその頂点に達した」[7]のである。近代に入って人類は、歴史はじまって以来の人類の問題であった飢餓から少しずつ解放され、独自の生き方や考え方という「自己」を発展させるぜいたくを得たのである。自我の意識に目覚め、独自の自己のあり方を模索するなどということは、人類にはじめてあたえられた〝ぜいたく〟であった。

しかし人類はこのせっかくの〝ぜいたく〟をいまだじゅうぶんには享受しえていない。近代に入ってからも人類は「自己」というものを確立していない人が多かった。自己をもたず、社会が押しつけてくる既成のライフスタイルや考え方や価値観、さらには感じ方すらをも、無自覚に受け入れ、抽象的な社会の一機能としての「ロボット人間」、「社会の歯車」として生きることに汲々としてきた。

自己の喪失は、現代生活をおおった「恐ろしい大がかりな欺瞞」なのである。しかし、われわれはその恐ろしさに気づいていない。イワン・イリッチのように死の床にいたってはじめて気づくことすらない。わが国のある芸人は、その時代的な「虚偽」を、「赤信号、みんなで渡れば怖くない」と、たくみに表現したが、キェルケゴールは、しかつめらしく次のように述べている。

しかし、人間がこのように空想的になり、絶望していても、しばしば見受けられるように、なお彼は十分立派に生きうるのであって、現に見られるような人間として、この世的なこととかかずらい、結婚し、子供をもうけ、尊敬され、もてはやされ得るのである――しかも、人は多分、彼がより深い意味で自己を欠いているということに気づかないのだ。自己などについて、世間ではけっして大騒ぎなどしない。なぜなら、自己は世間ではもっとも問題にされないものであり、それをもっていると気づかされることが、なにより危険なことであるようなものなのだから。自己自身を喪失するという最大の危機は、世間では、何事でもないかのようにいつの間にか済まされてしまうのだ。これほど簡単に済まされる喪失は他にはない。すべての他の喪失、腕一本・足一本、金五ターレ、妻などを失うことは、まだしも気づかれはするのだ。[8]（傍点引用者）

ポストモダンの時代は、全体として理性中心の相対主義に陥って、ときどきの予感的な開示（たとえばフーコーの「外の思考」）を除いては、絶対的な世界モデルの提示をあきらめてしまっている。いわば、「大きな物語」の喪失された時代であると言える。しかし、人間が人間として生きるとはいかなることかを問う文学が依然として文学でありつづけているかぎり、ポストモダンの時代にも「大きな物語」は存在する。存在せねばならない。それは、世界を体験する「魂」としての「アイデンティティの問題」、「自己の問題」に他ならない。「文学はつねにアイデンティティをめぐる問題にかかわりをもってきた」[9]のであるから。

それでまず、現代のアメリカ文学が描く「自己の喪失」からながめていくことにする。その際に人間のアイデンティティの発達段階を三つに分類するところからはじめたい。客観的な行動主義的心理学や正統派のフロイト主義のあと、いま心理学では、「革命と考えざるをえない」[10]ほどの新しい展開が見られているようだ。発達心理学とか人間主義的心理学とかトランスパーソナル心理学とか呼ばれることのあるそれら新しい心理学では、「みな口をそろえて、人間の心の成長・発達を、段階ないし波（ウェーヴ）の展開のシリーズとして語っている」[11]（傍点原著）。心理学者によって「人間存在のレベルないし波」の図式はそれぞれに異なるが、しかし現代人の「自己」の成長を検討しようとする試みはすべて、「統合的な包摂に至ろうとする人間の苦闘を理解する試みはすべて、こうした研究を考慮に入れないわけにはいかない」。（同）発達心理学の〝自己〟の分類は、おおむね以下の三つに分類にされる。

1　プレパーソナル（prepersonal）、あるいは前慣習的《プレ・コンヴェンショナル》、自我中心的、「私」の段階。幼児のように全面的に自我中心的で、本当の意味で自分と自分以外の区別をつけることのできない、〝個〟としての自己を確立する以前の状態。もちろん、いかに立派な社会的地位にあろうとも、かなり多くの現代人は〝幼児〟である。

2　パーソナル（personal）、あるいは慣習的《コンヴェンショナル》、社会中心的、「私たち」の段階。普通の意味での自我である〝個〟としての自己を確立した状態。ギリガンが「利己的から思いやりへの移行」と呼ぶ段階であるが、体制順応性、他者の圧力、集団の優位性などを反映してはいる。

3 トランスパーソナル（transpersonal）、あるいは後慣習的《ポスト・コンヴェンショナル》、世界中心的、「私たちすべて」の段階。〝個〟を確立したあと、さらにそれを超えていく状態。自己中心性はほとんど消滅し、人種、宗教、性別、信条に関わりなく、普遍的な思いやり、すべての人にとっての正義や公平さ、なんなら「博愛」などがはじまる段階。

つまりわたしの言う「自己の喪失」とは、「プレパーソナルな自己」ということになる。

それで本書の第一章は「自己の喪失」と題して、「プレパーソナル」な自我しか有さない現代人の、「自己喪失」の状態を描く作品を扱うことにする。〝個〟としての自己を確立するにはいたっていない段階がいかなる段階であるかを説明したのち、ジェイムズ・ボールドウィンの『もう一つの国』（一九六二）、ノーマン・メイラーの『裸者と死者』（一九四八）、フィリップ・ロスの『乳房になった男』（一九七二）、そしてポール・オースターの『ニューヨーク三部作』のなかの「幽霊たち」（一九八六）の四つの作品を論じたい。

自己のプレパーソナルな段階から、次のパーソナルな段階に移る前に、まずパーソナルな自己を求めてあがく現代人の典型的な姿を眺めておきたい。「プレパーソナル」な状態から、「パーソナル」な状態を模索するプロセス、あるいはその挫折を描いた第二章「自己の模索」は、J・D・サリンジャーの『ライ麦畑でつかまえて』（一九五一）、トルーマン・カポーティの『ティファニーで朝食を』（一九五八）、ジョン・アップダイクの『走れウサギ』（一九六〇）の三作品を扱う。

そしてやっと自己の第二の段階、パーソナルな自己へといたる。したがって、第三章「自己実現」は、〝個〟としての自己を確立した「パーソナル」な状態を描く小説群を検証していく。

プレパーソナルな自己が、自分の価値観や生活スタイルや考え方から、感じ方までもフロムのいう「匿名の権威」に依存しきり、自己を有さずに、無自覚な「社会の歯車」としてその社会的な機能を果たしている、あるいは果たしえずにいる存在とするならば、パーソナルな自己とは、普通の意味での自我意識と理解していただきたい。「匿名の権威」に無意識に依存し、そこに自己の根拠をおいている存在ではなく、自分自身の内なる力によって、自分が何を願い、何を得んとし、どう考え、感じ、どう生きるかを自覚している自己くらいの意味だ。「自分である感覚」「社会に役立つ自分」「思想的・価値的な信念」を得ていく自分を獲得した状態と言っていい。

「自己実現」と題された第3章は、ジョン・アーヴィングの『ガープの世界』（一九七八）、バーナード・マラマッドの『アシスタント』（一九五七）、ラルフ・エリソンの『見えない人間』（一九五二）の三作品を論ずる。

そして第四章、「真なる自己」では、トランスパーソナルな自己をあつかうことになる。

トランスパーソナルな自己とは、何か？　それは、第三章「自己実現」で見たような「日常的な〝個〟を確立したあと、さらにそれを越えていく状態」である。「越える」とは、どこにむかって越えていくのか？　そもそもトランスパーソナル心理学の定義自体、トランスパーソナル心理学界レベルですら確定していないらしい。しかし諸富義彦は、ロジャー・ウォルシュとフランシス・ヴォーンのトランスパーソナル心理学の定義を引用して、次のように定義している。

> トランスパーソナルとは何か。まずトランスパーソナルな体験とは、アイデンティティや自己の感覚が、個人的なものを超えて拡がっていき、人類、生命そのもの、精神、神といったより広い側面を含むようになっていく体験のことである。……そして、このようなトランスパーソナルな体験及びそれに関連した諸現象についての心理学的研究を、トランスパーソナル心理学と言うのである。[12]

第三章では、普通の意味での自我意識としての「自己実現」のかたちを見た。しかし、自分だけの生き方、感じ方、考え方を有するだけでは、それは社会的な自己の次元にとどまり、意識の根底にある死を超克することはできない。普通の意味での自我意識を確立しても、自分をいずれは永遠の闇のなかに引きずり込んでいく「死」を超克することはできない。普通の意味での自我意識としての「自己実現」は、人を「個」として社会のなかで自立させることはあるが、宇宙のなかでは永遠の恐怖と孤立のなかに人を置き去りにしたままである。

丸山圭三郎はご自分の面白いエピソードを紹介してくれている。氏の親しい友人に辣腕《らつわん》の会社経営者がいて、よく酒を酌み交わすらしいのだが、友人は氏の研究に対し、「君の言うソシュールだとか言葉とかいうことと、ぼくらの実生活とどんな関係があるのかねえ」と一笑に付した挙げ句、「ぼくにとって関心があるのは、金とセックスだけさ」と言うのが常である。ところが酔いがまわるにつれ、友人は必死にくり返すという――「ぼくは死ぬのが恐い。君も哲学めいたことをやっているのなら、ぼくを救ってくれよ」、と。[13] 丸山の友人は、「この世的なこととかかずらい、結婚し、子供をもうけ、尊敬され、もてはやされている」（キェルケゴール）現代人の多くの「自己」の無さ、あるいは社会的な「自己」の在り方の根底にある意識、あるいは虚無を見事に集約している。「真なる自己」を実現したときにのみ、人は人間に普遍的な死の恐怖を超克し、生と死に対するある超絶的な姿勢を確立することができるのだ。

あるいは、丸山の友人という卑近な市井人でなくとも、アメリカ人作家ヘミングウェイは、文学的に死の恐怖を普遍化している。短編「清潔な、照明の行き届いた場所」（"A Clean, Well-Lighted Place"）において、前の週に自殺未遂をおこなった老人の客と老ウェイターは、じつに見事にこの死の恐怖に取り憑かれた姿をあらわしているのだ。「照明の行き届いた」明るさとは、死と死の恐怖の「暗黒」（日本語では「幽界」）と対比される「明るさ」（「顕界《げんかい》」）であり、二人の老人は、死の恐怖に取り憑かれた自分たちの「孤独」から逃れるべく、いつまでも「明るいバー」（「顕界」）に居残ろうとする。死から、死の恐怖から逃れようとする。なぜなら「死」は、ヘミングウェイによると、意識が永遠に途絶える「無《ナーダ》」らしいから。「『無《ナーダ》』の裡にある吾らが『無』汝が名汝が王国の『無』に於けるがごとくに『無』の中に在る『無』……すべては『無』かつ『無』にして『無』かつ『無』」。

自己が真に自己として定立しうるものならば、それは社会的な個我として孤立するのではなく、死の恐怖のかなたにある、超絶的な生命的な宇宙の実体と連関したものでなくてはならない。そういう大げさな「自己」がありうるのである。そのとき人は、死を超克し、永遠のなかにおける自分の有限の存在の意味をおぼろながら納得し、世界と融和して、奇蹟としか思えない「いま・ここ」の時空における自己の存在自体に対する歓びに満たされる。自己は超自己の方向に自己を拡大させ、ある大いなるものと結びつかねばならない。自我中心の普通の自己意識（もともとそれは普遍的には存在などしていない）

から超脱し、永遠的な、あるいは宇宙的な意識を自分のなかに取り入れるとき、人は万物と、世界そのものと、自分とが同一同根のものであることを識り、生きとし生けるものすべてに対する「愛」のごときものに満たされて、じつは死ぬことのない「自己」なるものを自分のなかに感じる。それをわたしは「真なる自己」と呼ぶ。

ところで先ほどわれわれは、すべての文学作品の〝原型〟ともいうべきトルストイの「イワン・イリッチの死」において、主人公イワンが死を直前にして、自分のこれまでの人生すべてがもしかしたら「恐ろしい大がかりな欺瞞」であったかもしれないと気づくところを見た。しかし、われわれはまだ、イワンがいよいよ死ぬときの彼の〝意識〟は見ていなかった。イワンは死の瞬間、「真なる自己」を実現した人がすでに知っていることを身をもって知るのである。


『痛みは?』と自問した。『いったいどこへ行ったのだ? おい、苦痛、お前はどこにいるのだ?』

彼は耳を澄ましはじめた。

『そうだ、ここにいるのだ。なに、かまやしない、勝手にするがいい。』

『ところで死は? どこにいるのだ?』

古くから馴染みになっている死の恐怖を探したが、見つからなかった。いったいどこにいるのだ? 死とはなんだ? 恐怖はまるでなかった。なぜなら、死がなかったからである。

死の代わりに光があった。

「ああ、そうだったのか!」彼は声にたてて言った。「なんという喜びだろう!」[14]

死など、ないのだ。死は存在しない。生死一如。イワン・イリッチはそのことを知った。いずれわれわれすべてのものが、いざ死ぬときに、そのことを知る。しかし、現実に死ぬ段にならなくとも、宇宙的な意識と一体となった「真なる自己」を確立したならば、人は生きているうちにそのことを知ることができる。「恐ろしい大がかりな欺瞞」がおおう時代のなかにあって、多くの人が死の恐怖を心の奥底に密閉し、それと向かいあうことを避けながら「生活」しているこの時代にあって、死の存在しないことを知りつつ生きることができたら、「なんという喜びだろう！」。

第四章は、「真なる自己」と題して、そういう〝自己〟を発見し、その必要性を描いている現代アメリカ文学の作品をながめてゆく。

もう一度、〝自己〟を「越えて」いく自己に関して、諸富の説明を引用しておこう。

トランスパーソナルとは要するに、アイデンティティの果てしない拡大。〝自分とは何か〟という感覚が、〝私は私〟という狭さから解き放たれて、他者、人類、地球上のあらゆる生命、さらには宇宙全体へと拡がっていく体験。それに伴う感覚の変容。地球の裏側の誰かの痛みや叫びが、私と無関係な誰かの痛みや叫びではなく、この私自身の痛みや叫びでもある、と感じられ始める。地球の痛みが、私自身の痛みとして感じられてくる。

〝人類全体が幸せにならないうちは〟どころではない。大自然、地球生命圏、さらには宇宙そのものの〝しあわせ〟を〝私のしあわせ〟と同一視する感覚。単なる抽象的な理解や思想のレヴェルではない、〝体験〟のレヴェルの感覚の変容。[15]

つまり、個々の人間にそれぞれその人固有の普遍的な自己などというものが存在しているわけではない。個々の人間は自己において「すべての人間」になることによって人間本来の「自己」になるのである。ここに「真なる自己」のパラドックスがある。かつて講演の聴衆がユングに対して、自己ということを、「もっと具体的に見えるもので、何なのかを言ってほしい」と迫ったとき、ユングは「ここにおられるすべての人、皆さんが、私の自己です」と言ったという。[16] そして、ああ、できることなら今一度、十五年前の学生に「先生、〝じこ〟ってあるんですか？」と訊いてきてもらいたい。いまのわたしなら、「あるよ。きみが、きみたちすべてが、ぼくの自己なんだよ。ぼくがきみの自己なんだよ」と答えることができる。

そういうトランスパーソナルな自己をあつかった作品を論じる第四章「真なる自己」では、トマス・ピンチョンの『競売ナンバー49の叫び』（一九六六）、フラナリー・オコナーの『賢い血』（一九五二）、ソール・ベロー『雨の王ヘンダーソン』（一九五九）と『この日をつかめ』（一九五六）、J・D・サリンジャーとポール・オースターの、すでに論じた作品以外の作品、カート・ヴォネガットの『屠殺場五号』（一九六九）などを解説する。

「永遠的な、あるいは宇宙的な意識を自分のなかに取り入れ」ようと思ったら、われわれの生きているこの現象界、あるいは客観世界とはべつに、この世界を可能にしている別次元の、より普遍の世界が存在しているはずである。『競売ナンバー49の叫び』を取りあげるのは、この世界を可能ならしめている普遍的で永遠的な世界の実在を証明するためだ。しかし、普遍的で永遠的な世界といっても、必ずしも宗教でいう神のことを指しているのではない。宗教はすべて、現象世界の背後の普遍的で永遠的な世界を求めるものであるが、しかし同時にすべての宗教は、三次元の理性と直感に呪縛《じゅばく》された、きわめて人間的な性質のものによって、それぞれ特殊な歪曲と変形をほどこされている。言葉では表現できない永遠的なものを言説化せざるをえない必要のなかに陥っている。〝宗教〟は、「自分たちの神こそ、唯一絶対であるという信仰上の〝とらわれ〟から、行為の是非を決める道徳的な〝とらわれ〟まで、人間の心を目に見えない牢獄に押し込めてきた」。[17] だから、『競売ナンバー49の叫び』で普遍的な世界の実在を予感したあと、〝キリスト教作家〟オコナーの代表作をとりあげるのは、すべての宗教が求めながらも、どれか特定の現実の宗教だけが捉えているなどと言うことはできない、その普遍的世界の真実を見てみるためにほかならない。真理は、宗教の神髄を脱宗教化したところにある。そしてさらに、ベローの『雨の王ヘンダーソン』において、その「真実」を自己の意識のなかに取りいれた「真なる自己」の実現のさまを眺めることになる。その「真なる自己」を理解したとき、われわれはそれが、人類の歴史においてはインド哲学のむかしから古い普遍的な意識であり、アメリカにおいてもエマソンとともに古い伝統的な超絶意識（オルダス・ハクスレーの言う「永遠の哲学」）であることを知るであろう。そのことをサリンジャーやオースターやベローの他の作品において確認し、そして最後にヴォネガットにおいて、アメリカ文学の超絶思想のもっともユーモラスで奇抜な小説的表現を見ることにする。そこにおいてヴォネガットは、かろやかに、しかしじつは大まじめで、イワン・イリッチが死の瞬間に識ったこと、つまり、「死は存在しない」ことを暗示している。

くれぐれも念を押しておきたいことは、プレパーソナル――パーソナル――トランスパーソナルと段階を経るにつれ、それぞれの作品の文学作品としての価値が高まるということではないことである。自我意識の深まりは、断じて文学作品としての価値の高低とは関係ない。

第一章

自己の喪失

プレパーソナルな自己

プレパーソナルな自己の段階とは、普通には、自我意識の生まれる以前の幼児のイノセンス（無心）の段階のことであろう。ところが、この高度に発達した産業社会における幼児ではない人間たちも、幼児よりは肉体もはるかに発達し、生活も自活することができ、知識もずっと豊かではあるが、幼児期にも比すべき自己の喪失状態にあることがある。

四十年代後半のアメリカ社会学者たちがいち早く指摘し分析したように、「現在の、高度に工業化され官僚化したアメリカに、新しい性格が展開」[1]しはじめた。現代人の現代人的な特徴があらわになってきた。エーリッヒ・フロムの言う「市場的性格」、ミルズのいう「当てはめ型人間」や「小もの人間」、グリーンの「中産階級の男の子」、そしてリースマンのいう「他人指向型人間」など。この新しい型の人間は、自分の中心的な価値をなす思想や独自の感じ方、意識的な生き方を有しておらず、自己の存在感すら希薄であることが多い。つまり現代人は、成熟した自分独自といえる〝自己〟を所有していないということだ。

たとえばリースマンは人間の性格を「伝統指向型」と「内面指向型」と「他人指向型」の三つにわける。この三者は歴史的に時代を追って随時に展開してきた人間の性格というものではなく、いつの時代にもどの型も混在するものではあるが、しかし現代では「他人指向型」が支配的になっているという。さらに「他人指向的な人間を生み出した諸条件というのは、たんにアメリカのみにあるのではなく、先進工業国の都市の人間たちのあいだに一様にひろがってゆきつつある」として、彼はつづける。

> 他人指向型に共通するのは、個人の方向づけを決定するのが同時代人であるということだ。この同時代人は、彼の直接の知りあいであることもあろうし、また友人やマス・メディアを通じて間接的に知っている人物であってもかまわない。同時代人を人生の指導原理にするということは幼児期からうえつけられているから、その意味では、この原理は〝内面化〟されている。他人指向型の人間がめざす目標は、同時代人のみちびくがままになる。かれの生涯を通じてかわらないのは、こうした努力のプロセスそのものと、他者からの信号にたえず細心の注意を払うというプロセスである。[2]

他人指向型の人間とは、つまりは自分が生きるさいに何に重きをおくか、ものを考えることがあるとしても、何を、どう考えるのか、あるいは、折にふれ何を、どう感ずるべきなのかに関してすら、すべて自分以外のものに、すなわち社会通念とかマスメディアとか支持政党や宗派、慣習、世論、社会的要望など、フロムの言う「匿名の権利」に頼らざるをえないタイプの人間のことだ。（イワン・イリッチは「世間から是認されるような作法」を自分の作法とした。）つねに社会への〝順応〟を心がけ、自分のあるかなきかの思考や感覚はすべて宣伝広告やマス・メディアや支持する政党や宗教団体からこれを得て、それをオウム返しにくり返しているだけで、ほんとうに自分のやりたいことに基づいた価値観や思考や感覚はどこにもない。社会の取りきめた数少ない、ほとんど唯一の生き方のレールの上を、自分独自の生き方と思いこんで、目の前にぶら下げられた人参を必死に追いかける馬みたいにひた走る「ロボット」人間。体制に順応する原理を「内面化」されているロボット人間だから、中身は空っぽ。自分でも気づかなくても、何やらぬ不安や不確実さにおののいている。

「赤信号、みんなで渡れば怖くない」と、ある芸人も時代をうがった鋭いギャグを飛ばしたことがある。怖くないどころか、われわれは生きる姿勢において〝赤信号〟なるものが何をあらわしているのかも知らず、むしろ〝赤信号〟を先をきそって渡ろうとし、先頭近くにいる自分に得々として満足したりしている。しかし、他人指向の生き方の危なさについては、現代日本のこの芸人とまったく同じことを、二千年も前にナザレ出身の聖者が言ったのではなかったか。もちろん、先頭を走る一匹の豚が崖から海に落ちたら、それに付きしたがって走ってきた豚の群れすべてが海に落ちて溺死したという、[3]キリストのたとえ話の真理のことである。現代人には、拝金主義や物質至上主義や虚栄心などの〝悪霊〟＝豚が棲みついているのであろうか?

そういう現代人の見事なポートレイトとして、最初にボールドウィンの『もう一つの国』を取り上げる。

1

踊るつもりが踊らされ……　ジェイムズ・ボールドウィン『もう一つの国』（一九六二）

——「結局あの人は二流の男だと思う。ほんとうの情熱というものをもたないし、真の勇気というものもないし、自分だけのものの考え方というのももってないわ」

主人公が第一章で自殺してしまうなんて、意表をついた小説があるものだ。小説『もう一つの国』の第一章は、主人公ルーファスの自殺を描いて終わる。定職も定住所ももたないミュージシャンのルーファスは、南部白人女性のレオナとの仲を引き裂かれたあと、ジョージ・ワシントン橋から身を投げる。そのあと第二章から最終章にいたるまで、死んだルーファスの妹や友人、友人夫妻、友人とその友人などルーファスにまつわる人物たちの、交際というか愛欲のさまが縷々《るる》と描かれる。マンハッタンを舞台に、いろんな人種の、いろんな肌の色の男と女が、愛し合い、酒を飲み、ものを食べ、語り合い、憎しみ合い、軽蔑し合う。この小説からはいろんな臭いが匂い立ち、笑声や嬌声や怒声や罵声がひびき渡っている。現代社会の集約図がここにある。

ジェイムズ・ボールドウィン
© Ullstein Bild/APL/JTB Photo

作家ジェイムズ・ボールドウィンは小説の扉にヘンリー・ジェイムズの一文を引用することによって、ニューヨークに群れる群像を小説に描いたことの意図を表現しているように思える。

彼らを見て何よりも強く受ける印象は、すでに歴史によって聖化されたいかなる言語でもってても、彼らが自分を語ってはいないということである。相寄り合って彼らは、さながら前代未聞の彫像のごとくに、この曖昧模糊たる状態を作りなしている。彼らが何を考え、何を感じ、何を欲し、自分が何を言っていると思っているのかは、茫漠として捉えがたい。（傍点引用者）

彼らが「歴史によって聖化されたいかなる言語」によっても「自分を語ってはいない」ということは、つまりは彼らが〝借りもの〟の言葉によってしか自分を語ることはないということであろう。となれば、とうぜん、彼ら自身にとっても自分が「何を考え、何を感じ、自分が何を言っている」のかは、わかりっこない。彼らは本当の意味での「自己」を所有していないのだから。

小説の冒頭、真夜中過ぎのタイムズ・スクエアに立ちつくすルーファス・スコットは大都会ニューヨークに押し潰された、孤独な、浮き草のごとき、うつろな人間として現れる。「高層ビルの下、ルーファスは押し潰された人間として歩いた。この都市の重圧たるや、すさまじいものがある。塔のごとくにそそり立つビルが人を押し潰すのは毎日のことであったが、彼もその日、その重圧に押し潰された者の一人であった。まったき孤独のなか、重圧に潰されて死んでゆくのは、彼だけでなく、その同類は未曾有の数に膨れあがっていた」（『もう一つの国』、4頁）。

ここでも、生活に押し潰され、孤独な、うつろな状態に陥っているのが単にルーファス「だけでなく」、「未曾有の数に膨れあがった」同類、つまり現代人一般であることが強調されている。それは、「われわれはうつろな人間／われわれは〝剝製〟人間／ただ藁《わら》のつまった頭を／ともに寄せ合わせているだけ」と、T・S・エリオットが『荒れ地』で予言的に詠った現代人の姿である。ロロ・メイも現代人の主たる問題は「空虚さ」にあると論ずる。

著者だけでなく、同僚の心理学者、精神医学者たちの実際の臨床場面にもとづいて、二十世紀半ばの、この十年間における人々の主たる問題は空虚さ（emptiness）であると私が述べるとき、読者は意外の感を抱かれるかもしれない。これは、多くの人々が、己の欲求するものの正体がつかめないでいるということだけでなく、自己の感じとっているものの正体が、はっきり把握できないということである。[4]（傍点引用者）

ハーレムに生まれ育ったルーファスはバンドに加わってジャズを演奏したり、職にあぶれたときは男娼まがいのことをして糊口をしのいでいた。「自らの内なる欠如感、空虚感」から、彼は自分を救ってくれる唯一の可能体としての〝愛〟をもとめる。ジャズ・バンドの最後のステージの日、彼は、「新規まき直し」のためにニューヨークに来ていた南部出身の貧乏白人の女レオナと知り合い、粗末なアパートで同棲をはじめる。

彼らを憎悪のこもった白い眼で見ない数少ない例外の一人が、アイルランド系のイタリア人ヴィヴァルドであった。そしてキャスという女性も、黒人に偏見をもたないルーファスの数少ない白人友人の一人だ。キャスはリチャードという小説家志望のポーランド人と結婚し、二人の子供がいる。同じく作家志望のヴィヴァルドは、高校時代にキャスの夫のこのリチャードに英語を習ったことがあった。ルーファス亡きあと、小説はこれら彼の友人のヴィヴァルド、友人夫妻のキャスとリチャード、そしてルーファスの妹のアイダ、そしてかつてルーファスとホモ関係にあって今は芸能の仕事でパリにいるエリックなどの人物を中心に展開する。

しかし収入のないルーファスとレオナの生活は困窮をきわめ、二人は安アパートを転々とする。だが、ルーファスは真にレオナを愛しているのではなかった。それは、これまで自分を傷つけ、罵倒し、侮蔑し、虐待し、差別してきた白人に対する〝意趣返し〟であり、「性欲は、愛によってかきたてられることもあるが、孤独の不安や、征服したいとか征服されたいといった願望や、虚栄心や、傷つけたいという願望や、ときには相手を破滅させたいという願望によっても、かきたてられる」[5]とフロムが言うように、白人女を凶暴に肉体的に〝支配〟することによって白人種全体を象徴的に〝支配〟できる代償行為としての〝愛〟であった。

ルーファスはレオナを毎日のように殴り、叩き、打擲《ちょうちゃく》する。とうとうレオナはルーファスの虐待と暴行に耐えがたくなって精神に異常をきたしてしまい、精神病院に入院。病院からの通報を受けて南部から彼女の兄がやってきて、彼女を故郷に連れ帰ってしまう。とうとうルーファスには何もなくなってしまった。レオナが南部に連れもどされてからというもの、六週間近くもルーファスはごくわずかの友人たちの前からも姿を消す。

やっとルーファスの居場所を突きとめたヴィヴァルドが、仲間の集まる「ベノ」のバーに彼を連れていった。バーにいたキャスに乞食のように手に押し込まれた五ドルを握りしめ、ルーファスは呆然と街に出る。気がつくと彼は、ジョージ・ワシントン橋の真ん中に立っていた。「ろくでなしの、くそったれ野郎、いまおまえのところに行ってやるからな」（87）と叫びながら、ルーファスはジョージ・ワシントン橋から冷たい川面へ、「ろくでなしの、くそったれ野郎」のもとへ――神のもとへと、身を投じる。

第一部の一章にだけ登場して自殺してしまうルーファスのあと、第一部二章から第三部の最終章まで、ルーファスを取りまいていた妹アイダ、唯一の白人友達ヴィヴァルド、女性友人のキャスと夫リチャード、パリにいる男の恋人エリックなどが、ルーファスの閉塞と希求の変奏曲を奏でつづける。ルーファスの自殺の理由を忖度《そんたく》しながら、キャスは自分と夫リチャードとの関係に思いをはせてみる。彼女は夫を愛してきた。少なくともそう信じて夫と生きてきた。しかし、よく考えると、何かが二人の関係には欠けているようにも思えはじめ、キャスは夫に失望を覚える。夫リチャードが純文学の作品を書くことをあきらめ、金儲けのために探偵小説を書いたことは、「彼の才能の絶対的な限界を示して」（112）いるように思えてならなかった。「その本は金儲けのために書かれたというだけのことではなかった――もし金儲けのためだけだったら、どんなによかったことか！　その本が書かれたのは、夫が恐れていたから――人生の暗い、不可思議な、危険な、困難な、深いものを恐れていたからであった」（同）。人生により深いものをもとめるキャスは、夫に失望せざるをえなかった。

そしてリチャードもまた自分に対し疑問を感じるようになってきた。定職をもたずグリニッチビレッジをうろつく浮浪者みたいな「穀潰《ごくつぶ》し」の芸術家気取りとして家族から怖れられているヴィヴァルドは、これまで自分だけの人生を生きてきたつもりであった。だがルーファスの自殺を契機に、ほんとうは独自の〝自己〟を気取っていただけかもしれない自分に思いいたるようになったと、キャスに告白する――「ときどき、今日もそうだけど、家族の言うことが正しいのじゃないかと思えることがあるんですよね。ぼくは自分をだましてきただけなのかもしれない。何もかもね」(110)。

リチャードは書きかけの小説をどうしても書き進めることができなくなる。真に自己を生きるのでなければ、真に自分の小説は書けない。その日、目覚めた彼は、自分は本当に生きているのかという大問題を自覚する。「この日の朝彼の直面した大問題は、はたして自分は自分の人生を真に生きてきたのかどうか、というものであった」(128)。たいがいの「人間は社会的になすべきとされていることをなし、子供を産んで育てる」(129―130)。彼らは人生において〝生活〟しているだけ。これまでリチャードは、世の人間とちがって自分は〝生活〟しているのではなく〝生きて〟いると思っていた。しかし彼は、世間の人と自分とが本当にそんなに異なっているのか、自信がもてなくなってきた。

葬儀のおこなわれる礼拝堂で、家族とともに座るアイダを見たとき、ヴィヴァルドは自分が久しぶりに逢った亡きルーファスの妹アイダを愛していることを知る。ヴィヴァルドに、ある予感がはたらいた。アイダを真に愛することにより、この中途半端な生活を突破し、〝生きる〟ことをはじめられるのではないか、自分の小説を書き進めることができるようになるのではないかという予感。彼は亡き友人ルーファスの妹アイダと同棲をはじめる。

リチャードの出版記念のパーティがおこなわれた。キャスとリチャードの家でテレビ・プロデューサーのエリスはアイダを見て、その驚くべき美しさに眼をとめ、ウェイトレスをやっているというアイダに女優になるよう強く勧める。それを見て、ヴィヴァルドは強い不安と嫉妬に駆られた。不安と嫉妬なら、まだいい。人生の深い側面を追求し、それを小説に表現しようとして、〝生きる〟ことを何よりももとめていたはずのヴィヴァルドが、富と知名度と虚栄の世界の成功者エリスに、「欲しいものは何でも、電話一本で手に入れることのできる」(163) エリスに、激しい嫉妬と憎悪をおぼえるのである。〝芸術家〟たらんと志す彼は、そのじつ、物質的な成功者の〝エリス〟になりたいだけだった。芸術家気取りの彼は、ほんとうは誰よりも俗物だったのかもしれない。ヴィヴァルドは、ボヘミアンを装って売れない小説書きに没頭している、自己を確立していない人間でしかなかった。

フランス映画の英語の声優になったり、海外で制作されるアメリカ映画の端役を務めたりしていたエリックは、映画の仕事のためにアメリカに帰国することになった。いま彼は、貸別荘に若い男イーヴと同棲している。近々エリックが先に船でニューヨークに渡り、そのあとイーヴがエリックに合流することになっている。エリックは同性のイーヴを心から愛していた。

エリックがはじめて自分のなかの性的な傾向に気づいたのは、子供時代を送った故郷アラバマにおいてであった。同性しか愛せない自分を知ったエリックは、しかしそういう自分から逃げはしなかった。自分の生活を「秘密のうちに送らねばならない」(199) 運命であることを知った彼は、発見されたホモという自己を生きることを決意する。「あの日、小川のせせらぎを聞きながら、あの男の腕《かいな》に抱かれて発見したことを彼が受け入れるようになるには、まだあと何年もたたねばならなかったが、しかしあの日が、彼の一個の人間としての生涯のはじまりの日であったのだ」(傍点引用者。206)。

それは彼にとって、「永遠の、心やすまる変身《トランスフォーメイション》であった」(同)。変身? そう、それは自分の知らない無自覚な自分から一変して、これまで隠されていた自己になりきろうとする変身であった。自分はこういう人間でしかないと知り、その発見された自己を生きるには、とてつもない勇気が要る。周囲の軽蔑や嘲笑や憎悪に耐えねばならない。自己を生きる苦しさに耐えねばならない。しかし、たった一度の人生しか生きられない自分は、そのたった一度の人生においてこういう自分でしかなかったのなら、その自分を生きねばならない。生きるしかない。「それまでずっと彼に隠されていたものが、あの日、彼に顕《あら》わにされたのだ。十五年後、肘掛け椅子に座り異国の海を眺めながら、まだ彼がその顕わにされたものに耐えていく勇気を見つけようともがくことが必要であったとしても、それは問題ではない。あのときの発見の意味は、発見したものが真実であったということであり、いまだ努力が必要ではあっても、発見した自分を耐えて生きていくしかないのだ」（同、傍点引用者）。

最初に『もう一つの国』は、自己を喪失した群像を描いたものと書いた。だが、その群像には例外もあるようだ。自己をもたずに右往左往している人群れのなかにあって、孤独感と疎外感の苦しみに耐えながらも、自分に顕わにされた自己をつらぬき生きようとしているエリックが、その唯一の例外であった。

エリックとイーヴは、アメリカに発つ前の最後のお祝いを二人だけでおこなう。

その八日後、三年ぶりに見るニューヨークは、エリックには、「どこにも人間が生きているという切迫感が微塵もなく、」（傍点引用者。230）、「やりきれないほど孤独な町」（同）になってしまっていた。ルーファスをはじめすべての登場人物にとってニューヨークは「やりきれないほど孤独な町」であったが、エリックにとっては、そこは〝生きる〟ための町であった。

エリックは、亡き友ルーファスの妹が友だちのヴィヴァルドと恋仲になっていることを喜んだ。しかしアイダもまた自己に目ざめた人間ではなかった。バーのマイクの前に立って歌うアイダの歌を聴いたとき、エリックは「なんぴとも名づけようのないような神秘的なひたむきな自我の強烈さ」(253)をアイダに感じた。しかしその「自我」は、独自の自分だけの生き方や考え方、感じ方を生きる「自己」ではなく、彼女の骨身に徹し一種の体質にまでなっている、「白人憎し」の民族的なアイデンティティというべき質のものでしかなかった。アイダは彼女の自己を社会的な自己に仮託《かたく》しているだけだ。

キャスはヴィヴァルドと逢って、夫との冷え切った関係を訴えるが、自己を確立していないヴィヴァルドに適切な対応のできるわけがない。ヴィヴァルドの食事の誘いを断ったあと、彼女はエリックに電話して、アパートにいくことを約する。エリックを訪ねると決めたとき、すでに彼女はエリックとの〝関係〟のなかに苦しい今の結婚生活からの〝解放〟を見ていたのだ。エリックのアパートで、「もはや若くもない女、それがもう愛欲のうめき声を発してい」(288)るキャスにとって、それが苦しみからの〝解放〟になるのだろうか? 彼に抱かれながら、彼女は、愛って何だろうと思う。身体と身体を合わせること、これが愛か? 「おそらく誰も愛というものが何か、ほんとうのところはわかってないのじゃないかしら」(同)。

アイダはプロデューサーのエリスの庇護を得て、歌手の道を突き進んでいた。アイダが去っていくのではないか、エリスにアイダを奪われるのではないかとの恐怖と嫉妬に、ヴィヴァルドは気も狂わんばかりになる。そしてヴィヴァルドが自己の苦しみからの〝解放〟、少なくとも苦しみの〝慰撫〟をもとめたのは、キャスと同じように、自分の生き方を確立しているエリックであった。ヴィヴァルドは絶望的な気持ちでエリックに答えをもとめる——「ねえ、エリック、人はどうやって生きぬいていくことができるんだろう? 愛せなかったら、どうやって生きていける? 愛したら愛したで、どうやって生きていけるの？」（同）。曙光が窓の外から部屋のなかに染み込んでいくころ、エリックは肉体的にヴィヴァルドを慰めてやる。

朝の二時に帰宅したキャスがヴィヴァルドと不倫をはたらいていたと夫のリチャードは勘違いし、もどってきてくれと、文字どおり懇願する。夫の矜持《きょうじ》と誠実さはだれよりも承知しているキャスである。言うのはつらい、すべてを失ってしまう。でも言わねばならない。キャスは自分をせき立て、思い切って言う、「わたしが関係したのはエリックよ」（374）。

「そんなの、ウソだ。そんなこと、信じないぞ。どうしてエリックなんだよ？　どうしてきみがエリックのところに行ったんだ？」

「あの人にはあるのよ、わたしに絶対必要だったものが、あの人にはあるの」

「それは何なんだい、キャス？」

「自分というもの」

「自分というもの」そしてもう一度、ゆっくりと彼は、「自分というもの、か」と繰り返した。（傍点引用者。374）

リチャードは妻キャスの「頭を椅子の背に押しつけ、顔を二回、力まかせに平手打ちし」て、「ソファのそばにくずおれ泣き出してしまう」（377）。

エリックのところにキャスから電話が入り、夫リチャードにエリックとの関係がばれてしまったこと、リチャードはすでにキャスとの離婚訴訟を起こしていることを告げる。エリックは、午後の四時に近代美術館でキャスと会うことを約す。

近代美術館の前でエリックはキャスと待ち合わせをする。美術館のなかの小さな展示室に入り、キャスはエリックに言う。小説の扉にヘンリー・ジェイムズの言葉を掲げることによって小説のテーマを要約してみせた作家ボールドウィンは、この場面のキャスの言葉においてそのテーマの具体を要約している。

「今朝、リチャードをじっと見ていて、わたし、前にも思ったことがあるけど、つくづく思ったの、この人がこうなった責任の大半はわたしにあるって」彼女は一瞬自分の指の端を唇に当てて眼を閉じると、「結局あの人は二流の男だと思う。ほんとうの情熱というものをもたないし、真の勇気というものもないし、自分だけのものの考え方というのももってないわ。でも、昔からそうだったのよ、あの人は全然変わってない。わたしがあの人にわたしの考えを吹き込んできたの。いっしょにいるとき、勇気とか情熱とかをあたえたのは、わたしだったの。もちろん、あの人はそれを自分のものとして受け入れたわ。それが自分のものではないということが、どうしてあの人にわかって？　そしてわたしは、あの人を自分の思うとおりの人間に仕立て上げることに、じつに華々しく成功したと思って、悦に入っていたわ。いま、わたしにとって耐えがたいのがその成功だっていうことは、もちろん、あの人にはわかりっこない。わたしはあの人を、飲み方もわからない水のところに連れていって水を飲ませることによって自分というものを作り上げてきたけど、やり方をまちがえなければ、もっとましな自分をつくることもできたかもしれないわね。あの人のためにはならなかったのよ。でも、もうすべては遅すぎるわ」と笑みを浮かべると、「あの人には、本当のやるべき仕事というものがないのよ。それがあの人の問題だし、わけのわからない巨大な空間と時間であるこの国全体の問題よ。わたしは罠《わな》にかかったんだ。だからといって、国民が悪いの時代が悪いのと責めてもはじまらないわね――わたしがその国民だし、わたしがその時代なんだから」

「もうぼくたちには希望がないっていうの?」

「希望ですって?」その言葉は部屋の壁から壁へとこだまして響きわたるように感じられた。「希望? ええ、わたしたちに希望があるなんて思えないわ。わたしたちって、空っぽすぎるもの」――と、彼女の眼は日曜日の美術館の客たちを見わたした――「空っぽすぎるのよ、ここが」と、胸のところに手をやって、「この国は国なんてものじゃない。アメリカン・フットボールの選手とイーグル・スカウトの団員たちの寄せ集めにすぎない。自分たちは幸福なつもりでいるけど、ちがうわ。わたしたちは滅びる定めなのよ」と時計に眼をやり、「そろそろ帰らないと」そして彼の顔を見ると、「ちょっとあなたに会いたかっただけ」(傍点引用者。406)。

「あの人には、本当のやるべき仕事というものがないのよ。それがあの人の問題だし、わけのわからない巨大な空間と時間であるこの国全体の問題よ」。このキャスの言葉の意味は、リチャードが自己を所有していないということ、自己の喪失が、ひとりリチャードだけの問題ではなく、アメリカという国全体の問題だということだ。アメリカは「国なんてものじゃない」。国民の一人ひとりがちゃんと自分の欲しいものを知り、自分を生きることのできる国は、どこか遠くの、別の「もう一つの国」なのかもしれない。現代社会は「滅びる定めなのよ」。

二人は、「また会うことがあったとしても、これが最後のお別れね」(同)と言って、美術館から雨のなかへと出ていく。

小説は、フランスから到着するイーヴをエリックが飛行場で迎えるところで終わっている。飛行機から降りてきたイーヴはそのエリックを見つけた瞬間、「エリックだ。とたんに彼の恐怖はすべて消え失せ、もう、すべては心配ないと、確信できるのだった」(435)。

どんなに社会から蔑視され、憎悪され、白眼視されようとも、人は発見された自己を生きるとき、はじめて、存在にまつわる不安と「恐怖はすべて消え失せ、もう、すべては心配ないと、確信できる」。アメリカの現代社会は、自己を所有しない深層心理的な不安と恐怖に駆られながら、それを自分に対して隠蔽《いんぺい》するために、ただ金を儲けようとし、有名になろうとし、ひたすら他者を憎もうとし、肉欲にふけり、物質的なぜいたくや豊かさをもとめる孤独な人々であふれている。もとめているものが悪いというのではない。だが、本当の自分らしさをもたず、ただ既成の価値や物質的な価値に翻弄《ほんろう》され、その奴隷となっていたのでは、なにを得ようとも、すべては虚しい。アメリカというこの国は、エリックとイーヴのみが住んでいる「もう一つの国」に、全体としてなることができるのか?

『もう一つの国』においてわれわれは、自己の基盤をもたないまま代理の愛をもとめてさまよう現代人の群像を見た。今度は、個々の人間像ではなく、社会全体のありようを眺めてみよう。現代社会は管理社会と言われるが、管理社会とは真実いかなる社会であるのか? 社会によって管理される人間が、「自己」を活かすことなどできるのか?

ノーマン・メイラーは、南海の孤島に上陸したアメリカ軍の軍隊が島の一角にひそむ日本軍の軍隊と戦い、これを殲滅駆逐する作戦を描きつつ、このアメリカ軍のありようにアメリカ社会全体のありようを投影せしめた。それはあたかも、メルヴィルの『白鯨』が、一老船長の命令と指揮のもとに伝説的な巨大な鯨を追う捕鯨船の運命を描きながら、世界の根底なる形而上学的なリアリティへの追究を描いているのと同断だ。大学時代にメルヴィルやフォークナーを読んでアメリカ文学を〝発見〟したメイラーは、南海の孤島アナポペイ島に、国民から自己を奪い、支配し、抹殺する、巨大な軍産複合の巨大管理社会の姿を見てとる〝眼〟を養っていたのだった。

先に、リースマンが「現在の、高度に工業化され官僚化したアメリカに、新しい性格が展開」したと言ったことを書いた。メイラーの予見していたものは、〝個〟を抹殺し支配する、まさにその「現在の、高度に工業化され官僚化したアメリカ」の不気味な力の論理であった。目覚めんとする自由な〝自己〟は、「郭公の巣の上を飛」んで、どこかに消えていくしかないのか?

2

〝殺人者〟の管理社会

ノーマン・メイラー『裸者と死者』（一九四八）

――「ロバート、わしがこれまできみに力説してきたのはだね、未来の唯一の道徳は権力の道徳であるということ、それに順応できない人間は死ぬしかないということだよ」

ノーマン・メイラー
© Photos 12/APL/JTB Photo

『裸者と死者』には、アメリカ社会のいろいろな階層出身の、いろいろな民族系の兵士や将校が登場する。あたかも多様な民族性と階層と意見が構成するアメリカ社会のリリーフマップであるかのように登場人物はじつに多くを数える。小説の「象徴性」をリアルなものにするため小説自体も七〇〇頁を超す浩瀚《こうかん》なリアリズムの書となってはいるが、ここでは詳細なリアリズムはすべて棄て、管理社会のいかなるものかを描く「象徴」としてのストーリィの梗概だけを追っておく。

「波」と題された第一部の一章冒頭において、アメリカ軍は上陸用舟艇を降ろし、アノポペイ島の海岸に強襲上陸せんとしていた。午前四時、アノポペイ島に対する日本軍の艦砲射撃がおこなわれたりするが、アメリカ軍機動部隊は舟艇で上陸を決行する。

小説の扉に南太平洋上に浮かぶ孤島アノポペイ島の地図があげられている。「鳩笛のような恰好」をしたこの島は長さ一五〇マイル、幅はその三分の一。笛の口金にあたる北側に二〇マイルの半島が突出しており、アメリカ軍機動部隊が上陸したのはこの半島の突先部分だ。島の胴体の中軸に高い山脈の背骨が通り、最高峰のアナカ山がそびえている。

アメリカ軍の司令官はエドワード・カミングス将軍である。この将軍の指揮のもと、アメリカ軍は上陸の三日後には日本軍の飛行場を占領した。五千人の兵力を擁する日本軍の司令官は、（どういう漢字名になるのかわからないが）トーヤク（！）将軍。トーヤクは、アノポペイ島の山脈から南の海岸に達する防衛陣地を構築していた。カミングスは、「半島の根元に達したら、軍隊を左手に九十度転回させ、トーヤクの構築した防衛陣地にむかっていかねばならないだろう」（『裸者と死者』、17頁）と決断、すぐに道路の建設にかかる。

将軍の部下にロバート・ハーンという少尉がいる。ハーン少尉とカミングス将軍は奇妙な関係にある。将軍の話を聞いてそれを理解できる、幕僚のなかでは唯一の人間であるインテリのハーンに、カミングスは父親みたいな奇妙な〝友情〟を感じていた。

ある夜もカミングス将軍はハーン少尉をテントに呼びつけると、ハーンの「〝自由主義〟イコール善、〝保守反動〟イコール悪という考え」（84）はまちがっていると断言する。六十年代になってアメリカはおろか世界中に燎原の火のごとく広がった「学生運動」などの若者の反乱を、カミングスはその二十年も前から、ハーンの青臭いメンタリティのなかに予見していたのかもしれない。時代のむかう方向は、そんな二律背反の世界ではなく、「保守反動家の時代」であり、「おそらくむこう千年間は保守反動の時代であろう」（85）、と。

道路建設の作業は、あと二週間すれば前線まで通じ、さらに一週間すればトーヤク戦を突破できるというところまで進捗した。

新鮮な肉がアメリカ軍に送り届けられたが、この肉が下士官兵と、わずかな数の将校とのあいだにじつに不公平な分配をされたことにハーン少尉が憤っていると聞いたカミングス将軍は、ハーンを自分のテントに呼びつけ、「軍隊を効率よく動かすには、軍隊のなかのすべての人間を恐怖という梯子《はしご》に押し込んでおくことだ」(176)と告げる。そして将軍は、軍隊には、つまりこの小説において軍隊が象徴しているアメリカ社会においては、個々の人間の「自己」などまったく必要ないと断言する。

「きみはいつも的はずれなことを言ってるね、ロバート。いいかね、軍隊においては、個人的人格などというものはただ邪魔になるだけだぞ。たしかに、どの軍隊をとってみても、個々の人間はそれぞれ違ってはいるだろうね。しかしそんなものは必ずたがいを相殺しあって、残るのは結局は価値評価だけなんだぞ。これこれの中隊は良いとか悪いとか、これこれの任務をまかせるには有能だとか無能だとか。わしは全体を見るおおざっぱな技術、いわば共通分母的な技術をもって、この軍隊を動かしているんだ」(傍点引用者。180−181)。

現代社会においては、人間に個々の「自己」や個性などは必要なく、ただその人間が社会に対して果たしうる役割の価値によって評価されたり、無視されたりする。人間は血の通った生身の存在というよりも、抽象的な「機能」でしかない。「自己」などは完全に抹殺される。

一九二〇年代からこちら、この二十年間に人間の力や人格の尊厳に対する不信感がますます表面化してきた。それは個我（individual self）がとるに足りない存在に見え、個人の選択行為など問題にならないような多くの具体的な場合が次々に立ちあらわれてきたということである。大不況のごとき、全体主義的な動きや、制御しがたい経済変動に直面して、われわれは、人間としての卑小感、微力感をいやというほど味わわされ、個我は大洋の波浪に押し流される砂粒にも似て、非力な存在に化してしまった。われわれは、わだちの動きのままに動いている。その一回転ごとに、いっさいが、賃金が、物価の変動が記録されてゆく。1

「自分が飼い主の愛玩物であり、飼い犬であることを、いまこそはっきりと理解した」（313）ハーンは、一点のしみもない将軍のテントの床の中央に、マッチとタバコの吸い殻を投げ、軍靴で踏みにじって床を汚すなどという、インテリらしい〝いじましい〟悪戯をやる。それは〝全権者〟に対する、あまりにもはかない無力な〝意趣返し〟と〝抵抗〟であった。すぐさまハーンはカミングス将軍に呼び出しをくらう。将軍は、アメリカや世界の歴史がむかいつつあるファシズム的な権力機構の管理社会を描き出し、そういう世界にあっては、ハーンのようなリベラルなインテリがいかに無力であり、滅ぶべき存在でしかないかということを思い知らせて、「最後のけり」をつけてやる心づもりだった。

カミングス将軍は、「運動エネルギーとしての国家は、組織であり、統合された営為であり、きみの言葉を使うならば、ファシズムなんだ」（321）と、はっきりとハーンに言い渡す。ファシズムは、じゅうぶんな内在的なエネルギーをもってなかったドイツなどを選んで出発点とする国をまちがえたが、この戦争が終わったあとのアメリカこそが、「国家の夢」であり「正しいイデオロギー」であるファシズムを発展させることができるだろう。アメリカは、「ついに歴史の淀みから抜け出て、滔々《とうとう》たる流れとな」るのだ。戦後のアメリカは蓄積してきた潜在的なエネルギーを爆発させて帝国主義的な侵略をおこない、世界における全能者の位置をめざす。すべての「個人」は国家の権力の道徳に従うか、滅してしまうしかない。

「ロバート、わしがこれまできみに力説してきたのはだね、未来の唯一の道徳は権力の道徳であるということ、それに順応できない人間は死ぬしかないということだよ。権力の特徴はただひとつ。上から下に流れるということだ。中間層でさざ波みたいな抵抗が起きたところで、より大きな権力を下にむけて、そんな抵抗、焼き払ってしまえばいいだけだよ」（傍点引用者。323）。

カミングス将軍が最後にタバコをハーン少尉の足もとに投げて、「それを拾いたまえ」と命じ、屈辱感と自己嫌悪と憤怒に燃えながらハーンがそのタバコの吸い殻を取り、灰皿に入れたとき、ハーンは国家に反意を抱きながらも国家に服従していかざるをえない「個人」のあり方の象徴と化す。ハーンは他の師団への転属を願い出る。

作家メイラーがカミングス将軍を通して予見した戦後のアメリカ社会は、その予見どおり、少数の権力者が国民すべてを従属させて主導する中央集権的なファシズム的な管理社会となった。ミルズは〝パワーエリート〟が構成し、運営し、支配する戦後のアメリカ社会を次のように説明している。

この拡大され、中央集権化された三つの領域のそれぞれ頂点に出現した最高層が、経済的・政治的・軍事的エリートを構成する。経済の頂点には、会社富豪《コーポレート・リッチ》と肩を並べて、会社最高幹部《チーフ・エグゼキュティブ》たちが君臨している。政治的秩序の頂点には、政治幹部会のお歴々が座し、軍事的秩序の頂点には、統合参謀本部と上層軍部のまわりに群がる軍人政治家のエリートが控えている。これらの領域型と合致し、そこで下される決定が全領域に影響を及ぼすようになるにつれ、権力のこの三領域における指導者たち——将軍、会社最高幹部、政治幹部——はたがいに接近し、アメリカのエリートを構成するようになる。[2]

カミングスは、「アメリカの権力者たちは、アメリカ史上はじめて、自分たちが何をなすべきかを悟りはじめたのだ。見ていたまえ。戦争が終わったら我が国の外交政策は、これまでよりもはるかに露骨なもの、欺瞞性のないものとなってくるぞ」と予見した。事実、第二次大戦後、世界を二分する二つの支配的なイデオロギーの一方の雄として国際舞台に躍り出たアメリカは、ソビエトの崩壊による冷戦の終結後、唯一の超大国として世界を〝管理〟するにいたったのだった。「中間層でさざ波みたいな抵抗が起きたところで、より大きな権力」が「そんな抵抗を焼き払ってしまう」だけだ。「権力の中間水準《ミドル・レヴェル》では、組織化が半ばで停滞して立ちすくみ《ステールメイト》の状態が生まれ、権力の底辺の次元では、マス的社会《マス・ライク・ソサイアティ》が生まれている。このマス的社会は、自発的結社と古典的な公衆が権力をにぎっていた社会とはまったく異なっている。アメリカの権力組織の頂点は統一化され、強大化し、底辺は分断され、無力化する。中間水準の権力の諸単位の存在に眼をうばわれている人々がいるが、頂点と底辺の実態は、この人々の認識とはおよそかけ離れているのである。また、この中間水準は底辺の意志を表現することもなしえず、頂点の決定を動かすこともできない」(同前、44)。ナチス・ドイツの果たせなかった「国家の夢」を、戦後のアメリカが実現させてゆく。

ヒトラーの片腕としてプロパガンダに能力を発揮したゲッベルスも、「国民は統一的に思考し、統一的に応答し、政府に全体的なシンパシーをもたなければならない」と演説している。このようなナチスのイデオロギーには、いうまでもなく大きなまやかしがある。すなわちナチスは個としての人間を認めず、それを全体として見なす。全体のためには、あるいは帝国全体を統括するヒトラーのためには、個は犠牲になるべき存在にすぎないのである。ここにナチスの引き起こした悲劇の根源があるといえよう。[3]（傍点引用者）

そしてこれ以降の小説のストーリィは、カミングス将軍とハーンの〝会話〟をそのまま裏書きするかのように展開する。

将軍は、正面攻撃と背面からの侵攻とによるトーヤク線に対する挟撃作戦に精神を集中させていた。ボトイ湾の先はアノポペイ島でももっとも繁茂した密林が広がっており、海軍の支援がなかったら侵攻部隊には多大の犠牲が予想される。奇襲部隊によってボトイを奪取するしかないだろう。問題は、峡谷をぬけてから、日本軍の後方にある密林をぬける道路を発見することにある。まず偵察がどうしても必要だ。カミングス将軍は、自分の忠実な部下であるクロフト軍曹の率いる偵察小隊にその任を負わせようと考えた。だが、こんな重大な斥候の任務を、下士官ひとりにまかせるわけにはいくまい。将軍は、別の師団に配属させてくれと言い出した将校のハーンをこの偵察小隊に配属させることにする。

カミングス将軍と同じく「権力への意志」に取り憑かれている、将軍の忠実なる部下クロフト軍曹はハーン少尉を憎む。支配欲の権化のごとき彼にとって、自分の指揮する小隊に自分より上官の将校が配属されてきて、自分の支配権を奪うということは「深刻な打撃」(440)だった。ハーンは、日本軍以上に彼の〝敵〟であった。

出発の翌朝、ハーンと部下十三名の小隊は裏海岸に上陸した。これから未知の土地に四十マイルもの行進をおこない、最後の十マイルは日本軍の背後をぬける。眼前の川をいけるところまでいき、密林に小径を切り拓いて、草原に出るのがいちばんいいだろう。

小隊は背囊《はいのう》を背負い、草原、丘陵、潅木の茂み、丈《たけ》の低い木々の林のなかを歩いて進んだ。だが、開けた原っぱをよこぎっているとき、偵察小隊は日本軍の一斉射撃を受けた。この一斉射撃によって腹部に敵弾を受けた隊員を担架にのせ、クロフトは部下四人に上陸地点まで送り返すことにする。峡谷の奥には、もっと多くの日本兵がひそんでいることはまちがいないだろう。残された偵察小隊の九名で山を越えていくしかない。

ハーンは、偵察隊を危地から引き返させることが、自己をもった一人の人間としてのなすべきことだと思いいたり、そのことをクロフトに告げる。クロフトは、偵察隊の退却の申し出に愕然とし、気がついたら「ジャップどもはもう逃げ出していますよ」(581)と、ウソを言っていた。日本軍のようすを探るために斥候が出されるが、クロフトはひそかに斥候に、日本兵を見つけても、日本兵はいなかったと報告しろと言い渡す。

日本兵たちはひそんでいなかったというクロフトの奸策による斥候のウソの報告を受け、ハーンは偵察小隊を前進させる。「三十分後、ハーン少尉は日本兵の機関銃に胸を撃ち抜かれていた」(同)。最初の林に面する岩棚のところで、日本兵はいないからと安心しきって、部下に合図しようと何気なく立ち上がった瞬間だった。

クロフトは、いまや八名となった小隊の〝長〟となってアナカ山に登るべく、麓《ふもと》の大断崖の最初の割れ目に到着する。

じつはこの頃、カミングス将軍がボトイ湾侵攻に必要な駆逐艦を一隻手に入れようと軍本部に出かけていた留守のあいだに、日本軍は壊滅の状態にいたっていた。将軍に代わって作戦を指揮することになっていた愚鈍なダルスン少佐が、将軍から攻撃作戦を一時停止の状態にしておけと命令されていたにもかかわらず、密林のなかの日本軍の一露営地が放棄されているとの報告を受けるや、日本軍の陥穽《かんせい》かと疑いつつも、完全武装した一個中隊を、放棄された日本軍の露営地に派遣するよう命令を発してしまったのだ。「この攻撃によって、トーヤク将軍と幕僚の半数が戦死した」(656)。将軍の留守のあいだに、愚鈍なダルスン少佐の命令無視の、抜駆《ぬけが》けの功名をねらった作戦により、攻撃作戦は全部完了してしまったのである。あとは敗残兵の掃討活動が残るのみ。勝利の興奮に酔った軍隊本部では、偵察小隊のことなど忘れられていた。ハーンがそのために命を落としたところの偵察の任務など、いまやまったく意味を失っていた。

クロフトは、アナカ山の急峻《きゅうしゅん》な一枚岩の絶壁を、岩棚沿いに先導していた。翌日の払暁《ふつぎょう》、行くことを拒む隊員たちの抵抗をクロフトは拳銃で抑え、眼前にアナカ山を見上げるところまで到達する。一隊はすべてを忘却し、体力の限界のその先の力をふりしぼって、岩づたいに一歩、また一歩と登っていった。いよいよ山頂が近づいた。と、疲労困憊したクロフトは思わず岩に足もとがよろけ、はずみで明るい黄褐色の巣にぶち当たってしまう。

巨《おお》きな熊ん蜂の大群が一隊に襲いかかってきた。隊員たちはすべて、ついにはクロフトも、いっせいに岩を駈け降りはじめ、銃を放り出し、背嚢を捨てて、ちりじりばらばらに尾根を超え、峡谷に駆け下り、その先の丘の斜面に逃げ込んだ。

偵察小隊は密林をぬけ、翌日、海岸で担架隊と合流、上陸用舟艇に拾ってもらって野営本隊に帰還する。

四十八年出版の『裸者と死者』は、六十二年出版のケン・キージーの『郭公の巣の上』(Ken Kessey: *One Flew Over the Cuckoo's Nest*)へとつながる。『裸者と死者』において南海の孤島に宿営するアメリカの軍隊が戦後のアメリカ社会を象徴しているならば、『郭公の巣の上』では、徹底的に管理されている精神病院がアメリカの管理社会を象徴している。収容者をすべて従順に服従するだけの〝機械〟に変えることによって精神病院を管理せんとする「婦長」が、軍隊を完全に管理し支配するカミングス将軍に当たるならば、「婦長」に抵抗し刃向かったために電気ショック療法によって植物人間にさせられてしまうマックマーフィは、権力に抵抗したために謀殺されてしまうハーンに当たる。たしかに『郭公の巣の上』では、ナレーターのブロムデン酋長がマックマーフィの遺志を継ぐべく精神病院を脱走しカナダへと逃げていくが、管理社会のなかにあってこのインディアンに真の自己を確立していくことができるかどうかは、彼のたどたどしい英語以上におぼつかない。管理機構のファシズム的支配と自我の圧殺は、戦後を代表する偉大な二つの作品に同質のテーマとして一貫している。

組織は勝つ。愚鈍な勝利をつねに勝つ。じつは、カミングス将軍が綿密な攻撃作戦を練っている間に、日本軍の補給品貯蔵所はすでに砲撃のために破壊されており、日本軍の弾薬も、アメリカ軍の攻撃がはじまる一週間も前からほとんど尽きていたのである。愚鈍なダルスンの軍紀違反の、抜駆けの功名によって、攻撃作戦が大成功に終わってしまったことに、カミングス将軍は釈然としない憤りを感じていた。しかし将軍には、これからのフィリピン侵攻での武勲が待っている。しかも、「比較的楽しい、ほとんど心躍らんばかりの作業」(718)によって、敗残の日本兵を虐殺する掃討作戦がすばらしい成功を収めていた。

管理社会においては人間の個我は抹殺されるが、だからといって、その管理社会を動かしている支配層(大資本家や政治家など)が自己を有する存在というわけではない。『もう一つの国』のアイダが、白人憎悪の情念がつまりは彼女自身であるような社会的なアイデンティティしか所有していなかったのと同様に、カミングスやクロフトもまた権勢欲という欲望に取り憑かれただけの、権力志向の自己しか所有してはいなかった。彼らは自分自身の思考や感性やライフスタイルから成立する自己を所有している存在ではない。いわば彼らは「権力への意志」という情念に化した、自己をもたないロボットのような人間だ。

クロフトは本部にもどればふたたび小型カミングスとなって、権力という媚薬に精神の深部を忘れ、他人を支配する悦楽に酔いしれようとする〝自動人間〟になっていくにちがいない。現代の管理機構の社会は、人間の精神の眼を精神本来の深部から遠ざけ、権力や支配という、生命のかよわぬ物質的な栄光への渇望に精神を塗り立てていくものなのだろう。

3

〝オッパイ〟はいかに生きるべきか？ **フィリップ・ロス『乳房になった男』**（一九七二）

――「ぼくが悩んでいるのは、ぼくがぼくでありつづけるためには何をしなければならないのかということなんです。だって、ぼくがぼくでなかったら、ぼくって誰ですか？　ぼくって何ですか？　ぼくはぼく自身でありつづけるか、それとも気が狂って――そして死んでしまうか、どちらかしかありませんよ」

フィリップ・ロス
© Top Photo/APL/JTB Photo

ロスの『乳房になった男』（*The Breast*, 1972）は、邦題にあるとおり、一人の男が巨大な一個の女性の乳房になってしまうという、いささか荒唐無稽な小説である。しかし、当然のことながら、この荒唐無稽な物語は、空想力の奔放な飛翔だけに価値があるのではない。フィリップ・ロスはこの小説のなかで、現代人の自己の喪失とは具体的にいかなる形をとっているのかを、みごとな寓意でもって描いている。

文字どおりに男が女性の一個の巨大な乳房になってしまう。股間の痙攣的な痛み、ペニス基幹部の赤みがかった変色、陰部の感覚の強化などの兆候があったあと、ニューヨーク州立大学比較文学科准教授デイヴィッド・ケペッシュ（三十八歳）は、一九七一年の二月十八日午前零時から四時にかけ、まさに一夜にして、重さ一五五ポンド、長さ六フィートの一個の

〝オッパイ〟に変わってしまった。耳は聞こえ、口もきけるが、眼は見えず、動くこともできないこの〝肉塊〟は、ニューヨークのレノックス・ヒル病院の一室に収容され、乳頭を上にしてハンモックに吊される。

人間がなにか異種のものに変身してしまう文学作品としては、歴史上にゴーゴリの『鼻』やスウィフトの『ガリバー旅行記』やカフカの『変身』などがある。『鼻』は単なる滑稽譚に見えるけれど、そのじつ、外的な付属的な〝鼻〟という「肩書き」が八等官としての自分のすべてであった役人などの社会的な地位にある人間を、揶揄しているように思われる。『ガリバー旅行記』は権力や肉欲や功名心に憑《つ》かれた人間一般の姿を辛辣に揶揄しているし、『変身』は現代人の疎外を痛々しく描ききっている。ではロスは、人間が一個の乳房と化してしまうこの小説のなかで何を描いているのか？　先にわたしは、この小説を現代人そのものの寓意を描いたものとしたが、まさにそのことが作家自身の小説執筆の意図であったらしく、小説中に、作家としては珍しい、もしかしたら〝御法度《ごはっと》〟の、作家みずからによる小説中でのテーマの〝説明〟が挿入されているのだ。

小説の読みすぎでこういうことになったのだろうか？　「そんなわけはないですね」とクリンガー医師は言う。「ホルモンはホルモン、芸術は芸術ですよ。べつに想像力を駆使しすぎた結果などではありません」

「そうでしょうか？　ぼくは思うんですけど、今回のことがぼくなりのカフカ的なあり方、ゴーゴリ的なあり方、スウィフト的なあり方ということもありうるんじゃないでしょうか。こういう大作家には荒唐無稽なことを想像する能力、それを表現する言葉があり、群を抜いた創作能力がありました。

しかし、ぼくにはそのいずれの持ち合わせもない、なんの才能もない。あるのは文学的なあこがれ、それだけですよ。ぼくは文学のなかの極端が大好きで、そういう作品を書いた作家を崇拝し、その表現力と想像力に文字どおりウットリとなったものですが――」

「それでどうしました？　よろしいですか、世の中には芸術愛好家なんて掃いて捨てるほどいますよ。だからどうだっていうんですか？」

「だから、ぼくは飛び越えたんですよ。言葉を肉としたのです。おわかりになりませんか、ぼくはカフカをカフカ的方向に乗り越えたのです」。クリンガーはぼくが冗談を言おうとしているかのように笑い声をあげた。「結局のところ」とぼくは言った、「驚くべき変身譚を想像することのできる芸術家と、自分というものを想像つかないものへと変身させることのできる芸術家と、どちらがよりすぐれた芸術家でしょうか？　どうして今回のようなことになったのがデイヴィッド・ケペッシュなんでしょう？　よりによってどうしてこのぼくに、そのような大それた才能が授けられたのでしょう？　理由は簡単。すぐれた芸術をなした人が、どうしてカフカ、どうしてゴーゴリ、どうしてスウィフトなのか、どうしてある特定の人なのか、それと同じことです。すべてのことと同じように、偉大な芸術の才能は、ある特定の人に授かるものなんです。こうやって乳房になったこと、これがぼくの芸術作品なんです」（『乳房になった男』傍点引用者。81−82頁）。

ケペッシュは偉大な作家の想像力がない代わりに、偉大な作家が作品のなかで成し遂げていることを我が身でもって成し遂げたという。彼が「乳房になる」こと自体がひとつの表現であり、寓意であったということだ。壮大な想像力の飛翔も、天才的な言葉の構築も、彼の〝作品〟のなかにはない。彼が一個の巨大な女性の乳房に変身したということ自体に、彼がいかにその前代未聞のありうべからざる変身を乗り越えていったのか、その経過自体に、作品の〝意味〟があるというのである。

　つまり〝乳房〟の姿自体と、ケペッシュがその試練を精神的に乗り越えていく過程とに、作家ロスは現代人の寓意的なありようを描いたのであった。

　ケペッシュは、人間が一個の巨大な乳房に化してしまうという、医学でも解明できない突拍子もない〝変身〟（この事態を彼は大文字のThisと呼んでいる）によって、改めて、生きるということの客観的な〝意味〟について考えるようになる。これまでの彼は、大学教授という地位に安住し、生きるとは自分の社会的な義務を果たすことであるという以上の意識をもつこともなく、自己満足して、無自覚な生を生きているだけであった。しかるべき地位につき、社会的な礼節をまもり、自尊心をもって日々の社会的な義務を果たすことが、つまりは人間が生きるということの意味であり、人間としての〝威厳〟のすべてであると、信じて疑わないだけの生であった。ところが彼は、Thisによって、これまでの自己を規定していたすべての属性――地位や社会的な礼節や自尊心や自己満足を、すべて奪われてしまう。まるで「地位」を象徴する自分の鼻が顔から奪われてしまった八等官コワリョーフのように。


　ぼくがかつて文学教師であり、愛する者をもち、人の息子で、誰かの友人、隣人、顧客、依頼人、どこかの市民であった頃には、ぼくの〝威厳〟なるものにも意味があったかもしれないが、いまはそんなものについて考えるのは止めるのがいちばんだ。地位とか社会的な礼節とか人間的な矜持《きょうじ》とか、そういうものを忘れるべき時があるとしたら、今こそがその時ではないか。（傍点引用者。23）

八等官コワリョーフの鼻という「肩書き」は、五等官という彼よりも高い官位の独立した人格として独り歩き（！）をはじめてしまったが、短編の最後には、それなくしてはコワリョーフが自分の人間としての〝威厳〟を保つことのできない「肩書き」たる〝鼻〟は、彼の顔にもどる。しかしケペッシュは、〝鼻〟を取りもどす、つまり乳房ならざる元の人間にもどることはできない。すなわち、彼は、〝鼻〟という〝威厳〟を失ったコワリョーフとして、〝肩書き〟などの社会的条件のすべてを剝奪された、あるがままの一個の人間が生きる姿に直面せざるをえなくなる。人は、どこから生まれてきたのかを知らず、真の意味では何のために生きるのかを知ることもなく、ただ与えられた、あるいはみずから獲得した社会の義務を果たしつつ、そして、いつか必ず、どこともしれない世界へと、あるいは「無」と思われている世界へと、消えていく。社会的な〝威厳〟にくるまれて生きているときには、そういう事実にすら眼をむける必要はない。しかし、〝鼻〟をそぎ落とされ、つまり〝乳房〟となってしまって、「地位とか社会的な礼節とか人間的な矜持とか」の〝鼻〟を失って、自分を生の根本のありようへの考察から護り保護してくれていた〝威厳〟などを「忘れて」しまったとき、ケペッシュは、人間がこの世に在るということはそもそも何なのか、生とは何なのかの、根本的な考察に直面せざるをえなくなった。このように考えてみれば、生きているということは、なんとわけのわからない、奇妙な事実であることか。ケペッシュは、乳房に化してしまうことによって、これまでの自分を規定していたすべての社会的な属性を奪われてしまったとき、改めて、人間が生きて在るということの不思議さ、あるいはその訳のわからなさに実感として目覚める。人間という一個の生命体であるということは、まさに一個の乳房であるのと同じくらいに、奇怪な、不気味な〝物体〟であるということだ。なのに人はそういう存在の深淵をのぞき込むことなく、生の神秘の謎に向き合うこともなく、飯を食べ、仕事をし、世間や周囲のゴシップや政治談義に興ずる〝日常性〟が、生きるということのすべてであるかのごとくに生きている。ケペッシュが女性の巨大な一個の乳房に変身したことは、人間が生きるということについて彼が考えることの契機となった。「文学教師」であるはずなのに彼は、人間が生きるということについて、これまで真に思考してみることはなかったのだ。

生きて在ることの不思議さに対しあまりに盲目な、日常性への執着だけの生は、息子の摩訶不思議な悲劇を見舞いにやってくるケペッシュの父親が代表している。かつて〝我が子〟であった肉塊の乳頭のそばに座ったこの〝二流ホテル〟の経営者は、近所の人間たちのうわさ話しかすることがない。ケペッシュの父親にとって、そしてまた多くの人にとって、「飯を食べ、仕事をし、世間や周囲のゴシップや政治談義に興ずる〝日常性〟が、生きるということのすべて」である。「婦人帽を売っているエイブラムズさんのこと、憶えてるかね？　足治療医のコーエンさんや、トランプ奇術の得意な、キャデラックを乗り回しているローゼンハイムさんのことは、憶えとるな？　そうそう、わしもそう思うよ。それになあ、誰々さんはもう死にそうだし、なにがしさんは引っ越したし、なんのなにがしさんの息子さんはエジプト人の女と結婚したよ。お前、どう思うね、そういうこと？」と父は訊いてくる（30）。父親は、〝存在〟という異常なまでに神秘的な事実を直視し、それに立ち向かうにはあまりに精神の視力が貧弱である。「父は本当にこの出来事を理解しようとしないのだろうか？　この男はユダヤ人がエジプト人と結婚するということよりももっと異常なことが人生にはあるということを、理解しないのだろうか？」（同）。

喰わんがための仕事をこなし、隣人のゴシップへの関心のなかだけに生きているかのような父親の生のありようは、小説のなかでもう一度強調される。まるで父親が大部分の人間の生きるあり方を代表しているかのように――「長いあいだ父はなにも言わずに黙っていた。おそらく父も泣いてくれているのだろうと思った。ところが父は、例の週間ニュース報告をはじめたのである。誰それの娘のお腹が大きくなっただの、なんのなにがしの息子が一万ドルのマイホームを買っただの、ぼくの叔父がリチャード・パッカーの弟の息子の結婚式の料理の仕出しをすることになっただのと」(67)。

世界劇場においてそれぞれの役を演じているだけの、無自覚な、つまりは「自己」を有さない役者――それが日常的な生におけるわれわれすべての姿だ。「響きと怒り」に満ちただけの、踊って、泣いて、騒いでの無自覚な〝演技〟が、生きるということの姿のすべてなのであろうか? 彼は父親を見ながら、不思議に思う。「これは恐ろしい演技だ。でも、父は本当になにかを演じているのだろうか? 父は世界でもまれに見る聡明な役者なのだろうか、それとも単なる馬鹿にすぎないのか、あるいはまったくの無自覚なのだろうか? それとも親爺には、こんな自分でありつづけること以外に方法はないのだろうか?」(同)。そう、われわれの多くは、こんな自分でありつづけること以外に方法はないのだ。この父親のあり方に象徴されるように、現代人の多くは喪失された自己のままであるしか方法はない。

ケペッシュには、「消えよ、消えよ、束の間の蠟燭の火よ!/人生は歩く影、下手な役者に過ぎぬもの/舞台の上で限られた時間を威張って、焦れて/そして、やがてその声は聞かれなくなる」(『マクベス』五幕五場)と謳ったシェイクスピアの洞察でもって、人の生のありようが見えてきた。彼は自分のことを今や「正気の牙城」(a citadel of sanity) になったと言う。そして、この人間としての〝正気〟を獲得するには、「今回の悲劇」(This) が必要だったことを知るのである。「ぼくが正気の牙城となることができるためには、この悲劇が必要だった」(26)。

ところが、である。人間としての「正気」を獲得し、生の裸形のありようが見えてきた彼が、いかなる生を送るにいたったかというと、それが父親の生となんら変わりはないのだ。見えすぎる洞察の地獄のなかにありながら、彼には父親と同じように日常性に執着するありようしか見あたらない。

自己というものをもたず、ただやみくもに、無意識に、無自覚に、「足を交互に前に出して、ただ歩いていく」だけの生存をつづけている生の横溢《おういつ》。この無意味な生の現実を前に、人はどうして気が狂ったりせずに生きていられるのだろうか？　クリンガー医師は、世のほとんどすべての人と同じように、「性格的な強さ」とか「生きる意志」という常識でそれを説明する。

だが、先験的に与えられた本能的な生への衝動だけでは、永遠の不可解さのなかにある人間一般の生のありようが、存在の神秘が、真に説明されるわけではない。発狂せずに生きつづけるのに不可欠なのは、こうして生きている自己とは何なのか、自己が生きるとはどういうことなのかを、自分に対して明確にしうることでしかない。ケペッシュはクリンガー医師に言う。

「おわかりでしょ、道徳的に間違ったことをしないとか、不適切なことをしないとかいう問題じゃないんです。ぼくは、自分が一個の乳房であるということの社会的な身のこなし方などに悩んでいるんじゃ、まったくありませんよ。むしろぼくが悩んでいるのは、ぼくがぼくでありつづけるためには何をしなければならないのかということなんです。だって、ぼくがぼくでなかったら、ぼくって誰ですか？　ぼくって何ですか？　ぼくはぼく自身でありつづけるか、それとも気が狂って――そして死んでしまうか、どちらかしかありませんよ」（傍点引用者。23）。

とにかく、「こういうかたちで生きていくということは、もうできない」（25）。ケペッシュは、一個の乳房になってしまうことによって、社会の人間一般が、そして自分自身が、哺乳動物のように無自覚に送っているこの人生の滑稽さ、無意味さに、まさに肉体的な実感として目覚める。彼は、この摩訶不思議にして神秘的な、生きているという事実に向き合い、無自覚になるのではなく真の自己としてのあり方を見つける知的な責任を突きつけられる。自分が自分であるというこの不思議。これは一体何なのか？　だが、この永遠の謎を前にしたとき、ケペッシュは呆然とせざるをえない。「正気の牙城」として目覚めた自分ではあるけれど、この問題のあまりの大きさに叩きのめされ、自分の非力を自覚せざるをえない。こんな永遠の謎にいどむくらいなら、クリンガー医師のように「性格的な強さ」とか「生きる意志」とかの、あまりに常識的な、それ自体なんの意味もない〝説明〟に逃げ込んでいることのほうが無難なのかもしれないとすら思えてくる。

博士号をもったイルカ。准教授イルカのケペッシュ。まったく、こういう人生でいちばん見落としがちなのは、人生の滑稽さ、些末さ、無意味さだ。乳房なんかになってしまったぼくのとてつもない、滑稽きわまりない事実を別としたら、ぼくにはこの馬鹿げた不幸に対し、ある知的な責任が生じてきたように思える。**一体こうして在るというのはどういうことなのだ？　どうしてこういう事態が生じたりしたんだ？　長い人類の歴史のなかで、よりによってどうしてこのケペッシュ准教授でなくてはならないんだ？**　なるほど、日常的な、よく知っている世界に執着し、やれ性格的な強さだとか、生きる意志だとかの能書きをいっているほうが利口なのだろう。気宇壮大な黙示録的な言辞を弄しているよりも、ああいう陳腐な科白《せりふ》を言っているほうがましだ。なぜって、たしかに今のぼくは正気の牙城ではあるけれど、しかしぼくの扱いうる能力にも限界があるのだから。（ゴシック部分の原文はイタ

リックス。26―27）

思い出していただきたい。ケペッシュは、カフカやスウィフトのように「表現力と想像力」でもって「変身譚を想像」したのではなく、そういう偉大な芸術家たちを「飛び越え」、「言葉を肉とし」て、「カフカをカフカ的方向に乗り越えた」と言っていたことを。ということは、ケペッシュが乳房であるということは、乳房であるということ自体に、つまり乳房としての彼の発言や悩み自体に、カフカやスウィフト文学のもっている〝寓意性〟があるということになる。ということは、いまの引用文の太字部分の箇所は、次のように言いかえうる〝意味〟をもっていることになる――**こうして生きているということは、一体どういうことなのだろうか？　どうして「無」ではなく、こうして「有」として生きて存在しているのだろうか？　自分が、この世にあるかぎりは誰でもないこの自分でありつづけるということは、一体何であるのだろう？**

ケペッシュは、生命体として自己がこうして存在していることの神秘性と謎に、生の不可解性に、目覚めたのである。「存在」の神秘性と謎は、哲学なるもののそもそもの最初から今日にいたるまでの、そして人類が存続するかぎりの、最大の問題である。ケペッシュという乳房は、哲学の原点に立った。われわれのこの存在自体の謎が発する光芒は、我々の意識にはあまりに眩《まぶ》しすぎる。この答えのない永遠の謎のなかで、意識をもった一個の乳房でありつづけることは、その意識が鮮明で強烈であればあるほど、耐えがたい狂おしいものとなる。

まずケペッシュは病院に〝隔離〟されたとき、絶えざる監視にさらされているという意識をぬぐうことができない。つねに「見られている」という感覚が彼を襲う。

この「見張られている」というのが、現代人に特有の意識だ。これはジュレミー・ベンサムが刑務所改造計画で構想したパノプティコン（一望監視施設）を想起させる。フーコーの言うように、「近代が提起する問題というのは、少数の者に、あるいはたった一人の者に、瞬時に多くの者を見させるということ」であるからだ。中心にいる者はすべてを見ることができるが、見られているほうは見ている人間を見ることができない。われわれはこのパノプティコンの原理に支配された管理社会に生きている。

フーコーは、こうして近代社会とは、少数者に、あるいは唯一の者に即座に大多数の人間を監視させられる社会（監視社会）であると指摘するのです。／こうして、ディシプリンは、人々の身体を管理・統御する原理となり、近代社会の自由・平等という上部構造の下に、下部の法律として君臨してきたのです。…／学校でも、工場でも、役所でもどこでも〝規格化〟の専門家たちが、このディシプリンの技術を駆使して、管理に励んでいます。学校が監獄に似ており、監獄が学校や工場に似ているのは、基本的にそれらの施設を機能させているのが同じ管理原理だからです。[1]

現代の〝ハーン〟は、人間を〝規格化〟し、組織に従属させようとする〝カミングス将軍〟につねに見られているわけだ。

そういうときケペッシュは奇妙なことに気づく。看護婦に乳首を拭いてもらうとき、彼は身体を――つまり乳房全体を震わすような快感を覚えるのである。存在の発狂せんばかりにめくるめく光芒から、なんとか意識を、精神の眼をそらすには、この快楽に惑溺《わくでき》するしかない。彼が妻のクレアに頼み込むと、この小学校教師の妻は不承不承ながら夫の要求を受け入れてくれる。本当は自分の乳頭を妻のヴァギナに挿入して性交をおこないたい。でも、誠意はあるが几帳面なクレアにそれを要求することはできない。「ぼくは妻にぼくの上にまたがり、身体をくねらせてもらいたいんですよ。先生、ぼくは妻とファックしたいんです。ぼくの乳首を使って、妻とやりたいんです。でも、もしぼくがそれを言い出したら、妻は逃げ出すでしょうね！　走って逃げて、二度と戻っては来ませんよ！」（35）。

でもクレアは、夫がそれをほんとうに望んでいるということがわかると、夫の乳首を愛撫することには応じてくれる。妻に乳房を舐《な》められ、吸われ、嚙んでもらって、ケペッシュは快感に身もだえする。ケペッシュには「セックス」がなくてはならないものとなる。生の奇怪さと永遠の不思議さに対して目覚めつづけていることは、あまりにも耐えがたい。「ぼくはファックされたいんです！　ぼくがファックされてどうしていけないのですか？　……ぼくは意識をもって、ただここに横たわっているだけですよ！　これって、気違いじみてますよ、先生――やりたいことをやれずに、ただ意識が目覚めているだけってことは！」（40－41）。

乳房への妻の愛撫を受けながら、もだえ、うめくケペッシュはまったくの「性的人間」と化す。生きているとはどういうことなのか、世界とは何であるのかの、リアリティの問題はあまりに眩《まぶ》しすぎて直視できないから、そういう問題からは眼をそむけ、見ない振りをするか、そもそもそういう大問題が存在するということ自体に気づかないまま、人は性戯そのものを目的とした性戯、快感それ自体が目的のセックスに惑溺する。現代社会の「性の横溢」の背後には、人生の根本義に対する怠惰と逃避、もっとも大切なリアリティに対する意識の自己欺瞞的な喪失がある。

現代のセックスは、かなり多くの場合、快楽を自己目的とした性戯でしかない。ケペッシュがみずから愛することをもとめて動くことができず、他者からの働きかけと、それが与えてくれる快感だけをひたすら待ち受け、渇望していることからも、そのことは明らかだ(そのことは、われわれはすでに『もう一つの国』において見た)。現代の「性の氾濫」は、もっとも大切な問題から逃避し、リアリティに目覚めてある意識を喪失している現代人の無自覚な時間つぶし、あるいは欺瞞的な代償の〝価値〟なのかもしれない。自己不在の現代人にとって、人生は長々とした時間つぶしでしかないのか?

このように自覚的で意識的な生のありようをみずからの〝自己〟に即して考えるのではなく、そういった自己を探ることを停止し、肉体的な快楽や物質的な快適さという表層的で物理的な価値のなかに逃げ込むあり方は、当然のことながら、真の自己にのっとった生のありようを破壊してしまう。大切な問題に目をつむり、そこから逃避するあり方は、もしかしたら発見できたかもしれない〝自己〟の確立を不可能にしてしまい、人格の破綻をもたらすのだ。「もしこのような状態をもっとつづけていたならば、ぼくは狂気の地点に達してしまい、そのあとは、これまでの自分という存在とはなんの関係もないような状態に立ちいたってしまうのではないかと心配になった。それは、もはやぼくがぼく自身でありつづけることができなくなってしまうということですらなかった――もうぼくは何かの存在であることは決してないだろう。ぼくは肉欲だけを追い求める、それ以外の何ものでもないものとなってしまうことだろう」(43－44)。

だからケペッシュは、自分の陥った状態を「危機」と呼んだのだった。肉体的な快楽のみを追い求め、それに惑溺して、より精神的な生の質については問おうともしない現代人のあり方は、それ自体が「危機」なのである。「序文」で引用したキェルケゴールの言うように、「自己自身を喪うという本当にいちばん危険なことが世間ではまるで何でもないかのようにきわめて静かにおこなわれ」ているのである。

しかしながらケペッシュは、この「第一の危機」から脱しようとするだけの精神の働きをもっていた。「ヴァギナでなくとも自分の口でもって、ぼくに〝愛の行為〟をしてくれる天使のごとき、冷静無比のクレア」(45)に、いつまでも「もっと」を求めつづけることの無意味さを、彼は感ずるだけの精神を有していた。

彼は、自分に一方的に〝愛の行為〟のまねごとをおこなってくれるだけの献身的な、「天使のごとき」妻に、申し訳なさを感じはじめる。「かつてはデイヴィッド・ケペッシュという人間であったとてつもない肉塊に、夜ごとサービスをおこなうために呼び出されてくる女の器械」(同)でしかないクレアに、人間としての申し訳なさを覚える。肉体的な快楽をもとめているだけの現代人は、つまりは〝愛〟の対象を単なる〝道具〟と見ているだけでしかないことになる。そのような「もっと」「もっと」をもとめるだけの肉欲の追究に、真の「オルガスム的な結尾」、真の人間的な悦びの得られる道理がない。現代の、世をあげての「性の氾濫」の空虚さ、無意味さに、ケペッシュは気づく――「妻がぼくの乳首にかける時間が少なければ少ないだけ、ぼくが妻にとって(そしてぼく自身にとっても)、この乳首だけではないもっと別の存在でありつづけることのできる可能性は大となる」(45-46)。

「第一の危機」が何ヶ月もつづいて、やっとその危機は沈静化していった。ところが、ケペッシュに「第二の危機」が襲ってくる。その危機の訪れは、ニューヨーク州立大学ストーニィ・ブルック分校芸術科学学部の学部長アーサー・ションブランのお見舞いが契機となる。ションブラン学部長は、肉塊と化したケペッシュを見たとたん、吹き出してしまい、クスクス笑いを抑えきれず可笑しさに耐えかねて、部屋を飛び出していったのであった。「ぼくの大学院の指導教官、ぼくの大学の上司、これまで見たことのないくらいに礼儀正しい人物――その人物が、音から察するに、ただぼくを見ただけで、笑いが止まらなくなったのである」(傍点原著。51)。

でも、いま現在、ケペッシュが一個の乳房であるという現実に変わりはない。ケペッシュが生きていくということは、オッパイとして生きていくということに他ならない。自分にとって、オッパイであることの他にあり方はありえず、しかもそのあり方が、自分にはとうてい受け入れがたい、ショッキングな、人がただ笑いころげるしかないあり方だとしたら、そのとき人はどうしたらいいだろうか?

答えはひとつ――自分が一個の巨大な乳房であるという、この笑止千万な現実を否定し、それを認めないことにしかない。「次にぼくに生じた変化は、自分が乳房に変身してしまったという事実を信じなくなったことだ。クレアやミス・クラークや、誰でもいい、ぼくの要求に応じてくれた人との乳首セックスを(多少とも)止める決意がついたあと、ぼくは、こういう事態全体がありえないことだと思いいたった」(同)。

自分のいまのありようを、自分の現実であるとは認めなくなる――これがケペッシュの陥った「第二の危機」であった。ケペッシュ自身、これを「信仰の危機」(a crisis of faith) と呼んでいる。どうしてこれが「信仰の危機」なのか?

ケペッシュは、いま自分が乳房になっているのは、なにか悪い夢を見ているのであって、これは現実ではない、この悪夢から「目覚め」て、自分は本来の自分の現実に立ち返らないといけないと感じる。われわれには、「自分は自分である」という〝信仰〟がある。自分が自分であるとは、「自己自身および自分の住んでいる時代というものをよく認識」し、「自己の決断を経て、内なる自由に達し、自分自身の内なる誠実さにしたがって生きる」[2] ことであったはずだ。ところが、われわれはそういう「目覚め」

た自分を生きているという実感がもてない。自分の生きている現実が、「これは現実のことじゃないんです！」としか思えない。ケペッシュの父親のように「自己」というものをもっていないのだから、生きていながら、自分を生きているという感覚がもてない。それどころか、自分の生自体が、「生理学的にも、生物学的にも、解剖学的にも、ありえないこと」とすら思える。現実が現実とはちがう。「これは夢なんです！」

「第二の危機」が「信仰の危機」、一種〝宗教的〟な危機であることの理由はここにある。人間には、自分は自分だ、自分は自分を生きているという、当然すぎて疑問を呈する余地のない〝信仰〟があった。ところが、現代の生のありようにおいて意識の先鋭な人ほど、この〝信仰〟に疑念が生じてくる。その〝信仰〟が危機に瀕してくる。現実が現実ではなく、永久に醒《さ》めそうにない〝夢〟としか思えない危機。「そのとき、ぼくは悟った、ぼくはまだ真実の眠りから醒めてはおらず、ぼくが悪夢自体のなかでむさぼっていた悪夢から目覚めたのであるということを。ぼくは目覚めつつある乳房とはなりえていなかった——ぼくは、いまだ夢見ているぼく自身でしかなかった」（54）とケペッシュは言う。そしてそれが、彼個人に起きた現象ではなく、現代人すべての陥っている意識状態なのだと、作家は〝説明〟している。「むしろぼくは、内分泌学者にとって前代未聞の内分泌障害による悲劇的な変身によってハンモックに吊されているのではなく、ほんとうは精神病院の一室で、座って催眠術にかけられているだけなのではないか。そしてこのことは、あらゆる時代に、あまりに多くの人間に起こりうる、そして現実に起こっている現実なのである」（傍点引用者。56）。

この真の現実感覚の喪失は、日本でも「ヴァーチャル」という語でもって言いならわされるようになった状態に相当するだろう。現実のなかに「世界内存在」（ハイデガー）としてありながら、なおかつ現実が現実と信じられない状態、それはすでにハイデガーが早くに見てとっていた「世界像の時代」という事態のことだ。「現実存在する事態の相対としての世界は、いまや意識に相対する〝像〟ないし〝表象〟に変貌する。とにかく人々は、いまや他者の顔や肉声に一切触れることなしにも〝世界内存在〟しうるのである」。[3] 世界や自分の現実を自分の内面の「像」として捉え、真実の現実はこれとは違うところにあると思ってしまう状態。「ぼくは夢を見ているだけなんだ！　問題は、目覚めることです！」(54)。

それに伴い、自我にとっては自分は必ずしも明らかではないというような状況が進行中である。デカルトのように、自己意識は明証的であるということはもはやできない。しかしそれでいてわれわれは、事務システムばりに効率化された現代社会においては、行為や経済活動の、あるいは契約の責任主体であることを、形式的にせよ一層迫られる。それもまた自我たち——形骸化した貧しい自我たち——の現実なのである。

そのような〝自我の形骸化〟は、単に自我が弱体化し自然消滅するということを示すだけにとどまるものではない。今日の状況は、人間が自我でありたいと自覚しても、社会の制度も実情も自由な人格の存在を許さなくなっている、ということである。国家や家族といった共同体は、すでにその紐帯や帰属をわれわれが実感できるようなものではない。少なくとも、これに反対して、国家や家族はかくかくのものとしてまだ存在するとは、もはや誰も自信をもって断言できないのではないか。[4]

ピエール・レヴィも前代未聞の現代のヴァーチャル化を次のように説明している。

ヴァーチャル化（virtualization）の広く一般化する動きは今日、単に情報やコミュニケーションだけでなく、身体、経済的な活動、感性の集合的な枠組み、そして知性の行使にまで影響を与えている。ヴァーチャル化は存在全体の儀式、〝私たち〟の構成にまで及んでいる。すなわちヴァーチャルコミュニティ、ヴァーチャル企業、ヴァーチャル民主主義…。メッセージのデジタル化、サイバースペースの拡張は進行中の激変の主要な役割を果たしているが、情報化と呼ばれるものを大きくはみだしてしまっている奥底の流れこそが問題なのである。5

現代の社会の「奥底の流れ」がヴァーチャル化である。レヴィは、現代のヴァーチャル化の主要な様態のひとつは、「〝いま・ここ〟からの離脱」にあるという（『ヴァーチャルとは何か？』、7）。「ある人、ある集団、ある行為、ある情報がヴァーチャル化されるとき、それらは〝そこの外〟に置かれる。つまり、脱領土化される」（前掲書、10）。「現代のヴァーチャル化の力と速さは、とても巨大であるので、それらは人間たちに自分自身を知ることから退去させ、人間たちをそれらのアイデンティティ、それらの努め、それらの国から追い払う」（傍点引用者。前掲書、197）と警告する。

われわれは、人間としての〝信仰〟に基づいた、現実を現実として理解し、その現実を生きる〝正気〟に立ち戻らないといけない。〝脱領土化〟されてしまった自己が、ふたたび自己を奪取できるのか？「あきらかに、正気へと立ち返る道は、自分に対するこの気違いじみた観念に挑戦することにしかない」（57）。「真なる自己を索め」るとは、じつは、この脱領土化された自己の観念に挑戦することにほかならない。ヴァーチャル化された自己とは、喪失された自己の別表現なのだから。

こうやって十五ヶ月が過ぎ、ケペッシュはいまは「比較的安定した精神状態」（77）にある。この状態のなかでケペッシュは、いかにも〝現代人〟らしいことを考えつく。これまでは彼は、ありあまる時間を利用して「西欧文学」の読書に時間を費やしてきた。それが人間としての〝教養〟だと信じていた。ところが彼は、文学や哲学や音楽など、そんな〝教養〟に何の意味もないことに気づく。「しかし、これは何のためだ？ こんなもの、時間潰しでしかない。乳房となったぼくの身としては、これは時間潰しでしかない」（84）。

〝教養〟を棄てて、さて、どうするか？ 先に言ったように、ケペッシュは、いかにも〝現代的〟なことを思いつく。〝教養〟などクソ喰らえ、すべては〝実学〟だ。大切なのは、金儲け。金さえあれば、人生、すべてがうまくいく。人間としての〝信仰〟など、どうでもいい。信仰すべきはお金、なによりも大事な、尊いお金。拝金主義。「友よ、ぼくはこれから大金持ちになるぞ。べつに難しいことじゃないんじゃないかな。ビートルズがセイ・スタジアムを満員にできるんだったら、ぼくにできないわけがないじゃないか？ あなたもいっしょに、このことをよく考えてみようじゃないか。だって、教育の目的は、物事をよく考えることができるようになること以外に何がある？ 教育って、もっとたくさんの本を読むこと？ もっと文芸批評を書くこと？ 高次元の問題をさらに思索すること？ そんなことより低次元のことをよく考えてみるのも悪くないじゃないか。ぼくは何千ドルと金を儲けるぞ――そして女たちを、二十歳の娘、十三歳の少女を、クスクス笑ってる素っ裸の女たちを、いちどきに三人、四人、五人と侍《はべ》らせ、いっせいにぼくの乳房を吸わせるんだ」。（同）

どうも恐れ入った話である。しかし、人生の「高次元」の問題などクソ喰らえ、もっと「低次元」なことに人間としての才知をかたむけて（「お金儲けのどこがいけないのですか？」と、株のインサイダー取引容疑で逮捕されるとき、何とかファンドの社長は記者会見で言ったものだった）、たくさんお金を稼ぐこと――これが、現代人があるいは内に秘め、あるいは外にむき出しにして、抱いている〝価値観〟であり、現代の〝幸福〟のすべての意味であろう。お金さえあれば、人生の難問はすべて解決がつく。幸福になれる。「ぼくは、この世のものならざるような幸福になるぞ！」(85)。

自分を生きようとする、人間としてもっと大切な生き方を忘れ、お金という外的な価値に振りまわされ、金欲しさに狂騒して「自分らしさ」をどこかに忘却している現代の風潮を描いて、小説は終わる。いや、それだけで終わるのではない。最後にリルケの「アポロのトルソ」という詩が引用されている。

ぼくはしらぬ　たぐいなきその首を
つぶらなひとみが熟していたその首を　だが
いまもなお　そのトルソは燭台のように燃えている
視線はそこへねじ釘のようにねじこまれただけで
……
欠けたあらゆるきわから星のように
光を吹きださぬだろう　なぜならこのトルソは
全身のすみずみからおまえをみている　おまえは生を変えねばならぬ6

一塊の「乳房」でしかない現代人は、いまや死んだ生を生きている。いまは「石くれ」にすぎないかもしれないが、かつてはこの存在は「輝いて」いた。「たぐいなきその首を／つぶらなひとみが熟していたその首を」、もうきみは知らない。しかし、かつては輝いていた存在の残滓《ざんし》たるアポロのトルソは、うちに赫々《かくかく》たる生命の光輝をたたえて、「全身のすみずみからおまえをみている」ぞ。「間抜けな方々、狂人たちよ、タフガイよ、懐疑家たちよ、友人よ、学生諸君よ、親戚の方々よ、同僚たちよ、指紋や顔かたちこそ千紫万紅《せんしばんこう》に異なりながらも変わることなく頭のおかしな世のすべての方々よ——哺乳類に属するわが同胞たちよ、みなさん、いまこそ自己教育を進めようではないですか！」(88)。「おまえは生を変えねばならぬ」。

4

あなたは〝幽霊〟である　ポール・オースター『幽霊たち』（一九八六）

——幽霊たち。／そう、幽霊たちはぼくらのまわりにあふれている。／そして、その物語は？

オースターの「ニューヨーク三部作」のなかの一編「幽霊たち」（一九八六）は、ある日、ブラウンから探偵業を教わって独立したブルーの探偵事務所にホワイトという名前の男が訪ねてきて、ブラックという男の監視を依頼するところからはじまる。「こうやって物語ははじまる。舞台はニューヨーク、時代は現在。物語の進むあいだ舞台と時代に変更はない」（「幽霊たち」、161頁）。

ポール・オースター
© MAXPPP/APL/JTB Photo

ブルー、ホワイト、ブラック、そしてブラウン。まず気づくのは、人物の名前がすべて「色」であることだ。登場人物の名前を考えるには苦労するはずの作家としては、いかにも安易な命名といわざるをえない。安易ということは、名前を重要視していないということになる。たまたま主人公の探偵をブルーと名づけただけであって、ブルーはホワイトでも、ブラックでも、ブラウンでもよかったわけだ。同様に、仕事の依頼に訪れたホワイトは、たまたまホワイトと名づけただけであって、ホワイトはブルーでも、ブラックでも、ブラウンでもよかったわけだ。同様にして、探偵に見張られるブラックは、…こう考えると、思いつくことがある。自己をもたない現代人を論ずるさいに、よく「取り替え可能」(exchangeable)ということが言われる。Aさんが真にAさんであるアイデンティティを有していない以上、AさんがBさんであっても、Cさんであってもかまわないわけで、Aさんも、Bさんも、Cさんも、それどころか、それこそすべての人間が、「取り替え可能」というわけだ。オースターの登場人物の命名の方法自体に、「取り替え可能」で、自己を喪失した現代人のありようが含意されているのではないか。

そういえば、作品のタイトルの「幽霊たち」というのも、実体のない、幽霊のごとき存在という意味を思わせる。人間としての実体、つまり個性や「自己」を持たない存在ということになる。自己を喪失した現代人を描くこの小説は、必然的に、「舞台は、現代文明の象徴ともいうべきニューヨーク、時代は、現代人の生きている現代」に設定されることになる。三部作の他の二編、「ガラスの都市」も「鍵のかかった部屋」も、舞台や時代に「変更」はない。いや、そもそもこの三編をまとめて「ニューヨーク三部作」と称するのは、たまたま舞台が同じニューヨークであるという共通点からの呼称ではなく、現代文明の象徴ともいうべきニューヨークの、つまりは、そこに生きる現代人の、じつのありようを描いた三部作という意味であろう。(他の二編については四章330頁、352頁を参照。)

現れた依頼人のホワイトはブルーに、ブラックという名前の男を見張って、その行動を逐一レポートにまとめ、毎週、しかじかの私書箱に届けてほしいと頼む。ブルーとしては、細君の不倫かなにかを疑った依頼人のホワイトが、細君の不倫相手とおぼしきブラックを探ってほしい、離婚のために不倫の証拠をつかんでほしいというのだろうと考え、仕事を引き受ける。もともと探偵の仕事に尾行はつきものだし、これもたいがいの素行調査に較べたら簡単な仕事に思えた。これが何年もつづく仕事になろうとは、そのときブルーは夢想だにしなかった。

ホワイトは、用意周到、見張るべき男ブラックのマンション（ブルックリン橋のそば、おそらくはオレンジ・ストリート）の向かいに、ブルーのためワンルーム・マンションを借りてくれていた。ブルーは、終日の監視のため、ホワイトの用意してくれたマンションに移り住む。かくてブルーは、ヒッチコックの映画「裏窓」さながら、マンションの三階に住むブラックの行動を、街路をへだてたマンションの一室から逐一観察することになる。

ところがブラックは部屋の机に座って本を読んだり（双眼鏡で確かめたところでは、ソローの『ウォールデン――森の生活』を読んでいた）、なにやら書き物をしたり（何を書いているのかは、もちろん、まったくわからない）、同じテーブルで食事をとったりするだけで、近所に短い散歩に出かけるとき以外は、終日部屋にこもりっきりだ。人目を忍んでの人妻との密会なんて、どこにもそんな気配はない。ブルーはブラックの生活を子細《しさい》に観察し、ホワイトに提出する報告書作成のため、どんな些事も残らず自分の「ノートブック」に書きとめている。しかし、最初のレポートを書き上げてみると、読んで、書いて、食べて、散歩しての、じつに面白みのない、日常茶飯の行為の羅列だけで、〝報告〟すべきことなど、なにも見つからない。これで自分はちゃんと探偵の仕事を果たしていることになるのだろうか？　自分はブラックという人間を探るよう依頼を受けた。しかしブラックという人間は誰なんだろう？　読書、執筆、食事、散歩、これらの行動をいかに子細に観察し、感想を書きとめ、思いをめぐらせてみたところで、ブラックがいかなる人間なのか、いっこうに明らかにはなってこない。ブルーは見張りの仕事をつづければつづけるほど、自分の仕事のほんとうの難しさに目覚めてくる。

『乳房になった男』の主人公ケペッシュは、一個の巨大な「乳房」と化することによって、「存在の深淵をのぞき込むことなく、生の神秘の謎に向き合うこともなく、飯を食べ、仕事をし、世間や周囲のゴシップや政治談義に興ずる〝日常性〟が、生きるということのすべてであるかのごとくに生きている」人間の姿に目覚め、そもそも人間が生きるとはどういうことであるのかの問題に逢着した。まったくおなじようにブルーも、「読んで、書いて、食べて、散歩して」いるだけのブラウンをノートブックに記録しても、「ブラウン」事件の解決にはならないことを知る。コトは不倫疑惑とか、離婚のための証拠固めということではなくなった。「ブラウン事件」は、そういう事件ではなかった。ブルーも「この事件が何でないかということ」はわかった。「そうであるならば、この事件は何であるのか」？「手がかり、聞き込み、素行調査のお決まりの方法」では、この事件は解決がつかない。終日じっと一人の人間の生活のさまを見守り、その行動を細大漏らさず「ノートブック」に記録し、報告書をまとめること。それによって何を「調べる」のか？　一個の人間を見張って調べること――それは、その人間が何であるのかを調べることにほかならない。ブラウンとは何か？　ブラウンの来歴とか職業とか交友関係などを調べるのではない。ブラウンという人間が何であるのか、だ。性格だけでもない。ブラウンという人間、そのアイデンティティがいかなるものであるのか、の問題である。

毎日、「ブラックは書き物をし、本を読み、近所に買い物に出かけ、郵便局に行き、ときどき散歩する」(185)。レストランで別れ話らしきものをした女性とは、永久に別れたらしい。毎週ブルーはレポートを提出し、毎週ホワイトからは手数料の小切手が届く。〝調査〟はいっこうに進展しない。

いたずらに月日は経ってゆくが、そのうちブルーは奇妙なことに気づくようになる。「ブルーはまたもやブラックと行《ぎょう》をともにすることがあったが、以前よりもなんだかしっくりする感を抱く。そうこうするうちに彼は、自分のおかれた状況の本質的な逆説性に気づくようになった。自分がブラックを身近に感じれば感じるほど、ブラックについて考えをめぐらす必要がなくなったのだ。言い換えるならば、ブラックと関係が密になればなるほど、彼は自由を感ずる」。(188) それでブルーは以前ほど監視という仕事にしばられることなく、自由にブラックから離れることができるようになる。一度など独りで球場に野球の試合を観にいくし、夜はときどきバーに飲みにいったりし、何度も映画館に映画を観にいったりもする。

しかし、「ブラック事件」のほうはいっこうに進展しない。いったい自分は何のために、どうして、こんな見張りをやらねばならないのだろう? 住所のわからないホワイトに直接聞きただすため、ブルーはレポートを出す郵便局の私書箱のところにいって待ち受ける。顔にマスクをした男が現れはしたが、ブルーの存在に気づくと、逃げ出してしまう。そして数日後に届いた小切手には、「くだらないまねは止めろ」との短信が付されていた。

一年が経つ。ブルーは自分が自由だと思っていたが、なんだか、わけがわからなくなってくる。自分はブラックを見張ってきたが、「自分もまた誰かに見張られている、ブラックを見張ってきたのとまったく同じかたちで自分も誰かに見張られていることも、大いにありうることだと思えてくる」(200)。となると、自分は自由ではないことになる。ブラックが読んでいたからと買ってきたソローの『ウォールデン』にはこう記してあった。

「われわれは自分を生きてはおらず、別の自分を生きている。人間は弱いものであるから、われわれは現実《ケース》というものを想定し、その中で懸命に生きているが、そのため、われわれは同時に二つの現実のなかに生きていることになり、そこから抜け出るのは容易なことではない」(200)。

われわれは日常の生活においては、ブラックとまったく同様に、あるいはブラックを監視しているブルーとまったく同様に、「書き物をする者」「本を読む者」、「近所に買い物に出かける者」、「郵便局に行く者」、「散歩するもの」など、具体的な行動や動作をおこなう「〜する者」として、瞬間瞬間を生きている。しかし、その具体的な「〜する者」が即ちその人自身というわけではない。もしある人間が特定の「書き物をする者」として特定されてしまうならば、その人はもう「本を読む者」にも「近所に買い物に出かける者」にも「郵便局に行く者」にも「散歩する者」、あるいは「父親」や「政治家」や「銀行員」や「乗客」など、他の社会的な機能を果たす「者」にもなることができない。つまり人間が無限に多様な「〜する者」として生きていくことができるためには、その前提としてその人自身は「〈誰とも特定できない者〉であることが、つまり、何人(person)でも何者(somebody)でもないという意味で「無人《ウーティス》」(nobody, noman)であることが、必要である」。[1] つまり、「自己」とは、食べたり、寝たり、働いたり、恋をしたり、憎んだりという諸所作の「内」にいながらも動かない者、もろもろのことを為しながらも為すことのない者としか言えない。だからわれわれは、特定の内実に限定されない無規定の、それ自体ではいかなるものか把握もできない「自己」であると同時に、無限のもろもろの活動や機能を果たす「自分」としても同時に生きている。ソローがいうように、「自分を生きてはおらず、別の自分を生き」、ながら「われわれは同時に二つの現実のなかに生きている」。この「〜する者」に収《しゅう》斂《れん》できない「無人」こそが「自己」であり、ハイデガーのいうように、「現存在の〈本質〉は可能態である」ことになる。「自分とは一個の他者である」（ランボー）。古東哲明はジャンケビッチを引用しながら、人間の「自己」とは「無人」であるというヨーロッパ古来の概念を以下のように解説している。

> どんな人も、自分自身とは他なるもの。どんな人も、自分の外に、自分の彼方に存在するという可能性（自己定義のうちに存在することなく、現勢的現在をたえずはみ出す可能性）によってのみ、人間たりうる。だから逆に他人が、きみはこんな〈人〉だと限定しても、それは全部まさに他人事・他人の顔。本人ですら、自己に言及し自己同化すること（identify）ができない自己言及不可能性が、自己の正体（identity）だからだ。人は、みな、無人である。その無人（自己）を裏切ることで営まれる壮大な可視性の劇場《テアトルム・ムンディ》が、この世（人間界）である。[2]

だからソローのいうように、「人間は弱いものであるから、われわれは現実《ケース》というものを想定し、その中で懸命に生きているが、そのため、われわれは同時に二つの現実のなかに生きていることになり、そこから抜け出るのは容易なことではない」。「そこから抜け出る」とは、「根源的に現前することのできない者」である超越論的自己の「無人」になりきることを意味する。ブルーがブラックを監視し、「ノートブック」に書きつけていることは、ブラックの〈外〉にある活動様態という「現実」を観察しながら、ブラックの〈内〉に内在する彼の超越的自己たる「無人」の「現実」を探っていることになる。そんな「内在の超越」（フッサール）である「無人」を突きとめることなど、できっこないのでは？（むろん、わたしはまさにその「内在の超越」に「真なる自己」の可能性を見るのだが。）

これはホワイトの陰謀なのかもしれない。ブラックはホワイトに頼まれて、ただペンのおもむくまま意味もないことを書きつづける、執筆の振りをしているだけのホワイトの雇われ人、「自分といえる実体を有さないニセ者」（203）なのかもしれない。ほんとうはブラックは一人ではなく、二人、三人、四人といて、「ブルーのためにブラックの役を演じている」（同）だけなのかもしれない。そう考えると、わけがわからなくなり、さらに数ヶ月が経つと、気も狂いそうになって、彼は「息ができない。もう終わりだ。ぼくは死んじゃう」（同）と叫ぶ。ブルーが「わけがわからなくなり、気も狂いそうにな」るのも無理はない。「ほんとうはブラックは一人ではなく、二人、三人、四人といて」、いや、それどころか、千人、万人、百万人、……六十億人といて、それぞれの「役を演じ」、「自在に姿形をかえ何にでもなりうる可能存在として」、「《無為の空白者》」（古東哲明）たる「無人」として、この世にあふれているのだから。

仕事を依頼されてから、もう一年半が経った。ある日ブルーは、ホームレスに変装して、マンションを出てきたブラックに何らかの接近をはかろうと物乞いをする。ブラックはコインを一枚くれる。次の日の午後、ホームレス姿のブルーはまたブラックを待ち受けていると、現れたブラックは、思い切った口調で、ブルーのことをホイットマンにそっくりだと言う。その昔、ソローはブルックリンにホイットマンを訪ねたことがあるし、その前日ソローはまさにこのオレンジ・ストリートを歩いていた。「エイブラハム・リンカーン、チャールズ・ディケンズ――いろんな人たちがこの街を歩き、教会に入っていった」（207）。

幽霊たち。

そう、幽霊たちはぼくらのまわりにあふれている。
そして、その物語は?　（同）

作家はこのあと「おそらくはアメリカが産んだ最初の本物の作家」（208）ホーソーンを取り上げ、「小説を書くのは孤独な作業だ。生活のすべてを注ぎ込まねばならない。ある意味で、作家は自分の生活というものをもたない。作家はそこにいるときも、そこにはいない」（029）と記して、

ここにもまた幽霊がいる。
まさにそのとおり。
摩訶不思議な話だ。　（同）

と書いている。「作家」とは、つまりはすべての人間存在の暗喩である。すべての人は現実的な諸機能や諸活動の行為者として「そこにいるときも」、誰とも特定されえない「無人」として「そこにはいない」。となると、「幽霊」とは、人間の超越的な「無人」としての自己が現前化した、自己とは異なるもうひとつの自己ということになる。

そして、その暗喩を説明するため、作家はホーソーンの短編「ウェイクフィールド」をあげる。ウェイクフィールドは、ある日、妻に悪戯《いたずら》をしようとはかり、数日間商用で家を留守にすると言いおいて、じつは自宅からほど遠からぬところに家を借り、そこに住みつく。数日経っても自宅に帰る気にならず、何週間、何ヶ月と借家に住みつづける。ある日自宅の前を通ると、自分の葬儀がおこなわれてい

た。そのあと街で妻と行き交い、一度など「袖触れ合う」ばかりに近づくのだが、妻はいっこうに夫のことがわからない。そうやって何年か経ち、とうとう二十年以上もの歳月が流れる。老人となったウェイクフィールドは、冷たい雨のそぼ降る秋の夜、自宅の前に来て、温かく燃える暖炉の火や座り心地のよさそうな椅子を見て、寒さにふるえる我が身が情けなく、自宅の階段を上り、ドアをノックする。「それだけだ。これで短編は終わり。ドアを開け、作り笑いをうかべて中に入ってゆくウェイクフィールドが、われわれの見る最後のウェイクフィールドの姿である。それで、彼が妻に何と言うか、とうとうわからずじまいなのか？　そのとおり。これが短編の終わりなのだ」(210)。人は、「〜する者」としての演技者としてこの世に在る。その人にとって「他のもの」でしかない、「永遠の可能態」としての内在する「無人」は、ついに表象化しえない。「人は、みな、無人である。その無人（自己）を裏切ることで営まれる　壮大な可視性の劇場《テアトルム・ムンディ》が、この世（人間界）である」。ウェイクフィールドは、最後まで役割としての「夫」でしかなく、ついにウェイクフィールドであることはなかった。「幽霊」でしかなかった。われわれすべてと同じように。

　ある日、普段着のままブルーはブルックリンから地下鉄に乗ってブラックを尾行し、マンハッタンのタイムズ・スクエアで降りると、アルゴンキン・ホテルのロビーでブラックに話しかけ、同じテーブルに座る。

　ブルーがウィスコンシン州の生命保険外交員スノーだといつわって自己紹介すると、なんとブラックは職業が私立探偵だと言う。ビックリしてブルーがどんな仕事をしているのかと訊くと、もう一年間以上も同じ仕事をしているが、こんな退屈な仕事はないという返事。どうして退屈ですか？　「おわかりでしょ。わたしの仕事はある人間を監視することですがね、べつに特別の人物ということじゃありませんが、その男に関するレポートを毎週一回送りつけるという仕事なんです。それだけです。ただその男を監視して、レポートを書く。それ以外はこれぽっちもない。／そのお仕事のどこがそんなにとんでもないことなんですか？／その男ときたら、何もしないからですよ。ただ一日中部屋に座って、書き物をしているだけ。こんな男を一年以上も見張っていたら、気が狂いそうになっちゃいますよ。ビックリしてブルーが、どうしていまもその男の監視をしていないのかと訊くと、「そこが重要なんですよ、とブラックは答える。もうそんなことを気にする必要はないんです。あまりに長いあいだ監視をつづけてきましたからね、いまじゃわたしは自分のこと以上にその男のことがわかるんです。男のことを考えさえすればすぐに、男が何をやっているか、どこにいるか、すべてがわかるんです。眼をつむったままで男のことを監視できるところまできちゃいましたよ」(215)。

その男は何を書いているんでしょうか？「自分のことを書いているんでしょ。自伝ですよ。そうとしか考えられない。ほかのことを書いていたんじゃ辻褄が合わない」(同)。〝スノー〟とブラックはおたがいの眼のなかをのぞき込む。男はあなたが見張っていることを知っているんでしょうか？もちろん、知ってますよ。要するに、問題はそこでしょ？知ってるにちがいありませんよ。そうでなかったら意味をなさない。どうしてですか？「男にはわたしが必要なんです、とブラックは答える。わたしの眼に見られていることが必要なんです。自分が生きているということを証明してもらうためには、男はわたしを必要としているんです」(傍点引用者。216)。そういうブラックの頬に一条の涙がつたう。ブラックは電話をしないといけませんからと言って、そそくさと席を立つ。

表象化しない「無人」として「〜する者」としての役を演じつづけることによってこの世に存在しているすべての人は、他者にその役を演ずる自分を見てもらうことによってのみ自己として存在しうる。

「演劇」が成り立つためには、演ずる役者と同時にそれを観る観客が必要である。「自分が生きているということを証明してもらうためには、人は自分を見ている他人が必要だ」。ああ！

しかも私立探偵のブルーが、見張っている対象たるブラックに仕事を訊いたら、私立探偵であるという答えが返ってきて、自分とまったく同じ仕事をやっているというではないか。ブルーはブラックであり、ブラックはブルーということ。人間は表面の〝色〟こそいろいろに異なるものの、その実質のなさという点では、「〜する者」を演じているという意味では〝同色〟ということ。

いよいよブルーはもうブラックのところに直接乗り込むしかなくなる。ブルーは今度はフラー社のブラシのセールスマンに変装すると、ブラックの部屋にいたる階段を上っていった。「この訪問は部屋の内部を見て、将来の調査のために部屋のようすを知っておくだけのためだぞと思いつつも、階段を上るにつれ、ブルーは抑えがたい気持ちの高ぶりをおぼえる。これは部屋を見るということだけの問題ではないことが、ブルーにはわかっている。それは、ブルーみずからが部屋のなかに入るということ、あの四つの壁のなかにこの足で立つということ、ブラックと同じ空気を吸うということの思いであった。これをやってしまったあとは、とブルーは思う、そこで起きるすべてのことが他のすべてのことに影響をあたえてくる。ドアが開いてしまったら、そのあとはブラックが永遠に自分の内部にいることになろう」（傍点引用者。218）。

ブルーにとって、ブラックの部屋に入るということは、ブラックを自分の内部に取り込むことになる。ブラックの部屋に入るということは、ただ物理的にブルーの身体をブラックの部屋に移動させるということではない。それは「無人」としてのブルーが、「無人」としてのブラックと溶解し、それと同質化することを意味する。

ブラックの部屋の内部は、ブルーの予想していたとおりであった。なんの絵も掛けられていない壁、こぎれいなベッド、隅の小さなキッチン、塵《ちり》ひとつ落ちていない「修道士の独居房」、数冊のアメリカ文学の書物がならぶ北側の壁寄りの本箱。テーブルの角に積まれた原稿用紙の山。それ以外は電話も、ラジオも、雑誌もない。とてもじゃないが人間の生活の場とは呼べない、とブルーは思う。「どんな名前で呼ぶこともできない。これは誰のでもない場所《ノー・マンズ・ランド》、世界の果てにしかない場所」(220)。つまり万人普遍の「無人《ノーマン》」の領域ということ。

ブラシの代金を受けとって部屋を出ようとするとき、ブルーは本を書いているのですかと訊く。ブラックは、「もう何年間も書いているんだけど、なかなか書き終わらないんですよ」(同)と答える。ブラックの書いている長大な本、それはブラック自身が言っていたように、「自分のことを書いているんでしょ。自伝ですよ。そうとしか考えられない。ほかのことを書いていたんじゃ辻褄が合わない」はずだ。自分自身に関する本を何年もかかって、いくら書き直しても、なかなか完成しない。ということは、人生でいかに多くの経験を積み、たくさんのことを考え、多くの書物を読んでも、なかなか自分という「無人」を自分に対して明確化することができないということ。

ブルーは、予想したとおりブラックを自分のなかに取り込んだ、すなわち、自分と同質のものをブラックのなかに発見した。「ブルーは、もう変装の必要のないことを知る。次に何をなすべきかは、明白だ。肝腎なのは、なすべき時をまちがえないこと」(同)。

三日後、なすべき明白な行為を前に、ブルーは怖くなる。できたらブラックから逃げ出し、どこか森のなかに棲《す》んで、一から自分の人生をやり直したい、ブラックから解放された自由な人間になりたいと切望する。しかし、「どこともしれない土地の真ん中の森を歩きはじめたとたん、彼は感じる、その森のどこかの樹のかげにブラックがちゃんといることを」(222)。その意味は明らかであろう。どこの土地に行き、どんな生活をはじめたところで、顕在化しえない「無人」をうちに抱えつつ無数の役を演じている人間だらけだ。

　だが、根源的に現前化できない「無人」とは何であるか、根源的自己とは何であるのかをさぐる精神《ヘッド》の旅に出る人間もいてよさそうなものではないか？　「それは、古代の人たちが運命と呼んだものである。すべての英雄はその運命に従うほかはない」(同)。ブラックとは誰であるのか、何であるのかの「調査」をつづけるうちに、人間の「無人」としての普遍性に逢着したブルーは、その普遍の野からの新たなる旅立ちの必要性を感じる。「何かをやらないといけないとしたら、ほかに選択の余地はない、それをやるしかない」(同)。その「それ」とは？

　ブルーはブラックの部屋に走る。部屋にブラックはいなかった。ブルーはブラックの部屋に足を踏み入れる。とたんにブルーの身に変化が生じる。「夜陰が彼の毛穴から押し入ったかのごとく意識が真っ暗になり、巨大な重しのように意識にのしかかってきて、同時に精神《ヘッド》はますます大きくなり、まるで肉体から遊離して浮游せんとするかのように空気に満たされる」(223)。これは「無人」が他の「無人」のなかに踏み込んだ、存在しないものが存在しないもののなかに踏み込んだときの、強烈な存在論的化学作用だ。

　やっと意識を取り戻して部屋のなかに入ったブルーは、懐中電灯をとりだして、テーブルの端にきちんと積まれた原稿の束を見つけ、自分の部屋にもどって、その原稿を読む。読みはじめた瞬間にブルーはわかった、それは彼が毎週ホワイトに送りつけていたレポートの束であることを。彼は狂ったように哄笑し、原稿の束を天上に投げつけて、床に四散させる。ブラックはホワイトだった、あるいはホワイトはブラックだったのだ！

数日間、ブルーは部屋に閉じこもって窓の外を見ようともせず、「物思いのなかだけに完全に沈潜していた」(225)。「ブラックの部屋に押し入り、そこに独り立って、いわばブラックの孤独の聖域に侵入した以上、その瞬間の暗黒に応えるには、ブラックの孤独を自分自身の孤独と置き換えることしかない。とすると、ブラックの内部《なか》に入るということは自分自身の内部《なか》に入るということにひとしく、いったん自分の内部に入ってしまったら、それ以外に自分の居場所を考えることはできない。しかし、そこはまさにブラックのいるところでもある。ブルーはまだそれを知らないにせよ」(傍点引用者。226)。そう、ブルーはまだ知らなかったのだ、ブルーはブラックであり、あるいはブラックがブルーであり、すべての人であるという「無人」性の意味を。

ブルーはブラックのマンションに行く。部屋のドアに鍵はかかっておらず、内部から「どうぞ」の声。ブラックはベッドに腰をおろしていた。ブルーがいつか郵便局でホワイトの私書箱を見張っていたときに現れた覆面の男とまったく同じ覆面をして（それも当然。ブラックはホワイトなのだから、あるいはホワイトはブラックなのだから）、そして右手の拳銃の狙いをピタリとブルーに定めて。

ブルーを椅子に座らせると、ブラックは拳銃の狙いを定めたまま、「ぼくらはそもそもの最初から友だちだったよね？　唯一無二の親友だった」(228)、「きみが好きだよ、ブルー。きみはぼくの心にかなった人だ」、しかし、「もうぼくにはきみが必要じゃなくなった」、「すべては終わったんだよ」(229)と言う。ブラックの拳銃を見ながら、とうぜんブルーは、ブラックが自分を撃ち殺すつもりだと思う。殺すつもりかとブルーが訊くと、「ちがうよ、ブルー。きみはわかってない。これからも二人はずっといっしょだよ、これまでと同じように」(傍点引用者。230)とのブラックの応え。ブルーがどうしても知りたいことがある。ブラックがまいにち執筆にいそしんでいた本、あれはなんの「物語」だったのか？「物語のことはぼくに教えてくれるはずだったね。そうしたらこの事件も終わることになる。教えてくれ、物語を。そうしたら、お別れだ」。するとブラックは言うのである、「きみはもうそれを知ってるだろ、ブルー。きみにはまだそれがわかってないのかね？　きみはその物語をそらんじているはずだよ」(同)。

もちろん、ここでいう「物語」とは、われわれが「〜する者」として、生まれ落ちて以来この世で演じてきた行為や役柄の集合体を指す。この「物語」をわれわれは「自分」だと感じている（勘違いしている）。梶田叡一の言うように、「我々は小さい頃から自分の身におこったことをいろいろと覚えているが、我々の記憶はそれを自分自身を主人公とした一つの『物語』に仕上げているのである。これが『私とは誰なのか、何なのか』という意識を基盤的に支えているのである」。[3]「物語」の具体的なありようは人それぞれ、千差万別であろうが、表層の演技の羅列という「物語」を「自己」と勘違いし、そこに内在する別の「自己」の「無人」に気づいていないということでは、まったく同一だ。ブルーはブラックの「物語」をすでに「そらんじているはず」。ブルーの「物語」はブラックが記し、ブラックはブルーの「物語」を記しているのだから。

ブラック＝ホワイトはもうその任務を終えた。ブルーがブラックのことを、「あんたはバカだ。どうしようもない惨めなバカだ」と責めると、「きみはその椅子に座って、自分のほうがわたしよりも頭がいいと言い張っていたいのかね？　しかし、少なくともわたしは自分のやっていることの意味がわかっているよ。わたしにはなすべきものがあり、その仕事をいまやり終えた。しかし、きみは何もわかってないじゃないか。きみは最初から霧のなかにいた」(230)とブラックは言う。

撃つなら撃てと、ブルーはブラックに詰め寄る。ブラックは撃たない。さらにブルーは詰め寄る。ブルーが目の前に来たときになってはじめてブラックは引き金を引こうとするが、それよりも早くブルーはブラックの手から拳銃をもぎ取るや、ブラックを足で蹴り、頭を床に叩きつけ、何度も、何度も殴打する。ブラックは死んだように身動きしなくなる。「生きているとしても、そう長くはないだろう。もし死んでいるのなら、それはそれでいい」(231)とブルーは思う。おそらくブラックは自分の果たすべき任務を終えたと認識し、ブルーに殺されるかたちでの〝自殺〟を選んだのであろう。

ブラック＝ホワイトの「任務」とは何だったのか？　自分の部屋にもどったブルーは、真夜中、ブラックの書きためた原稿を細大漏らさず最初から最後のページまで丹念に読んでみる。「ブラックの言うとおりだ、とブルーは独りごつ、この物語をぼくはすっかりそらんじてる」(232)。ブラックはホワイトであり、ホワイトはブルーであり、ブルーはブラックであった。それぞれの人間はそれぞれが「取り替え可能」であり、「『私とは誰なのか、何なのか』という意識を基盤的に支えている」、それぞれの人間が自分の人生からつづる「物語」も、おたがいがそらんじているくらいに同一のものだった。

「自分などというものは存在しない」——自分が無人であるということ、それがブラック＝ホワイトがブルーに知らせたいことであった。彼がブルーに、つまりは読者たるわれわれすべてに、伝えたいことだった。それが彼の、つまりは、奇妙な人物と奇妙なストーリーを考え出した作家の、「任務」であった。人間は自己を喪失しているのではない。喪失すべき自己など、そもそも存在していなかったのだ。

ところで、「まだストーリーは終わっていない」(同)、まだ最後の瞬間《とき》というものがある。それはブルーが部屋を出る瞬間。世の中はそういうものだ。一瞬たりともその前ではないし、一瞬たりともその後でもない」(同)。つまり、作家は新たなる出立があるという。「自己などというものは存在しない」

と真に骨髄に徹して身体で認識したとき、その瞬間、真なる自己を求めての新しい出発がはじまるというのである。小説は、ブルーが自己をもとめるということの意味を認識したところで終わっている。

このあとブルーがどこに行くのかは重要なことではない。というのも、われわれが忘れてならないのは、これまで述べてきたことはすべて、いまから三十年以上も前、われわれのごく幼い子供時代に起きたものであることだ。だとしたら、どんなことだって起こりうるわけだ。わたしとしては、彼はあの日の朝、列車に乗って、どこか遠く、西部あたりに新生活をはじめるために出かけていったと思いたい。アメリカを世界のすべてとするのではなく、アメリカの外に出ていったことだってありうる。わたしのひそかな夢のなかでは、ブルーは外国航路の舟に乗り、中国にでも渡ったと思いたい。それでは行く先は中国として、いまはそれに触れないでおこう。というのも、今は、ブルーが椅子から立ち上がり、帽子をかぶって、ドアから外に出ていこうとしている瞬間《とき》だ。この瞬間から先のことは、われわれには何もわからない。（傍点引用者。同）

そうやって自己の非存在を確認したブルーは、あとは表象的な自己に内在する「無人」としての自己の性格を探求するしかない。あの日の朝、部屋を離れたブルーは、別の方法論で、今までとはちがう遠い領域に、つまり「列車に乗って、どこか遠く、西部あたりに」、新しい自己追求という「新生活」をはじめるために出立したはずだ。宗教でもいい。哲学でもいい。瞑想でもいい。なんなら、この世界、形而下の世界の領域を脱出し、超絶的な、形而上学的な、「アメリカの外に出ていく」のもいい。人間意識の世界は、なにもアメリカがすべてではないのだから。「外国航路の舟に乗り」人間意識のもっと深部、人間意識の〝外国〟、人間意識の「中国にでも渡」るのもいい。「自己」など存在しないけれど、世界のリアリティ自体と合体した、新しい意識としての「真の自己」が、プレパーソナルな「真の自己」が見つかるかもしれないじゃないか。意識の「中国」には、「幽霊たち」の世界のかなたの、ひろやかな普遍の意識が待っているかもしれない。ブルーの「行く先は中国」なのである。「万物がぼく自身であ」る「あそこに立ち返ること以外、はじめる手がかりはないではないか」。

自分の「物語」としてそれぞれの人間が抱いているイメージの「自己」など実在しない。それは「幽霊」でしかない。だが、すべての人の「無人」の領域は、いかなる性質のものか？ 〝幽霊たち〟の意識の根源には、もっと普遍的な「無人」の真の姿があるかもしれない。「自己の喪失」のかなた、「中国」に、「真の自己」が見つかるかもしれない、普遍的な真の自己の在りよう――それこそが本書で明らかにしようとしているものにほかならない。

第二章

自己の模索

プレパーソナルな「自己の喪失」の段階からパーソナルな段階へと移る前に、現代のような「画一化」の時代にあっては、周囲に反抗しながらそういうパーソナルな自己意識を獲得せんとし、自己を模索する「自己の模索」の過渡的な段階がある。ロロ・メイはこれを、自我のない状態から普通の自我意識へといたる過渡期としての「抵抗」の段階と位置づける。

第二は抵抗（rebellion）の段階で、人が自分自身の権利で、なにか内的な力を打ちたてるため自由になろうとするときである。この段階は二、三歳もしくは思春期にもっとも明瞭に見られる。自由を求めるオレステスのたたかいに極端な形で示されていように、この段階には挑戦と敵意が含まれるかもしれない。その程度はともあれ、反抗は人が旧い結びつきを断ち切って、新しい結びつきをつくろうとするとき、必然的に出てくる過渡期的段階である。[1]

「抵抗」とは、むろん、周囲のあり方に対する抵抗だ。周囲には、既成のライフ・パターンや価値観を無自覚に受け入れ、あるいは瞬間の衝動だけに生きて、自分なりの感じ方や考え方をもたずに、「匿名の権威」に依拠しているだけの人間が多い。人生の虚無のかなたに高次の意味を探ることのできない、合理主義的な〝論理〟一辺倒の浅薄さが蔓延《まんえん》している。そういうあり方に我慢できず、「挑戦と敵意」でもって社会と自分との「新しい結びつき」をもとめようとする精神が存在する。そういう意味では、この「抵抗の段階」は、〝他人〟に完全に依拠した「他人指向の」生き方ではなく、ニヒリズムのかなたに、自分にのっとった生き方を模索する努力と葛藤をおこなう段階と言ってもいい。

なによりもサリンジャーの『ライ麦畑でつかまえて』は、自己をもたない周囲の生き方に烈しく「抵抗」しながら、社会における自分自身のあり方と位置を模索する青年の物語として読まれねばならない。

5

俺の居場所はどこにある？

J・D・サリンジャー『ライ麦畑でつかまえて』（一九五一）

——ぼくがエルクトン・ヒルズを辞めたのは、まわりがインチキ野郎ばかりだったからですよ。それだけが理由です。インチキ野郎どもが、窓に鈴なりになってるんです。

J. D. サリンジャー

〝名門〟プレップスクールの学生である少年ホールデン・コールフィールドは、家庭や学校や社会のなかに自分の居場所を見つけることができない。両親や学友や教師や、社会で働く身近な人間たちを見ても、みんな、社会に浸透している拝金的な物質的な価値観に意識のすべてを染められ、その社会意識のなかで価値とされる地位や名誉や金や権力の奴隷となり、それを追い求めるロボットと化して、右往左往しているだけとしか思えない。拝金の物質主義の現代文明に毒され、〝自己〟を骨抜きにされて、時代の価値観やライフスタイルをやみくもに懸命に追い求める人間ばかりだ。学友たちは、将来の物質的に豊かな生活だけを目標に大学進学の勉強に精を出し、他人は自分の欲望を満たすための〝道具〟でしかない。ルームメイトの学友は、ただ体格《ガタイ》のいいイケメンであることを武器として

〝女あさり〟に精を出しているばかり。教師は教師で、人間としての学生のことを心配する振りをしながら、試験によい成績をとれとしか忠告できないし、校長は教育を通して金儲けしか考えていないかのよう。〝成功者〟の先輩卒業生も、あざとい商法で事業を拡大しながら、日に十五分ごとに祈りを捧げるなどと偽善的なクリスチャンを装っている。わずかの金を余計にだまし取るため低劣なウソをつくポン引き、企業弁護士として仕事に忙殺され、子供にじゅうぶんな配慮をすることのできない父親、作家としての才能をハリウッドの名声と金に〝売り渡し〟た兄など、など。

ホールデンは社会の人間すべてを'phony'(「インチキ野郎」)と総括する。眼をやるところどこも、〝インチキ野郎〟ばかりだ。「インチキ野郎」とは、人間として「インチキ」ということだ。人間として自己を生きるのではなく、支配的な価値観のロボットとして抽象的な「機能」になり果てている存在。たしかに地位もお金も権力もセックスも、好ましいものだ。誰でもそれらが欲しい。地位もお金も権力もセックスも大いにけっこう、得られればそれに超したことはない。しかし性や地位や金のみを人生唯一の価値として、その亡者になり果て、ひたすらその追求のみに生きる、薄っぺらな、一面的なあり方は、表面的な物質的な〝豊かさ〟をそれのみを価値として追い求める生き方は、人間としてあまりにも〝貧しい〟。ホールデンは自分のなかに、自分だけの感じ方、生きるということに対する自分だけの感覚をもっている。その感覚が、周囲の人間のあり方、生き方に対し、強烈な「ノー!」を発する。

では、自分だけの生き方と居るべき場所とは、この時代、この社会のなかのどこにある? それがわからない。「俺はどう生きたらいいのか、どう生きたら真に満たされるのか、世の中における俺の居場所はどこにある?」——それが分からず、それをもとめて、ホールデンは、現代社会そのものを表すニューヨークを彷徨し、ぶつかり、突っかかり、殴りかかり、叩き返され、得られず、拒否され、うめき、傷つき、毒づく。

『ライ麦畑でつかまえて』は、〝自己〟を失った現代にあって自分なりの〝自己〟を必死で模索する少年が、それほど目新しくも珍奇でもないピカレスク風の冒険を、親しみのもてる活き活きとしたニューヨーク訛りの現代英語による一人称形式で語っている小説だ。ニヒリスティックな意識の根底を無視して表面的な狂おしいお祭り騒ぎに狂乱している世界を苦痛と感じ、耐えがたく思っている現代人は、その老若を問わず、ホールデンのなかに自分と同質のものを感じざるをえない。ちょっと異常ではないかと思われたほどの『ライ麦畑でつかまえて』の人気の秘密も、そこにもとめられるのだろう。ほんとうの自分らしさが発揮される国が「この国」ではなく幻の「もう一つの国」でしかないこの世界に住み、人間として「死者」となり、「乳房」の象徴する存在となりはてて、「幽霊」としてしか生きていないと感じる心ある現代人は、みんな、自分のなかに「ホールデン」を感じている。「自己の模索」と題した章は、まず『ライ麦畑でつかまえて』をもってはじめるしかない。

ペンシルバニア州にあるペンシー・プレップスクールでの退学処分の決まったホールデンは、キャンパスに住む歴史学のスペンサー先生から呼び出しをうけてその住居を訪れる。ホールデンにとって、退学になるプレップスクールはこれが三校目だった。しかし、訪れたスペンサー先生は、自分の知っている唯一の〝社会〟である学校から三度も追い出された十六歳の少年の気持ちと将来を真に思いやることはまったくなく、白紙同然のホールデンの歴史の試験答案をことさらに見せつけては、「人生はゲームなんだから、ゲームのルールに従ってプレーしなくちゃダメだ」と、学生への〝愛〟など微塵《みじん》もこもっていない、ありきたりの〝説教〟をくり返すばかり。勉強に精を出すことができず、前のエルクトン・

ヒルズを辞めた理由としてホールデンが真剣に、「ぼくがエルクトン・ヒルズを辞めたのは、まわりがインチキ野郎ばかりだったからですよ。それだけが理由です。インチキ野郎どもが、窓に鈴なりになってるんです」(『ライ麦畑でつかまえて』、12頁)と訴えるが、スペンサー先生の心の耳には達しない。

ホールデンはオッセンバーガー記念寮棟の自室に戻る。オッセンバーガーというのは、人間の屍体を機械的に処理する全国チェーンの葬儀屋を経営して大金を儲けながら、敬虔なるクリスチャンを装っている、「ビッグなインチキ野郎」(14)の卒業生だ。部屋に戻った彼は、コートを脱いだあと、つばの長い「赤のハンチング帽」をかぶる。ところで、このあともホールデンは肝腎なときに何度もこのハンチング帽をかぶることになる。小説にはところどころ象徴的な細工がほどこされているが、この赤のハンチング帽という奇妙な帽子にも、なにか象徴的な意味がこめられているように思われる。先走りして言ってしまうと、どうもそれはホールデンが失うまいとしている「自己」らしさを象徴しているように思えるのだ。少なくともホールデンはこの帽子をかぶるとき、周囲の圧倒的な力に圧されてつい見失ってしまいがちな自分を取り戻している、あるいは取り戻そうとしているように思える。

象徴的といえば、ホールデンの髪の毛も象徴的だ。「おれの頭は片方、右側のほうが、何万本もの白髪になって」(8)いて、左のほうは十六歳の少年らしく、ブロンドだか何か知らないが普通の髪の毛なのだという。こんな髪の毛、人間にあるはずがない。小説のそのあとに、「人から子供っぽいまねはやめろと言われると、うんざりしてしまう。ほんとうは俺は、年よりもずっと大人っぽくふるまうことのほうが多いんだぜ」(同)と書いているところから察するに、この髪の毛の色は、ホールデンの子供らしいイノセントな面と、世慣れた大人的な面との二面性を象徴しているらしい。ホールデンは〝大人〟であると同時に〝子供〟でもある。彼は、〝大人〟として周囲の人間を、社会一般のありようを正確に見てとり、それを純真無垢な〝子供〟の眼で「インチキ」だと判断しているのだ。

　同室のタフガイのストラドレイターは、「自分にメチャ惚れ込んでいる」(23) ナルシストだ。この図々しい自己愛者ストラドレイターが、自分はこれからデートに出かけるから、作文の宿題をやっておいてくれと、ホールデンに厚かましい依頼をする。

　何気なくデートの相手の名前を訊いたホールデンは、ジェイン・ガラハーの名をストラドレイターの口から聞いて、「即死するほどのショックを受け」(26) る。二年前の夏、別荘がすぐ近くのため近づきになったことのある、ホールデンが思慕の念を寄せている女の子だった。母親は父親と離婚し、再婚した無遠慮な義父はジェインのことを軽んじて、愛してはくれない。そんな不幸な環境にあるジェインなのに、チェッカーをやっているときは、キングを取ってもコマとして使わず、最後列にきれいに大切そうにならべておくなど、ルール無視の可愛いしぐさを見せるし、映画を観にいったときは、あたかも祖母が孫をいたわるように、ホールデンの首のうしろに手をまわしてきたりした。そういうジェインが、ホールデンには限りなく愛おしく、好ましい。だが、「そういったことは、たいがいの人の関心をひかない」(27)。「お前、女の子といつもチェッカーばかりやってんの? バカじゃないの」と言うだけのストラドレイターは、しかしながら、最初のデートの相手でも一晩でモノにしてしまう。女の子の、いわく言いがたい女の子らしい好《よ》さや可愛さに敏感なホールデンは、恋するがゆえに臆病になって、ついにその女の子をモノにすることはできない。

　バスケット部コーチの車を借りてストラドレイターがジェインとのデートに出かけていったあと、彼の作文の宿題をやりながらホールデンは気が気でない。〝猫〟が〝マタタビ〟といっしょに密室の車のなかにいるのである。彼のひそかに愛している〝マタタビ〟が無傷のわけがない。ところでホールデンが代筆してやった作文だが、彼はわずか九歳のときに白血病で死亡した弟アリーの野球のミットのことを書いた。アリーはミットにグリーンのインキで詩を一面に書き、バッターボックスに打者のいないとき、そのミットの詩をじっと読んでいたのだった。ホールデンは人間を評価するときに、「フォニー」(インチキな)と「ナイス」(nice)とを使い分ける。「フォニー」な人間だらけの現代の世の中だが、ごく稀に「ナイス」な人間もいる。アリーは「いろんな意味でもっともナイスなやつだった」(33)。そして妹のフィービーも、じつにナイスな小学校四年生の女の子だ。ホールデンが自身フォニーになってしまいそうな〝危機〟のたびに赤いハンチング帽を逆さにかぶるのは、「ものすごい赤色だった」(同)アリーのキャッチャーとしての帽子のかぶり方を想起《まね》したのかもしれない。そしてあとでホールデンは、〝ライ麦畑のキャッチャー〟になりたいとフィービーに語ることになる。

しかし、「フォニー」な人間には、野球の最中にミットの詩をじっと読んでいるアリーの「ナイス」なすばらしさなど、こんりんざい、わかるものではない。デートから戻ってきたストラドレイターは、「なんだよ、この作文。写生文を書けって言っただろ」(36)と、滑稽なまでの感覚の鈍感さを露呈する。作文を引き破ったホールデンは、何時間も頭のなかを占めていた疑問を投げつける――「ねえ、彼女とやったの?」(37)。「まあ、それは職業上の秘密だな」とストラドレイターが得意げに平然と応えた次の瞬間、ホールデンはストラドレイターに殴りかかっていった。しかし屈強な色男ストラドレイターにかなうわけがない。ホールデンは殴り倒され、鼻血で血だらけになる。

ホールデンは「とつぜん、すさまじい孤独感を覚えた。死んでしまいたくなった」。もうこれ以上少しでも学校にとどまっていることはできない。かといって両親が学長からの退学通知を受けとる場に居あわせたくはない。来週の火曜日か水曜日には退学通知を受けとった両親も心の整理がついていることだろうから、帰宅するのは水曜日頃にするとして、それまではニューヨークにでも出て時間をつぶしていよう。ホールデンは、つばをうしろにまわす気に入ったかぶり方で赤のハンチング帽をかぶると、「ぐっすり眠れ、このバカ野郎ども！」(46)と、惰眠をむさぼるインチキ野郎どもの楽園〝学校〟に訣別を告げ、ニューヨークなる〝社会〟へと出てゆく。

ニューヨークのペン・ステーションに着いたホールデンはタクシーに乗って、エドモント・ホテルと行き先を告げると、ふと思いつくことがあって運転手に訊ねる——「ねえ、運転手さん、セントラルパーク・サウスの近くの池のアヒル、知ってるでしょ？　あの小さな池の。あそこのアヒルたち、池が一面に凍りついてしまったらどこに行くか、もしかしてご存知ですか？　もしかしてご存知かなあと思ったんですけど」(54)。またまた、この小説お得意の象徴である。この象徴的な質問の意味など、「運転手に応えてもらえる可能性は、万に一つもない」(同)ことは、訊ねた瞬間、ホールデンにもわかる。

「池」は社会そのものであり、「アヒル」たちはその社会に住む人間たちのことだろう。池が凍りつくとは、自分の生活環境や人生が困難な苦しい状況に立ちいたることとの意となる。そのとき、アヒルたちはどこに行くのか？　住むべきところに住むことができなくなったとき、人間はどうするのか？　最初に、「〝俺はどう生きたらいいのか、どう生きたら真に満たされるのか、世の中における俺の居場所はどこにある？〟——それがわからず、それをもとめて、ホールデンは、現代社会そのものを表すニューヨークを彷徨」すると書いた。タクシー運転手への象徴的な質問をこのように解釈したならば、まさにニューヨークに着いたばかりのホールデンの発した質問は、いまのホールデン自身の〝彷徨〟の意味をみずからに問うている質問ということになる。同時に、自分の苦境だけにこだわり、捉えられるのではなく、苦境にある他の人間一般に思いを馳せ、心配することのできる彼の心の寛さもあらわしている。

人恋しさにホールデンは、ホテルのロビーわきのクラブ「ラベンダー・ルーム」へ降りていった。閉店間近のクラブには、客は彼のほかには一組しかいない。三十歳前後の、シアトルからニューヨーク見物にやってきた「お上りさん」の三人組のOLの女性たちだ。ホールデンは彼女たちのテーブルに加えてもらい、気に入った一人とダンスを踊ったりする。しかし、このOLたちは、ホールデンがなにを話しかけても、気のきいた台詞のひとつも吐くでなし、ただ「バカみたいにクスクス笑っている」(63)だけで、話題といえば、どこそこで有名人の誰それと会ったとかいう話ばかり。見かけはこんなに魅力的なのに、旅行に、人生一般に、こんな低次元のものしかもとめていない人間が存在するということに、彼はガッカリしてしまう(「おれだって、少しは知的な会話を心がけたんだけどサ、まずそれは無理ってもんだった。こいつらの腕をねじ上げてやるしかないよ、まったく」[65])。典型的な「フォニー」の田舎女たち。

「ラベンダー・ルーム」を出たホールデンは、兄D・B・が「ハリウッドに出ていって、あたら才能をひさいだりしはじめる」(72)前に行きつけだった、グリニッチヴィレッジの「アニーの店」にタクシーで乗りつける。ここがまた、さして上手くもないアニーのピアノ演奏に、「面白くもない映画を観てハイエナみたいに大笑いする脳タリンどもさながら」(76)拍手喝采する酔客や、友人の自殺未遂の悲惨な話をしながらテーブルの下でお触りしているアベックなど、「吐き気のするウスノロ」ばっかり。

ホールデンはホテルに戻った。エレベーターボーイの誘いに応じ、「一回五ドル、泊まりが十五ドル」の約束で女性を部屋に呼んでもらうことを承知する。今宵こそ童貞喪失のチャンスという気もしないではなかったが、やって来たコールガールのサニーは、彼とさして歳もちがわない若い女性。とたんに

「女性を買う」などの気は萎《な》えてしまい、世間話でもと言い出して、可哀そうに若くして娼婦になりきっているサニーにそれを拒否されると、五ドルを渡し、彼女を返してしまう。ところがエレベーターボーイの〝ポン引き〟モーリスがサニーを連れて押しかけてきて、「兄ちゃん、十ドルと言ったじゃねえか」と、すごむ。金、金、金、金がすべての拝金主義の世の中とはいえ、わずか五ドルの余分の金が欲しいばかりに、人はこんなにも卑劣な、薄汚い、さもしい手段を弄するものなのか。五ドルの金を惜しむのではない。このさもしさが、この人間的な堕落が、ホールデンには悲しく、かつ赦せないのだ。「能なしの、オタンチンの、ウスノロ野郎！」とののしるホールデンを、モーリスは叩きのめす。

翌朝、水曜日までの無為の時間をしのぐため、ホールデンは以前につき合っていたサリー・ヘイズに電話して、午後の二時に観劇の約束を取りつける（彼は映画が異常に嫌いである）。彼だって、いまは、サリーがちゃんとした自分だけの意識と感覚と考え方をもった知的な女性でないことは、承知している。しかし、以前、もっと世間というものを知らなかった頃は、世の中に「博識のバカ」や「利口なバカ」というべき人間が多いということを知らなかった。「愚かだった俺は、以前は彼女のことを知的な女だと思っていたんだよね。そう思いこんじゃった理由は、彼女が芝居とかショーとか文学とかにやたらくわしかったからなんだ。こういったことをよく知っている人間がいると、その人間がほんとうはバカなのかどうか、見抜くのにやたら時間がかかるもんサ」（95）。

ホールデンはグランドセントラル・ステーションまで歩いていき、駅のそばのサンドイッチバーに入って朝食をとる。ホールデンのボリュームたっぷりの豪勢な朝食に較べると、カウンターのとなりに座った二人の若い尼さんはトーストとコーヒーだけの粗末な食事をとっている。まさに粗衣粗食、わきにおいたスーツケースもいかにもみすぼらしい。ところが話をしてみると、偏狭な宗教的意識や矮小《わいしょう》な道徳などにこだわらない、鷹揚《おうよう》な、理解力の豊かな、寛大なやさしい尼さんたちだ。とくに若い方の尼さんが「ナイスな人だった」(101)。ニューヨークの修道院学校で教鞭をとるためにシカゴから赴任してきて、恵まれない人のために文字どおり献身的に募金活動をやっている、しかも自分はいいことをしているという自意識や偽善臭のまったくない人たち。世の中には、モーリスのようなフォニーな連中もいれば、この尼さんたちのようなナイスな人たちもいる。ホールデンは自分の財布が許すかぎりの寄付を二人の尼さんにする。

店を出て街を歩いていると、「もう一つナイスなことが起きた」(104)。教会帰りの両親に後れてひとり縁石を歩きながら、まったく自己意識なく、ただ無心に少年が、「♪誰かさんと誰かさんが麦畑、こっそり捕まえ♪」と、ハミングしつつ歌っていたのだ。「子供はすばらしい」(同)。ひたすら無心に歌う、汚れなき子供の姿。ホールデンは、救われたような気になる。「おれは気分が晴れてきた。もうそれほど落ち込んだ気分ではなくなった」(同)。

彼はふたたびタクシーを拾い、サリーとの待ち合わせ場所のビルトモア・ホテルに行く。

黒いコートに黒のベレー帽の出で立ちであらわれたサリーは、とてつもなくチャーミングに見えた。そのサリーといっしょにホールデンはシアターで芝居を見る。ランツ夫婦の演技は巧みだったが、フォニーっぽさもあった。「説明が難しいけど、自分たちは有名人だぞって臭いが演技から漂ってるんだ。演技はうまいよ。だが、うますぎるんだ」(113)。そして幕間のロビーでの、知り合い同士の演劇談義が、「これまた、じつに見事な見せ物だよ。これだけフォニーな人間どもが寄せ集まってるの、生まれて以来はじめて見たはずだぜ」(114)。

芝居のあと二人は、ロックフェラーセンターのスケートリンクに行ってスケートを楽しみ、センター内のカフェでお茶を飲む。ホールデンは、「どこ見ても、フォニーなやつだらけ」（118）の、死ぬほど退屈な男子校の勉強のつまらなさを訴えるが、サリーは、「ダメよ、ホールデン。たいがいの男の人が学校から学ぶものは、それだけではないはずよ」（同）と、ありきたりの返事しか返さない。

ふとホールデンは思いつくことがあって、サリーにある計画を提案する。あすの朝、知り合いの車を借りてマサチューセッツかヴァーモントに駆け落ちし、どこかの小川のほとりに小屋でも建て、なにかの職を得て、つましく、楽しく、いっしょに暮らそうよ。彼は本気で駆け落ちを提案したのではない。サリーがその気になるなど思ってもいなかったし、万が一サリーがとつぜんに発狂でもして駆け落ちに賛成しても、ホールデンのほうが提案を引っ込めたことだろう。それにもかかわらず、こういう話を切り出したときのホールデンは本気だった。それは、彼が生きたいと思っている夢の生活のメタファーであった。この複雑なホールデンの悩みや葛藤をわかるはずもないサリーは、「そんなの無理よ。まず私たちって、まだ子供でしょ。お金がなくなって職が見つからなかったら、どうするっていうの？　飢え死にするしかないじゃないの。そんな夢ばかり追っているお話なんて……」（119）と、じゅうぶんに前もって想像できる答えしか返さない。ホールデンは、「ある意味、サリーが憎らしく」（同）なってきた。ホールデンは「本気」の話を持ち出してしまったことを後悔し、徹底的に自分というものをもたないサリーに激怒する。「ここ出よう。ぶっちゃけ、お前はキモイんだよ。むかつくぜ」（同）。彼は考えつく最悪の侮り言葉を、かわい子ちゃんの〝インチキ女〟に投げつける。

サリーは「天井までとび上らんばかりにビックラ」し、泣きながらタクシーに乗って帰ってしまう。「よく考えると、これ、ちょっと滑稽だよな。そのとき、おれはやるべきでないことをやらかしてしまった。大声で笑い出してしまったんだ」（同）。

時間潰しの相手に窮しホールデンは、ペンシーの前に通っていたウートン・プレップスクールの先輩で三歳年上のカール・ルースに電話して、バーへ呼び出す。ところがコロンビア大学の学生のこのカールというのが、成績優秀で、イケメンで、女にもてることに自己満足して、難解で空疎な言辞を弄しながら、人間や事物に深い理解をいっこうに示さない、鼻持ちならない「インチキ野郎」だった。ホールデンは、この先輩をちくちくと冷やかし、からかい、揶揄して、怒ったカールを帰らせてしまう。

バーの酒ですっかり酔っ払ってしまったホールデンは、朝食のあと妹フィービーにあげるために買ったレコードをふとしたはずみで落として割ってしまい、泣きたい気持ちになりながらレコードの破片をポケットに入れると、夜のセントラル・パークへと入っていく。池はところどころ凍りついていたが、アヒルの姿はどこにもない。風邪をひいたのか、全身が悪寒に震える。彼はベンチに腰をおろした。肺炎にかかって死んでいく自分が想像される。お墓のなかのアリーが可哀想だ。死んだりしない前に、ひと目フィービーに会って、話をしておきたい。

ホールデンは自分のマンションの部屋に忍び込む。長兄D・B・の大きなベッドに眠っていたフィービは人の気配にとっさに眼をさまし、両親はコネチカットのパーティに出かけていると、ホールデンを安心させる。たくまず自然に、女の子の可愛らしさを描き出す作家の筆の冴えは、恐ろしいほどだ（フィービーはレコードの破片をホールデンのポケットから出させ、それを大切にナイトテーブルの抽斗《ひきだし》にしまう）。フィービーは可愛いと同時に、小学生離れした直感の鋭さと理解力の深さを有してもいる。「お兄ちゃん、退学になったんでしょう？」と鋭く見抜いたフィービーに、ホールデンは「フォニーな人間だらけ、最悪の学校」（151）のペンシー校のことをくわしく、わかりやすく説明する。しかしフィービーは、「お兄ちゃんって、自分以外のものはなんでも嫌いなのよ。どこの学校に行ってもダメよ」

(152)と、まことに峻烈だが正確な言葉を返し、「パパに殺されちゃうわよ！」と、ドでかいベッドに身を投げだし、頭を枕に隠して泣き出してしまう。以下やや長いが、小説でももっとも重要な箇所なので、そのまま引用しておく。

「パパに殺されちゃうわ。お兄ちゃん、パパに殺されてしまうわよ」とフィービー。

しかし、おれは妹の言葉を聞いていなかった。ふと思いつくことがあり、思いついたその突拍子もないことをおれは考えていた。「兄ちゃんが将来何になりたいか、わかる？」と、おれは言った。「兄ちゃんの将来の希望、わかるかな？　兄ちゃんに、クソったれの人生の選択なんてものが許されればの話だけどね」

「なに、それ？　汚いことば遣うの、やめなさいよ」

「あの唄、知ってるだろ、〝♪誰かさんと誰かさんが麦畑、こっそり捕まえ♪〟。兄ちゃんねえ──」

「それって、〝♪誰かさんが誰かさんと麦畑、こっそりキスした♪〟、でしょ。ロバート・バーンズの詩よ」

「ロバート・バーンズの詩だってことくらい、兄ちゃんも知ってるよ」

だが、妹の言うとおりであった。正確な歌詞は、「誰かさんと誰かさんが麦畑、こっそりキスした」である。おれは勘違いしていた。

「♪誰かさんが誰かさんと麦畑、こっそり捕まえ♪だとばかり思ってたなあ。とにかく兄ちゃんねえ、大きなライ麦畑で子供たちがワイワイ騒いでるところを想像するんだ。何千人ものたくさんの子供たちがね、まわりには誰もいない──大人は誰も、兄ちゃん以外は誰もいない。その兄ちゃんは崖のはしに立っているんだ。兄ちゃんの仕事だけど、子供たちが崖から落ちそうになったら――遊びに夢中になっちゃって、子供が崖の先も見ないで走ってきたら、兄ちゃんがどこからともなく駆けつけ、その子供を捕まえてやるんだ。兄ちゃんは、一日じゅう、そんな仕事をしていたい。ライ麦畑の捕まえる人《キャッチャー》になりたいんだよ。馬鹿げたことだってくらい、承知してるよ。でも、兄ちゃんがほんとうにやりたいことといったら、それしかないんだ。馬鹿げたことだってことは承知してる」

フィービーは長いこと何も言わずに黙っていた。やっと口をきいたとき、妹は、「パパに殺されちゃうじゃない」とだけ言った。(156－7)

もちろん、職業別電話帳をいくら調べようとも、「ら」の項に「ライ麦畑捕手」などという職業が記載されているわけがない。ここは例の、ホールデンの「真にやりたいこと」を象徴的比喩的に語った箇所であろう。「ライ麦畑」というのは、子供たちが遊ぶ、純真無垢な、イノセントな精神世界を象徴している。かつて人間はすべてこの「ライ麦畑」に遊んでいた。ところがすべての人は、いずれ、「崖」から落ちる、人間的に〝堕落〟していく。そして、父兄が金持ちであるかどうかによって対応が変わってくる、教育に名を借りた経営だけをやっているサーマー校長のような、学生の立場になって考えるのではなく、いい成績をとって社会に適合していくことだけを教えるスペンサー先生のような、悪辣な手段によって金儲けに励みながら敬虔なるクリスチャンを装う卒業生オッセンバーガーのような、社会に受け入れられていることに自己満足し、物質的な豊かさやセックスだけを追い求めるストラドレイターやカールのような、人生の上っ面しか見ることのできないシアトルのOL三人娘のような、わずかの金子《きんす》をせしめるためにどんな醜悪で卑劣な手段も厭わないモーリスのような、などの、ソフィストケートされた、自己を有さない人間になり果てていく。「崖」とは、真に自分だけの考え方や感じ方、生き方をもたず、世の風潮や支配的な考え方、誰もがとっているライフスタイルを、そのまま無自覚に受け入れ、支配的な「価値」である金や地位や性の奴隷となり果てている世界の象徴ということになる。清らかな、イノセントな「ライ麦畑」の子供たちも、いずれはかならず「崖」から落ち、フォニーな人間となっていく。キリストは「幼子のごとくならずんば天国に入る能わず」(「幼子のようなイノセントな精神をもたないと、真理は見えてこない」)と言った。この「ごとく」が肝腎だ。人間は、いつまでも「ライ麦畑」にとどまりつづけることはできない。いずれは、みんな「崖」を落ちてゆく。しかし、比喩的に「崖」から落ちるのを「捕まえる」ことはできない。いつまでも「子供」でいることはできないが、「子供のごとき」状態を確立することは可能かもしれない。その、「幼子のごとき」状態、「崖」から落ちるのを「捕まえた」状態にしか、「天国」に入る、つまり、人生と世界の真なるものにいたる道はない。ホールデンは、人間として真なるものを指し示すために、人間が「崖」から「落ちる」のを「捕ま」える人に、「ライ麦畑の捕手」になりたいと言うのである。

フィービーは長いこと黙っていた。言葉として表現することこそできないけれど、スペンサー先生やカールとちがって、この小学校四年生は、兄の真に言わんとしたことを「理解」したと、われわれは信じることができる。

しかし、そろそろ両親がパーティから戻ってくる時間だ。それに財布も底をついてきた。ホールデンは最初のプレップスクール、エルクトン・ヒルズの「国語」教師アントリーニ先生に電話し、泊めてもらうことを頼む。出ていこうとするホールデンに、フィービーは全財産の八ドル六五セントを渡す。フィービーは自分のもっているすべてのお金を与えたのである。ホールデンは、とつぜん、妹の「愛」に泣き出してしまう。

アントリーニ先生夫婦はホールデンを気持よく迎えてくれた。夜も遅いからと奥さんは先に休み、アントリーニ先生がホールデンの訴えを聞いてくれる。いつもながらに周囲の人間がフォニーだらけだとホールデンが嘆くと、アントリーニ先生はホールデンがいま「じつに恐ろしい堕落にさしかかっている」と警告する――自分の素質や能力などに立脚した地道な努力をするのではなく、たんなる憧れや虚栄心から自分以外の自分をもとめながら、しかも相応の努力を払わない人間には「独特の、じつに恐ろしい堕落」が待ち受けている。いまホールデンはその堕落にさしかかっていると、アントリーニ先生は言う。人間としてもっとも恐ろしい堕落だ。そういう堕落に陥った人間は、自分の夢を実現させたり獲得したりすることができなかったものだから、いびつな、ゆがんだ、ひねくれた性格を発展させてしまい、自分の得たいと思ったものを得ている人間を見ると、嫉妬と憎悪の眼差ししかむけることができず、わずかの学問を鼻にかけ、知力が自分よりも劣る人を見ると、すぐにバカにして軽蔑することしかできず、他人にいやがらせばかりすることによってしか、鬱憤を晴らし、ちゃちな心の落ち着きを得ることのできない人間になってしまう。真剣に努力することを最初からやらず、他人や社会を非難し、バカにし、軽蔑ばかりしている人間の堕落。フィービーも、「お兄ちゃんって、自分以外のものはなんでも嫌いなのよ」と、ホールデンのなかに生じはじめているこの種の堕落を見ぬいていた。

ホールデンは他人がみんなフォニーだから、学校でも勉強する気になれないという。だが、アントリーニ先生は、「他人をけなす」段階などは卒業し、もっと本を読んで、勉強しろと言う。歴史上、じつに多くの人たちが、いまのホールデンのように精神的霊的に悩んできた。そういう本を読み、「自分の精神のサイズ」を、自己を、発見しなさい。「それによって、自分の精神はいかなる寸法の、いかなる服をまとったらいいのかが、わかってくる」(171)。

ホールデンは他人の悪口ばかり言い、非難してばかりいて、自分の成長のためになにかの努力をするということを、まったく怠っていたことを思い知る。感覚の鋭い彼は、アントリーニ先生の言わんとすることが、自分がこれからどう生きるべきかが、よくわかったはずだ。よくわかったがゆえに恥ずかしく、ホールデンは思いっきり大きなあくびをして、「先生、眠いです」と言う。事実、眠たかった。先生は居間のソファにホールデンのためのベッドを作り、電気を消して、寝室に引き上げていった。

ここまでは、それでよろしい。人間としてもっとも恐ろしい堕落にさしかかっていたはずのホールデンが、かつての恩師のすばらしいアドバイスにより、真の自己を発見するための、「学ぶ」ということの意味を納得し、自分がいかなる人間であるかを知り、それにのっとって社会のなかに自分の生きる道を探していく心構えを得た。ところが、寝についたホールデンに、あることが起きた。「とつぜん、ぼくは眼が覚めたのだ。何時ころだったかなど、いっこうにわからなかったが、とにかく眼が覚めた。何かが、誰かの手が、ぼくの頭を触っている。ビックリして、肝をつぶしたよ。アントリーニ先生の手なんだ。アントリーニ先生が、真っ暗闇のなか、ぼくの寝ているソファのすぐわきに座り、ぼくの頭をさするか、撫でるかしてるんだよ」(172)。

ホールデンにあのすばらしい忠告をくれたアントリーニ先生が、教え子のホールデンにホモ的な所作におよんだのであろうか？　ホールデンもそのはずはないとずいぶん悩むのであるが、電気を消した部屋でのあの先生の行動は、ホモのそれとしか思えない。ホールデンは、先生の制止を振りきって外に飛び出すと、グランドセントラル駅での野宿という、先生の家よりもはるかに寒くてつらい宿泊場所を選ぶ。ある意味でホールデンの人生を救ってくれようとしたアントリーニ先生は、同時に、自分のホモの趣向の対象としてホールデンを見てもいたのである。人の道を説くすばらしき「言」と、劣情を教え子にむける「動」との、言動のこの大いなる落差の点からしたら、アントリーニ先生は「フォニー」(インチキ野郎)の最たるものであったかもしれない。スペンサー先生など、可愛いものだ。現代社会に対するホールデンの失望と嫌悪はここに極まれりの感がある。「変な子だねえ、なにを勘違いしているんだよ」などと言うアントリーニ先生のありきたりの言い訳と制止を振りきり、彼は真夜中の街に飛び出さざるをえなかった。

グランドセントラル駅のベンチで夜を明かしたホールデンは思う――もうこんなニューヨークにはいられない。ヒッチハイクして、西部のほうに生きる道を探そう。だが、ニューヨークから蒸発してしまう前に、妹フィービーにだけは会っておきたい。彼は、かつて自分も学んだ小学校に入っていき、十二時十五分に美術館のまえで待つ旨のフィービー宛のことづてを職員に託す。そして懐かしさに駆られて小学校のなかを歩いているとき、彼は壁の落書きを見てしまった――「Fuck you」。しかも、二箇所も。イノセントな子供たちが、愛するフィービーが学んでいる、「ライ麦畑」そのものであるはずの小学校に、「崖」の下のほうの深い「堕落」から発している落書きが記されているとは! アントリーニ先生の所作には困惑し、失望したが、この「楽園」のなかの「蛇」ともいうべき落書きには、ホールデンは激怒した。「これを書いたやつを殺してやりたいと、おれはずっと思いつづけた」(181)。

フォニーな人間ばかりがうごめく周囲の世界に対するコールフィールドの嫌悪と憎悪は、アントリーニ先生やイノセントなはずの小学校の落書きを見て、頂点に達する。もうこんなニューヨーク、いっときも我慢できない。しかし十二時十五分になっても、フィービーは美術館のまえに姿を見せない。やっと約束の時刻から二十分も遅れて、妹はやって来た。きのうホールデンがフィービーにやった、彼の〝分身〟とも言うべき赤のハンチング帽をかぶり、そして、やたらでかいスーツケースを引きずるようにして。フィービーは兄が自分を呼び出した理由を、例の鋭い直感でもって見抜いていたのだ。「わたしもお兄ちゃんについていく」と、断固として言い放つ。もちろん、まだ幼い妹を〝社会〟のないところへ連れていったのでは、愛する妹の将来を台無しにしてしまう。ホールデンは、自分一人で行かせてくれと懇願するが、幼いながらサリー・ヘイズとちがって愛するということを知っているフィービーは、聞くものではない。「お前が学校に戻ってくれたら、兄ちゃんもすぐ家に帰るから」とホールデンが譲歩しても、決然と、「学校になんか戻らないわ。うるさいわよ!」。「妹がぼくに、うるさいなどと言ったのは、これがはじめてだ。なんか迫力があった」(187)。そして、兄の否定という意味で、赤のハンチング帽を投げるようにしてホールデンに突っ返す。

街路の反対側をフィービーは、どこまでもホールデンについてきた。もう絶対に家出をしたりはしないと誓ってみせた兄を、彼女はじょじょに受け入れてきて、セントラル・パークの動物園で熊を見ると、大好きな乗り物である回転木馬のほうへ歩いていく。フィービーはホールデンにいっしょに回転木馬に乗ろうと誘うが、ホールデンは自分は見ているから、お前一人で乗っといでと応える。フィービーは「わたし、もう怒ってないよ」と言い、「そして、それから妹のやったこと——俺は泣けてきちゃったぜ。俺のコートのポケットに手を突っ込んで、赤のハンチング帽を取り出すと、それを俺の頭にかぶせてくれたんだ」(190)。それは、ホールデンが自分というものをふたたび取りもどし、逃げずにこの場でもって自分らしい生き方を模索することを承知してくれたということをフィービーが了解した証しであり、ホールデンへのフィービーの和解の印であった。昨夜フィービーにホールデンが自分自身であることの印である「赤のハンチング帽」をやってしまってから、今にいたるまで、ホールデンはすっかり混乱し、自分自身を見失っていた。フィービーに、「お兄ちゃんって、自分以外のものはなんでも嫌いなのよ。どこの学校に行ってもダメよ」と痛いところをつかれ、そのあとアントリーニ先生のところにいって、「自分以外のものはなんでも嫌い」な、「人間としてもっとも恐ろしい堕落」にさしかかっている自分を確認させられた。先生の説教により、「真剣に努力することを最初からやらず、他人や社会を非難し、バカにし、軽蔑ばかりしている人間の堕落。他人をけなしてばかりいながら、自分が何かになろうという努力をしていない」自分をホールデンは思い知った。場所を変えてみても意味がない。今の自分から逃げても仕方ない。今の自分に立脚し、過去の偉人の精神の模索に親しむことによって、生きることによって、「自分の精神はいかなる寸法の、いかなる服をまとったらいいのか」を知り、自分自身を発見する。その発見された自分を生きる。

だが、いま、ホールデンは嬉々として回転木馬に興じるフィービーを、ベンチに座って見守っていた。「愛」によるフィービーの無言の行為と仕草によって、このあと家に戻ることもフィービーに約束した（「おれは妹にウソをついたりはしていなかった。事実、そのあと家に戻ったのだ」［同］）。回転木馬のフィービーは、自己意識のかけらもなく、ひたすら回転木馬の楽しさに没頭している。無心だ。清らかで、ナイスで、「ライ麦畑」に遊ぶ子供そのもの顕現だ。雨が降ってくる。沛然と降ってくる。しかしホールデンは濡れるのもものかは、回転木馬のフィービーを見守りつづける。そのとき、彼は全身を震わす歓喜のなかに、ある「啓示」を経験した。

いや、まったく、すごい土砂降りだった。バケツをひっくり返したような雨ってやつだね。両親とか母親とかみんなは、びしょ濡れになるのを恐れて回転木馬の屋根の下に駆けこんじゃったけど、おれはベンチにずっと座ったままでいた。ぐしょ濡れにはなったよ。とくに首んとことズボンがね。ハンチング帽がかなり雨よけになってはくれたが、いずれ濡れ鼠さ。しかし、まったく気にならなかった。フィービーがぐるぐる木馬で回転しているのを見ていたら、とつぜん、おれはメチャ幸福な気分になってきちゃったんだ。なんかわめきたくなっちゃった。ほんとうのこと言うと、そのくらい幸福な気分があふれてきた。なぜかはわからない。ブルーのコートを着て、ぐるぐる回転する妹、その姿があんまりナイスだったからだけかもしれない。まったく、あんたにも見せたかったぜ。(191)

このときホールデンに何が起きたのであろうか？　どうしてホールデンは、他の親たちが屋根の下へと雨宿りに急いだのに、濡れ鼠になるのもものかは回転木馬に無邪気に興ずるフィービーを凝視しながら、「メチャ幸福な気分」に襲われたりしたのだろうか？　「わめきたくな」るほどの深い幸福感とは何か？　そして、この引用箇所のページをめくった次の、わずか1ページから成る最後の章において、周囲を毛嫌いしていたホールデンがしおらしくカリフォルニアの診療所かどこかでノイローゼの治療を受けはじめ、ニューヨークをあんなに嫌ったホールデンが四つ目のプレップスクールに入学を決意し、「再出発」しようとしているのである。この〝変身ぶり〟は、どう説明したらいいのだろうか？　さらに最終章の最後のパラグラフにおいて、ポン引きのモーリスや同室のストラドレイターを殺してやりたいほどに憎んでいたはずのホールデンが、いわば〝愛〟ともいえるような感情でもって、彼らを赦しているとは、これは一体どうしたことであろうか？　遊園地の回転木馬に興ずる「ナイス」なフィービーの姿を見つめているホールデンに、何が起きたのであろうか？

これは心理学者マズローのいう「至高体験（peak experience）」（「絶頂体験」とも）に正確に呼応する。フロイトの定義した「大洋感情」がそれに当たるし、ウイリアム・ジェイムズのいう「神秘体験」もこれと同質のものである。それは、「恋愛に浸っているとき、音楽や書物や絵画によって突然の〝感動〟を受けるとき、偉大な創造の仕事をしているときなどの、もっとも幸福であった瞬間、恍惚感の瞬間、有頂天の瞬間」に訪れる。マズローはこれを、人間にとって非常に重要なものであり、偉大な人間とそうでない人間とを分ける唯一の違いは「至高体験」の有無であるとまで言っている。彼は当初、「至高体験」が偶然に訪れる幸運な体験と思っていたが、じつは誰でも日常に体験するものであることを理解するにいたった。たとえば彼が挙げている至高体験の実例であるが――「ある若い母親が、台所を忙しそうに動き回って、夫と子供の食事をこしらえていた。日光が差し込み、子供たちは小ざっぱりした感じの良い格好をし、食事をしながらしゃべっていた。夫はたまたま子供たちと遊んでいた。しかし、夫や子供たちを見た妻は、彼らの美しさや、彼らに対する自分の大きな愛情や、彼女の大きな幸運の感覚に突然激しく圧倒されて、彼女は至高経験をもったのであった」。そう、雨のなか回転木馬を見つめているホールデンに、まさに至高体験が起きたのである。

至高体験のとき、人は何を〝体験〟するのか？　「多くの人びとは、それらの歓喜の瞬間やその後で、非常に幸運でありがたく感じ、その結果、他者や世界に愛情を感じ、その返礼として世の中に何か良い事をしたいとさえ思った」。回転木馬に遊び興ずる無心のフィービーのイノセントな姿に、ホールデンは、醜いことどももすべてをふくめて、大いなる歓喜のうちにこの世界を肯定したのである。これまでホールデンは自分の偏狭で鋭敏なエゴからしか世界を見ていなかったが、この至高体験の瞬間、彼は世界を自分のエゴとは無関係の、それ自体で価値のある、そこに生きるに値するものとして認識したのである。

人間のあらゆる認知は人間の産物で、ある程度かれの創造したものであることは確かであるが、それでも、われわれは外的な対象を人間に関係あるものとして認知するのと、人間に無関係なものとして認知するのとを区別することができる。自己実現する人間は、世界が自分たちからはいうまでもなく、人間一般からも独立したものであるかのように見ることができる。このことは平均人についてもまた、その最高の瞬間には、つまり、至高経験の際には、あてはまることである。そのときには、かれは直ちに、自然がそのまま、それ自体のために存在するように見ることができ、決して人間の目的のための遊戯場としては見ないのである。かれはそこに人間の意図を投影させないよう容易にさし控えることができる。一言でいえば、かれは世界を、用いられるべきものとして、あるいはおそれるべきものとして、あるいはその他の人間的な方法で反応されるべきものとしてでなく、それ自体の生命（「目的性」）において、見ることができるのである。2

「人間との関係を絶った」世界を認識したときに人に認知されるものは、自分と同じように欠陥を抱えた他者に対する憐れみと慈悲と、おそらくは愛のような感情の段階から、もっと超絶的な「神」の存在の実感などの段階まで、いろいろに分類されうる（「二分法超越」を経て体感される永遠的な実在の「全体性」の認識については、「真なる自己」の章において扱う）。小説のここの箇所におけるホールデンは、ただ毛嫌いしてきただけの世界を意味あるものとして受け入れ、本来自分のなかに潜んでいた、他者に対する同じ人間としての漠たる愛情を認知している、いわば至高体験の初期の段階である（それが、感性が鋭敏なだけのホールデンと、もっとはるかに宗教的で神秘主義的なシーモア・グラスとの違いと言えようか）。

このような至高体験と同質のものを、彼我二点の文学作品において確かめておこう。ひとつは我が志賀直哉の傑作『暗夜行路』。祖父と母との過失によってこの世に生を享けたと疑う時任謙作は鬱々《うつうつ》として楽しまず、結婚しても妻はいとこと過ちを犯すなど、ともすると運命の過酷さに押し流されそうになる。人生に「快」と「不快」の二つの反応でしか対することのできない時任謙作は、人間に「フォニー」と「ナイス」の二つで接するホールデンを思わせるところがある。その時任謙作が、小説の結尾、大山《だいせん》の大自然に接し、その無限の大きさに包み込まれて、不可思議な陶酔感のうちに自我の絶対的な肯定の「啓示」を受けるのだ――「疲れ切ってはいるが、それが不思議な陶酔感となって彼に感じられた。彼は自分の精神も肉体も、今、この大きな自然の中に溶込《とけこ》んでいくのを感じた」。[3]

もうひとつの作品は、フランスの作家サルトルの『嘔吐』である。「存在」そのものに対する不可解性と無意味性の象徴である公園のマロニエの木の醜怪な根っこに、主人公ロカンタンは嘔吐する。ところがそのロカンタンが、小説の終わり近く、最後のお別れに立ち寄った店の女将のかけてくれたジャズのレコードを聴きながら、「苦」である実存の背後に永遠的な存在の調和を直感し、存在嘔吐のかなたに普遍的な実在を直感して、つまりは自分と無関係にある世界そのものの生命に触れて、世界と和解するのだ――「過去も未来もなく、現在から他の現在へと落ちていく実存するものの背後に、日毎に変質し、剝落し、死へと滑ってゆくあれらの音の背後に、つねに旋律は若々しく毅然としており、無常な証人のように同じ姿のままである。声は黙した。レコードは少し引っ掻くような音を立てて止まる。煩わしい夢から解放され、カフェは実存する喜びを反芻し、嚙みしめる」。[4]

またわが国の作家の辻邦生は、そのエッセイ集の「生きて愛するために」の中で(長編小説『背教者ユリアヌス』も、キリスト教が触れることのない生の美を謳っているのだが)、生の根底は「美」にあることを直感した、人生の中で三回経験した神秘主義的な啓示の経験のことを語っている――

この三つの啓示は、私が文学の根拠を求めている遍歴のさなかに起こったという点では、私の激しい問いかけに対する答といっていいものだった。パルテノンの啓示は、美とは、大きな光のように、この地上を包んでいる絶対一者的存在だ、ということを語っていた。セーヌの橋上の啓示は、世界が私と一つであり、私と無縁なものなどは存在しない。森羅万象は私なのだ、ということを示していた。リルケの詩の啓示は、美の一つ一つが、それぞれに絶対の美の現れだということを語っていた。そしてこの三つに共通するのは、われわれの生の根拠につねに美が存在し、それが生のすべてを包んでいる、ということだった。私は美を求めて物から物へ喘ぐように遍歴していたが、そんな必要はまったくない。美とは、そして幸福とは、いまここにある。それに気づくことが肝心なのだ――そう思ったとき、一挙に、溟濛の霧が晴れるのを感じた。それは、さらになおさまざまな試行錯誤をともなったが、すすむべき方向はそのとき定められたといってよかった。一言でいえば、私は、この地上のすべてのものを――季節も、天候も、時刻も、花々も、木々も、海も、山も(ラムのように〝悪党どもも〟と加えてもいい)――かぎりなく素晴しいものとして、ひしと抱きしめ、刻々、花の香りに包まれた陶酔のなかで生きるようになったといえる。すくなくとも、それが私の文学の中心の仕事となったとはいえるかもしれない。5 (傍点引用者)

辻邦生に起きたことが、大袈裟でなくこのときホールデンに生じたのである（一部の評家の方たちよ、お願いだから、作品を通じてホールデンは少しも「進歩」や「発展」をしないなどと断じないでいただきたい）。まさにホールデンの場合も、至高体験に特有の、わけのわからない歓喜と幸福感に包まれながら、「美とは、そして幸福とは、いまここにある。それに気づくことが肝心なのだ」と、知ったのである。そして、これからも「さらになおさまざまな試行錯誤をともな」うことであろうが、「すすむべき方向はそのとき定められたといって」よい。

小説の最後のページ（二六章）、ホールデンはカリフォルニアのクリニックで神経症の精神分析治療を受けながら、秋からまた別のプレップ・スクールに入学して、やり直すことを決意している。そして以下の言葉でもって、この小説を締めくくる。

> これまで話してきた連中のことが、なんとなく懐《ミ》かし《ス》くなってくるんだよね。たとえば、ストラドレイターとかアックリーって連中が、さ。モーリスすらが懐かしく思えてきちゃう。変な話だよね。他人に人の話はしないほうがいいぜ。話しちまうと、その人間のことが懐かしくなっちゃうよ。(192)

自分につらくあたり、迫害すらした人間たちが、「懐かしく」なってくる（ラムのように〝悪党どもも〟）。憎み、軽蔑するのではなく、「懐かしく」なる。「お兄ちゃんって、自分以外のものはなんでも嫌いなのよ」とフィービーに言われたホールデンが、いま、「なんじの敵を愛せ」とか「自分を迫害する者のために祈れ」ほどの、人間離れをした「愛」ではないまでも、自分が憎み軽蔑していた他人を「懐かしく」なっている。これは日常的な意味における「愛」だ。「愛」とは、他者に対する一般的な人間的懐かしさでなかったら、何であろうか。

ホールデンはしっかりと赤のハンチング帽をかぶりなおしたのである。無心のフィービーによって喚起された映像が、ホールデンのこれから生きるべき道のありようを、指し示してくれた。それは、人間的な懐かしさをもって、他者のなかにフォニーでない自分だけの生き方をつらぬくあり方だった。

情緒的で感覚的な『ライ麦畑でつかまえて』と、サリンジャーの短中編に散在する抽象的で哲学的な「グラス家年代記《サーガ》」のあいだの〝不連続〟を嘆く人は多い。それらの人は、『ライ麦畑でつかまえて』のサリンジャーと、「グラス家年代記」のサリンジャーとが、まったく別人のように思えて困惑と戸惑いを隠さない。しかし、断言する——情緒的・感覚的と抽象的・哲学的との違いこそあれ、『ライ麦畑でつかまえて』は「グラス家年代記」に直結しているのである。ホールデンの求めた自分の〝居場所〟は、「グラス家年代記」のシーモア・グラスが与えてくれることになろう。沛然と降る雨のなかで回転木馬に無心に興じるフィービーの姿を見てホールデンの受けた「啓示」の意味を取りそこなうと、『ライ麦畑でつかまえて』から「グラス家年代記」につながる連結器が見えなくなる。情緒過多のホールデンが、哲学過多のシーモアにどう成長してゆくか、「グラス家年代記」の何たるかもふくめ、それはトランスパーソナルな自己を描く小説を扱う章で論ずることとする。

6

ひたすら〝ティファニー〟をもとめて　トルーマン・カポーティ『ティファニーで朝食を』（一九五八）

——たとえ金持ちの有名人になっても、自我というのを忘れたくはないんだよね。ある朝目覚めて、ティファニーで朝食をとる身分になっても、あたしはあたしでいたいんだ。

トルーマン・カポーティ
© Ullstein Bild/APL/JTB Photo

『ライ麦畑でつかまえて』を正確に読めば、この小説が若い魂による「自己の模索」の書として読まれねばならないことはおわかりいただけたと思う。そしてホールデンを女性にした主人公が、同じ舞台たるニューヨークを彷徨するトルーマン・カポーティの小説『ティファニーで朝食を』（*Breakfast at Tiffany's*, 1958）も、なによりも「自己の模索」の書として読まれねばならない。「世の中の俺の居場所はどこにある？」と、ホールデンがうめき、傷つきながら、ニューヨークにそれをもとめたのと同様にホリーも、社会のなかの真の「私の居場所」を象徴的に「ティファニーでの朝食」と表現し、うめき、傷つきながら、ニューヨークにそれをもとめたのである。

『ティファニーで朝食を』の主人公が自己を探しもとめて世界を放浪していることは、彼女の名刺によっても明らかだ。そこには、「ミス・ホリー・ゴライトリー、旅行中」と記されている。彼女は真の自分、真の自分の居場所をもとめて、世界を「旅行中」であった。

その名刺は、ニューヨークはイースト七十丁目台にある、正面にブラウンストーン（茶褐色砂岩）を配したマンションの二号室のメイルボックスの表札にはさんであった。ホリーの上の階の部屋に住む「ぼく」は、この表札にいたく心をひかれる。小説は、小説家志望のこの青年「ぼく」が、ナレーターとして、ホリーという興味ある女性をわれわれに紹介してくれるという形をとる。『ライ麦畑でつかまえて』の小説としての成功の大きな要因の一つは、歯切れのいい、活き活きとした、ちょっと下品なニューヨーク訛りの英語でもって主人公が、『ハックルベリー・フィンの冒険』と同様に、一人称の語りでもって自分を語っているところにもとめられるだろう。同じく『ティファニーで朝食を』の小説としての成功は、『偉大なるギャッツビー』と同様に、興味ある主人公を、そのすぐそばに住むナレーターの眼を通して語らせていることにある。ところで、『偉大なるギャッツビー』の場合とちがって、『ティファニーで朝食を』のナレーターは、（『見えない人間』のナレーターと同様に）小説を通じてその名前が明らかにされることはない。ただホリーは、だんだんと親しくなるにつれ、このナレーターに、愛してやまない自分の弟の名前「フレッド」を付して呼ぶようになる。それで、以下、ナレーターのことは、ホリー命名になるニックネーム〝フレッド〟でもって表記することにする。ある出来事のためホリーがナレーターを〝フレッド〟と呼ぶことを止めるときまで。

時は一九四三年。当時ホリーは「十九歳の誕生日まであと二ヶ月」（『ティファニーで朝食を』、17頁）という年齢であったから、ホールデンと年齢的には大差ない。〝フレッド〟は部屋のキーをどこかに無くしたホリーのために彼女の部屋を開けてやったことが契機となって、彼女と親しく話をするようになる。ホリーの生業？　彼女は、「化粧室に立てば、トイレのチップにと五十ドルももらえる」(31)ような、大金持ちの男たちと付き合い、そういうチップをもらって暮らしていた。職業としては、「半娼婦」と言ってもいい。酒は底抜け上戸、下品なことばを遣い、自堕落で、お金第一主義で、貞節がない。しかしホールデンだったら、このホリーのなかに「ナイス」なものを見ぬいたはずである。

　ホリーは、行き場所のない「野生のもの」である赤毛の猫をひたすら可愛がり、よく独りギターをつま弾きながら歌っている。「♪眠たくなんてない、死にたくもない。ただ空の牧場を旅していたいだけ♪」(21)。彼女自身が何にも束縛されない、何にも頼らない、何にも従わない「野生のもの」であった。「野生のものを愛しちゃダメだよ」とホリーは言う、「野生のものを愛したりしちゃったら、空をぼんやり眺めて終わるのがオチさ。空なんてのは、そこに住むよりも、遠くから眺めているほうがいいのよ。空なんて、虚しいだけのところだよ。確かなものなど何もないところでさァ。雷がとどろいて、いろんなものが現れては消えていくところさ」(69)。ホリーは広大な空の牧場の「虚無」を見つめながら、その牧場を「旅」している。何かをもとめて。

　彼女は何をもとめているのか？　彼女を女優に仕立てるために奔走したことのあるバーマンがホリーのために映画の役柄を取りつけてきたことがあるが、そのスクリーンテストの前日、彼女は、「まだ行ったことがないから」と、ニューヨークへと出奔してしまう。人生最大の〝チャンス〟だったはずの映画界進出を、ホリーは弊履《へいり》のごとくに棄て去った。「映画俳優になるということと、しっかりした強い自我をもつということは、両立するみたいに思われてるけどサ、ほんとうは、俳優になろうと思ったら、まず自我ってのを完全に棄てなくちゃダメなのよ。だからって、金持ちの有名人になりたくないって言ってるんじゃないよ。金持ちの有名人ってのは、あたしの人生設計じゃ大きな位置を占めてるし、いつの日か、そういうものになってみたいとも思ってる。でもねえ、たとえ金持ちの有名人になっても、自我というのを忘れたくはないんだよね。ある朝目覚めて、ティファニーで朝食をとる身分になっても、あたしゃあたしでいたいんだ」（傍点引用者。37）。金は、有るに越したことはない。地位は、高いに越したことはない。しかし、そういうものを得るために、それの〝奴隷〟となって、自分ならざるロボットを生きて〝自己〟をもたずに終わるのであれば、そんなものはクソ喰らえだと、ホリーは言う。「あたしゃあたしでいたい」。どんなときでも、どうなっても、彼女は彼女自身でありつづけたかった。「自己」を発見するとか、「自己」になるとかいうのではない。バーマンも言ったように、彼女は最初から彼女自身であった。その自己を他の、自分以外のものに売り渡してしまいたくはなかった。

　彼女は自分の感じ方、自分の考え方、自分の生き方を、他者や社会や既成のものに依存したりはしない。彼女は「野生のもの」そのままに、自立し、あるがままのものとして在る。だから、愛猫にも名前はつけない。「あの子に名前をつける資格は、あたしにはないよ。あの子は、誰かのものとなるまで、名前をつけてもらうのは待つしかないね」（傍点原著、40）。彼女は、「自分のもの」を所有しない。「自分」と周囲の事物とがしっくり調和して、あるがままの自己を齟齬《そご》なく生きることのできる「場所」が見つかるまで、彼女には、「自分のもの」などは存在しえない。「あたしゃ、自分とまわりのものとがしっくり合う場所が見つかるまで、自分のものなどはもちたくない。その場所がどこにあるか、いまのあたしにはわからないけど、でも、それが大体どういう感じのものかは、わかるんだ」（同）。だからホリーの場合は、「自己の模索」というよりも、生まれながらにして彼女が有している「自己を真に活かす場所の模索」、と言ったほうが適切であろう。

彼女は、その場所が「大体どういう感じのもの」であるかはわかっている。「セントラル・パークの池が凍りついてしまったとき、池に棲むアヒルたちの行く場所」が、どういう感じのものであるか、彼女にはわかっている。それを彼女は〝ティファニー〟と表現する。もちろん、〝ティファニー〟は、〝セントラル・パーク〟と同様に比喩である。現実のティファニーの宝石類のことを言ってるのではない。「あたしがティファニーに夢中なのは、そんなことじゃないよ」（同）。フォニーでしかないフォニーは宝石店のティファニーを憧れるだろうが（「そんなもの、ヤボったいよ」）、フォニーそのものである自己を有するホリーは、象徴としての〝ティファニー〟に憧れる。

「あたしがいちばん気分が晴れ晴れとするのは、タクシーに乗り込んで、ティファニーに行くときだよ。あの店の静けさ、誇らしげなようす、あれを見ると、とたんに気持ちがす～っと落ち着いてくるんだ。ナイスなスーツを着こなした親切な店員とか、銀や鰐皮の財布の香りを嗅いでいると、ここにいたら、惨めなことなんか起こりようがないって気分になるのさ。もしあたしがティファニーみたいな、そういう気分になれるほんとうの場所が見つかったら、そんときにゃ、家具を買ったりして、猫にも名前をつけてやるよ。もしかしたら、この戦争（朝鮮戦争）が終わったら、フレッドとあたしとで……」（40–41）。

いまだその場所、〝ティファニー〟の見つかっていないホリーは、ときどき、奇妙な不安感に襲われる。その奇妙な不安感のことを、彼女自身は「いやな赤色」（the mean reds）と表現する。「なんか怖くなって、びっしょり汗をかいちゃうんだけどサ、でも何が怖いのか、自分じゃわからないんだよね。ただ、なんかイヤなことが起こりそうだなあって感じはするんだけど、それが何なのか、わかんないの。そういう気分って、なったことない？」（同）。それはまさに〝フレッド〟の答えにいうように、「実存的な不安、おののき」（angst）のことであろう。「自分が何のわだかまりもなく自分でいられる場所」が見つかっていないときの、何やらぬ「実存的な不安」、ムンクの「叫び」が、ときどき、「イヤな赤色」となってホリーのなかに噴出する。

先に言ったようにホリーは「チップ生活」を送っている。たとえば、億万長者で有名人の、結婚と離婚をくり返してばかりいる、ただいま独身中の超肥満男〝ラスティー〟・トローラーとつき合って法外なチップを得たりしている。しかし、それだけでなく彼女は、毎週一回木曜日に、ニューヨーク州南東部の町オシニングにあるシンシン刑務所に服役中のマフィアの親分サリー・トマトを訪問する。サリーから聞いた「天候報告書」を弁護士に伝えると、弁護士から一〇〇ドルがホリーに振り込まれる。「一時間の世間話で一〇〇ドルの報酬」というわけだ。

ホリーに女性のルームメイトができる。身長はゆうに六フィートを超す長軀のモデルの友人マグ・ワイルドウッドだ。マグには、恋人がいた。ハンサムなブラジル人ホセ。政府関係の機関の要職にあり、ワシントンに週に何日か出張し、将来はブラジルの大統領を目指す野心家。マグはホセに首ったけであったが、ホリーは超肥満の大金持ちラスティーや、マグとホセのカップルといっしょに旅行に出かけたとき、ホセをマグから奪ってしまう。〝フレッド〟は友人の恋人を奪ってしまうホリーに失望し、自分の書いた短編小説に無理解なけなされ方をされたこともあって、しばらくホリーとの付き合いを断つ。

初夏にかかろうとする頃、一人の中年男がホリーを訪ねてきた。この中年男の苗字は、ホリーと同じゴライトリーであった！　テキサス州チューリップ近郊で農場を経営する獣医のドクター・ゴライトリー。両親を結核で喪った少女ララミー・バーンズは、預けられた親戚の家から弟フレッドともども逃げ出し、夜間、空腹のあまりドクター・ゴライトリーの農園に牛乳と七面鳥の卵を盗みに入り、ドクターに見つかる。と同時に、少女はドクターの〝幼妻〟となることになった。これが、当時十四歳のホリーとドクター・ゴライトリーの出逢いであった。彼女は、獣医の妻となり、獣医の四人の子供の母親となったのである。十四歳にして四人の子供の母親！ ホリーの弟フレッドの名を冠せられたナレーターの〝フレッド〟は、ホリーの過去を聞いていて、幼い頃より不羈《ふき》奔放なホリーのあまりのホリーらしさに、飲んでいた水に噎《む》せ返ってしまう。

「わたしたちは、そりゃもお、あの子を可愛がりましたよ。あの子はパイをつまむとき以外は、指一本あげる必要はなかったんですから」(64) とドクター・ゴライトリーはつづける、「しかし、ララミーって子は、そんじょそこらの女とは、まったく違います。あの子は、私の妻に、私の子供たちの母親に、なることを承知したとき、自分のやりたいことを、ちゃんと一〇〇パーセント、知り抜いていました。あの子が蒸発しちゃったときにゃ、もう魂を抜かれたみたいにガックリきたもんです」(傍点引用者。63)。そのあとホリーはロサンゼルスに出て、映画のスクリーンテストの前日にニューヨークに遁走したわけだ。ドクターの家に残された弟フレッドは、そのあと朝鮮戦争に出兵していった。「先日、フレッドがあの子の住所を教えてくれましてね、それで私はあの子を連れもどしにやって来たわけです。あの子は蒸発などしてしまったことを後悔して、私と帰ると言ってくれると思いますよ」(66)。

しかし、もちろん、テキサス州チューリップが〝ティファニー〟でないことを「一〇〇パーセント知り抜いて」いるホリーは、ドクターといっしょに帰郷することはなかった。改めてホリーのホリーらしさを見直した〝フレッド〟は、ジョー・ベルのバーでホリーの昔話を聞きながら酒を飲む。

ホリーのかつての友人マグと、ホリーが棄てた男ラスティーが結婚。〝フレッド〟がマンションに戻ると、ホリーが自室で大暴れしていた。ものの割れる音とものすごい叫び声が部屋から響いてきて、飾り付けられていたクリスマス・ツリーは「文字どおりに分解されつくし」、ツリーの乾いた枝が、引き裂かれた書物や割れたランプやレコードの散乱のなかに撒き散らされ、生卵の中身が壁を伝い落ち、「その落花狼藉ぶりのなかで、ホリーの名無しの猫が水溜まりをなした牛乳を静かに舐めていた」(72)。

ホリーの「気違いみたいな暴れよう」の原因は、〝フレッド〟の誤解したような、マグとラスティーとの結婚に対する嫉妬などではなく、ホセの連れてきた精神分析医がホリーを診ている間にホセが〝フレッド〟に話してくれたところによると、ホリーのところに届いた一通の電報であった。その電報にはこう記されていた――「ふれっど戦死ノ連絡アリ　キミノ夫ト子供タチハ深ク悲シンデイル　イサイフミ　愛シテル　どっく」。ホセは、ホリーの狂ったような乱行がスキャンダルになり、自分の政治家志望の未来が断たれてしまうことだけを、さかんに心配していた。「あの気違いみたいな暴れよう。ぼくはスキャンダルに巻き込まれてはいけない立場の人間なんです。スキャンダルひとつで吹っ飛んでしまいますよ、ぼくの名前が、ぼくの人生が」(73)。

ホセとホリーは同居をはじめる。(実の弟の戦死以来、ホリーはナレーターを〝フレッド〟と呼ぶことはなくなったため、以下ナレーターのことは「ぼく」と記すことにする。)

ホリーはホセを深く愛しはじめて、そして、「ある日、じつに唐突に、ホリーらしからぬ家事への情熱が彼女のなかに湧き起こった」(74)。まことにホリーらしからぬ家事にいそしむホリーは、ホセとの結婚を心に決めたようだ。彼女は「ぼく」に言う――「あたしたちが結婚したら、……そりゃあ、まだホセがプロポーズしてくれたわけじゃないけど、でも、なんといったって、あの人、あたしが妊娠してることを知ってんだから、その可能性、大ありよね。そうなのよ、あんた。妊娠六ヶ月ですって。どうしてまたあんたがそんなに驚くのよ。あたしは驚かなかった。これぽっちも。ただ嬉しかった、あたし」(75)。

ついにホリーは、ホセとともに住むブラジルという〝ティファニー〟を見つけたのだった。もう「イヤな赤色」に悩まされることもなくなった。

「結局、いい人間だったら、人生、いいことが起こるってことなのよ。いい人間？　正直な人間って言ったほうがいいかな。法律に引っかからない正直な人間ってことじゃなくて――あたしだって、一日楽しく暮らせるんだったら、墓泥棒だってやるし、死んだ人間の眼から二十五セント・コインを盗むことだってやるわよ――そうじゃなくて、自分にウソをつかないって意味の、正直な人間ってこと。とにかく絶対ダメなのは、自分のやりたいことをやらない臆病な人間、自分とはちがう自分を生きる人間、自分の感情にウソをつく人間、自分を売り渡しちゃってる人間だよ。正直でない心をもつくらいなら、あたし、癌にかかっちまったほうがましだね」（傍点引用者。77）。

九月三十日（それは、たまたま、「ぼく」の誕生日であった）、ホリーは「ぼく」をセントラル・パーク一周の乗馬に誘った。翌週の土曜日、ホリーはホセとブラジルに飛ぶことになっている。ところが、二人してセントラル・パークの乗馬道に馬を使っているとき、事故が起きた。茂みから飛び出してきた黒人少年の一団が馬の尻に石を投げつけ、木の枝で打ったため、「ぼく」の馬が暴走をはじめてしまったのだ。パークを飛び出し、「ぼく」を乗せた馬は交通の激しいニューヨークの街を狂ったように疾駆したが、ホリーが自分の馬を駆って追いつき、駆けつけた騎馬警官と「挟撃作戦」をとって、「ぼく」の乗った馬を鎮めてくれた。

その日の夕刊各紙は、一面トップにホリーの顔写真をでかでかと載せた。乗馬暴走事故で人命を救助したヒロインとしてではない。「麻薬密売でプレーガール逮捕」(「ジャーナル・アメリカン」)、「麻薬密売の女優逮捕」(「デイリー・ニュース」)、「麻薬密売団摘発、グラマーガール逮捕」(「デイリー・ミラー」)。シンシン刑務所に服役中のサリー・トマトは、世界規模の麻薬シンジケートのボスであった。このマフィアの大立て者は、毎週木曜日に慰問に来てくれるホリーに伝える「天候報告書」の暗号メッセージによって、「参謀長官」の弁護士に指令を飛ばし、大規模な麻薬密売を展開していたのである。

「お願い、猫の餌、忘れないで」と、「ぼく」に頼みながらホリーは刑事に連行されてゆく。

ホリーの部屋にホセのいとこがホセの荷物をまとめにやってきて、ホリー宛のホセの手紙を「ぼく」にことづける。逮捕の夜以来ホリーが入院している病院に、「ぼく」はホセの手紙を渡しに行った。病気の重さを忘れさせるくらいに元気なホリーは、病室で改めて化粧をして、「ぼく」にホセの手紙を読み上げさせる。その手紙には、ホリーがホセのような「信念と職業の持ち主には妻として受け入れがたい女性」(91)であること、すでにホセはブラジルに帰国していることが記されていた。ホリーは、「わかった。あの人がネズミ野郎にならざるをえないのも、仕方ないわね。ラスティーみたいな、超特大サイズの、キング・コング型のネズミ野郎だわ」と言い、泣きわめく赤ん坊みたいに口に拳骨を押し込みながら、「愛してたんだよ、あたし、あの人を。あのネズミ野郎を」(同)と、一回だけ泣いて、そしてそのあとはケロリとして、ホセに棄てられた運命を受け入れる。「ネズミ野郎」とは、社会的な役割としての自己の実現だけを心がける、本当の意味で自己をもたない人間のことをいうホリーの言葉であった。つまり、ホールデンの言う「フォニー」のことである。

ホリーは、せっかく飛行機のチケットもあることだし、三日後の土曜日にブラジルに飛ぶので、部屋の荷物をまとめといてくれと、「ぼく」に頼む。「ぼく」は仰天する。保釈中の人間が海外に逃亡してしまえば、二度とアメリカには帰国できなくなってしまう。頼むからバカなことは止めてくれと頼む「ぼく」に、ホリーは、「人間のいるべき場所は、しっくり落ち着くことのできる場所よ。あたしは、まだそういう場所を探しているんだから」(93)、「友人の不利になるような証言はしたくない。あたしの行動基準は、恩義を受けたら返すってことさ」(同)と言って、断じて決意を翻そうとはしなかった。

しかしホリーは、最初「ぼく」が勘違いしたように、未練がましくブラジルのホセのもとに行こうとしているのではなかった。アメリカから抜け出すのに、取りあえずホセの買ってくれたチケットを使おうとするだけのことであった。その証拠に、病室を出ようとする「ぼく」に、ホリーは、「お願い、ブラジルの長者番付の上位五十人を調べといて」(94)と頼む。

土曜日の夜、ニューヨークはスコールのような土砂降りであった。「ぼく」は、宝石類、ギター、洗面用具、衣服、ブランデー瓶、そして名無しの猫など、ホリーの旅行荷物をまとめ、ジョーのバーでホリーの到来を待つ。ホリーは病院から銀行に寄り、銀行からまっすぐバーにやってきた。ジョーは運転手付きのキャデラックをホリーのために用意してくれていた。

ホリーと「ぼく」は、車軸を流すような雨のなか、キャデラックで空港にむかう。途中、飛行機には乗せられないからとホリーは猫をスペイン人地区に棄て、すぐに思い直して猫を取りにもどるが、豪雨のなかに猫の姿はない。「あの子はあたしのもの、あたしはあの子のものだったのよ」と嘆くホリーに、「ぼく」は「猫のことはぼくにまかせろ」と約束する。

「でも、あたしのことはどうなるのよ?」とささやくように言い、また身体を震わせると、「すごく怖いの、あんた。とうとう怖くなっちゃった。こんなことがいつまでもつづくのかと思うと、怖いわ。棄ててしまうまで、それが自分のものであるということに気づかないなんて。〝イヤな赤色〟、そんなものはどうでもいい〝ふとっちょ女〟[ホリーのいう死に神]、それもどうってことないわよ。ただ、この気分だけは。口のなかがカラカラ。もしツバを吐かないと殺すぞと言われても、ツバも吐けやしない」(99)。

母国を永久にあとにする直前の、このホリーの〝弱気〟は重要だ。もし彼女が何も考えず、裁判沙汰の面倒臭さに故国を棄てるだけの女であったならば、瞬間の衝動に生きる、ただ不羈奔放なだけの、鈍感な、つまらない女であったことだろう。だが、ホリーは、ほんとうに自分として生きることのできる、自分のものといえる人間、自分のものといえる場所、事物をもとめつづけている女であった。彼女が真に生きるとは、そういう人と、そういう物といっしょに、そういう場所で生きることでしかない。でも、もしかしたら、そういう場所、〝ティファニー〟は、永遠に見つからないのかもしれない。この虚しく探しもとめる模索だけが、永久につづくだけなのかもしれない。それは、彼女にとって、精神的な不安や、肉体的な死よりも、もっと深い存在論的な恐怖であった。死よりも深い死への恐怖であった。この恐怖が、自己を生きようとするホリーの〝本物性〟を証している。

翌年の春、ブラジルのホリーから一度だけ「ぼく」に手紙が届いた。「ブラジルはくだらないところだけど、ブエノスアイレスは最高。ティファニーとまではいかないけど、かなりティファニーに近いかな。まだ、あたしの生きる場所を探してるよ。住所、わかり次第連絡するね」(100)。しかし、ブラジルを出た彼女から、その後手紙の届くことはなかった。

ここで話を小説の冒頭に戻す。ホリーがニューヨークから出奔して十四年後の一九五七年。ホリーの出奔と同じように、秋、土砂降りの夜のことだった。レキシントン街のジョー・ベルの店から「ぼく」は呼び出しをくらう。ジョー・ベルのバーは、かつて、ホリーや「ぼく」が酒を飲むだけでなく、個人の電話機のなかった当時、電話をかけに日に六、七回は通っていた店であった。雨のなかを駆けつけた「ぼく」に店主のジョーは、一枚の写真を見せる。「ぼく」の住んでいる、そしてかつてはホリーも住んでいたマンションの最上階に住む日系アメリカ人の写真家が、アフリカのある部族で撮ってきた写真である。部族民が手にもつ木彫り品に彫られている女性の顔、それはホリー・ゴライトリーにそっくりであった。日系の写真家が木彫り士の部族民に訊いたところでは、ある日一人の白人女性と二人の男性が馬に乗って部族を訪れ、二人の男性が熱病の治療を受けている間、女性は木彫りに興味をひかれ、木彫り士に木彫りの手ほどきを受けたという。男性たちの病気が快癒すると、三人の白人はまた馬に乗って部族を去っていった。

「男と女という関係にならなくとも人を愛することはできる」(15)。そういうかたちでホリーを愛しているジョーと「ぼく」には、この木彫りのモデルが、その白人の女性が、ホリーにまちがいないことはすぐにわかった。彼女は、いまも自分の本来の居場所〝ティファニー〟をもとめて、世界を「旅行中」であったのだ。

7

生きるって、こんなことじゃない　ジョン・アップダイク『走れウサギ』(一九六〇)

——それなのよ、ハリーさん、あなたがもっているものは。生命力なんですよ。不思議な才能ですね、生命力って。

アップダイクの『走れウサギ』は、「少年たちが電信柱のまわりでバスケットボールをやっていた」との一文ではじまる。主人公ハリー・アングストロムは帰宅の途次それを見つけ、しばし少年たちに混じってバスケットボールに興じる。少年の一人はハリーのボールをあやつる巧みさに賛嘆の眼で彼を見つめる。それも道理。彼は高校の三年生のとき、郡のバスケットボールの得点最高記録を塗りかえたヒーローだったのだ。あまりの足の速さに同級生たちはこのバスケットボールの花形選手に「ウサギ」というニックネームを献上した。「彼の記録はその後四年間、つまり四年前までは破られることがなかった」(『走れウサギ』、5頁)。ということは、ウサギは記録樹立のときが十八歳として、現在は二十六歳ということになる。

ジョン・アップダイク
© Ullstein Bild/APL/JTB Photo

十八歳のとき、彼の人生は輝いて見えた。彼は生きていた。しかし二十六歳のいまは、いくつかのテンセントストアでマジピールという台所用品の皮むき器の実演販売員をやるというしがない仕事につき、身重の妻ジャニスと二歳の長男ネルソンを養わんがため身を粉《こ》にして働いているだけだ。

アル中の妻ジャニスは酔っ払ってテレビを見ながら、「タバコを切らしてしまったの。あなた、買ってきてくれない？」と言う。ウサギは二十三歳のとき、高校を出て二年になるかならないジャニスと結婚した。「結婚の七ヶ月後に長男ネルソンが生まれた」(11)ということは、二人の結婚は日本でいう〝できちゃった婚〟ということになる。さしたる情熱のないまま、いわば生物学的な必要だけのためにズルズルと結婚生活をはじめたがためか、ジャニスは倦怠と無聊《ぶりょう》のためにいつしかキッチンドリンカーとなっていた。掃除もしてない乱れ放題の部屋のなかでジャニスは、母親と街に買い物にいくとき二歳のネルソンをウサギの母親に預けてきたので、車は自分の実家に、息子はウサギの実家にそれぞれおいてきていたのだ。「その間に食事を作っておくから」とジャニスがしぶしぶ言うので、仕事で疲れ切ったウサギは、「車をとってきて、息子を連れて帰ってくる」ことにする。

そのとき、ジャニスの見ていたテレビ番組の『ネズミ三銃士』に登場する三銃士の一人ジミーの言うセリフが、ウサギの耳に飛びこんできた。

「自分自身を知りなさいと、かつて賢いギリシアの哲人が言いましたね。自分自身を知りなさい。さて、よい子のみんな、これはいったいどういう意味かな？　その意味はね、他の人とはちがう本当の自分になりなさいということだ。近所に住むサリーとかジョニーとかフレッドとかになるんじゃないよ。きみ自身になりなさい。神さまは樹が滝になったり、花が石になったりすることをお望みじゃない。神さまは君たち一人ひとりに君たちだけの才能を与えてくださっているんだよ」（9）。

ひるがえって、ウサギはいまの自分の生活を眺めてみる。生きるということは、情熱も夢も真の愉しみも張りも生き甲斐もない、こんなにもつまらないことだったのか！　しかも妻のお腹のなかには、次なる〝重荷〟が生まれいずるのを待っている。かつて、高校時代のとき、自分は「他の人とはちがう本当の自分」だった。いまは、これぞ自分だけのものと言えるだけの独自なもののまったくない生き方、考え方（あるいは考え方のなさ）、感じ方の自分でしかない。息子を迎えに妻の実家にいくべく車に乗るとき、ウサギは、人生の「罠にかかっ」て自分を見失っている自分を痛切に思い知る。

ジャニスが台所から叫ぶ、「あなた、悪いんだけど、タバコも買ってきてくださる？」。すべては赦されている、すべては変わることがないと言わんばかりの平板な声。

ウサギは廊下へと通じる白いドアに映じた自分のおぼろな黄色い影に眼をやり、「俺は罠にかかった」と感じる。それだけはまちがいない。彼は外に出る。（10）

壁に映じた「自分のおぼろな黄色い影」とは、「影」のごとき存在の彼の「自分のなさ」を、彼の内的な空虚を、象徴するものかもしれない。

彼の住む町ブルーアーはジャッジ山の東側に位置しており、山の西面が町を見下ろしている。実家に忍び入って車に乗った彼だったが、妻に約束したように妻の実家に息子を引き取りにいったりはしなかった。彼の乗った車は息子ネルソンのいるはずの妻の実家スプリンガー家を素通りし、故郷の町を抜け、東のほうへ、フィラデルフィアのほうへと突っ走る。どこかにむかう当てもなく、まるで自分の家から、自分の家族から、自分の町から、自分から、逃げるかのごとく、ウサギの車は走る。

漫然と家を出てウサギを〝蒸発〟させてしまったものは、自分の生活と今の自分とに納得と充足を感じていない多くの現代人に通底する〝衝動〟なのかもしれない。ロロ・メイは現実に同じような〝事件〟が起きたことのあることを報告している。

> そう古いことではないが、ニューヨークの新聞に非常に奇妙な事件が報じられた。ブロンクスに住む一人のバス運転手がある日、空バスを運転したまま遠出してしまい、数日後フロリダで警官に捕まるという事件があった。自分は毎日同じコースを運転することにあきあきしてしまったので、ちょっと旅行に出かけたかったのです、とその運転手は説明していた。彼がブロンクスに着くまで、彼は有名な〝裁判事件〟(cause celebre) の主であった。個人的にはその遍歴運転手を知るよしもない大勢の群衆が、彼の帰りを歓迎しようとしていた。もし運転手が、もうこれ以上遠乗りしないと約束するなら、会社側は法律以上の罰を適用せず、再び職場に復帰させる旨を決定したとの旨が報ぜられたとき、ブロンクスの町には、比喩的な意味だけではなく全く文字どおりのかっさいがわいた。[1]

あまりに単調で変化のない日常性からフラフラと外にさまよい出る夢遊病者は、ウサギだけではない。現実の事件の主が罪を問われずに職場復帰が許されたとき、ブロンクスの町に「全く文字どおりのかっさいがわいた」ように、その衝動は、現代人のわれわれすべてのなかにうごめいている。夢遊病者のように外にむかって夜の闇のなか、ウサギは車を走らせる。故郷のブルーアーを抜けてウエスト・ヴアージニアに入ったところで、真夜中まえ、とつぜん彼はこの意味のない衝動的な行動の意味のなさを思い知る。この衝動が――「ハリーにとって瞬間瞬間に堅固な基盤をなしてくれるかに思える、捉えがたい、言葉に表せない希望」(37)が、意味のないものに思えてくる。彼はハイウェイに突っ返すと、「本能的」にブルーアーへと戻る。

朝まだき、彼がむかったのは、自分の実家でも、妻の実家でも、自分と妻の家でもなかった。今はスキャンダルのため高校を逐《お》われてはいるが、かつて彼をヒーローとしてくれた高校時代のバスケットボールのコーチ、マーティ・トセロのもとに行き、トセロの家でぐっすりと眠る。

翌日の夜、トセロはウサギを夕食に連れ出す。中華料理店の前では、トセロの「知り合いの女たち」のマーガレットとルースが待っていた。飲み食いのあと、トセロはマーガレットとどこかに姿を消し、中華料理店の支払いをしたウサギは、意気投合したルースと外に出る。そしてルースの「家賃の手伝い」をすることを条件に、ウサギはルースのアパートに転がり込んでしまう。

ベッドインのとき、ルースが「あれを見ると、気が滅入るの。ブラインドを降ろしてくんない?」と言う。

彼は窓のところにいき、ルースの言う「あれ」を見ようと身をかがめる。通りのむかいには教会が建っているだけだ。薄暗い、厳かな、自信にあふれた教会堂。薄赤く映える窓の奥には灯りがともり、この赤と紫と金色の円環が、都市の夜にあって、下方に燃える抽象的な光輝を示すためにリアリティに穿《うが》たれた孔《あな》のように思える。彼はこのステンドグラスを造った者たちに感謝をおぼえ、罪の意識を感じながらブラインドを降ろして教会の光景を隠す。急ぎ振り返ると、やはり表面に穿たれた間隙《かんげき》の

ような闇のなかからルースの眼がじっと彼を見つめている。(80－81)

このエピソードは、永遠者に対する信仰がもはや現実の生活とは無縁になってしまった現代文明のあり方を象徴しているように思える。キリスト教信仰、超絶的な神との関係を人生の基盤とする意識――これは、もはや、大部分の現代人の意識の基盤ではなくなっている。それはすでに人間意識の尾骶骨と化して、意識の「下方に燃える抽象的な光輝」でしかなくなり、精神の深部を指向しながらも現実には機能しなくなった「リアリティに穿たれた孔」でしかなくなった。このあと小説で重要人物の一人となってくる牧師エックレスなど、職業的な牧師の役を表面で演じながらも、真実のところ、神を信じていない(信じることができない)ありさまだ! リアリティの深部とかかわる超絶的な意識は、もはや現代では、気になるけれど意味をなさない厄介物でしかない。だからルースは、「教会堂」を見ると、「気が滅入る」。セックスへの没入にのみ生きることの意味を感じようとする彼女にとっては、「教会」の象徴するものは、見たくないものでしかない。内実を有さない虚ろな彼女の住む「表面に穿たれた間隙のような闇」のなかで、彼女の眼は蛇のように妖しく光る。

ところがウサギは、表面的にはどんなに衝動に忠実なだけの自堕落な人間に見えようとも、生活のなかに、というか、生きることのなかに、なにかをもとめていた。仕事があって、妻子がいて、食うに困らなくても、なにか生きるということに充足感がなかった。生きるということに、生物学的な、あるいは社会的な欲求を満たす以上の、存在論的な充足を見つけることができなかった。生きるということは、死にむかって生物学的な生命をいたずらに漸減させていくことではなく、永遠的な観点から肯定されることのできる〝意味〟があるはずではないか。「生活」ではなく「生きる」ということは、可視的な社会のなかの行為であるだけでなく、不可視の永遠的なものからの意味づけがなされるものでなくてはならない。その意味づけを問わない人は、「生活」しているだけであって、「生き」ているとは言えない。ウサギは「見えない世界」を信じているだけに、自分の生活がその見えない世界となんの関連もないことに我慢ならなかったのである。「見えない世界が実在するという彼の感覚は、本能的なものであり、彼の行動は人が考えているよりもはるかに、その見えない世界とのかかわりを成しているので」(235)あった。だから、超絶的な「見えない世界」を象徴する「教会堂」のステンドグラスを造った者たちにウサギは「感謝をおぼえ」、教会の風景を隠すことに「罪の意識を感」じる。彼は神を信じている。生まれ育った国の伝統的文化的な習慣として神を信じているのではなく、こういう神秘的な宇宙を存在させている超絶的な、見えない実在の存在を、〝本能的〟なかたちで信じている。だからこそ、彼は、今の生活の、今の自分の、なにもない空虚さに悩み、苛立つ。世界と自分を存在させている永遠的な実在を信じざるをえないからこそ、その存在の意味のなさに納得がいかず、何かこれ以上のものがあるはずだと、もがき、もとめる。生命の多様な形態としての世界を現出せしめている実在を信じる彼は、現代人共通のニヒリズムにおちいって、あきらめ妥協してしまうわけにはいかない。

彼は、何かをもとめながら、妖しく闇のなかで眼を光らせているルースの裸体にしがみついていく。一夜のちぎりを交わした翌朝、ウサギは窓の外の教会に多くの信徒たちが集まっている光景に喜びと安心をおぼえながら(「この光景自体が、見えない世界が実在することの視覚的な証明と思える」[91])、同棲することを決めた女ルースに言う。

「どうしてきみはなにも信じないの?」

「からかってんの」

「イヤ、ちがう。一瞬でもいい、信じるって気にならない？」

「神のこと？　神のことなら、存在しないってことしか信じられないわ。一瞬どころか、いつまでたっても信じられない」

「じゃあ、もし神が存在してないのなら、どうして世界は存在しているんだろう？」

「どうしてですって？　どうしてなんかないわよ。世界ってのは、ただ在るのよ」

「ぼくはきみのことをそういうふうには思えないけどな。きみがただ在るっていうふうには」(91)


世界という奇蹟が存在する以上、それを存在せしめている、「在りて在るもの」としての神は実在する——それが、神に関するウサギの「本能的」な知識のすべてである。ウサギが神を信じていると言ったので、ルースは不愉快になる。そのルースにウサギは、「じゃあ、どうしてきみはぼくのことが好きなの」と訊く。


「あなたがわたしよりも大きな人間だからよ」

「他にぼくのどんなところが好き？」

ルースはじっと彼を見る、「言わないといけないの？」

「教えてよ」

すると、ルースは言う——「あなたがあきらめてないからよ。バカみたいにあなたがまだ戦っているから」(92)

ウサギは、世界を世界たらしめている実在としての神を信じている。世界を創った神は、だったら、創った人間をこんな意味のなさのなかに放置したりはしないはずだ。しかるに現実にウサギの送っている人生は、退屈で単調な、「すべては赦されている、すべては変わることがないと言わんばかりの平板な」、内実のない機械的なもののくり返しでしかない。「俺は罠にかかった」とウサギは痛切に思う。そして、罠にかかった野生のウサギのように、〝ウサギ〟とあだ名されたこの男は、「罠」からの脱出と、なにかの〝意味〟をもとめてあがき、もがき、走る。彼は「バカみたいにまだ戦って」いた。

ウサギのもとめているものは、ウサギと牧師エックレスとの会話にもっと明らかに示される。ウサギが車を返し、自分の衣服をとりに自宅に戻ったとき、大型グリーン色のビュイックが近づいてくる。ジャニスの実家スプリンガー家の教区の監督派教会の牧師ジャック・エックレスである。ウサギと同い年か少し年上なくらいの牧師は、ジャニスの両親の意を受け、ウサギと話し合いにやってきたのだ。牧師の乗用車らしからぬ大型車に乗せてもらったウサギは、牧師にむかい、自分のとった行動の意味を懸命に説明しようとする。

「ぼくはウエスト・ヴァージニアまで車を走らせましたが、急にくだらないことに思えて、またこの町に戻ってきたんですよ」(107)と言うウサギに対し牧師エックレスは、「どうして戻ってらしたのでしょうか?」と訊く。

「わかりませんよ。いろんなことが重なったんでしょ。自分の知っている場所に戻るほうが安全に思えたのかもしれません」

「ご自分の奥さんを護るために戻ってらしたのではないのですね?」。妻を護る、そう考えただけでウサギは言葉を失う。

「あなたは人生がわからなくなったとおっしゃる。じゃあ、他の若い夫婦はどう考えているんでしょうね？　あなたはどういう点でご自分が他の若い夫婦たちとちがうと思ってらっしゃるのですか？」とエックレスは畳みかける。「あなたはご自分だけが、人生って何なのかと悩んでいらっしゃるつもりでいるけど、他の人たちだって同じ悩みをもちながら、それに振りまわされずに、頑張って努力して生きているんじゃないですか」と、〝聖職者〟エックレスは、いかにも〝牧師〟らしい説教を垂れる。もちろん、ウサギは自分だけを特別視しているわけじゃない。

「そう言われれば何も言えなくなるとお思いかもしれませんが、ぼくにだって言い分はあるんです。かつて、ぼくはあることがとても上手だった。一流のバスケットボールの選手だったんです。本当にうまかった。ところが、あることに一流になってしまうと、それが何であっても、二流ということに耐えがたくなってしまうんですよね。ところでジャニスとぼくの送っているこの生活ですが、これはもう掛け値なしの二流です」

エックレスは牧師らしからぬタバコを喫いながら、いかにも牧師らしい質問を発する——「きみは神を信じますか？」

ウサギの「生活の探求」のすべてが、神の実在という彼の本能的な知識に発していることはすでに述べた。今朝のルースとの問答で、この牧師の質問は「リハーサル済み」だ。ウサギは即座に、「信じますよ」と答える。エックレスはウサギの意外な答えに、驚いたように眼をしばたたく。そして——「だったら神さまはきみが奥さんを苦しめることをお望みでしょうか？」

どうもこのへん、牧師のエックレスには、自己の経験の正直な検討と真の思索という濾過器を経た、自分だけの「言葉」というものがない。職業的な「聖職者」のお決まりの常套句しか用意がない。ウサギは反論する――「ぼくからお訊きしたいですね――神さまは滝が樹になることをお望みだとお思いですか？」

小説では、「ジミーのこの質問をこんなところでくり返すのは滑稽だと、ウサギは思う」と記されている。「ジミーのこの質問」というのは、ジャニスの見ていたテレビ番組の『ネズミ三銃士』に登場する三銃士の一人ジミーの言うセリフ――「自分自身を知りなさいと、かつて賢いギリシアの哲人が言いましたね。自分自身を知りなさい。……きみ自身になりなさい。神さまは樹が滝になったり、花が石になったりすることをお望みじゃない」(9)。「牧師との人生相談」のさいに、昨夕たまたま聞いたテレビ番組のセリフを引き合いに出したりするのは、たしかに「滑稽」であり、(この程度の牧師が相手とはいえ)不謹慎ですらあるかもしれない。

ところがエックレスは、ウサギがテレビ番組のセリフに託して訴えた質問の「実存的」な意味をまったく解しない。「それはわかりませんが、少なくとも神さまは小さな樹が大きな樹になることはお望みだと思いますよ」とエックスレスは答えたのである。卒然としてウサギはわかる――エックレスは職業としての牧師でしかなく、たくさんの信徒の悩みを職業的に聞いてやり、お決まりの陳腐な常套句でもって答えているだけであって、「見えない世界」や人間への霊的な理解や認識はこんりんざい持ち合わせてはいないということを。「こっちが何を言っても、エックレスは同じように気怠《けだる》そうに紫煙をくゆらせながら、それを聞き入れるだけだということを悟る。「この人は、職業的な聞き役にすぎない。この人の大きな金髪の頭は、信徒たちの人に言えない秘密や心底から発する疑問が灰色の粥《かゆ》みたいに詰まっているだけで、この人は、若いくせに、それに自分なりの潤色をほどこすことができないのだ。はじめてウサギは彼に嫌悪感をおぼえる」(107)。

大切なことは、「他の人とはちがう本当の自分にな」るということ。このことを問うたウサギの問いかけにたいするエックレスの答えは、答えになっていない。しかしエックレスが、「小さな樹」(=人間的に未熟な存在)が「大きな樹」(=精神的に成熟した存在)になれと、つまり、ウサギにもっと成長しろと言っているのであれば、ウサギは牧師のこの世間的な忠告に対しても言い分がある。「ぼくがまだ成熟していないとおっしゃりたいのなら、ぼくは自分が未熟であることを悲しく思ったりはしませんよ。だって、ぼくの理解しているかぎりでは、成熟というのは死んでいるということと同じですからね」(傍点引用者。同)。

物質的な既成のものを獲得して安易に自己満足している人のもつ、鈍感さと同義である落ち着きを、世間は「成熟」と称する。世間の「成熟」や「成長」の概念は、人生や存在の神秘となんら、こんりんざい、抵触することがない。「成熟というのは死んでいるということと同じ」だ。このウサギの真情の告白にエックレスは何と答えるか? 「わたし自身も未熟な人間だけどね」――これが牧師の答えである。受け答えの単なる常套文句。謙虚さをよそおったなんたる無理解であることか!

牧師エックレスの精神のサイズを見抜いてしまったウサギは、はっきりと言い渡す。「いいですか、牧師さんが妻をどんなに気の毒に思ってくれていようとも、ぼくはあのどうしようもないウスノロ女のところには戻りませんからね。妻がどんな気持ちでいるかなんて、ぼくにはわかりませんよ。最初からわかったことなど一度もない。ぼくにわかるのは、ぼくの心の中だけです。それしかぼくにはわかりません」(傍点原著。同)。

次の週の火曜日、ウサギはふたたびゴルフにむかう車のなかで、「神の実在に関する本能的な知識」について語る。エックレスが「どうして奥さんを棄てたのですか?」と訊くから、ウサギが、「前にお話したじゃないですか。あの存在、あれが感じられなかったからですよ」(133) と答えると、エックレスが「あの存在って、何ですか? あなたはその眼でごらんになったのですか? それが存在するって、そんなに自信があるのですか?」と、聞き返してきたのである! 人々に神を説く立場の牧師が、「神が存在するなんて、あなたはそれを自分の眼で見たとでもいうのですか?」と詰問する。

ウサギもビックリする。彼は言う——「牧師さんが、それの存在に自信がおありでないのなら、それをぼくになど訊いたりしないでくださいよ。それは牧師さんの専門じゃないですか。牧師さんがわからないとおっしゃるのなら、誰もわかりっこありませんよ」(同)。エックレスは神学校で学んだことを説教壇で復唱しているだけの、職業的な牧師でしかなかった。神を信じることのできない牧師というエックレス像に、現代に対する作家の皮肉は痛烈さをきわめる。ウサギは言う——「はっきり申します、ぼくは神の何たるかを知っているのです」。「どういうものだね? どういうものかね、神とは? 固いの、それとも柔らかいの? ハリー、それは青かね、赤かね? 水玉模様がついてるの?」(134)。

ウサギは、神の福音を説く〝牧師〟エックレスの真実の精神を見てしまった。エックレス (Eccles) という名前も、ecclesiastic (聖職者・牧師) という単語を思わせる (形容詞 ecclesiastical は eccles. と省略形で記されることもある)。ということは、エックレスは——神を信じない牧師エックレスは、現代の聖職者一般を代表していることになる。牧師の多くが、荒野の試練のなかでイエスが体感した真実の「見神」を経験していない。真理を声高に説く立場の多くの人が、その真理の何たるかを自己の体験によって知ってはいない——ここに現代世界のもっとも壮大な〝茶番〟がある。

ウサギにとってエックレスが唯一ありがたかったことは、シャクナゲを異常に愛するホレス・スミス夫人の庭師の仕事を紹介してくれたことだけだった。

ウサギが家出をしてから二ヶ月以上が経過した。エックレスは相変わらずジャニスの実家やウサギの両親に会いにいったり、「人生相談」に駈けまわっている。ジャニスの実家スプリンガー家の教区牧師であるエックレスが、ウサギの実家アングストロム家の教区牧師であるルター派教会のフリッツ牧師を訪ねたとき、「他人の生活にくちばしをはさんでまわる」(166) ことを牧師としての職務としている「ダス・マン自己」のエックレスにフリッツが言う――(仏教の僧侶が葬式の請負業者だけになっていてはいけないように) キリスト教の牧師はたんなる人生相談屋になっていてはいけない。牧師は真理を観《み》た者として、自分の存在自体によって、周囲の人間に真なるものを感じ取らせ、真理の道に自然といざなうような存在でなくてはならない、と。――「キリストとともにあって、燃えるんだよ。信じるものの力によって、人々を焼き尽くしたまえ。だからこそ、みんなは教会に来るんじゃないか」(171)。同じことは内村鑑三も言っている――「日本に欠乏しているものは何か。それは富ではない。知識ではない。才知ある計略でもない。愛国心でもない。道徳でもないであろう。日本に欠けているのは『生きた確信』である。真理そのものを愛する『情熱』である。この確信、この情熱からくる無限の歓喜と満足である」(『後世の最大遺物』)。

生きた信念、信仰という「確信」をもたないエックレスは、世事に拘泥し、道徳を説くことが牧師の職務と勘違いしている。彼は「パリサイ人」、つまり「フォニー」でしかなかった。しかるにウサギは、フリッツが説く牧師の生き方を、内村鑑三が説く人の生き方を、自分なりのかたちで生きていた。彼は

「信じるものの力によって、人々を焼き尽くし」ていた。彼は、「生きた確信と情熱」によってもとめていた。ウサギは新しい〝宗教〟を、自己を、模索する現代の求道者なのかもしれない。

レックレスから電話があり、ウサギはジャニスがいよいよ産気づいたことを知る。第二子が生まれるとあっては、いくらウサギでも妻のもとに駆けつけてやらねばなるまい。「女房に子供が生まれるんだって。様子を見にいってやらないといけない。すぐ戻るからね。愛してるよ」(192)とウサギは、死人のように押し黙って口をきこうとしないルースをあとにして、病院に走ってむかう。

最初こそ、独りで二番目の子供を産んでくれた妻ジャニスに感傷的な愛おしさが戻ってきたりしたものの、面会の翌日にはそんな気持ちはどこかに失せてしまった。ジャニスは、小言ばかり言っている、詮索好きの、うるさい妻に戻っていた。赤ん坊はジャニスの母親の名前をもらってレベッカと名づけられる。

ウサギは、ジャニスの父親がブルーアーで経営する自動車販売店四店のうちのひとつの手伝いをすることになり、ネルソンを連れて、スミス夫人に庭師の仕事を辞めさせてもらうことを話しにいく。夏休みもはじまったことだし、どこかの高校生にでも代わりに庭師を頼まれたらどうかとウサギが言うと、スミス夫人はそれをさえぎって——

「いいえ、そんなことはもう考えていませんよ。来年はもうわたしは、ハリーの植えてくれたシャクナゲが咲くのを見ることもできないでしょうね。わたしが生きてこられたのは、あなたのおかげなのよ、ハリー。ウソじゃありません。冬の間ずっとわたしはなんとか死ぬまいと頑張っていて、そして四月になって、ふと窓の外を見たら、背の高い若い男がひとり、枯れた茎を燃しているじゃありませんか。そのとき、わたしはまだ生命がわたしの身体のなかに残っているってことがわかったんです。それなのよ、ハリーさん、あなたがもっているものは。生命力なんですよ。不思議な才能ですね、生命力って。それを与えられた人間がどうそれを使ったらいいのか、わたしにはわかりません。でもおよそ人間に才能があるとしたら、生命力しかありませんもの。すばらしい才能ですよ」夫人の水晶のような眼は、涙よりももっと濃い液状のものに溢れ、固い灰色の指の爪でウサギの腕の肘の上をぎゅっと摑むと、「すばらしい、強い若者ね」とつぶやき、眼に力をこめると、「自慢の息子さんね。大事になさい」と付け加える。(224)

自己を有さない「死んだ生」を送る人の多いなかにあって、ウサギは「生きた生」をもとめ探している「求道者」であった。スミス夫人が「生命力」という言葉でもって言わんとしたこと、エックレスが、自分にはないものと知った上で、「人に信仰をあたえる神秘家」という言葉でもって表現せんとしたもの、ルースが「バカみたいにあなたがまだ戦っているから」という言葉で表現せんとしたこと、ウサギと妻ジャニスの感動的な一時的和解を、「馬鹿げていて、女々しい」と評した、エックレスの妻ルーシーの本意――それらはウサギのなかに「求道者」を感じとった人々の、それぞれの言葉であった。

金曜日、ジャニスが新生児とともに病院から家に戻ってくる。ウサギは自分が「幸福で、ツキに恵まれ、祝福され、赦されているように感じて、何ものかに感謝したい」がため、エックレスの教会の礼拝に出席したりする。「見えない世界が実在するという彼の感覚は、本能的なものであり、彼の行動は人が考えているよりもはるかに、その見えない世界とのかかわりを成しているのである」(235)という、まえに挙げた説明がなされているのは、この箇所である。

教会から戻りジャニスとの夕食の間も、ウサギは「妻と合体したい」との思いに取り憑かれていた。だが二人ならんで床についたとき、ジャニスは交接を嫌がる。そして、ウサギのとろうとした体位に対し、妻は言ってはならないことを口にする――「そういうやり方、いっしょに住んでる娼婦から教わったの？」(249)。カッとなってウサギは家を出ていく。

夫が出ていったあと、ジャニスは生まれたばかりのレベッカをあやしながら、酒を飲みはじめる。何杯かウィスキーを飲み、酩酊したジャニスは、赤ん坊にお湯を使わせようと思い立つが、大きな静かなバスタブのわきに穏やかにひざまずいたとき、思いがけなくも袖がお湯にびっしょりに濡れる。「二つの大きな手のようにお湯が彼女の二本の前腕にからみついたのだ。慌てる彼女の眼の下で、赤ん坊は灰色の石かなんぞのように沈んでいく」(264)。気づいたジャニスは恐慌としてレベッカを引き上げるが、生まれて数日の赤ん坊に〝潜水能力〟のあるわけがない。呆然としたジャニスは、「世界中の女のなかで起こりうる最悪の事態が自分に起きた」(265)ことを知る。

生まれてきたばかりの娘の葬儀の日、口に出して公然と言いこそしないが、葬儀に来た周囲のすべてのものが――ジャニスが、ジャニスの両親が、ウサギの両親が、ウサギにルースを紹介したトセロすらが、ウサギのことをわが娘レベッカの殺人者であると、無言のうちに責めていた。

ただエックレスだけは、良き夫になって、自分に残されたものを愛せと、いつもながらの陳腐な忠告をしてくれる。「牧師さん」と、ウサギはこれまでこんなにエックレス相手に懇願するような気持ちになったことはないことを感じながら、真剣になって訊いた――「以前おたがいに話し合ったことは、あのことはどうなるんでしょうか？　万物の背後に存在するあの実在のことは？」。「ハリー、あの実在はきみが思っているようなかたちでは存在していないと思いますよ」。「わかりました」とウサギ。神の存在を否定した牧師は、ウサギを見ること自体が痛々しく、不愉快で、ウサギから逃げ出したいだけなんだ。ウサギはそのことを思い知る。

しかし、ウサギは釈然としないのである。彼は、世界を世界たらしめ、彼を、人間すべてを、命あるすべてのものを、存在せしめている、「万物の背後に存在する実在」、神の存在と、そして生命を生命の欲するままに生きることをさせず、隷属と死の状態につなぎとめているだけの〝神〟とのギャップ。その不条理。ぎりぎりの極限状態のなかでその矛盾のわけを問うウサギに、唯一その問いに答えることができるはずの立場にいる人間が答えることができない。世界とは何なのか？　生きるとは何なのか？

その夜、ウサギはスプリンガー家でジャニスといっしょに寝る。まんじりともしない浅い眠りのなか、彼はある夢を見る。ウサギはひろやかな競技場に独りいる。空には、まったく同じ大きさの二つのまん丸い円板——ひとつは濃白色の円板と、もう一つは蒼白色の円板が中空にかかっている。と、蒼白色の円板が下の濃白色の円板のほうにじょじょに接近していく。そのとき、「サクラソウがニワトコを呑み込みます」と競技場に拡声器のような声がひびいて、ゆっくりと、弱いはずの蒼白色の円板が、より強いはずの濃白色の円板を呑み込み、食して、とうとう完全に覆い隠してしまう。いまウサギの目の前には蒼白色の円板一枚があるだけだ。そのとき彼は、「サクラソウ」は月であり、「ニワトコ」は太陽で、いま彼の目撃したことは、ある「死」の状態の象徴であることを、つまり、「すばらしき生がすばらしき死によって食されている」という状態であることを理解する。(283) 社会とか慣習とか伝統とか宗教とか道徳とかの、「月」である「すばらしき死」によって——人々に安楽で無自覚な「死んだ生」を送らせている「死」によって、命の横溢する、なにものにも束縛されない生命的な「太陽」である

「すばらしき生」が食され、隠され、見えないものとなってしまっている。いまのウサギは「すばらしき死」の野原の真っ直中にいる。まだ摑んでいないが、まだ見つかってないが、隠蔽された「すばらしき生」の野が、どこかにあるにちがいない！　ウサギは「心底ホッとし、胸の高ぶりをおぼえながら、自分はこの原っぱから去って、新しい宗教を打ちたてねばならないことを悟る」（傍点筆者。283）。これは、夢を通してウサギに与えられた一種の啓示であった。

　夕方四時、「すべての者たちが一つところに集い、未洗礼の嬰児に天国へと飛び立つ力を与えようとしてい」（295）た。小さな遺体を入れた棺が地中に降ろされ、葬儀屋の職員が棺の綱を引き上げ、会葬者たちがシャベルで土をかけようとするときだった。「空がウサギを招く。洞窟のなかに這いずりまわっていた彼が、折り重なる岩のすぼまり遠のく上方の暗いかなたについに一条の光を見つけたかのごとく、ある力が彼のなかへと入り来る。彼は振り向く。悲しみにやつれたジャニスの顔が光をさえぎる。『ぼくのことを見るなよ』と彼は言う、『ぼくが娘を殺したわけじゃないだろ』」（297）。唐突の残酷なウサギの声に会葬者全員の顔がさっと彼のほうをむく。

　彼の顔が火のついたように熱くなる。残酷なまでに頭が混乱する。心のなかでは赦しをもとめる気持ちが強かったのに、いまやそれは憎悪に変わった。彼は妻の顔を憎らしく思う。こいつはまるで見えてない。こいつは真理において、単純明快な事実としての真理において、ぼくと一体となるチャンスを与えられたのに、それから逃げやがった。みんなの顔のなかで自分の母親の顔すら、彼の前に立ちふさがる壁のように、ショックに青ざめ凝然としているのに気づく。「みんなに何をされたの？」と母は訊いてくれたのに、いま、みんなのやった仕打ちを母もやっている。なにかがおかしい、息苦しくなるようなその意識に彼はわけがわからなくなる。彼は振り返り、走る。（傍点原著。296）

自己をもたない多くの人――世界という舞台で「非本来的自己」、「ダス・マン人間」としての自分を演じているだけの人間は、自分を閉じこめている「すばらしき死」のかなたの眺望へと眼をやることは、こんりんざいない。喪失された自己が――〝役割〟としての自己が、彼らの自己なのだ。

墓地からアパートにウサギがたどり着くと、アパートの手摺りからルースは自分が妊娠していることをウサギに告げる。生まれ出でたばかりの生命の死と、それと交替のごとき新しき生命の誕生。ジャニスと離婚し、ルースといっしょになったところで、「すばらしき死」の世界の住人とのまったく変わることのない生活が再演されるだけ。「すぐ戻ってくるね」と、ウサギはルースのアパートを離れる。

ウサギは教会堂に眼をやる。明かりがともされてないため、ステンドグラスの、「都市の夜にあって、下方に燃える抽象的な光輝を示すためにリアリティに穿たれた孔」は、今夜は見えない。ウサギの眼に映じるのは、サマー・ストリートのむこうへと際限なく伸びる街路のみ。

じつに滑稽なくらいに、人間を動きへと駆り立てるものはごく単純なのに反し、動きまわらねばならない領域にはいろんな障害が山積している。内なる衝動と、外なる現実の世界とのこの隔離を考えると、彼の脚は力を帯び、均等に歩を進めはじめる。善きものは内面にあり、外面にはなにもない。彼がバランスをとろうと努めてきたこの二つのものには、分銅などない。とつぜん、彼は自分の内面を非常にリアルなものと感じる。がんじがらめのネットの真ん中にある純粋な空白の空間。「ぼくにはわからないよ」と彼はルースにくり返すだけだった。どうしたらいいのか、どこに行ったらいいのか、これからどうなるのか、彼にはわからない。自分にはわからないということを思うと、自分が無限に矮小な、捉えがたい存在に思えてくる。その矮小さが巨大さのごとくに彼を包み込む。それはまるで、彼のことを名選手だと聞いている敵チームの二人の男がかかってきたため、どっちにむかおうとしても、どちらかの相手にぶつかってしまい、ボールをパスするしかないときの状況のようだ。それでパスすると、ボールは他の者に渡ってしまい、自分の両手のなかには何もなくなり、彼にむかってきた二人の男たちはバカみたいな腑抜けた顔になる。なぜなら、実際にそこには誰もいないのだから。（傍点引用者。308－309）

「すばらしき死」の世界の規範を楯《たて》に、周囲の世界はウサギを攻撃してくる。ウサギは、攻撃されているものをパスしてしまえばいい。そしたら、彼を責めていた者たちは腑抜けたように呆然とするしかない。そもそも攻撃すべきものなど、一時的に社会から措定されたものでしかなく、立場が変われば、最初から存在していないも同然なのだから。ウサギは「とつぜん、非常にリアルなものと感じ」られてきた「自分の内面」から「ボールをパス」し、新たな一歩を踏み出す。角のデリカテッセンに通じる右側の街路ではなく、「大きな河」（309）のようにも思える反対側の道路へ。

はじめはゆっくりとした歩幅で。そしてじょじょに歩を速めながら。なにやらぬ幸福感が内につのる。街路が、家々の明かりが、活き活きと輝いて見える。ウサギはスピードを増す。かつてバスケットボールの名選手だったときのように、彼は疾駆する。「すばらしき生」にむけて彼は全速力で走る。「ウサギは走る。ああ、走る。走る」（同）——と、小説は終わる。

第三章

自己実現

「自己」を「実現」するとは、いかなることか？　「はじめに」でわたしは、「パーソナルな自己とは、普通の意味での自我意識と理解していただきたい。〝匿名の権威〟に無意識に依存し、そこに自己の根拠をおいている存在ではなく、自分自身の内なる力によって、自分が何を願い、何を得んとし、どう考え、感じ、どう生きるかを自覚している自己くらいの意味だ。〝自分である感覚〟〝社会に役立つ自分〟〝思想的・価値的な信念〟を得ていく自分を獲得した状態と言っていい」と書いた。そのように、「自己実現」とは、まさに普通にわれわれが「自己」とか「自我」、「アイデンティティ（同一性）」と呼び習わしている、「普通の意味での自我意識」と理解しうる。このきわめて一般的ではあるが、獲得が非常に困難な自我意識について、鑪幹八郎は次のように解説している。

このプロセスは他人の影響から少しずつ離れ、自分が自分の主人公になっていくということである。これをエリクソンは「同一化」（アイデンティフィケーション）から「同一性」（アイデンティティ）へのプロセスと呼んでいる。つまり、他の人の考えや行動などを受け入れ、その人のように振る舞ったりして同一化し取り入れていたのに対して、「自分」で「自分」をつくっていこうとするこころの動きである。これはたいへんなことである。このためには、物凄いエネルギーを必要とする。自分についての最後の決定を自分が行うということは、当たり前のことではあるが、決定したことの最後の責任は自分がとるということである。そこでは人のせいにしたり、言いわけをしたりすることができない。すべて自分が責任を負わなければならない。この決定のプロセスの中で、私たちは真の孤独を味わうことになる。このプロセスの中で私たちは、「自分である感覚」「社会的に役立つ自分」「思想的・価値的な信念」を得ていく自分を獲得していくのである。[1]

「このためには、物凄いエネルギーを必要とする」。この章では、死後、愛するものたちから〝ミスター・エネルギー〟とニックネームで呼ばれるにいたったガープを描くジョン・アーヴィングの作品『ガープの世界』を最初に採り上げることにする。タイトルの *The World According to Garp* は、そのままに訳せば、「ガープによるとこの世界は」とか「ガープによる世界解釈」となる。ガープはこの世界をどのように見て、そのなかにあってどのように生きたのであろうか。

8

エネルギーだよ、人生は

——「ふん、キャプテン・エネルギーならガープよ」。

ジョン・アーヴィング『ガープの世界』（一九七八）

ジョン・アーヴィング
© Ullstein Bild/APL/JTB Photo

ガープのこの世への現れ方が、まさに意表外の、とんでもない生まれ方であった。

ジェニー・フィールズは靴製造の大会社フィールズ家の一人娘として（二人の兄はそれぞれ戦死や事故死をとげた）、働かなくとも何不自由ない恵まれた生活を送るべく運命づけられた女性であった。しかし名門ウェルズリー大学に進学し、「学友たちが男たちとつき合うための気のきいた知識と雰囲気を身につけることしか念頭にない」（『ガープの世界』、2頁）と知ったとき、なんの躊躇《ためらい》もなく、専門を英文学から看護学へと切り替える。ジェニーは、家柄や結婚相手のすぐ見つかる名門大学を棄て、昼夜の別なく忙しく働かないといけないボストン・マーシィ病院に勤める看護師となった。そのほうが、「自分である感覚」をもつことができ、「社会的に役立つ自分」を確認できるからだ。しかも「思想的・価値的な信念」も非常に明確なものをもっている。その信念に基づいた彼女の生き方を正直に記した自伝は、のちに全米のベストセラーとなって、作家志望の息子ガープを嫉妬させるとともに、彼女をフェミニズムの頭首に押し上げることとなる。

ジェニーはだれかの妻か愛人になる自分を想像すると、身の毛がよだった。しかし彼女はなによりも子供が欲しい。だれかの妻や愛人になることなく、というか男なるものと肉体的な接触をもつことなく、子供を産むことができないものか？　彼女は奇想天外な方法で、正確な意味では男と「肉体的な接触」をもつことなく、子供を授かる方法を考えつく。

秋《とき》あたかも第一次世界大戦中。彼女の勤務する病院にも、野戦病院では治療や対処のできない重症の患者がたくさん送られてきた。その中に、ジェニーがこれはと思う恰好の患者が見つかった。戦闘機の球状銃座の射撃手だったガープ三等軍曹である。敵の高射放火で球状銃座のガラスが破損されたとき、小さい鋭い破片がガープ軍曹の動眼神経やその他の部分を破損し、ガープは精神の奇妙な退行現象を起こすとともに、理性の作用が完全に破壊されてリビドーが全面的に表出し、たえず異常なまでの勃起を起こしていた。ボストンの病院に搬送されてきたときには、ガープ軍曹は幼児の段階にまで退行し、なにを訊かれても「ガープ」としか言うことはできず、しかも肉体は大人のままにつねに勃起している。「彼は最後には胎児の状態にまで退行し、もう肺呼吸もしなくなって、存在自体も半分は卵子の夢に、半分は精子の夢にもどって、幸福な分裂状態になるのだろう。そして、いよいよ最後には、もう存在しなくなる」(26)。頃やよし。彼女は真夜中ガープ軍曹のベッドに忍びこむと、彼のうえに馬乗りになり、生命の液を勢いよく体内に注入してもらう。数日後、ジェニーの非番の日にガープ軍曹は死亡し、そしてジェニーは元気な男の子を出産した。

産まれた赤ん坊は、父親の判明している名前「ガープ三等軍曹《テクニカル・サージャント》」をそっくりそのままもらい受けて、T・S・ガープと名づけられる。

　子供を育てる住居を三度目に学校の近くに移し換えたのが「孟母三遷」の孟子の母とするならば、ジェニーは最初から学校看護師として学校のなかに住んで息子を育てようとした。プレップスクールのスティアリング学院の付属診療所に看護師として住み込んだジェニーは非番のときを利用し、学生たちに混じって聴講に値するすべての教師のすべての授業を聴講していた。将来、息子ガープがこの学院の学生となったとき、どの授業を受けるのがガープのもっともためになるか、前もって詳細に調べておくためだった。

　スティアリング学院秘書であり、「我が太平洋戦争史」という授業を担当しているスチュワート・パーシィは、妻がスティアリング学院の創設者の子孫であった関係から、学院のキャンパスのなかに住宅を構えて住んでいた。「脂肪シチュー」とあだ名されたスチュワート・パーシィは、妻とのあいだに次から次へと子宝に恵まれた子だくさんであったが、とくにそのなかでもクッシュマン、ことクッシーと、ベインブリッジ、こと「呪われた呼び名のプー」とが、ガープの人生にかかわってくることになる。クッシーは、ガープに性の洗礼を授ける女の子として、そして知恵遅れのプーは、ガープの人生というよりも、彼の命そのものにかかわってくる存在として。

　「ガープがスティアリングでの学校生活をはじめた頃には、ジェニーは聴講に値するすべての授業をとりおえて、その普遍的な価値と面白さの順に並べられた授業の一覧表を作成していた」(66)。ウィンタースポーツとして登録する種目もガープは自分では決めることができないため、母ジェニーは息子のおこなうスポーツを決めるために体育館に入っていく。体育館ではレスリング・コーチのアニー・ホームが学生たちに練習をつけていた。アニー・ホームは十六年前に看護師と結婚したが、娘ヘレンが生まれてしばらくして、看護師の妻は蒸発してしまった。以後各地の高校でレスリングのコーチを務めながら男手ひとつで娘を育ててきたため、読書家のヘレンは父親がレスリングの練習をつけている間、体育館のすみに座っていつも本を読みふけることを常としている。ジェニーはこのヘレンのことが気に入り、かくてガープの登録するウィンタースポーツはレスリングと決定した。しかもこのヘレン・ホームが、パーシィ家の二人の娘クッシーやプー以上にガープの人生に深くかかわることになる。ガープの妻となるのだ。

春になってウィンタースポーツが終わってしまったある日、ガープはスタジアムの最前列の席に座って本を読んでいるヘレンと出逢う。「そんなに本ばかり読んでいて、将来は作家になるんだろうね？」と話しかけるガープに、ヘレンは「作家は無理だけど、もし誰かと結婚するんだったら、作家と結婚するでしょうね。それも、ホンモノの作家に」と答える。この春の日の午後のスタジアムで、単純な「T・S・ガープは、将来、作家になろうと決意したのである。ヘレンのいうホンモノの作家に」(89)。学院三年生のとき、ガープは「脂肪シチュー」の娘クッシー・パーシィの手ほどきにより、「比較的安易な、非生産的なかたちでセックスの洗礼を受け」(104)る。

スティアリング学院を卒業するとき、成績の悪さでは自信のあるガープは大学に行こうとはしなかった。驚いたことにジェニーも息子が大学に行くべきだとは考えておらず、自分の半生を書物にまとめたいと考えていた彼女は、作家志望の息子ガープといっしょに、「ヨーロッパでいちばん芸術的な雰囲気にあふれ、創作に適した地」(107)としてウィーン滞在の道を選ぶ。

作家アーヴィング自身の留学の地でもあったウィーンに一九六一年に渡った母子は、古き町ウィーンの中心部に居を定める。ガープはさかんにウィーンを見学してまわり、ヘレンに宛てた手紙書きのほかに、ある家族に関する短編を書くようになった。母ジェニーも毎日タイプライターにむかっている。「死の床にある」(123)ウィーンでガープが最初のすぐれた短編を完成させるには、一冊の書物との出逢いが必要だった。マルクス・アウレリウスの『自省録』はガープの最初の短編の基調をなす思想となるだけでなく、ガープという人間の生涯をつらぬいた、したがって『ガープの世界』の根底をなす思想となっていく。

「およそ人の生涯において」とマルクス・アウレリウスは書いている、「その生命の時間は一瞬にすぎず、その存在は止めどない流れ、その感覚はほのかな灯心草のロウソク、その肉体は地虫の餌食、その魂は静まることなき渦巻きにすぎず、その運命は暗く、その名声は定めない。これを要するに、すべて肉体に属するものは行く河のごとく、すべて魂に属するものは夢と蒸気のごときなり」(126)。

かくして完成した短編「ペンション・グリルパルツァー」の「終極のテーマは死であった」(139)。「劇中劇」ともいうべき「ペンション・グリルパルツァー」は、それ自体みごとに完結した文学作品として、すべての人の生の根底にある「死」を静かに見すえている。母親ジェニーも一年かかって自伝の大作『性の容疑者』を書き上げた。ガープはヘレンに、「作家たる者はだれかと生活をともにすることが絶対的に必要であり、ぼくはきみと生活をともにすることが必要だと思う」という手紙を書き、ひねたプロポーズをおこなう。

一年と三ヶ月にわたる母子のウィーン滞在であった。

帰国してガープとヘレンは結婚する。

「ペンション・グリルパルツァー」を送りつけた雑誌社からは、「作品はかなり面白いところもございますが、言葉や型式に新しい点がうかがえません」という拒否の返事が届いた。ところが母親の『性の容疑者』のほうは、ジョン・ウルフという編集長に認められてその出版社から発売されるや、たちどころに世間に受け入れられてベストセラーとなる。ガープと結婚したヘレンは二年後に大学を卒業して、わずか二十三歳で英文学の博士号を取得、二十四歳のときにはある女子大の准教授として最初の職を得る。ガープのほうも、最初の長編小説を完成させるのに五年もの歳月を要したが、できばえは上々で、印税は少しも入ってこなかったものの、新進作家としての地位を確立することになる。生活費はヘレンが担当し、ガープは「主夫」として家事を担当した。

ジェニーは『性の容疑者』がベストセラーとなってフェミニズムの旗手みたいに持ち上げられ、ドッグズヘッド港のそばにある生家の屋敷に、人生の岐路に立って悩む女性たちを引き取り、相談役を務めることにした。ジェニーの崇拝者たちや、ときにはフェミニズムの活動家を自称する女性たちが、ジェニーを中心としてドッグズヘッド港の屋敷で共同生活をはじめる。かくして「スティアリング学院時代はガープと生徒たちの看護師役を果たしてきた」ジェニーが、今度は「悩める世の女性たちに対して一種の看護師の役を務めるにいたった」(186)のである。ジェニーの父親は『性の容疑者』を読んだショックで死亡し、母親も間もなく世を去った。ほぼ時を同じくしてガープとヘレンのあいだに長子が誕生、ダンカンと命名される。ヘレンは毎日教鞭をとっている大学に通い、ガープは「終日、家のなかで小説を書いて、ダンカンの育児にはげみ、ときには料理をつくりつつ小説を書きながら、育児にはげんだ」（187）。母親に関しガープにインタビューを申し込んできたある女性記者が、ガープ自身の選択した人生を、いとも陽気に「主夫業」と評するや、ガープの怒りが炸裂する。

「ぼくは自分のやりたいことをやっているだけですよ。それを、ほかの言い方で言ったりしないでください。ぼくは自分のやりたいことをやっているだけだし、その点は母だって同じです。自分のやりたいことをやったまでですよ」（傍点引用者。188–189）。

かつて強い自我意識でもって自分の人生を選択してきたジェニー・フィールズの息子は、また強い自我意識の持ち主であった。男は外で働くもの、家事や育児は女の役目？　だれが決めたのだ、そんなこと！　ガープは「自分のやりたいこと」として、世間の眼などいっさい気にせず、家事と育児にはげみ、小説書きに専念する。

そういうガープにとって、母親のジェニーがフェミニズム運動とやらに迎えられて以来、なにかというとニュース、ニュースと言いはじめ、フェミニズムの会合や催し物の席においても、「それは正しいです」とか「それは間違ってます」など、社会問題の「決断裁定者」と見なされてきたことが、面白くなかった。彼は「その背後にある論理に腹を立て」（188）ていた。男性の横暴と虐待、女性の権利と社会進出、平等の権利など、なんだか最近の母親はそういう「論理」に生きるだけのロボットになってしまったみたいで、人間的な「自分」を失いつつあるように思えてならなかった。母親のことが「すべての人」のために戦う抽象的な〝ご立派〟な機械に思えてきて、ジェニーという生身の人間の「自己」はどこかに消えていってしまったように思えてならない。

母親がエレン・ジェイムズ党員なる女性をつれて訪ねてきたことがある。二人の男が十一歳の少女エレン・ジェイムズを強姦し、自分たちの特徴を人にしゃべられてはまずいと、少女の舌を切ってしまった事件が起きたことがある。二人の犯人は刑務所でだれかに暗殺されてしまったが、残酷非道なレイプに象徴される男の暴力、女性蔑視に抗議する一団の女性たちは、事件に抗議しエレン・ジェイムズの苦痛を忘れないために全員がみずからの舌を切り、エレン・ジェイムズ党なる組織を結成して、レイプ撲滅の運動を起こした。しゃべることのできない〝舌切り雀〟のエレン・ジェイムズ党員の女性は、ガープと話をするときも、持ち歩いている小さな紙に書いて自分の発言を伝える。ジェニーの説明を聞き、「信じられないなあ」とガープは新たな嫌悪の眼でその女性たちを見た。社会的な大儀のために我が身と人生を捧げた高邁なる活動家というのが、どうしてもガープには、「薄っぺら人間《グーン》」(189)としか思えないのだ。エレン・ジェイムズ党員に対するガープの嫌悪と軽蔑については、のちに触れる。小説の舞台は一九六〇年代。まさにアメリカは疾風怒涛の「政治の時代」であった。

ジェニーの邸宅での共同生活に新しく参加した仲間に、ロバータ・マルドゥーンがいた。フットボールの名選手だった身長六フィート四インチ、筋骨隆々のロバート・マルドゥーンが性転換の手術に成功し、Robert に女性形語尾の a を付けて Roberta と変名した〝女性〟であった。「きみはエレン・ジェイムズ党員よりははるかにマシだね」と、ガープも〝自分〟をもっているロバータが大好きになる。

「素朴にして最大の夢をひとつだけ叶えてやるといわれたら、ガープはこの世を安全にしてくれと答えたことだろう。子供と大人の両方にとって安全な世界。この世界は、子供にとっても大人にとっても、ガープには不必要に危険なものに思えた」(279)。「ペンション・グリルパルツァー」のテーマであったように、「ガープによるとこの世界」は、常時人間存在の裏にひそんでいる「死」が、いつ何時、襲いかかってくるやもしれぬ世界であった。死は、いかにも唐突に、おぞましく、予想をつねに裏切ったかたちで、本人の予想よりもつねに早く、人を襲ってくる。世界は不必要に危険な場所だ。

だから近所に無謀運転の車が走っていると、料理をつくっている最中であろうとも、ガープは木柄《きび》杓《しゃく》をもったまま、信号待ちで停車しているその車のところに駆けつけ、「小さな子供が遊んでいるのだから、安全運転をしてくれ」と、木柄杓を突きつけつつ威嚇するように頼んだりする。子供たち（ウォルトと名づけられた二人目の子供も生まれていた）に対するガープの気遣いは、ほとんど「奇人」の域に達しているが、他にもなにかと奇行の目立つガープだった。車で帰宅するときも、下り坂にかかる私設車道の手前からエンジンを切ってしまい、猛スピードで惰走して、家のまえで急ブレーキをかけて停車させるなども、彼の子供じみた奇行のひとつかもしれない。それもこれも、三作目の作品が思うように進捗しないイライラが原因だったのだろう。

ヘレンには、作品も書き進めないままダラダラと家事に明け暮れる奇行の「主夫」に、漠とした不満があったのかもしれない。あるいはもしかしたら、ベビーシッターや彼女の同僚の妻と不倫を重ねている夫に、「意趣返し」してやりたいという気持ちもあったかもしれない。幸福なればこそ、その幸福に〝慣れ〟てしまい、ヘレンの心に〝スキ〟が生じていたのは事実だろう。しかしヘレンが人生ではじめての不倫をおこなったとき、その代償はあまりにも大きいものであった。

ヘレンの教える大学院の三年生に、マイケル・ミルトンという比較文学専攻の学生がいた。イェール大学に在学中に一年間フランスに留学したことが自慢の、けた外れの自信をもった、傲慢な、「自分のことを百パーセント信じている者しかとることのできない攻撃的な態度」（310）をとることのある25歳の青年だ。ミルトンが自信満々に、しつこく言い寄ってくると、ヘレンは「お遊び程度ならべつにかまわないのじゃないだろうか」という気になってしまい、ミルトンの部屋で関係をもつ。ところが、ミルトンがヘレンとつき合うようになってからミルトンに振られた「元カノ」が、ガープに妻ヘレンと大学院生の関係を知らせた。妻の不倫を知ったガープは顔をおおって泣いたあと、これから子供たちと映画を観に出かけてくるから、「あのぶりっ子野郎のバカに電話して、はっきりと別れてくれ」（359）と言い渡す。「お別れのセックスなんて絶対になしだ」と付け加えて。

ガープがダンカンとウォルトを連れ、雨のなか、車で映画を観に出かけていったあと、ヘレンはミルトンに電話した。ヘレンに別れ話を切り出されてもミルトンは聞く耳をもたず、愛車の大型ビュイックに乗ってガープの家のまえにやってきた。ひたすらしつこく言い寄るミルトンを家の中に入れることはできず、仕方なくヘレンはミルトンの車の助手席に乗り込む。なにを言い、どうあらがっても、ミルトンは言うことを聞かない。いきり立ったオスに理性を取り戻させるためには、劣情を鎮めるしかない。ヘレンはミルトンのものを口にくわえ込んだ。ガープが映画館から何度電話しても、ヘレンは電話口に出てこない。あの売女め！　あいつに会いに出かけたんだ。あるいは、家のなかでやっているかもしれない！　怒り心頭に発したガープは、嫌がる子供たちを映画館から連れ出し、我が家にむかって車を突っ走らせた。

激怒に湯気を発しながらも、家の近くまで来たとき、いつもの奇矯は無意識の習慣になってしまっていた。下り坂にかかる私道の手前からボルボのエンジンを切り、ライトを消して、猛スピードで惰走する。猛スピードの惰走の先の暗闇には、内部でヘレンがミルトンのものを口にくわえ込んだ大型のビュイックが巨大な昆虫のようにひっそりとひそんでいた。

この〝追突事故〟の結果はあまりにも悲惨だった。ガープはハンドルで顔面を強打して顎《あご》が折れ、舌が「めちゃめちゃ」になってしまって十二針も縫った。ヘレンは前方に投げ出され、首は折らないですんだが、六週間というもの添え木が必要だったし、首の後部の痛みには生涯悩まされることになる。ダンカンはバケットシートのあいだに放り出されたときに右眼をえぐり取られて義眼をはめることになり、右手の指も三本折ってしまった。ミルトンは（これだけは、小気味よい運命の仕打ちとしか「個人的には」思えないのだが）、全体の四分の三に相当するペニスをヘレンの歯にちぎり取られてしまう。そしてウォルトは――事故の夜に風邪をひいていた可哀相なウォルトは、両親と兄のもとを永遠に去り、帰らぬ人となってしまう。


かくてジェニー・フィールズはふたたび看護師となった。ヘレンは大学を辞職し、いまや三人となったガープ一家は、ドッグズヘッド港のフィールズ家の屋敷に移り住んだのだ。ガープがヘレンと〝和解〟するのには、かなりの時間を要した。

三作目を書き進めることができないでいたガープは、この悲惨な事故によって、「およそ人の生涯において、その生命の時間は一瞬にすぎず…その感覚はほのかな灯心草のロウソク」と認識するマルクス・アウレリウス的な精神に、強烈な拍車を与えられた。ガープの書き上げた『ベンセンヘイバーの世界』は発売されると同時にすさまじい売れ行きをあげ、ガープを母親と同じベストセラー作家に押し上げていく。

ニューハンプシャーのジェニー・フィールズの地所のまえの何マイルもつづく浜辺は、恐ろしい引き波に洗われている。まだウォルトが生きていた頃、引き波に気をつけるよう注意された四歳のウォルトが足首まで水に浸かり、一心に波間をのぞき込んでいたことがある。なにをしているのかと訊かれたウォルトが「ヒキガエルを探しているの」と答えたとき、ガープもヘレンもダンカンも、最初は何のことやらわからなかったが、しばらくしてウォルトが「引き波」(**undertow**)を「ヒキガエル」(**under-toad**)と勘違いしていることに気がついた。以後ガープ家においては、波間にひそんで人間を海のなかに引き込もうとしているとウォルトの勘違いした「ヒキガエル」が、いかにも唐突に、おぞましく、人間に襲いかかってくる「死」の符丁《ふちょう》となる。『ベンセンヘイバーの世界』は、妻と子供を「ヒキガエル」から護ろうとするある夫の(不可能な)努力を描いたものであった。

　赤ん坊のジェニー、片眼のダンカン、ガープ、そしてヘレンは、八月、涼しいニューイングランドからヨーロッパへと旅立った。ウィーンではガープはヘレンやダンカンをいろんなところに案内してやることを楽しむ。

　だが、ガープたちがアメリカにいないとき、「ヒキガエル」がジェニー・フィールズに襲いかかった。ガープは朝の二時、アメリカのロバータ・マルドゥーンの電話に起こされる。「撃たれたのよ——あなたのお母さんが。暗殺されたの、ガープ。どこかのバカが鹿狩り用のライフルで撃ったの」(481)とロバータは泣き声になりながら大西洋のむこうで叫んだ。ニューハンプシャーの州知事選で女性候補者の応援演説にむかったガープの母親は、女性を嫌悪するどこかの「バカ」に演説会場で暗殺されたのだった。「海のうえ数千フィートの上空で**T**・**S**・ガープは泣いた。有名作家となるべき彼を暴力の母国へと運ぶ飛行機のなかで——」(486)。

莫大な遺産とドッグズヘッド港の広大な地所を遺したジェニー・フィールズは遺言執行人にガープを

指名し、たった一文の遺言をのこしていた。

「わたしは価値ある女性たちが、みずからの手で自分を取りもどし、自分になりきることのできる場所を残したい」（傍点原著だが、引用者も同じ箇所に傍点を振りたい。527）。

ガープはロバータと相談のうえ、フィールズ基金設立を思い立った。かくしてロバータをドッグズヘッド港フィールズ基金の常任理事として、屋敷はたちまち作家村と療養センターと出産相談クリニックとの混合体へと変じた。

フィールズ基金評議委員会の席上、ガープは「いかなるエレン・ジェイムズ党員もフィールズ基金から援助ないし保護を受けることはできないということ」（535）を動議として提案したことがある。この動議は、ロバータをはじめとする他の多くの委員の反対にあって撤回せざるをえなかった。だがガープは、あらゆる機会を利用してエレン・ジェイムズ党員に対する自分の軽蔑と嫌悪を表明していった。

彼の母親ジェニー・フィールズを殺したのは狂気である。過激主義である。独善的な、狂信的な、不気味な自己憐憫である。（ジェニー・フィールズの暗殺者の）ケニー・トラッケンミラーは、真になにかを信じ、同時に無節操な狂人となることもできる、そういうバカ連中の特殊なタイプたるにすぎない。彼はあまりに盲目的に自分を哀れむあまり、自分の破滅に直接手を下したわけでもなく、ただ観念的にしかかかわることのなかった人間までも不倶戴天の敵に仕立ててしまうことのできる男であった。そして、エレン・ジェイムズ党員がそれとどこが違っているだろうか？　彼女たちの姿勢も同

じくらいに絶望的で、人間の複雑な豊かさに対する理解をまったく欠いているのではないだろうか？（536−537）

エレン・ジェイムズ党員は、強姦された上に口封じのため舌を抜かれてしまった少女エレン・ジェイムズに倣《なら》ってみずからの舌を抜き、社会の暴力とレイプに抗議してその撲滅に立ち上がった女性たちである。いささか狂信的な面はありはするが、文字どおり社会正義の実現に身も心も捧げた、敬服すべき無私の社会活動家と見ることだってできる。（少なくとも）家族に対する愛に満ち溢れているガープの、自分の母親を敬慕して集まっているエレン・ジェイムズ党員に対する嫌悪と拒否は、激烈すぎると思えなくもない。どうしてガープはエレン・ジェイムズ党員をかくも徹底して嫌悪するのか？

「世界は劇場。人生は演劇。人間は役者」というシェイクスピアの言葉をまつまでもなく、この世の生は一幕の舞台劇である。われわれは「世界」という劇場にあって、それぞれの演劇という「人生」によって課せられた「役割」を演ずることによって生きている。そしてハイデガーは、生身の役者のレベルの自己を「本来的自己」とか「自分自身」と名づけ（あるいは「幽霊」のときのように「無人」と呼んでもいい）、役柄上の自分を「ダス・マン自己」とか「非本来的自己」と呼んだ。ときどきわれわれは、〝賢明に〟生きるあまり、社会的なペルソナの「ダス・マン自己」を、生身の自分自身である「本来的自己」と取り違えてしまい、「ダス・マン自己」を「本来的自己」と勘違いしてしまうことがある。「この世に没頭し、だからこの世での役割と自分とを同一視してしまう」あり方を、ハイデガーは「耽《たん》落《らく》」と呼ぶ。「耽落」というのは、下劣な、あるいは不道徳的な、堕落したあり方を言うのではない。むしろ牧師エックレスのように社会的な機能を有能に果たし、活き活きとして活動的な、献身的な「社会人」に多く見られる状態である。ただ、「頽落」の状態にある人は、社会的な可視的な現実のかなたにある、生の生々しいリアリティ、その神秘的な実相に対しては、まったく感知する触覚をもたず、「人間の複雑な豊かさに対する理解をまったく欠いている」ことが多い。「ダス・マン自己」という社会的な役割のなかに、「本来的自己」が、「自己」そのものが、埋没し消去されてしまっている。

主婦も、教師も、靴屋も、国会議員も、難易度のちがいはあるにせよ、だれにでもできる役柄だ。しゃべるべき台詞もおおむね決まり切っている。やるべき課題も、果たすべき任務や期待されているふるまい方も、吐き気がしそうなほど決まり切っている。標準値前後で語り（語らねばならない）、同じようなことに関心をもつ（もたなければならない）。そんな一般性や曖昧さや平均性をこそ、むしろ要求される。つまりダス・マン自己は、べつだん「このわたし」固有のすがたではない。その意味で、「もともとの自分のありさま」ではない。「もともとのありさま」そのままに生きること。それをハイデガーは「本来性」と名づけた。だから、ダス・マン自己は〈非本来的〉と形容されたのである。[2]

エレン・ジェイムズ党員に対するガープの嫌悪と憎悪はここにすべてが説明されている。「もともとの自分のありさま」を、「もともとのありさま」そのままに生きているガープにとっては、本来の自己というものをどこかに置き忘れ、みんな一律に、同じように、やるべき課題や任務を果たし、期待されているとおりのふるまい方をし、自分の言葉をもたずに決まり切ったことだけを語り（記し？）、自分だけの情熱や関心をもたずに同じようなお決まりの関心しか有していないエレン・ジェイムズ党員の「一般性や曖昧さや平均性」が、「吐き気がしそうなほど」に我慢ならないのだ。彼らはハイデガー風に言うならば非本来的だ。彼らは自己をもたず、「ダス・マン自己」でしかない。

一九六〇年代は、政治的要人の暗殺の時代であった。ジェニーは政治的な先導者として暗殺されたし、ガープも（ソクラテスやイエスのように）政治的な唱道者と誤解されて、エレン・ジェイムズ党より刺客を送り込まれる。海辺をジョッギングしていたガープに、いったん追い越していったサーブが折り返して、前方から猛スピードでガープに突っ込んできたとき、ガープはとっさにわきの石壁を跳びこえて難を逃れ、サーブは壁に激突して大破したことがある。死亡した運転者は、エレン・ジェイムズ党員であった。

二人目の刺客はガープもかわすことができず、「ヒキガエル」に襲いかかられてしまう。ガープが体育館のレスリング室で選手たちにレスリングの練習をつけているときであった。ヘレンは、父親の練習のときに体育館のすみで読書にふけっていた娘時代さながら、レスリング室のすみで本を読んでいた。ひとりの看護師がレスリング室に入ってきた。ガープがレスリング室に入ってきたときのかつての母親の姿を思い出したりしたことが、ガープを油断させたのかもしれない。ガープがやっと看護師の手にした銃に気づいたとき、女性の着ているものが看護師の白衣ではなく、母親の信奉者の着ているジェニー・フィールズ・オリジナルのシャツであることにも気づいた。銃をもつのは、舌を切り取って日の浅い、つまりエレン・ジェイムズ党員になって間もなくの、「脂肪シチュー」の知恵遅れの娘プー・パーシィであった。最初の一発はガープの口から笛を吹っ飛ばし、二発目がガープの胸に命中する。

ガープは、「彼が愛した最初で最後の女ヘレン」に抱かれて、息を引き取った。

ガープはこういう場に居合わせたヘレンを可哀相とは思ったが、すぐ間近に彼女のにおいを嗅《か》げることはうれしかった。スティアリング学院レスリング室の慣れ親しんだその他のにおいのなかにあっても、とりわけそのにおいがいとおしかった。もししゃべることができるのなら、彼はヘレンにもうヒキガエルを怖がる必要はないよと言ったことだろう。ヒキガエルが見知らぬものでも、神秘的なものでさえもないことに彼は自分でも驚きを覚えた。ヒキガエルは、昔からの知り合いであるかのような、生活をともにしてきたかのような、ごく身近なものだった。それは暖かいレスリングマットのように包容力があって、清潔な選手たちの汗のような――ガープが愛した最初で最後の女、ヘレンのようなにおいがする。ヒキガエルは看護師のようにさえ見えることをガープは知った――いつも死のそばにいて、人間の苦痛に対し実務的な反応を示すよう訓練された人間である看護師に。(575)

死んだときガープはヘレンと同い年の三十三歳であった。

『ガープの世界』はいろんなかたちに読むことができる。まずこれは、ガープの誕生から死までの一生を追いながら、母ジェニーと子ガープの愛、夫ガープと妻ヘレンの愛、父ガープと子供たちの愛などを描いた「家庭小説」である。あるいはこの小説は、ジェニー・フィールズがウーマンリブの女性運動の指導者に祭りあげられていく過程やエレン・ジェイムズ党とニューハンプシャー州知事選、母ジェニーと子ガープの〝政治的〟な暗殺などを描いている点で、アメリカの一九六〇年代を描いた「政治小説」であり、暴力と強姦の小説であるとも言える。この作品においては、「劇中劇」の「ペンション・グリルパルツァー」や「ベンセンヘイバーの世界」に見るがごとく、ある日唐突に、おぞましい、最終的なかたちですべての人間に襲いかかってくる「ヒキガエル」=「死」というものが、小説前編の雰囲気とテーマになっている。

あるいはまた、この小説は風刺小説、さらにはコメディーとして読むこともできる。エレン・ジェイムズ党やニューハンプシャー州知事選を描くときの作家の政治に対する風刺は歴然としているし、小説全体に流れている作家のグロテスクなまでのユーモアとなると、天下一品と言わざるをえない。そしてまた、この小説には、なによりも芸術家小説とビルドゥングスロマン（教養小説）としての側面も大きい。先に指摘したように、原題 ***The World According to Garp*** は「ガープによる世界認識」の意であり、これを原題とした小説において、まさに主人公ガープという人間の自己成長と、その成長の過程における自己の世界と世界の発見が描かれているからである。そして主人公ガープと作家アーヴィングの人生がいくつかの点で一致し、その作品がそれぞれ個別に呼応していることからもうかがわれるように、アーヴィングは、ナボコフが『道化師をごらん！』のなかでおこなったように、想像力によって自分の人生を構築しなおし、自己の検証をおこないながら、小説は想像力と世界に対する個人的な洞察の産物であるという発言をおこなっている。

しかし、じつは『ガープの世界』はなによりも、（こんな言葉はないが）「自我小説」として読まれねばならない。この章のはじめに、「自己実現」としての「普通の意味での自己意識」を、「〝自分〟で〝自分〟をつくっていこうとするこころの動き」と規定したが、「自己の実現」をこのように理解するとき、『ガープの世界』の主人公ガープは、まさにそのような自己を獲得し、それをつらぬき生きた人物として描かれていることがわかる。そもそも彼ガープが暗殺されてしまうのも、自分の「思想的・価値的な信念」からしたら、政治結社エレン・ジェイムズ党がただファナティックに政治活動に自己を依託し、預けてしまって、「自分である感覚」をもっていない存在、「ダス・マン自己」としか思えず、彼女たちを激しく公的に非難してしまったがためであった。「自分で自分をつくる」のは、「たいへんなことである。このためには、物凄いエネルギーを必要とする」。いかに「たいへんなこと」であるか、ガープはまさに自己を一貫させるために文字どおりみずからの生命を賭すことになってしまった。しかし、息を引き取る間際、ガープが妻ヘレンに眼で訴えたように、「生命のあるかぎり、エネルギーのわいてくる可能性はある」(576)。

また、ガープの死後、編集者ジョン・ウルフがガープの隻眼の遺児ダンカンへ、「きみのお父さんは難しい人だったよ。人に一歩でも譲るということがなかった。でも、そこが肝腎なんだ。お父さんはいつも自分の嗅覚を信じて歩いていた。どこに行こうとも、自分の鼻で嗅ぎ分けていた」(592)と語る場面がある。「自分の嗅覚だけを信じて生きる」ということは、章の最初に自己実現について述べたさいに記した、「自分自身の内なる力によって、自分が何を願い、何を得んとし、どう考え、感じ、どう生きるかを自覚している自己」であることに他ならない。亡き父親の親友であったジョン・ウルフに対し、ダンカンは、「それと、エネルギーもありましたね」(同)と答える。

さらにまた、フィールズ基金常任理事としての仕事ぶりの猛烈さに周囲の人間がロバータに「キャプテン・エネルギー」というニックネームを献上すると、「ふん、キャプテン・エネルギーならガープよ」(593)とロバータは返したものだった。

「死」という「ヒキガエル」は、ある日唐突に、おぞましい、最終的なかたちで、すべての人間に襲いかかってくる。いかに偉業を遺そうとも、また悪行をはたらこうとも、いかに高潔の士であろうとも、また下劣な人であろうとも、いかに幸福であろうと、また不遇の人であろうとも、「死」が例外なくすべての人の人生の基調と終結をなしている。だからといって、「青臭い絶望」なんかにひたっている必要はない、とガープは言う。エネルギーが必要なんだ。エネルギーでもって、この与えられた自分を生きればいい。「じつはねえ」と、ガープはヘレンにむかって眼で語ることによって、すべての読者の心に語りかけているようにみえる、「死というのは、そんなに怖いものではないんだよ。死後に命があるかどうかはわからないけど、でも死とは、生まれ来たったところに返っていく、懐かしい母みたいなものなんだ」と。

作家の想像力による、誕生から死にいたるガープの人生は、歴史上のある人物を思わせるところがある。「母親が植物人間同然の〝父親〟を〝強姦〟する」ことによってガープが誕生したということは、母親が男としての父親の意志による肉体を借りずに出産したという意味で、イエス・キリストの「処女降誕」に相当するだろう。ジェニーは、生涯、男の肉体によって汚されることのない「性の容疑者」でありつづけたのだから、ガープは「処女」ジェニーから生まれたと言える。またガープは三十三歳のとき、政治的な団体から差し向けられた、かつて彼自身と親しく接していた刺客によって暗殺される。ということは、三十二歳か三十三歳のとき、イエスが自分の親しい弟子に裏切られ、政治的な革命の指導者と誤解されてゴルゴダの丘で磔刑《たっけい》に処されたことを思わせる。彼の信ずる〝生の哲学〟が理解されないまま政治的な人物として殺される点もイエスと同じだ。さらにまた、小説のなかでは、「『……』とガープは言った」といった書き方が散見されるが、これもイエスの言動を弟子たちが想起して書き記した共観福音書と合致する。おのが〝生の哲学〟を生きて、それに殉じたガープは、作家の想像力によって俗的なイエスとして想像（＝創造）されている。

しかし作家アーヴィングと彼の描く主人公ガープに、アメリカ文学の伝統である永遠的な超絶的な意識があまりにも欠落しているとしか思えないわたしにとっては、ガープにあまりにキリスト像を探そうとするのは、危険であるし、それほど意味もないようにしか思えない。もし意味があるとしたら、それは、この複雑な時代（何度か言ったが、小説はアメリカの「複雑な」時代だった一九六〇年代を舞台としている）のなかの日常的な生のなかでガープがひとつの生き方をつらぬき、そしてその生き方に殉ずることによって、人間の生き方に関し意味のあるメッセージ（それは「自己を生きろ」ということになる）を投げかけているという一点に尽きる。超俗的な認識を有さない世俗のキリストとしてならば、ガープは大いに実在感があるし、宗教的とも言えなくはない熱中を、彼に触れた他の登場人物たちと、彼を読んだ読者に、引き起こすこともできる。たしかにガープと『ガープの世界』は、〝偉大〟ではないかもしれないが、「熱中を強要するタイプ」の人間であり、小説であろう。

9

与えつくすのは与えられること　バーナード・マラマッド『アシスタント』（一九五七）

――「人間の奇妙な点――それは、表面的には前と変わらないのに、なおかつ別の人間になってしまうことがあるということだわ」。

バーナード・マラマッド

現代資本主義社会に支配的な人間タイプを、フロムは次のように総括している。

　現代資本主義はどんな人間を必要としているだろうか。それは、大人数で円滑に協力し合う人間、飽くことなく消費したがる人間、好みが標準化されていて、ほかからの影響を受けやすく、その行動を予測しやすい人間である。また、自分は自由で独立していると信じ、いかなる権威、主義、良心にも服従せず、それでいて命令にはすすんで従い、期待に添うように行動し、摩擦を起こすことなく社会という機械に自分をすすんではめこむような人間である。無理じいせずとも容易に操縦することができ、指導者がいなくとも道から逸れることなく、自分自身の目的がなくとも、『実行せよ』『休まずに働け』『自分の役目を果たせ』『ただ前を見て進め』といった命令に黙々と従って働く人間である。1

現代人は、本書で力説してきたように、自己というものを有さず、社会への適合のなかに自分の存在の根拠と意味を見いだそうとしているロボット人間であるということだ。現代人は「自分自身からも、仲間からも、自然からも疎外されている。……人間関係は、本質的に、疎外されたロボット同士の関係になって」(同)いる。こんな現代人に「愛」などというものが可能であろうか？　ロボットに「真の愛」などの営為ができるのであろうか？　必然的に、「愛をめぐる状況も、現代人のそうした社会的性格に呼応している。ロボットは愛することはできない」(前掲書、133頁)。

現代は、セックスが氾濫しながらも、「愛」はそのセックスを美しいものに擬装するための偽名でしかない場合が多い。「愛の衰退」「愛の貧困化」のなかにあって、現代には代わりにいかなる「代理」の愛が氾濫しているのか？

たがいの性的満足としての愛と、〝チームワーク〟としての愛、あるいは孤独からの避難所としての愛は、どちらも、現代西欧社会における崩壊した愛、すなわち現代社会の特徴である病んだ愛の、〝正常な〟姿なのである。(前掲書、142頁)

自分の性的な欲望を満たすための、おたがいが〝手段〟や〝商品化された人格〟でしかない「性的満足としての愛」。〝子〟を〝かすがい〟として辛うじて離れずにいながらも、「二人は生涯他人のままで、相手の気分をこわさないように努め、お世辞を言いあうだけ」の夫婦たちの「〝チームワーク〟としての愛」（ウェディングケーキ入刀が「お二人のチームワーク」の最初の象徴であるという儀式の愚劣さ！）。誰もが孤独である現代人がその孤独に伴う不安感・不安定感・罪悪感からの逃避を〝愛〟にもとめる「孤独の避難所としての愛」。こんな愛の形態をわれわれは愛の「正常な姿」と勘違いしている。しかし、それらは本来の愛の「代理」、あるいは「病める」かたちの愛でしかない。

しかしながら、本来、「成熟した愛は、自分の全体性と個性を保ったままでの結合である。愛は、人間のなかにある能動的な力である」（傍点原著。前掲書、41頁）。愛を通してもまた人は、プレパーソナルな段階から、はじめて自己を発見し、パーソナルな自己を獲得することができる。

「科学が成立したのちに、精神分析が創出された理由、それは、愛について話すということは、いつになっても悦びであるからだ」と言ったのは、ラカンではなかったか。たまたまわけもなく生まれてきただけという偶然性の中に落とし込まれているのではと、現代人は悩む。ところが愛は、それが〝真の愛〟であるならば、愛する者に、偶然性によるとしか思えなかった自己に、その存在の意味を納得させてくれる。他者との合一は、自己の実現を可能にしてくれる。

人間主体は、存在と関係の必然性を与えられず、偶然性の中に落とし込まれている。このことはすでに大昔から言われていた、〝人間は迷える仔羊〟であるという形で。こういった状態から、人々は必然性を回復したいと望むのだ。…他者への欲望にむかうベクトルは、まさしくこの必然性への情念がよみがえることによって、与えられるものなのである。2

自分の「必然性を回復」するとは、「自己」の獲得にほかならない。生来の生命的なエネルギーに従って自己を生きる姿を『ガープの世界』において見たとするならば、現代社会に稀な、「他者への欲望にむかうベクトル」としての真実の愛もまた自己を生きる契機となりうることを、マラマッドの『アシスタント』に見ていきたい。

モリス・ボーバー（六十歳）は帝政末期のロシアからアメリカへと移民してきたユダヤ人であった。「チャンスあふれる国」アメリカに渡っても、実直なだけで世渡りの才覚に恵まれないモリスは人生のチャンスを摑むことはできず、いま、ブルックリンとおぼしき土地の一角に、妻アイダ（五十一歳）とともに食料品店を営みながら、細々と生計を立てている。ユダヤ人居住区（ゲットー）ではなく、主としてキリスト教徒の白人から成るこの地域社会にあって、ボーバー家とカープ家とパール家の三軒だけが「小さなユダヤ人地区」を成している。禁酒法時代の時流に乗って酒屋として財を成したカープとは違って、モリスは人を騙《だま》すということを知らず、「でも自分を騙す人間はついつい信用してしまい、だれからもなにももとめず、日増しにますます貧乏になってい」（『アシスタント』、14頁）っていた。長女のヘレン（二十三歳）は美しい聡明な娘に成長したが、貧しい家庭の事情で念願の大学に進学することはあきらめ、意に染まない就職をして、乏しい給料のほとんどを家計の足しとして家に入れていた。できることなら、給料のなけなしの残りを切り詰めて蓄え、秋にはニューヨーク大学の夜間部の聴講生になりたいと考えている。

モリスの娘ヘレンは、近所のパール家の長男ナット・パールの〝求愛〟を断る。ナットはコロンビア大学を優等で卒業し、現在はコロンビア大学法科大学院の二年生の、前途有為な野心家だ。今年の夏にヘレンはナットに処女を捧げてもいる。だが、ヘレンはナットに、「あなたはあなたで、わたしはわたしだからよ」と答えたように、人間としての共通点が見られないナットとは別れる決意をしていた。

ある夜、不幸なモリスの不幸にとどめをさすがごとく、この貧乏な食料品店に覆面をした二人組の強盗が入る。レジからわずかな売り上げすべてを奪われたうえ、モリスは強盗の片割れに頭をしたたかに銃で殴りつけられ、「声もなく倒れ」た。

数日後、火曜日にこの地区にひとりの若者が姿をあらわした。「まっとうな暮らしをするために西部から流れてきた」というイタリア系のこの男フランク・アルパイン（二十五歳）は、モリスの食料品店の近くのカフェに入り、カウンターにおいてあった雑誌にのっている修道士の絵を食い入るように見つめている。「どっかの坊さんみたいだね」と、ナットの父親の店長サム・パールが話しかけると、

「いや、アッシジの聖フランシスの絵だよ。着ている服と、肩のうえに飛んでいる小鳥たちでわかるさ。この人は小鳥たちに説教をしてるんだ。子どもの頃、俺の育った孤児院に爺さんの神父さんがやって来て、聖フランシスについて、毎回、違った話をしてくれたよ。あの話は、いまでもはっきりと憶えてる」

「小鳥たちと話をしたから偉い人なのかい？」と、怪訝そうにサム。

「ほかにも理由はあるさ。たとえば、この人は自分のもっているものは全部、お金は一銭残さず、服は着ているものを脱いでまで、人に分け与えてやったんだ。貧乏ってことを楽しんでさ。貧乏というのは女王さまなんだと言って、美しい女を愛するみたいに貧乏であることを愛してた人だよ」

サムがかぶりを振りながら、「貧乏ってのは美しいもんじゃないよ、兄さん。貧乏ってのはよォ、薄汚ねえことだよ」

「この人はものの見方が違うんだよ。俺はこういう人の話を読むと、なんかこう、こみ上げてくるものがあって、泣き出さないように抑えるのに苦労すんだよね。この人は、生まれついて善人だったんだ。これはめったにない才能だぜ」(27–28)。

はじめて小説に登場したフランク・アルパインと名乗る青年が、アッシジの聖フランシスへの〝尊敬〟を通して、「善」への漠然とした本能的な指向性をもっていることは確認しておきたい。貧乏を「薄汚ねえこと」としか思えないナットの父親のような物質主義的で拝金主義的な価値観の支配している現代において、「ものの見方が違う」フランクの生き方への指向性を。

水曜日、店を開けたモリスのところにフランク・アルパインが訪ねてくる。食料品店の〝経験〟を積みたいから店に雇ってくれないかとフランクは言うが、そんな余裕のありっこないモリスは断らざるをえない。モリスにふるまわれたコーヒーを飲みながら、フランクは問わず語りに身の上話をする。

「……悪いことがさらに悪いことを生んで、最後は罠《わな》にかかっちゃったみたいになるんだよね。俺が望んでいるのは〝月〟なのに、手にはいるのは〝チーズ〟でしかないんだ。ときどき、俺の人生、はじまったときと同じ終わり方しかしないかなあと思うことがある。俺が生まれた一週間あとには、お袋は死んで、お墓に入っちまった。俺はお袋の顔を知らないんだ、写真も残っちゃいねえ。俺が五歳のとき、親父はタバコを買いに行くとか言って、当時俺たちの住んでいた家具付きの部屋を出ていったきり戻ってきやしなかった。それが親父を見た最後さ。何年もたってやっと親父は見つかったけど、そんときにゃあ仏《ほとけ》になってた。俺は孤児院で育ったんだけど、八歳のときに、厳しい家に里子に出されてさあ、その家からも、その次の家からも、俺は十回も家出したよ。俺はよく自分の人生を考えて、『こんなことばかりの人生、これから何があるっていうんだい』って思うよ。もちろん、ごくたまには、楽しい、おいしい目を見ることはあるけどさ、そんなのは、ホント、ごく稀だ。たいがいは、俺の人生、はじまったときとまったく同じ、何にも残っちゃいねえんだよ。……俺は自分というものがわからねえ。こうやってあんたに何を言ってるのか、どうしてこんなことを言ってるのか、俺には本当のところわからねえ。……俺みたいな歳で、なんでこんな人生を送らなくちゃならねえんだ？」（33—34）。

モリスは、内心、「この青年、六十歳のわしと同じような考え方をする」と驚いていた。しかし、食べるだけで精いっぱいの店に店員を雇い入れる余裕など、あるわけがない。

その頃、ヘレン・ボーバーは、近所に三軒かたまっているユダヤ人家族のうちのカープ家の長男ルイス・カープと、コニーアイランドの海辺の遊歩道をいっしょに歩いていた。ナット・パールが地位や名誉など、人生の「成功」に最大の価値をおく人間とするならば、ルイス・カープは「父親の投資の成果を〝棚ぼた〟式に受けとり、快適な生活を送る」（38）という、金や贅沢や快適さに最大の価値をおいている人間であった。ナットとルイスは、「地位」と「金」という、現代を支配するもっとも大きな価値観を代表する二人の青年と言える。だから、ヘレンが、「もしあなたの奥さんがもっと自分を向上させ、もっと大きな考え方を身につけ、もっと価値のある人生を送りたいと考えているんだったら、あなた、どうする？　人生って、なにか意味がないといけないでしょ」（傍点原著。40）と問うとき、ルイスは答えることができない。

ヘレンはナットと同様にルイスの求愛も断る。しかし彼女は、「わたしは何を待ってこんなに自分を抑えた生活をしているのだろう？」(42)という思いを抑えることができなかった。

搬送されて店の前におかれていた牛乳とロールパンを盗んで飢えをしのぎながら、モリスの家の地下室に四日間身をひそめていたフランクは、モリスが過労と衰弱で意識を失って倒れたとき、生活の足しにならない安い給料で住み込みの定員(「アシスタント」)として食料品店で働くことになる。フランクが店番をするようになったとたん、午前中だけで売り上げが十五ドルと急増したことに妻のアイダもビックリするが、ユダヤ人としてのアイデンティティしか有さないアイダは、goy(非ユダヤ人の男)が自分の家のなかにいるということに決して落ち着きを覚えることができない。

食料品店の休業案内の貼り紙を見たときにフランクはヘレンがひと目で気に入ってしまい、彼女のことを知りたいという気持ちは日増しに強くなっていった。フランクは、ヘレンのことを、自分と同じように人生により高いものをもとめながらも、それが何であるのかわからずに迷っている、「二人とも孤独な人間なんだ」(57)と感じる。しかしgoyが娘に近づくことを断じて許さないアイダのため、ヘレンと言葉を交わすこともできなかった。

客受けのするフランクのおかげで、モリスの店は少しずつ売り上げを伸ばしてきた。しかしフランクは、小遣いが足りないためモリスの店のレジから少しずつ売り上げの金をくすねるようになった。小銭を盗み取ることには、「かつて、してはいけないことをするときに感じたことのある奇妙な悦び」(64)が感じられる。彼は悪の習性から完全には抜け出せないでいた。あの夜、モリスの店に押し入った二人組の強盗の片割れは、じつは彼フランク・アルパインであったのだ。

その夜、フランクは通気孔をよじ登り、シャワーを浴びるヘレンの裸体を覗き見する。記憶裡の聖フランシスの〝善〟に憧れながらも、同時に商店に強盗に入り、後悔してその店で働きつつもレジの売り上げをくすね盗り、娘の裸体を盗み見たりするフランクの「自己」は、二つに分裂したままであった。

フランクの潜在下には、より高い自分を指向する原始的な善意識とでも言うべきものが眠っていた。フランクにアッシジの聖フランシスを崇拝させたものも、彼の意識下に眠る本能的な、より高いものを目指す向上の意識であった。この根源的な意識が、自分を高めようとする意識など秋毫《しゅうごう》もなく、ただ悪事と自堕落を重ね、最後には悲惨な死をとげる、強盗のもう一人の片割れウォード・ミノーグと、フランクとの決定的に違う点だ。そしてこれは、フランクの潜在意識下に眠る、彼の本当の〝自己〟とでも言うべきものであった。彼はまだその自己になりきっていない。まだ自覚すらしていない。しかし、以前、そういう自己を予感したことはある。「ある日、たまたま潜り込んだ穴に横になっているとき、自分は本当は大きな人間なんだという考えに打たれ、その自分がこんな人生を送っているのは、本当は自分がもっとはるかにすばらしい人生を送るために——いまとは違う、もっとでかいことをやるために生まれてきているんだということがわからないでいるためなのだと気づき、夢から醒めたような気持になった。彼はその瞬間までそのことを理解していなかった。それまでは彼は自分のことをありきたりの人間だと考えていたが、その穴蔵のなかで、そのことは間違いだったと思いいたった。だからこそ、これまで運にも見放されていたのだ。それは、彼は自分は本当な何者なのかということに関し誤った考えをもち、もてるエネルギーのすべてを間違ったことに注ぎ込んでいたからだ。……人間は、これまでとは別の、もっとでかいものを人生にもくろみさえしたら、そういう高みを目指すことのできないどこかの気の毒なウスノロよりも、それを実現できる可能性はずっと増すのだと思い、限りない安心感を覚えたのだった」（傍点引用者。86）。

　妻子も満足に食べさせることのできないモリスは、しかし清廉潔白の正直な人であった。フランクが商品の質を落としたりして客を騙す手を考えろと勧めても、モリスは断固としてそれを拒否するし、客が釣りを間違えると必死であとを追いかけて、もらいすぎたお金を返すし、返す当てもなくツケで買い物をつづける客にもいやな顔ひとつせずに食料を〝売って〟やる。不幸なユダヤ人の電球の行商人が訪ねてきたときも、金品の援助はなにもしてやることはできなかったが、その身の上話を聞いてやり、手を取り合っていっしょに泣いてやった。

　モリスの家に強盗に入り、後悔の念（と、モリスの娘ヘレンに一目惚れしたため）とで店の住み込み店員となりはしたが、いまだにレジの金を盗み、劣情に駆られてヘレンの裸体を覗き見しているフランクは、内なる原始的な善意識から、「告白」の衝動を覚えるようになる。まず最初に罪の告白をしなければならない――この思いが一本の骨のように顎《あご》にひっかかっていた。「これまでおこなってきたすべての悪事という毒液を身体のなかからなんとしてでも吐瀉《としゃ》してしまいたい――それをすべて自分のなかから吐き出してしまって、わずかでも平安を、秩序を取り入れたい……。悪臭で自分が窒息してしまわないうちにこれまでの人生を変えたいという衝動が、彼のなかに、鋭い爪のように、吐き出すことのできない空腹感のように、ひそんでいた」（84）。

　クリスマスの数日あとの満月の夜、フランクは図書館に行き、会社帰りのヘレンと偶然をよそおって図書館で逢い、ヘレンとの話の糸口をつかむ。そしてヘレンの薦めにしたがい、フランクはわからないながらも文学書を読むようになった。フランクに漠たる嫌悪感を覚えていただけのヘレンは、少し彼を見直す気持ちになる。フランクはじょじょに獣欲から変化した真正の愛をヘレンに感じるようになる。

エーリッヒ・フロムは、愛について以下のように語っている。

> 愛するためには、性格が生産的な段階に達していなければならない。この段階に達した人は、依存心、ナルシズム的な全能感、他人を利用しようとか何でも貯め込もうという欲求をすでに克服し、自分のなかにある人間的な力を信じ、目標達成のためには自分の力に頼ろうという勇気を獲得している。これらの性質が欠けていると、自分自身を与えるのが怖く、したがって愛する勇気もない。[3]

ナットは学歴社会における自分の特権に「依存」し、自分なら富や名声も思いのままと言わんばかりの「ナルシズム的な全能感」に憑かれ、「他人を利用しようとか何でも貯め込もうという欲求」に満たされている。それに反し、学歴も財産も地位も家柄も何もないフランクは、ただ「自分のなかにある人間的な力を信じ、目標達成のためには自分の力に頼ろうという勇気を獲得」していたのだった。

フランクがヘレンに高価なスカーフとシェイクスピア全集のプレゼントをし、まだそういうものを贈ってもらうわけにはいかないとヘレンが受け取りを拒否した日の翌朝、モリスとフランクはテーブルに座って、ポテトの皮むきをやっていた。ユダヤ教の教会《シナゴーグ》に行かないし、ユダヤ教の規定食《コウシャ》を守らないモリスはユダヤ人としておかしくはないかと訊くフランクに対し、モリスは重要なのは律法《トーラ》を守ることだと応える。

「だけど、食い物とか祝日というのが律法じゃないんですか？　それに律法では豚は食べてはいけないことになってるらしいけど、俺、あんたがハムを食べるの、見たことありますよ」

「豚を食べるとか食べないということは、わしにはどうでもいい。ユダヤ人にとっては、そういうことが重要な人もいるらしいが、わしは違う。ときどき、口が寂しいときに、わしがハムを食べるからといって、わしがユダヤ人ではないなどとは、誰にも言わせはせん。しかし、わしが律法を忘れることがあったら、そんときはわしがユダヤ人ではないと言ってもかまわんし、そう言われても、わしは怒りはせん。律法とは、つまりは、間違ったことをしない、ウソをつかない、人にやさしくするということだ。人に対して、な。生きるとは、つらいことじゃ。そのうえ、なんで人と人とが傷つけ合うことがある？　誰かに対してではなく、人は自分のなかのいちばんいい自分にならなくてはならん。わしたちは動物とは違うんだ。だからこそ、わしらには律法が必要なんじゃよ。そうユダヤ人は信じている」

「ほかの宗教にも、そういう考えはあるんじゃないですか」とフランク。「でも、教えてくださいよ、モリス、どうしてユダヤ人はあんなにめちゃくちゃ苦しんだりするんですか？　ユダヤ人は苦しむのが好きだとしか、俺には思えないな」

「じゃあ、きみは苦しむのが好きかね？　ユダヤ人が苦しむのは、ユダヤ人だからだよ」

「それですよ、俺の言いたいのは。ユダヤ人は、必要以上に苦しんでるじゃないですか」

「人間は、生きているかぎり苦しむものだ。苦しみの度合いは人によって異なるけど、苦しみたいから苦しんでいる人なんて、いやしない。わしは思うんだが、ユダヤ人が律法のために苦しむのでなかったら、その苦しみには意味がない」

「モリス、あんたはなんのために苦しんでいるんですか？」

「わしはきみのために苦しんでいる」

フランクはナイフをテーブルの上においた。口もとがヒリヒリする。「どういう意味ですか、それ？」

「きみがわしのために苦しむということじゃよ」

フランクは聞こえないふりをした。

「ユダヤ人が律法を忘れたら」とモリスは締めくくった、「そのユダヤ人は良きユダヤ人ではないし、良き人間でもないことになる」（傍点引用者。117－118）。


この教えにおいて、モリスはフランクにとって、〝父親〟的存在となってくるといえるだろう。人間にとって〝父親〟とは、律法と秩序を通して、子供に世界へとつながる道を教えることにあるとして、フロムは、「母親の愛が受動的で無条件であり、自然界を表しているのに対し、父親は人間の生のもう一方の極、すなわち思考、人工物、法と秩序、規律、旅と冒険などの世界を表している。子供を教育し、世界へとつながる道を教えるのが父親である」[4]と述べている。それは、「律法」を実行する「おこない」を〝子〟に「実際の行い《イグザンプル》」として見せることによって可能となる。「間違ったことをしない、ウソをつかない、人にやさしくする」――これは人類の歴史とともに古い、言い古された「律法」である。フランクが「ほかの宗教にも、そういう考えはあるんじゃないですか」と言ったように、すべての宗教がこのことを説いている。すべての人のあるべき生き方は、キリスト教の「良きサマリア人の教え」に尽きるのである。そして人間としての「正しき行い」も、これに尽きる。そして、ユダヤ人ではなくとも、およそ人間であるかぎり（「わしたちは動物とは違うんだ」）、フランクにも、「間違ったことをしない、ウソをつかない、やさしくする」ために苦しんでもらいたい（とモリスは思う）。それが、人間として「世界につながる道」だ。「きみがわしのために苦しむということじゃよ」。

ある夜、図書館の帰りに公園を歩いていて、フランクとヘレンは自然に二人で向かい合い、最初のキスをし、ファーストキスのあとフランクは、二人で会うごとに、肉体的な関係を強くもとめるようになる。フランクはなんとかヘレンを説き伏せ、モリス家の下宿人ニック夫妻が外出したスキにヘレンに自分の部屋に来てもらった。だが、激しくキスを交わし、フランクが行為におよぼうとすると、いまだフランクへの愛を完全に信じることのできないヘレンは自分との約束を守り、断固としてそれを拒否する。

そしてヘレンは、ナットと肉体関係をもったあと、「これからは本当に誰かを愛するまで、二度とセックスはやらないって」(132)決意したことを告白し、「わたしは規律のある人間になりたい。そして、私がもとめるんだったら、あなたにも規律のある人間になってもらいたいの」(同)と、フランクに〝規律〟をもとめる。欲情を拒否されたフランクは、瞬間、怒りに駆られて「くだらん《クラップ》!」と吐き捨てはしたものの、「ところが、彼自身が驚いたことに、〝規律〟という言葉が彼の心を打った。彼は自分のことを規律のある人間だと思っていたが、急に規律のない自分が寂しく思えてきた。〝規律〟という言葉が、どこか遠い昔、どこか遠くの場所で聞いたことのある考えのように思える。そして彼は、これまで幾度となく自分をよりよく律して生きていこうと願いながら、自分を律することがいかに少なかったかを思い出し、後悔と奇妙な悲しみを覚えたのだった」(同)。

およそ人間であるかぎり(「わしたちは動物とは違うんだ」)、瞬間瞬間の動物的な衝動や本能だけにしたがって生きていたのでは、「自分のなかのいちばんいい自分」を探り出し、それを生きるなどということはできない。とうぜん、人間には自己を律する「規律」が必要になってくる。「間違ったことをしない、ウソをつかない、やさしくする」ために、それを実践しようと努力するという「苦しむ」ことが必要になってくる。

ヘレンの「規律」という言葉に深い感動を覚えた自分に驚いて以来、フランクはますますレジからくすねた金（それは一四〇数ドルに達していた）を全額返済したいという決意と、自分は強盗の片割れだったということを告白したい気持ちとがつのっていった。だが、なかなかその機会がない。

ヘレンは、母親の反対にもかかわらず、自分の気持ちの奥を深く見つめれば見つめるほど、自分はフランクを愛していると思いいたらざるをえなかった。ナットのしつこい誘いに応じて、いっしょにドライブにいくことを承諾しはしたが、それはむしろナットとの仲にはっきりと決着をつけるためであって、そのあとフランクに会って、自分の気持ちを伝えようと、彼女は決意する。彼女は会社からフランクに電話して、その夜の「十一時半か、遅くとも十二時」に会ってくれと頼む。その口吻からフランクは、ヘレンが自分の愛を肉体的な確認に進める覚悟のついたことを知った。

しかし、さっき、くすね取った金の返済の一部として、六ドルをレジに入れてしまった。いま、ありあわせは七十セントしかない。公園で雨でも降ればタクシー代がいるだろうし、ヘレンを部屋に連れこんでも、そのあとで彼女がお腹を空かせるかもしれない。折りよくモリスが地下室に降りていったときに客が来て、一ドル八十一セントの買い物をしていった。今夜の最低の軍資金として、フランクは、もちろんあとで返すつもりで、レジからそのうちの一ドルだけを取る。ところがモリスは地下室に降りていくと見せかけて入り口のドアの陰に隠れ、フランクのことを監視していたのだった。怒ってモリスは店に飛びこみ、一ドルを返せと迫る。フランクはいろいろと言い訳をするが、〝犯行〟の現場を目撃しているモリスの怒りは鎮まらない。一度はフランクの窃盗に気づきながらも、給料を増額することによってフランクを赦し、「やさしく」接したモリスであった。しかし、フランクは反省することなく、またもや窃盗という「悪いこと」をやり、「ウソをつ」いた。彼は人間としての〝律法〟を破った。フランクはモリスのために「苦し」むどころか、相変わらず自分をだまして泥棒を働いていた。さらに、妻から聞いている娘とフランクとの関係のこともある。モリスの激怒はどこかに消えた。彼はレジから十五ドルを取り出すと、悲しげな口調で、「さあ、これがきみの給料だ。最後の給料だ。お願いだから店を出て行ってくれ」(155)と言い渡す。

ヘレンにとってナットとの(最後の)ドライブは、「一夕をムダに過ごしたという、胸痛むような徒労感」(同)しか残さなかった。美しい夜だった。「いまやフランクを心底愛している」(同)と知ったヘレンは、真夜中の公園で、愛しい男の到来を待つ。しかし、フランクはなかなかやって来なかった。ちょうどそこに来合わせたのは、フランクではなく、フランクといっしょにモリスの店に強盗に押し入った元相棒のウォード・ミノーグであった。ウォードは「おめえがあのイタ公にやってやってることを、俺にもやってくれたらいいのよ」と、ヘレンをレイプにかかる。そのとき、やっとやって来たのがフランクであった。フランクはウォードを叩きのめして追っ払うと、「愛してるよ、ヘレン」と抱擁する。

モリスの店を解雇されたフランクは、もう二度とヘレンに会えないかもしれないという思いがあったのだろう。なによりも愛しているヘレンと永遠に別れ別れにならねばならないなんて、これほど過酷な絶望はない。このときフランクは、セックスという絆を結ぶことによって女をつなぎとめることができるという、男特有の愚かな思い込みをしてしまった。それにフランクは酒に酔っていた。彼はヘレンを冬の地面に押し倒し、「お願い、ここでは止めて」というヘレンの哀訴の声をキスの雨で抑えながら、服を脱ぎ、覆いかぶさって……。しばらくしてヘレンは、「犬畜生――割礼も受けてない犬畜生！」（159）と泣きながら、そしてユダヤ人女らしい罵詈《ばり》の言葉を叫びながら、その場を走り去った。

フランクは自分の部屋に戻り、あんなことをしてしまった自分を呪っていた。と、そのとき、異臭が鼻をつく。フランクがモリスの部屋のほうへと駆けつけると、モリスがガスの点灯を忘れ、噴出するガスのため二酸化中毒に罹ってベッドのなかに横たわっていた。すぐに彼は救急車で病院に運ばれるが、肺炎を併発してしまう。モリスに店を馘首《くび》になったフランクであるが、モリスが入院している間、モリスに代わって店番をするしかなくなる。モリスは、自分がフランクを馘首にした理由をアイダにもヘレンにも話していなかった。ヘレンはフランクを憎んで顔を合わせないようにしている。

モリスが退院してきたとき、フランクは緊張に身体をこわばらせながら、ついに「告白」をおこなう。「ぼくは、あの夜、ここに強盗に入った二人組の一人でした。この店に入った瞬間に、ウソじゃありません、ぼくは来るんじゃなかったと後悔したんですが、でもどうしても抜けられませんでした」（188）。モリスは、「きみがわしを傷つける悪夢を見たことがあったが、そんとき、わしは〝強盗の一人はフランクだ〟と気づいたよ。わしは知ってた」と、フランクを呆然とさせる。そして、厳格な戒律の旧約の神を信じるモリスは、気持ちを変えることはなかった。

フランクはスーツケースにわずかの手荷物を積めて、ボーバー家を出ていく。

さなきだに不景気な食料品店は、フランクが去ったあと、ますます左前《ひだりまえ》になっていった。こんな客の来ない店を買い取ってくれる人間は誰もいないし、モリスがかつて面倒を見てやったマーケットの経営者に職をもとめて行きはしたものの、一日レジの係を務めたあと、いわれなき屈辱を受け、憤然としてモリスはマーケットをあとにする。それではと職業安定所に求職におもむいてみても、モリスのような老齢のものに職などあるはずもない。ツケのたまっている家に取り立てにいってみるが、その家の残酷な窮状を見れば、「やさしい」モリスに強引な取り立てなど、できるわけがなかった。

万策尽きた。妻子を路頭に迷わせる運命しか残っていない。悄然と帰宅したモリスは、次の日の夜、アイダとヘレンが映画を観に出かけ、ニック夫妻がパーティに出かけたあと、地下室に降りていき、とうとう、人生ではじめての「悪いこと」に手を染めてしまう。保険金目当ての我が家への放火だ。しかし、印画紙につけた火がセルロイドに燃え移って、高い炎となって燃え上がったとき、我に返ったモリスは後悔の叫び声をあげる。時すでに遅し、火はモリスのエプロンに燃え移ってしまった。と、そのとき、(行くあてもなく地下室に寝ていたのであろう)フランクが跳んできて、コートでモリスの火を叩き消してくれる。フランクがモリスの「命の恩人」となったのは、これが二回目であった。

だが、「頼むよ、俺になにか手伝わせてくださいよ」と懇願するフランクに、モリスは「出て行け」と言い放つ。

モリスはフランクのおかげで焼死せずにすんだが、ウォード・ミノーグは、盗みに入ったカープの酒屋で飲みこぼした酒にタバコの火が引火してしまい、真夜中ひとり、非業の焼死をとげる。同時に、モリスの店を尻目に繁盛していたカープの酒屋も母屋も、燃え落ちた。モリスがとうとう手にすることのできなかった火災保険金は、濡れ手に粟のカープにごっそり入ることになる。

元気を取り戻したモリスは、妻や娘の制止もきかず、三月の末、時ならず降り積もった雪の雪かきをおこなった。夜中、床のなかでモリスは激しい悪寒を覚える。肺炎だろうか? 苦しみのなかで彼は自分の死を予感した。「わしは一生を棒に振ってしまった。それは雷鳴のごとき真実であった」(215)。三日後、モリス・ボーバーは病院で死亡する。

モリスの葬儀がおこなわれる。葬儀を司宰するラビは、「ユダヤ教の〝心〟を、真の〝律法〟を、生きた」と、モリスを追慕した。しかしながら、ヘレンは別のかたちに父親を追慕していた。お父さんには、「律法」の精神を遵守し、他人にやさしく接するという道徳的でしかない域を超え、もっと大きな人間となり、もっと偉大な「行為」によって神を顕《あらわ》す生き方がありうるということを想像するだけの力はなかった。たしかにお父さんは善良な人ではあったが、単なる生まれついての善良さを超えた大きな、深い存在になっていくことはできなかった、と。たしかにモリスは、死ぬ直前、「わしは一生を棒に振ってしまった」という「雷鳴のごとき真実」を思い知るしかなかった。現世的な失敗と挫折にみちた自分の人生を、聖フランシスのようにもっと高い境地と行動によって肯定し超克するだけの、「大きな、深い存在になっていく」ことはなかった。

このとき斎場のすみでフランクは思っていた――「苦しみというのは、一枚の生地みたいなものじゃなかろうか。ユダヤ人はこの生地から一着のスーツを作り上げてしまう。もう一つ奇妙なことは、一般に思われているよりも、世の中にはたくさんのユダヤ人がいるってことだ」(219)。作家マラマッドに、「すべての人はユダヤ人である」という定言がある。その意味は、ここでフランクがユダヤ人に関して思ったことが、普遍的にすべての人間に該当するということだろう。すなわち、苦しみはただ人を矮小化させ卑屈にするものではなく、人をより深い人生の理解に導き、もって生まれた性格的な〝原石〟をより光り輝かせることがある。フランクは、まさに「苦しみ」を通して、亡きモリスがついになしえなかった「深い存在」になっていくのかもしれない。彼が「苦しみ」の意味を理解したということは、彼がその意味を生きていることを示している。

共同墓地でモリスの埋葬がおこなわれる。会葬者が墓のまわりの土を棺に掛けてゆくとき、ヘレンの投げ入れた一輪のバラを見ようと身をかがめたフランクは、バランスを失い、棺を片脚で突くというドジなことをやってしまう。たしかにこの失態はドジではあるが、しかし、フランクがモリスの棺桶に脚を突き刺すことによって、モリスの精神を〝引き継いだ〟ことの象徴として読むこともできよう。フランクが墓穴から這い上がったとき、それはモリスが墓から生きて戻ってきたことを、フランクにおけるモリスのよみがえりを象徴している。娘ヘレンが亡き父のなかに看取した「不足」を、よみがえったモリスであるフランクは補塡し、モリスを超克して、「大きな、深い存在になっていく」のかもしれない。

葬儀のあと食料品店に舞い戻って居座ったフランクは、路頭に迷った遺族の母娘を救うことになる。彼は早朝から夜遅くまで食料品店で忙しく働き、イタリア系の特性を活かして店でパスタとピザの販売もおこなうようになって客を倍増させる。しかも夜は、近くの「コーヒー・ポット」でバイトをし、文字どおり不眠不休で働いた。店の売り上げを急速に伸ばすとともに、アイダには部屋代として週に十二ドルを支払ったので、アイダは彼とニックの部屋代、およびヘレンが給料から入れてくれるお金と自分自身の内職とでなんとか生活できるようになった。

フランクは変わった。部屋代と店舗の借用代として彼はアイダに月九十ドルも支払うにいたった。「どうしてこんなにたくさん払ってくれるの」とアイダが訊くと、フランクは「ヘレンがお給料を少しでも自分で遣えるようになればと思いまして」(225)と答える。「ヘレンの前々からの夢であった大学進学を助けてやる」(224)ために、彼はヘレンの学費も援助してやりたいと思う。そう、彼は「償い」のために、「赦されんことを願い、将来に生きて」(223)いたのであった。「彼が願うことはただひとつ、ヘレンがお返しできないようなものをヘレンに与えてやる特権であった」(傍点引用者。226)。

「与える」ことが「特権」となっている。フランクは、見返りをもとめていなかった。彼は与えてやりたかったから、与えた。ただひたすら、「ヘレンがお返しできないようなものをヘレンに与えて」やりたかった。フランクの到達したこの「愛」について、フロムは以下のように説明している。

愛は能動的な活動であり、受動的な感情ではない。……愛の能動的な性格を、わかりやすい言い方で表現すれば、愛は何よりも与えることであり、もらうことではない、と言うことができよう。（傍点原著）

生産的な人にとっては、……与えることは、自分のもてる力のもっとも高度な表現なのである。……与えることはもらうよりも喜ばしい。それは剝ぎ取られるからではなく、与えるという行為が自分の生命力の表現だからである。

……ここでは人は他人に物質ではなく何を与えるのだろうか。自分自身を、自分のいちばん大切なものを、自分の生命を、与えるのだ。これは別に、他人のために自分の生命を犠牲にするという意味ではない。そうではなくて、自分のなかに息づいているものを与えるということである。自分の喜び、興味、理解、知識、ユーモア、悲しみなど、自分のなかに息づいているもののあらゆる表現を与えるのだ。

このように自分の生命を与えることによって、人は他人を豊かにし、自分自身の生命感を高めることによって、他人の生命感を高める。もらうために与えるのではない。与えること自体がこの上ない喜びなのだ。だが、与えることによって、かならず他人のなかに何かが生まれ、その生まれたものは自分にはね返ってくる。本当の意味で与えれば、かならず何かを受け取ることになるのだ。[5]

フロムが説明している「与える愛」が、がまさにフランクに生じた変容であった。フランクの愛は、「無償の愛」であった。この「愛」をつらぬくには、モリスに対する場合と同様、まずヘレンに対して悔い改める「告白」をおこなうことが必要だ。フランクは図書館のそばでヘレンを待ち受けていて、店に押し入った強盗の一人であることを彼女に苦しそうに打ち明けた。だがヘレンは甲高い悲鳴を上げると、顔をゆがめて、その場を走り去るだけだった。彼女の心の傷はまだ癒えてはいなかった。

だが、フランクには「嫌悪の情」しかなかったヘレンも、自分を凌辱したフランクが、一転して、仕事のあいだの仮眠以外は文字どおり不眠不休で自分と母のために働きづめに働いているのを見て、その急変ぶりには驚かざるをえなかった。「公園でのできごとの想い出にはいまだに鳥肌が立ちはしたけれど、でもあの夜は、自分はフランクに身体を与えることを願っていたし、もしウォードに襲われなかったならば、間違いなくフランクのものとなっていただろう。もしフランクがレイプではなく愛に飢えた男としてベッドに飛び込んできていたら、わたしはその欲望に応えたにちがいない。わたしがフランクを憎んでいるのは、自分自身に対する嫌悪感を彼に転化しているからではなかろうか、とヘレンは考え」(227)るようになる。

モリスが亡くなって一年近くが過ぎ、ふたたび春が巡り来ようとしていた。フランクは相変わらず寝食を忘れて働き、ボーバー家の母娘に尽くしきっていた。「彼がだれのために働いているのかは、歴然としている。ヘレンと母親が生きていられるのは、フランクのおかげであった。彼のおかげで、ヘレンは聴講生として大学に復学もできた」(231)。フランクが変わったということは、ヘレンも認めざるをえない。「いまのあの人は、以前のあの人とは違う、とヘレンは思った。わたしは、もうとっくにそれに気づいてしかるべきだったのよ。あんなことをされたからと、わたしはあの人を軽蔑していたけど、どうしてそんなことをしたのかとか、そのあとあの人がどんなに悩んだのかということをわかろうとしなかったし、ひとりの人間のなかで〝悪〟が終わって〝善〟がはじまるということもありうるんだということを理解していなかった」(同)。

ヘレンはつくづくと思う。

人間の奇妙な点——それは、表面的には前と変わらないのに、なおかつ別の人間になってしまうことがあるということだわ。あの人は、前は低劣な、汚らしい人間だったけど、あの人のなかの何か——それが何であるか、わたしにはよくわからないけど、もしかしたら、過去の何かの記憶かしら、ずっと忘れていたけど、ふと思い出した何か理想みたいなもの——のおかげで、あの人は、もう以前のあの人とは違う、別の人間へ変わった。わたしはもっと前にそのことに気づいてあげるべきだったのよ。あの人がわたしにやったことは、たしかに悪いことだけど、でも、あの人の内面は変わったのだから、もうわたしに対しては何も借りはないことになる。(231—232)

フランクが生まれ変わった内的な契機として、ヘレンが直感的に想像したもの——「もしかしたら、過去の何かの記憶かしら、ずっと忘れていたけど、ふと思い出した何か理想みたいなもの」という勘は、正しかった。それは、フランクが孤児院のときに神父から何度も聞かされて「記憶」し、「ずっと忘れてはいた」けれど、悪の習性に染まっていく自堕落な青年時代の生活のなかで「ふと思い出し」た、彼が「理想」とするアッシジの聖フランシスの面影《おもかげ》、その精神であった。ヘレンが亡き父に無かったと感じていた、「大きな、深い存在になっていく」ための源動力であった。フランクにとって、モリスが厳格な掟と戒律を教える父親の愛とするならば、「惜しみなく与える」聖フランシスは母親の愛であった。

モリスの「父親の愛」だけでは、フランクの人間的な成長にはじゅうぶんではなかった。その愛には、否定的な側面がある。フランクがレジから売り上げの一部をくすね盗り、強盗に入った人間であることを告白して、モリスの期待に応えられなかったとき、彼はモリスの愛を失い、見放されたのであった。「父親の条件つきの愛にも、母親の無条件の愛と同じく、否定的な側面と肯定的な側面とがある。否定的な面は、父親の愛を受けるには資格がいる、つまり期待にこたえられなかった場合にはその愛を失うということである。父親の愛の性質からすると、服従こそが最大の美徳である。不服従は最大の罪であり、その罰は父親の愛の喪失である。肯定的な側面も同じくらい重要である。父親の愛は条件つきだから、それを得るために努力することが可能である。父親の愛は母親の愛とちがって、自分にコントロールできないものではないのである」(前掲書、46頁)。

フランク・アルパインのモリス的な「父親の愛」に、見返りをもとめずひたすら「与える」聖フランシス的な「母親の愛」が加わったとき、彼は成熟した完結した人間となることができた。フランク・アルパインの「フランク」(Frank)とは、自分に対してウソをつかない「率直な(frank)」彼の特性をあらわし、「アルパイン」(Alpine)とは「アルプス(Alps)」のごとき彼の精神的な孤高をしめしているものであるかもしれない。それは、ユダヤ教的なモリスの生の原理とキリスト教的な聖フランシスの生の原理との、フランクにおける合体と具現化であった。フランクの表面的な外貌ではなく、その人間としての変容を見抜くことのできるヘレンは、そのとき、「大きな、深い存在」をフランクのなかに感じとった。
モリスを送ってから一年が経ち、ふたたび春が巡り来ようとしていた。小説『アシスタント』は次のように終わる。

フランクは午前中たったの六人しか客がいなかった。苛立ちを抑えるため、彼は読みさしの本を取り出した。それは聖書であった。そこには、ところどころ、自分が書いても同じことを書いただろうと思えるような箇所があった。

聖書を読みふけるにつれ、彼には楽しい夢想がわいてきた。頭上に数羽の痩せこけた小鳥たちを舞わせながら、聖フランシスが茶色のボロ服をまとい、森から躍《おど》るような足取りで出てくる。聖フランシスは食料品店の前まで来ると、ゴミ箱に手を突っ込み、木製のバラをとりだした。彼がそれを宙に放ると、木製のバラは本物のバラへと変わり、彼はそれを手に受けとる。そのとき店から出てきたヘレンに彼はお辞儀をしながら差し出し、「愛しのシスターよ、あなたの愛しきシスターのバラをどうぞ」と言った。ヘレンはそれを受けとる。それは、フランク・アルパインの愛と心底の願いをこめたバラであった。

四月のある日、フランクは病院に行き、包茎切除の手術を受けた。数日間彼は股間の痛みに足を引きずるようにして歩いていた。その苦痛に彼は怒りと心の高ぶりを覚えたが、過ぎ越しの祭りのあと、彼はユダヤ人となった。(234)

小説『アシスタント』の最後の部分を書くとき作家マラマッドは、聖フランシスと聖女クララとの愛の物語を念頭においていたにちがいない。作家の辻邦生の筆によって、その愛の物語を見てみよう。

ある冬の寒い時節、二人はアッシジの近くまで来た。人々は二人を胡散くさそうに眺めた。聖フランシスは言った。

「どうやら私たちは別れるときのようだね」

悲しみに打ちひしがれた聖女クララはたずねた。

「では、今度いつお会いできますか」

「夏が来て、薔薇が咲いた頃に」

すると、その途端、雪に覆われた森にいちめんに薔薇が咲いた。クララはその一輪を聖フランシスに差し出し、二人は生涯離れることはなかったという。[6]

フランクとヘレンも「生涯離れることはな」いであろう。フランクが聖書を読みながら、「ところどころ、自分が書いても同じことを書いただろうと思えるような箇所があった」のは、(字義どおりの戒律を守らず教会にも行かなかったモリスが、真のユダヤ教の精神を身につけ、それを生きていたのと同じように)彼がいまや聖フランシスの代表するキリスト教の精神を我がものとしたことをあらわしている。白日夢のなかの聖フランシスがゴミ箱から取りだした木製のバラが生花のバラに転じたことは、自堕落な浅ましい状態から発したフランクの愛が、内的に聖フランシスになることによって「本物の愛」に転じたことを象徴しており、そしてそのバラをヘレンが受けとったということは、もちろん、ヘレンがその「愛」を受け入れたことをあらわしている。そしてフランクが割礼の手術を受けてユダヤ人となったということは、いまやフランクが完全に亡きモリスになったことを、埋葬の場で棺桶に接したことによって象徴されていたモリス精神の継承を、ここで完結させたことをしめしている。フランクは、キリスト教伝統に連なる「母親」としてのアッシジの聖フランシスと、ユダヤ教伝統に連なる「父親」としてのモリスを、観念や追想ではなく自分自身の内部に作り上げることによって、「大きな、深い存在」になることができ、そしてヘレンとの愛を成就させたのであった。

真実の愛は自己実現を可能にしてくれる。ロロ・メイはじつに的確にそのことを述べている。

読者の中には次のような疑問を抱かれる方もあろう。『しかし人は、だれかを愛することによって、自分自身を失うのではないか』。確かに、創造的意識の場合と同様、愛のいとなみにおいても、人は他者と合体してしまうというのは本当のことである。しかし、これを〝自我の喪失〟と呼びべきではない。つまり繰り返すと、創造的意識と同様、愛の働きは、自我実現の最高レベルをさしている。たとえば、性が愛の表現であるとき、オルガスムの瞬間に体験される情動は、敵意や勝利感ではなくて、他者との〝合一〟(union)である。詩人が愛のエクスタシー(恍惚境)を歌うとき、それはわれわれにとって偽りではない。創造的エクスタシーの場合と同じく、一個の主体(identity)とほかの主体との間の障壁を一時的に飛び越えるとき、それは自我実現の瞬間である。それは自ら自我を与えることであると同時に、自分の自我を見出すことである。このようなエクスタシーは人間関係上の、もっとも完全な相互依存性を現している。創造的エクスタシーの場合と同じく、その同じパラドックスが適用される。われわれが一人立ちし、自分自身の権利で人間になりうるというより強い能力を獲得したときだけエクスタシーの中に、自分の自我を没入させることができるのである。[7]（傍点引用者）

10

なりたい自分になれ

――いまのぼくは、すべて人は異なるものであり、すべての生活は千差万別であり、この千差万別のなかにこそ精神の健康があることを知っている。

ラルフ・エリソン『見えない人間』（一九五二）

ラルフ・エリソン
© Nancy Crampton

　ラルフ・エリソンの『見えない人間』（一九五二）は、「ぼく」というナレーターの一人称で語られる物語である。「ぼく」の名前は、最後まで明らかにされない。それはあたかも、「ぼく」という人間が特定の社会の地位や階層にある、特定の仕事や役割をもつ人間であることを止め、広く黒人一般、さらには現代人という人間一般をあらわしているかのようだ。「ぼく」はエヴリボディ、「すべて」の現代人であることをあらわしているのかもしれない。

　小説の冒頭、「ぼく」は、「見えない人間である」と自分のことを言う。といっても、エドガー・アラン・ポーの小説に出てくる幽霊やハリウッド映画の心霊体などではないし、いわゆる「透明人間」でもない。「わかっていただきたいが、ぼくが見えない人間であるのは、単に周囲の人たちがぼくを見ようとしないからに他ならない」(『見えない人間』、7頁)。つまり人は、地位や立場や職業や勤務先、出身校、年収、家族関係、人種など、「ぼく」の外的な条件を見て「ぼく」を規定し、「ぼく」を見た気になってしまい、「ぼく」という人間自体を見てはいない。「ぼく」の「自己」を見ない。

また、ぼくが見えないのは、ぼくの表皮に生じた生化学的な変化の問題でもない。ぼくの言うぼくの不可視性は、ぼくが触れ合う人たちの眼の独特の構造から生じているのだ。彼らが肉体的な眼を通して現実を見るときの「眼」、つまり彼らの内的な眼の、構造の問題である。といっても、べつにぼくは不平を鳴らしているわけでも、抗議しているわけでもない。ときには、人に見られないというのは便利でもあるが、しかしやはり神経に障ることではある。それに、内的な視力の弱いやつに、しょっちゅうぶつかられることもある。さらにそれに、本当に自分は存在しているのだろうかと、我ながら疑わしくなることもある。自分は、他人の心に映じた幽霊なのではなかろうかと思えてくることがあるのだ。(同)

ここでいう「見えない人間」というのは、周囲の者たちから人種的・社会的に規定されているだけで、人間的に一個の「存在」として理解されてはいない人間くらいの意味にとっていいだろう。ところで、いま(つまり、ナレーターがこの小説を書いている「いま」)、「ぼく」は「地面のなかの穴蔵である我が家」(9)を見つけ、「一種の冬眠状態」(同)として、その穴蔵にとどまっている。ぼくはニューヨークのマンホールの穴に落ち、「独力電力会社」の電線から一三六九個の電球の光を引き、暗くも明るいマンホールの穴蔵のなかで、冬眠中の熊のように「地下生活」を送っているのだ。

マンホールの中の「ぼく」は、相変わらず「見えない人間」だ。しかし「ぼく」の不可視性というのは、単に社会的にしか認知されていない、カテゴリーでしかない自分という意味合いを変えてきた。生まれ育った南部の町を出て、このニューヨークの地下の「いま」にいたるまでの人生の二十年間の経験を通して、「見えない人間」の、その「見えない」という意味が変貌してきた。以前は、「見えない」というのは、「自己」としての人間の自分を見てもらえないという消極的な意味でしかなかった。しかしいまは、社会から見てはもらえない以上、自分を見ている自分が社会から見られていない自分を自由に造り変えていけるという積極的な意味を有するにいたった。一三六九個の電球の「明るさ」は、自己を自由に作り上げていく、自己を実現させていく「明るさ」を、自分を見つめる眼の確かさをあらわしている。内的な自己透視の確かさを象徴している。「真理は光であり、光が真理なのだ」(10)。

光がなければ、ぼくは不可視であるだけでなく、形姿もない。そして、自分の形姿を自覚していないということは、死んだ生を生きるにひとしい。ぼく自身、二十年この世に存在したあと、自分の不可視性を発見してはじめて〝生きる〟ことができるようになった。(同)

「自分の形姿を自覚していないということは、死んだ生を生きるにひとしい」との一文の意味は、自己を実現しないかぎり、その生は「死んだ生」でしかないということに相当する。「自己実現」のためには、自分の何たるかを知る「自己発見」が必要だ。それが電球の「明るさ」になる。その「光がなければ、「ぼく」は不可視であるだけでなく、形姿もない」、つまり自分の何たるかを知ることができない。自分は何者でもない、自分を自由に造っていくことのできるゼロの素材、すなわち、「ぼく」は見えない人間なのだ。「自分の不可視性を発見してはじめて」、自己を実現した「〝生きる〟ことができるようになる」。

「いま、ぼくは見える」(15)。いままで見えなかったことが、人間存在の「沈黙の音」が、聞こえる。「見えない人間が沈黙の音を聞こえるようになるというのは、奇妙なほどに嬉しい経験である」(同)。「冬眠状態は、もっと公然たる行動にそなえての隠然たる準備期間なのだ」(同)。「ぼく」は、いま、電力会社の一三六九個の電球を引き込んでの、くっきりと「自分が見えるようになった」生活を楽しんでいる。「ぼくは、自分の孤独という、見えない音楽を演奏している」(同)。

自分を知らず、まったく自己をもたなかった高校三年生の「ぼく」が大学に進み、故郷の南部をあとにして、ニューヨークで政治活動にたずさわるなかで、自分を発見し、自己実現の手がかりを得ていくのには、それだけの歳月と辛い経験とが必要であった。そのためには、まず「ぼく」は、自分が見えない人間であるということを発見せねばならなかった」(17)。

南部において奴隷であった祖父の孫の「ぼく」は、「告別演説をおこなう卒業生総代《パレディクトリアン》」として大学進学の奨学金を受けるため、町のお偉方を集めておこなわれる授与式でスピーチをおこなうことになった。銀行頭取、弁護士、判事、医者、消防署署長、教師、商人など、町のお歴々が集まっているなかで、「ぼく」が他の黒人高校生とともに上半身素っ裸の格好で中央のリングに上がらされると、全身一糸まとわぬ全裸のブロンド美人があらわれ、身体をくねらせ、腰を振りながら、エロチックな踊りでホールをまわりはじめる。「ぼく」たち十人の若者が自分の下腹部に起きた現象を隠すのに必死な姿を見て、お歴々はやんやの喝采。さらに「ぼく」たちは目隠しをさせられ、だれがだれの相手をするかもわからず、ただやみくもに殴り合うバトルロイヤルをやらされ、あらゆる種類と大きさのたくさんのコインと数枚の紙幣を目の前にばらまかれて我先に金を奪い合っているうちに、リングの敷物に電気を流され、リングの上を飛び跳ねるぶざまな〝余興〟をやらされたりする。

さんざん白人たちの〝余興〟にされたあとスピーチとなり、「ぼく」は、〝調停者〟と呼ばれて白人との協力のもとに黒人の地位向上をはかった教育者・黒人運動家のブッカー・ワシントンを引き合いに出し、白人への「協力」の必要を説くスピーチをおこなった。「ぼく」が黒人の「社会的責任」とか、白人との「平等」という言葉を口にするたびに、場内は騒然とし、失笑がわき、抗議と揶揄の声が飛ぶ。

しかし、とにかく「ぼく」は町の教育委員会より奨学金を授与され、黒人大学に進学できることになった。

大学三年生の終わり頃、「ぼく」は学長のブレッドソーに頼まれ、大学の理事のノートンを車に乗せ、町を案内する。

大学の創設者と友人だったというこのボストン人の白人は、金を出すことで黒人を助け、その〝運命共同体〟になれると信じることのできる、感傷的な、自己満足した北部人の典型であった。ノートン（Norton）という名前は、そういう「北部人（Northern）」をあらわしているのかもしれない。「ぼく」は、黒人の理解者で最大の援助者だと自負する、尊敬する大学理事のノートンに、黒人の本当の生活を見てもらおうと、かつての黒人部落に車を進める。風雨にさらされて白く変色し、陽に照らされて歪曲している掘っ立て小屋や丸太小屋がならんでいる。とある小屋の狭い庭で、ギンガム布の服を着た二人の女性が鉄製のポットに入れた衣服を洗っていた。小作人ツルーブラッドの妻と娘だ。二人とも臨月が近いような大きなお腹をしている。「ぼく」はノートンに、二人は共通の男――母親にとっては夫であり、娘にとっては父親である男によって、妊娠させられたのだと教える。ツルーブラッド（True-blood）という名前は、黒人ではなく人間一般の普遍的な「本当（true）」の「血（blood）」をあらわしているのだろう。フロイトが『トーテムとタブー』で明らかにしたような、〝文明化〟された人間一般の深層にいまだに渦巻く原始の動物性といえる。なにしろノートン自身、夭逝した娘に無意識裡にいまだに近親相姦の願望を秘めていたのだ。夜中、ツルーブラッドが夢うつつに娘を犯してしまったときのことをノートンに詳しく話しているうちに、ノートンは気分が悪くなって気を失ってしまう。

「ぼく」は、ノートンの気付け薬としてウィスキーをもらおうと、ノートンを「黄金日亭《ゴールデンデー》」に運びこむ。その日は、精神病院入院中の黒人たちが酒と女のために毎週土曜日に「黄金日亭」に連れてきてもらえる、患者たちにとってはまさに「黄金の日」に当たっていた。精神に障害が生じる前は医者や弁護士や教師や公務員や軍人だった五十人ほどの酔っ払った患者のため、店内はまさに上を下へのどんちゃん騒ぎ、乱痴気騒ぎの真っ最中。普段は患者たちを鎮《しず》めるために随行している付き添いの看護士スーパーカーゴの姿は、どこにも見えない。「スーパーカーゴ」という名前は、フロイトの「スーパーエゴ（超自我。自我を監視する無意識的良心）」を思わせる。「スーパーカーゴ」＝「超自我」の監視のない乱痴気騒ぎの「黄金日亭」の店内とは、まさに無意識層そのものの象徴と言える。道徳と科学と理性に支配されているのが意識層であるとするならば、精神病の患者ということは「道徳や科学や理性」の働きをにぶらせているということを意味しているから、そういう患者がどんちゃん騒ぎをしている「黄金日亭」の店内は、無秩序と混乱と暴力と死に支配された無意識層を象徴していると言えるだろう。無意識層は、混沌として荒々しいが、同時に合理と法則に支配された表層よりも深い人生の生命的な現実があらわにされる場でもある。しかも、患者たちを鎮めようとした大男の看護士スーパーカーゴは、酩酊した患者たちとの取っ組み合いの大喧嘩でながながと伸びてしまうのだから、まさに「無意識層」は〝全開〟状態である。

やっと意識を回復したノートンに、戦争中フランスに陸軍医療隊の医師として従軍していた退役軍人が、「階下《した》では時計の針は逆戻りし、破壊の力が猖獗《しょうけつ》をきわめておる。あの連中はあんたという人間の正体に気づき、あんたさまが、人間としては、破産した会社の株券みたいに何の価値もないということを知るかもしれませんぞ」（80）と言う。ノートンという人間が、膨大な財産と高い地位だけで成り立っている存在であり、それを引っ剝がしたら、空洞の、内実のない、自己をもたない〝張り子の虎〟でしかないことを暴露し、指摘したのだ。そして、そのノートンにむかい、「ぼく」という人間の正体も暴露する。

「よろしいですかな、この子、眼も耳もあるし、横に広がったアフリカ人らしい立派な鼻もしとる。だが、この子は人生の単純な事実が理解できておらん。理解、が。理解？　いや、もっとひどい。この子は感覚でもって外界を認知できるが、しかし脳味噌のほうを短絡《ショート》させてしまっとる。だから、何ものもこの子にとっては、意味をなしてこないんだ。現象を受けとることはできるが、それを消化できん。年若くして、すでにこの子は…いや、いや、たまげたもんだねえ！　見なされ、すでにしてこの子は、歩くゾンビじゃ。自分の感情だけでなく自分の人間性までも押し殺してしまっとる。こいつは見えない人間、人生の否定的な側面が服を着て歩いておる人形でしかない。旦那さん、あんたの夢をこれ以上完全に実現してくれたやつはいませんな。まさにロボット人間だ！」（傍点引用者。81）。

白人に受け入れられ、好かれて、社会の階段をよじ登ることだけを願っている「ぼく」は、人間の〝裸〟が透視できる退役軍人には、白人に操作され、「自己」をもたない、人間にして人間ではない「歩くゾンビ」、不気味な操り人形でしかなかった。この退役軍人にとっては、「ぼく」とノートンのコンビは、「おたがいが見えとらん。あんたにとっては、この子はご自分の業績という得点評に書き込んだ点数じゃな。モノであって人間ではない。子供かな、いや、もっとそれ以下の、黒い色をした無定形の物体だ」(81–82)。ここまで聞いて、ノートンは「ぼく」に、「きみ、帰ろう」と言う。

大学までの車中、ノートンはじっと押し黙っていた。

「ぼく」の通う黒人大学のブレッドソー学長は、まさにこの初期黒人運動家ブッカー・ワシントンの説いた黒人のあり方の理想を具現したかのごとき人物であった。そして、少なくともこれまでは、「ぼく」が憧れてきた理想の体現者でもあった。「学長は、ぼくの願っているすべてのものを体現した人である。国中の裕福な白人たちとコネをもち、人種問題に関するすべてのことについて相談を受け、黒人の指導者として、キャデラック(それも、一台ではなく二台も)を所有し、すごい高給をもらい、やさしい美人のクリーム色の肌の奥さんをもっている。さらに、肌が黒く、禿げていて、白人たちが揶揄の対象とするすべてのものを具えてはいるが、同時に学長は権力と権威も有していた」(86)。まさにブレッドソーは「大学創立者の説いた道に従うことによって得られる幸福な人生のお手本」(同)であった。ぼくもこのブレッドソーが学長を務める黒人大学に通うことによって、社会へのパスポートを手に入れ、白人優位の社会が要求してくるすべてのことに従い、受け入れて、できることならブレッドソーみたいな裕福で権力をもった〝アンクル・トム〟になりたいと希求していた。

ところが、「黄金日亭」で「人生の根本事実」を突きつけられてから、ぼくのなかに少し〝翳《かげ》り〟が生じてきた。赤の煉瓦造りの建物と緑の芝生のキャンパスを歩きながら、ぼくは思う――「この静謐な緑のなかを歩きながら、ぼくは自分がもっていると信じていた唯一のアイデンティティを失いかけていた。キャンパスのなかを歩く瞬間《とき》、ぼくはこの建物や芝生と、ぼくの夢や希望とのあいだの関連が見えてきたのだった」(84)。「ぼく」は大学と将来の夢との「関連」が「見えてきた」だけであって、それを否定するなどにはいたっていない。〝翳り〟と言ったゆえんだ。「ぼく」は大学にすがっていたい。しかし、あの退役軍人は、そういう生き方は「自己」を有さない「ゾンビ」だと言った。退役軍人を憎みながらも「ぼく」はあの言葉にひっかかるものを感じていた。

大学の最大の貢献者、白人のノートン理事を動転させ失神させた「ぼく」に、ブレッドソーはカンカンになって怒り、「学寮に戻って、処分を待っていたまえ」と言い渡し、ふと気づくことがあって、「あっ、その前にチャペルでの講演はちゃんと聴くんだぞ」と付け加える。

チャペルではシカゴ在住のホーマー・バービー師の講演がおこなわれる。この黒人大学の創立者の友人だったバービー師は創立者ブッカー・ワシントンを賛美し、創立者の精神を忠実に引き継ぐブレッドソー学長を称賛して、その精神のよみがえりとしてのブレッドソー学長を「みなさまがお手本とするに足る偉大な尊敬すべきお方」(111)であると賞揚した。

演説が終わり、賛嘆のざわめきのなか、バービー師は自分の椅子に戻ろうとして、よろけて転びかかる。そのとき「ぼく」は、メガネの奥のバービー師の視力のない眼が見えた。ホーマー・バービー師は盲目だったのだ！

この小説では、「眼に見えない(invisible)」と「眼が見えない(blind)」の二つの形容辞がよく使われている。「眼に見えない」は、社会的に認知されないという表面的な意味から、すべての人間は「見えない人間」であり、それゆえに、無地の布から自由に自分を作りなしていくことのできる「自由」な人間なのだという実存主義的な意味の広がりがあることを、先に示唆した。これは小説が最後に行きつく認識であるので、いまはこれ以上は触れない。そして、「眼が見えない」の意味に関しては、「黄金日亭」の退役軍人が「ぼく」のことを、「人生の単純な事実」を見ることのできない「見えない人間、人生の否定的な側面が服を着て歩いておる人形でしかない」と言ったことを思い出していただきたい。人生や事物、人間の表層的な形態しか見ることができず、その奥のより深い実相が認識できない人を、作家は「眼が見えない」、「見えてない」と表現する。

ブレッドソー学長はぼくを学長室に呼び出し、ノートン氏を黒人部落と「黄金日亭」に案内して「大学に多大の損失をあたえた」罰として、「大学の有力関係者に推薦状を七枚ほど」書いてやるから、「夏期休暇のあいだニューヨークに行き、来年度の学費を稼いでこい」(211)と命じる。学寮に戻り、責任上ニューヨーク行きはやむをえないと感じた「ぼく」は、すぐに旅行の準備にとりかかる。

ニューヨークにむかうバスのなかで、偶然にも「ぼく」は、「黄金日亭」の退役軍人と逢ってしまった。退役軍人は、「いいかね、頼むから、物事の表面の下を見るようにしたまえ。五里霧中の状態から抜け出るんだよ、「きみ」(127)と、「ぼく」に忠告してくれる。「自分が自分を生む父親になるんだぞ。それから、忘れないでほしいが、世界は可能性そのものなんだよ。きみにも、そのことを発見してほしい。そして、これが最後のお願いだが、ノートン氏みたいな連中とはかかわりをもちなさんな。その意味がわからなかったら、自分でじっくり考えるんだね。ごきげんよう」(傍点引用者。130)。

「ぼく」はニューヨークに出て、ハーレムのＹＭＣＡ関係の「メンズ・ハウス」に居を定め、ブレッドソー学長にもらった推薦状をもって、いろんな大学関係者の経営する会社を訪問するのだが、どこに行っても、いわば〝門前払い〟を食ってしまう。最後の一枚の推薦状をもって、「ぼく」はエマソン氏の経営する会社におもむいた。通された部屋のデスクには、『トーテムとタブー』という本がおかれている。フロイトのように、そして無意識層の象徴である「黄金日亭」のように、エマソンはぼくに「物事の表面の下を見る」ことを可能にしてくれるかもしれない。社長の息子のエマソンは父親にはできないこと——〝推薦状〟の真実をぼくに教えてくれた。エマソンに見ろと言われた推薦状には、「……本状持参の若者は本大学より永遠に追放されたことをまだ知りません。本大学よりできるだけ遠くの地においたまま、当該若者に大学復帰の虚しい希望を徒《いたず》らに抱かせつづけるのが我らの本意でありまして……」(156)と記してあったのだ。かつて自分の理想と崇めた人物の虚偽と裏切りと謀略を知って呆然とする「ぼく」に、エマソンは父親の縁故でリバティ・ペインツというペンキ会社に職をもとめることができるかもしれないと勧めてくれる。「ぼく」に自分のおかれている状況の真実を教えてくれた人物に、ラルフ・ウォルドー・エマソンという、作家ラルフ・ウォルドー・エリソン自身も強い影響を受けたアメリカの哲人の名前が付されているのも、「真実を見させる人」くらいの象徴的な意味があるのかもしれない。

「ぼく」はエマソンから紹介されたペンキ工場にむかった。橋を渡って着いた工場の正面には、国旗がたなびき、大きなネオンが輝いていた——「リバティ・ペインツのペンキでアメリカを白く塗り上げよう」(160)。もちろん、これはアメリカの白人優位の社会を謳っている。

「ぼく」は地下三階のボイラー室の配属になったのだが、ボイラー室長のブロックウェイの手違いによってボイラーが爆発してしまい、「ぼく」は爆風に吹き飛ばされてしまう。

気を失い、病院に運ばれた「ぼく」は、混濁した朦朧《もうろう》とした意識のなかで、自分の頭に電気椅子に座った死刑囚のキャップのようにひんやりとする金属が巻かれ、寝かされているのも手術台ではなく、「ガラスとニッケルで作られた一種の箱で、蓋《ふた》は開いたまま」(190)という奇妙なしろものの上であることを知る。医師や看護婦が動きまわっており、とぎれとぎれに、「この機械で、ナイフのマイナス効果を除去した前頭葉切開の正確な数値を計ることができるから……」「患者の命に別状はないさ」などの声が聞こえる。身体に電流が走る。彼はモルモットとして脳の神経経路を切断するロボトミーをおこなわれていたのだった！

〝手術〟は終わり、医師が大きなカードに質問を書いて、「ぼく」の眼の前に突き出してくる——

きみ……は……誰？

正気さをたしかめるために「ぼく」の名前を訊いただけのはずのこのカードの問いが、「ぼく」への存在論的な問いかけに思えてきた。独りになると「ぼく」は、「ぼくって何？」と、「自分のアイデンティティがわからず、イライラしながら横になっていた」(197)。わけのわからない町の、わけのわからない工場の病院の、わけのわからないところに寝かされ、わけのわからないことをやられているこの「ぼく」。「ぼく」のなかに、これが「ぼく」だと言えるものは何もない。本当に、「ぼく」って何なのだ？孤独のなかでのこの自分の「無人」nobody 性に思いいたったとき、人は自己発見にむけてのスタートラインに立つのかもしれない。孤独のなかで「僕とは何だろう」との疑問に向き合わされる、三田誠広の『僕って何』の主人公の思いを挙げておきたい。

ここにいる僕とは何だろう——。日ざしをうけて白く光っているキャンパスの地面の上を、急ぎ足に通りすぎていくおびただしい数の学生たちの流れを眺めながら、僕は自分自身に呟いてみる。昨日も一昨日も、僕は誰とも口をきかなかった。この半月、ひとと会話らしい会話を交わしたことがない。ひとり暮らしのアパート、慣れない東京での生活、大学にも知り合いはいない。どこにいても、僕はいわば行きずりの人間だ。誰も僕のことを知らない。僕に注意を向けようともしない。誰からもかえりみられず、何ものとも関係をもたず、地の底で息づくちっぽけな虫のように、僕は自分自身を生きながらえさせている。1

ニューヨークと東京と場所こそ違え、ニューヨークに出てきたばかりの『見えない人間』の「ぼく」がおちいっている状況は、まさに、東京に出てきたばかりの『僕って何』の「僕」のおちいっている状態と同じである(そういえば、『僕って何』のナレーターの「僕」も、小説の最後まで〝実名〟を明らかにされない)。二人とも自分にむかい、孤独の底から、「ぼくって何?」の問いを発している。

〝実験〟が終わって「ぼく」が工場の病院から工場長のところにいくと、会社側の責任はいっさい問わないという供述書を書かされた上に、病気療養を名目に、ていよく会社を辞めさせられてしまう。

ペンキ工場を出たとき、「ぼく」は人間が変わっていた。これまでは、白人たちに気に入られよう、社会に受け入れられようと、ビクビクとし戦々恐々として、人の顔色ばかりうかがっていた。しかし、いまは白人たちや社会に何かをもとめたところで、「ぼく」という人間には何も与えられないのだと気づき、度胸がすわってきた。怖くなくなった。他人から与えられた〝暴力〟は、ときどき、豁然《かつぜん》として人に自己を客観的に視る〝眼〟を与えることがある。

それはまるで、どこかの三流映画の一シーンをぼくが演じなおしているかのごとき感じだった。あるいは、もしかしたら、ぼくがやっと自分というものに気づき、これまで抑えていた感情を言葉で表現できるようになったのだろうか？　あるいはまた、とぼくは歩道を歩きはじめながら思った、ぼくにはもう怖いものがなくなったのだろうか？　ぼくは立ち止まる、横日が影を落とす街路の建物を眺めながら。ぼくは怖いものがないのだ。高い地位の人間とか理事とか、そういう連中など怖くはない。やつらからもとめることのできるものなど何もないのだから、やつらを怖がる理由などない。そういうことだな？　頭は軽く、耳鳴りがする。ぼくは歩き出した。（傍点原著。203）

ペンキ会社からもらった保証金は、数ヶ月の生活費で消えていった。また仕事を探さないとならない。「工場の病院でぼくのなかに芽ばえたアイデンティティに対する強迫観念が、すさまじい勢いで甦ってきた。ぼくって誰なんだ？　ぼくってどうしてぼくなんだ？　いまのぼくはキャンパスを去ったときのぼくと同じではありえない……いまのぼくは平安と安らぎ、静謐《せいひつ》をもとめているのに、内面は沸々として沸き立っている」（210）。

ある日、ハーレムの街に出てみると、八十をすぎた黒人の老夫婦がアパートから警官立ち会いのもと白人から追い立てを食っていた。着の身、着のまま寒空のもとの路頭に叩き出されようとしている老夫婦に同情し、群衆が怒りの眼でもって強制的な「立ち退き」を見つめている。いまにも暴動が起こりそうだ。「怒りがつのってくるうちに、スピーチをやりたいという昔からの欲望がまして」（211）きていた「ぼく」は、群衆に対し白人警官弾劾の演説をおこなう。

群衆が騒ぎだし、警官が発砲して、暴動騒ぎに発展した。警官たちが追ってくる。「ぼく」は暗い小さなアパートに逃げ込み、女家主の忠告で、アパートの屋根にのぼって逃げた。いっしょに逃げていた白人の男が「ぼく」を誘い、あるカフェにはいる。「ブラザー・ジャック」と名乗るその男は、「ぼく」にも「ブラザー（兄弟）」と呼びかけながら、「この地区にスピーチの上手な人材が必要でね」と、自分の属している団体への加入を「ぼく」に勧め、電話番号を置いていく。

「ぼく」はブラザー・ジャックにもらった名刺を頼りに、「ニューヨークの町の奇妙な地区」にある、日よけに「クソニアン」と記された立派なビルに出向いていった。ビルではパーティが催されていた。ブラザー・ジャックは「ぼく」に、自分たちの団体である「兄弟愛団（Brotherhood）」へ加入させる。ブラザー・ジャックが、「ぼくたちがまさに世界危機の大きな瞬間に立ち会っているということは、いやが上にも強調しておきたいんだよ。社会を変えないかぎり、破滅が待っている。社会を変えねばならないんだ。人民の手によってね。それはねえ、いいかい、兄弟、人類の敵が世界を私物化しようとしているからなんだ！　わかるね？」（248）と説くことから、そしてまた、団員のおたがいが、「同士」ではなくとも「兄弟」と呼び合っていることからも、「兄弟愛団」はどうも共産党をモデルにしているように思われる。「ぼく」は、ジャックによって、パーティに集まった団員たちに、「新しきブッカー・ワシントン、いや、それ以上に偉大なる、黒人たちの真の代弁者」（149）として紹介される。

一九一九年に結成されたアメリカ共産党は、一九二九年に大恐慌が米国を襲うや、公民権運動などに着手し、大衆運動に影響力を拡大しはじめた。三九年頃には党員数はおよそ十万人に達して、党員のほぼ七割はニューヨーク州に集中していたといわれる。小説のこのときの舞台は一九三〇年代後半と思われるので、「ぼく」は、当時大衆や黒人などの異人種を取りこみながら勢力をもっとも伸ばしていた共産党を思わせる政治団体に加入したことになる。作家エリソン自身もニューヨークに出てきて、一九三六年、リチャード・ライトに逢い、一時期、共産党に救いをもとめたこともある。

小説は、ナレーターの「ぼく」に、アメリカの黒人種の時間的かつ空間的な動きをオーバーラップさせている。ナレーターが南部の高校を卒業した頃は、奴隷だった「ぼく」の祖父が死んでしばらく経った時期とされているし、小説の歴史的な時間としては、南北戦争あとの奴隷解放とジム・クロウの黒人差別制度などの、戦争終結から一九九〇年代までを暗示している。黒人大学、ブレッドソー学長の生き方、バービー師の演説など、ブッカー・ワシントンやデュボイスに代表される近代黒人解放運動の先駆となった「ナイヤガラ運動」なども、寓意的にこの時期に織り込まれている。「ぼく」が南部の大学を追われてニューヨークに出て行く空間的な移動は、十九世紀終わりから一九二〇年代にかけ、数百万人もの黒人たちが南部のプランテーションを棄て、北部産業都市へと「民族の大移動」的な空間的移動をおこなった歴史的な時期と重複する。「ぼく」はハーレムに着いたとき、「煉瓦建ての建物やネオンサインや板ガラスやけたたましく走る車などの場所でこんなにたくさんの黒人が生活している光景は、はじめて見た」(132)と驚くが、十九世紀終わりまで白人しか住んでいなかった高級住宅地のハーレムは、だんだんと黒人の占有地と化していき、一九二〇年代には「ニグロ・ルネッサンス」の中心地となっていく。そして「ぼく」が生活に困窮し、ペンキ会社で爆発事故を起こし、共産党を思わせる「兄弟愛団」に救いをもとめていく過程は、一九二九年の株の大暴落にはじまる大不況、社会的混乱、共産党と組合、黒人暴動、公民権運動の開幕などの一九三〇年代を歴史的な背景としている。モントゴメリーでのバス・ボイコット事件はまだ起きていない。

このように小説『見えない人間』は、黒人全体の歴史的空間的な動きを寓意的にプロットの展開に重複させながら、ひとりの黒人青年の、人生に対する無知から開眼へといたるプロセスを描いている。そして、その人生開眼はたんに黒人種一般だけでなく、皮膚の色の違いを問わず、現代というこの時代を生きるおよそ現代人一般の人生覚醒という普遍的なふくらみを有してもいる。ナレーターの「ぼく」の具体的で個別的な名前がついに明らかにされず、「ぼく」という一般的なかたちに一貫されているのも、そのためであった。『見えない人間』はまさにアメリカ規模の時間と空間の構成による、「自己」という現代の大問題を追求する深い普遍的な構想に成る小説なのだ。

「ぼく」はメアリーのアパートを出ると、スペイン系とアイルランド系の多く住む地区にある、「ぼく」のことを「兄弟」と呼びかける女家主のアパートへ越していった。朝早く兄弟愛団の本部に出頭すると、ブラザー・ジャックにタクシーでハーレムの「巨大な納屋のような建物」に連れていかれ、ここでおこなわれる集会で、「ぼく」は最後に演説をおこなった。

「ぼく」の演説の番が来た。「ぼく」は熱弁を振るう。白人の「搾取」を弾劾し、黒人種の団結の必要を訴えた。演説は大成功だった。耳を聾さんばかりの拍手喝采が巻き起こり、会場をあとにする「ぼく」は握手をもとめられ、背中を叩かれる。生まれ変わったように感じた「ぼく」は、「兄弟愛団のスポークスマンとして、この団体の一員だけでなく、もっとはるかに大きな集団の代表者になれる可能性」(285)に胸をふくらませる。

四ヶ月後、ブラザー・ジャックにタクシーでハーレムまで連れていかれた「ぼく」は、先日の委員会でハーレム地区の主任スポークスマンに決定したと告げられた。そして、教会を改造したハーレム地区事務所に案内され、ブラザー・トービットやブラザー・タープに紹介される。

「ぼく」は本部「クソニアン」での委員会に出席する。委員会では、「兄弟愛団の扇動の効果を増幅させることと、解き放たれた民衆のエネルギーを組織化する」(292)ことの重要性が確認される。ひとり、遅れてあらわれた団員がいた。「肌の真っ黒い、とてもハンサム」な、「ぼく」と同じ歳くらいのジャック・トッド・クリフトンだ。ジャック・トッドは、民族主義者の〝奨励者ラス〟の部下たちと逢い、傷を負わされて医者のところにいってきたと、遅刻の理由を説明する。ラス（Ras）といえば、「民族（race）」を思わせるが、ラスは黒人の民族主義的な「ガーヴェイ運動」の指導者マーカス・ガーヴェイをモデルとした人物であるだろう。ガーヴェイは全黒人地位改善協会を設立し、「アフリカへ帰れ」というスローガンのもと、すべての黒人がアフリカの自由市民であり、民族自決権をもつべきであると強く主張した。

ラスは自分と同じ黒人のトッドが、そして「ぼく」が、白人たちの兄弟愛団に入団していることを、自分たち黒人種への裏切りのように感じて憤っていた。委員会では即座に街頭演説会をおこなうことが決定され、「ぼく」とブラザー・ジャックはハーレム地区の事務所にもどって街頭演説会の詳細を取りきめ、街頭演説に繰り出していった。街頭で「ぼく」が「兄弟諸君、いよいよ行動の時が来ました」と叫んでいると、奨励者ラスの一団が襲いかかってくる。指導者のラスはブラザー・トッドをひっつかみ、トッドを突き倒して、泣きながら訴える――「きみはわたしの兄弟だろ。兄弟というのは、同じ皮膚の色をしているんだ。それを、一体どうしてきみはあんな白人連中を兄弟呼ばわりしてるんだね？バカげてるよ、きみ。バカげてる！」（299）。

「ぼく」がブラザー・トッドを助け起こしても、ラスはなおもトッドを涙ながらに掻き口説くが、ブラザー・トッドはラスを殴り倒してしまう。黒人種の社会的地位の向上のために、一方は黒人の民族主義的な組織を立ち上げ、片方は白人主導の共産党に入党して、そして目的を同じくする黒人同士が憎み合い、傷つけ合っている。その場を歩み去るとき、ブラザー・トッドは「ぼく」に、「ときには人間は歴史の外に飛び出してみる必要があるね」(305)と言う。

「ぼく」は「立ち退き問題」で噴出した黒人たちの怒りとエネルギーを何らかの抗議運動に結集させようと、「いろんなところを動きまわった。ここで演説、かしこで演説、どこでも演説。アップタウンでも、ダウンタウンでも」(307)、まさに東奔西走であった。「ぼく」は兄弟愛団の一員であることに意味と誇りを感じ、この団体のなかで上りつめるところまで上ってみようと決意する。「兄弟愛団は世界のなかのひとつの世界であり、ぼくはこの世界のすべての秘密を発見し、出世できるところまで出世しようと、心に決めた」(同)。

だが地区事務所に届いた匿名の投書は、白人の「組織であまり大きな存在になると、潰される」(309)ことを警告してきたし、事務所にいる老黒人のブラザー・タープは妻子と土地を棄てて南部での奴隷の身から逃げ出してきたことを告白し、「ご自分が本当のところ何を相手に戦っているのか、忘れないように、これをあなたに差し上げたい」(313)と、「分厚く黒い、油にまみれた、ヤスリで研いだ鋼鉄の足かせ」を「ぼく」に差し出した。

二週間後、「ぼく」がインタビューに応じた写真雑誌を見た委員会は、「ぼく」のことを「自己中心的な利益のために兄弟愛団の運動を利用して」(322)いる、「独裁者」たらんともくろむ「日和見主義者」だと、弾劾をはじめた。言われなき弾劾に呆然としている「ぼく」は部屋の外に出され、その間に「ぼく」の措置に関する緊急会議が開かれて、その結果、「ぼく」はハーレムでの現在の任務を解かれ、ダウンタウンで女性問題に関する講演をおこなう任務を与えられる。

ある夜、急に電話がかかってきて、「ぼく」は本部での緊急会議に召喚された。ブラザー・ジャックは、「ブラザー・トッドがハーレム地区の任務に失敗して姿を消したため、奨励者ラスとその民族主義の部下どもがこの機を利用して、民衆をオルグせんとしはじめた」(340)と「ぼく」に告げ、「すぐにハーレム地区に戻れ」と命じる。明日、追って通知する戦略会議で経過報告をしてくれ。

しかし翌日になっても、ブラザー・ジャックの言っていた緊急戦略会議の連絡が入らない。しびれを切らして本部におもむく途中、四十三丁目を曲がったときある光景を目撃した。野次馬の取り囲むなか、一人の若い黒人が猥褻《わいせつ》な人形を売っている。頭と足を薄い平らな厚紙で造った、黄色と黒色のティッシュペーパー製の、ニヤニヤ笑っている人形が、どういう仕掛けで動くのか、肩を揺すらせ関節がはずれたような上下の動きをしながら、「黒い、仮面のような顔とまったく異質の、腹立たしいまでに猥褻な踊り」(347)を踊っていた。口上を述べつつ人形一体を二十五セントで売っていたのは、ブラザー・トッドだ！　警官が笛を吹きながら駆けつけ、ブラザー・トッドは警官二人に連行される。背後の警官の手荒い扱いにトッドが肩越しに何やら怒鳴って抗議すると、もう一人の警官がうしろから殴りつけてきて、とっさに身をかわしたトッドが警官にアッパーカットをくらわすと、警官が発砲。ブラザー・トッドは警官を睨《にら》みすえながら膝を屈し、路上にくずおれた。

呆然として「ぼく」は地下鉄に乗り、「一体どうしてひとりの人間が歴史から跳びだし、街頭で猥褻人形を売る身となったのだろう？」(353)と煩悶しながら、地区事務所に戻った。地区事務所に戻った「ぼく」のところに若者たちが押しかけ、泣きながらトッド・クリフトンの葬儀をおこなってくれと懇願した。「ぼく」は本部に連絡をとろうとするが、誰も電話に出ない。

土曜日の午後、おおぜいの会葬者が集まり、モリス山公園でブラザー・トッドの葬儀が催された。「ぼく」は弔辞というかたちで会葬の群衆に、トッド・クリフトンの無意味な死を訴えた。おおぜいの会葬者のなかに、「これまで知らなかった何やらぬ大きなものが、涙か怒りかわからぬが沸々と沸き立つ緊張の高まりが、肌で感じられた」。（同）トッド・クリフトンは埋葬される。

「ぼく」が会議室に入っていくと、ブラザー・ジャックをはじめとする委員たちはじっと「ぼく」を凝視していた。ブラザー・トッドの葬儀を挙行した「ぼく」の先走った単独行為を弾劾しているのだ。

「ぼく」は、トッドの射殺事件を効果的に利用し、爆発寸前までに鬱勃《うつぼつ》と湧き起こった民衆の怒りを組織化すべく、「個人的な責任」において葬儀を執りおこなったのだと説明するが、委員たちは個人的な責任という言葉を鼻でせせら笑い、「ぼく」を糾弾する。


「いや」とブラザー・ジャックが立ち上がりながら言った――「きみは委員会の決定に従ってくれたまえ。こんなことはもうたくさんだ。委員会がきみの決断を決めるのであって、民衆の間違った考え方に不当な意味をおくのは、委員会の慣習にはない。きみの規律はどうなったのかね?」

「ぼく」は、あと一回デモを打ちさえすれば黒人の力を結集できると訴えるが、ブラザー・ジャックは委員会がデモに反対の決議をおこなったとして、「ぼく」の方法論を認めない。

「ぼく」が、かぶりを振りながら、「無理もないですね、民衆がぼくを侮辱し、兄弟愛団が自分たちを裏切ったと…」と嘆くと、とつぜん、会議室がざわめいた。

「本当のことです。何度でも言いますよ。今日の午後まで、彼らは兄弟愛団が自分たちを裏切ったと言ってましたよ。ぼくが彼らに言われたことをここでくり返しましょうか。それがブラザー・トッドの失踪の理由でもあるんですから」

「許しがたいウソだ」ブラザー・ジャックが言った。

彼の顔をゆっくりと見ながら、ぼくは考えていた。こういうことか、こういうことだったんだな…

「嘘つき呼ばわりは、止めていただきましょうか。ぼくは自分の耳に聞いたことをそのままお話ししただけです」。ぼくは手をポケットに突っ込み、指関節でブラザー・タープの足かせをいじくっていた。委員のひとりひとりの顔を見つめ、なんとか自分を抑えようとするのだが、その自制心もどこかに消え失せそうだ。頭は超音速のメリーゴーラウンドに乗っているかのようにグルグルまわっている。

ジャックは新たな関心を惹かれたかのようにぼくを見ながら、一歩前に進み出た。

「そういうことを、きみは耳にしたわけだね。よろしかろう。それでは、こちらの言い分も聞きたまえ。わたしたちは素人《しろうと》ふぜいの無知で幼稚な考え方にしたがって党の政策を決めたりはしない。わたしたちのなすべきことは、彼らにどう考えるかを訊くことではなく、どう考えるかを教えてやることだ！」

「よくぞおっしゃいましたね。いまおっしゃったことを、あなたみずから彼らに言ってやってくださいよ。あなたは何さまですか、〝偉大なる白人の親父さま〟ですか？」

「彼らの父親ではない、彼らの指導者だ。そして、きみの指導者でもある。それを忘れないように」

「ぼくの指導者であるのは確かでしょう。でも、あなたと彼らの本当の関係はどうなんですか？」

彼の赤毛が怒りに逆立った。「指導者だよ。兄弟愛団の指導者として、わたしは彼らの指導者だ」

「でも、ほんとうは彼らの偉大なる白人の親父さまの意識でいらっしゃるんじゃないですか？」と、ぼくはじっと彼に眼を据えながら言った、「ほんとうは彼らに〝ジャックの旦那さま〟とでも呼ばれたほうが嬉しいんじゃないのですか？」（傍点引用者。379−380）。

ブラザー・ジャックが顔をゆがめると、顔から何かが飛びだし、彼はその大きなビー玉のようなものを取りあげた。義眼だ。ブラザー・ジャックとしては、党の決定を遂行すべく自分は粉骨砕身して働いた、「規律」のために身を「犠牲」にした、この義眼がその「犠牲の意味」だと、言いたかった。そうではあるだろう。しかし「ぼく」には、バービー師のときのように義眼の象徴的な意味もひっかかる。バービー師のように完全に精神が盲目のわけではないが、ブラザー・ジャックは隻眼しか「見えていない」。「なるほど義眼は、規律の、犠牲の、意味ではあるだろう。しかり。そして、見えていないということの意味でもある。この人はぼくが見えていない。ぼくを見ることすらできない。……見てみろよ！規律は犠牲。そりゃそうだろう。そして、見えていないということも」(382)。

「ぼく」には、いまや、ブラザー・ジャックという人間の真の姿がはっきりと「見えて」きた。彼は、すべての人間を「個人的な個人」(374)として見ることはできず、義眼をはめてない右の眼だけで、「政治的な個人」としてしか見ることができない。長々とした前頁の引用からも明らかなように、彼は、そして彼のような政治的な人間は、民衆とか国民への真の愛や幸福などは念頭になく、それを目標として掲げるときも、それはあくまでもスローガンや建前でしかなく、彼らのほんとうの狙いは、自分や自分の属する団体の勢力の拡張であり、権力への愛でしかない。「個人」などは、彼らの活動と拡張のため彼らの〝論理〟にしたがって捏《こ》ねあげるための「素材」でしかなく、彼らの「計画に沿って形あるものを作っていく原材料にすぎない」。兄弟愛団の指導者である〝ブラザー・ジャック〟は、『裸者と死者』の南海の孤島での米軍を指揮する〝カミングス将軍〟である。政治団体のなかで自己を有する「個人」の〝ブラザー・トッド〟は、残酷な殺され方をする〝ハーン中尉〟の運命をたどらざるをえない（「トッド」はドイツ語で「死」を意味する）。ブラザー・ジャックは民衆や黒人種を救済しようなどとしているのではなく、救済の素振《ポーズ》りをとおして自分たちの権力の伸張だけを謀《はか》っているのだ。

そういう意味でブラザー・ジャックは、政治的な人間の一般的なメンタリティを象徴している。政治的な人間というのは、エレン・ジェイムズ党員と同じように、「人間」というものが半分しか見えていない畸形なのだ。そういう政治的な人間を象徴させるために、作家は、「ぼく」のときみたいに、ジャックなどという具体的な名前をつけることなく、ただ「ブラザー」と実名抜きの普遍的なかたちで登場させたかったのかもしれない。しかし、じつに頻繁に個人的に登場し、引き合いに出される「ブラザー・ジャック」をただ「ブラザー」と呼んでいたのでは、他にもたくさんの〝ブラザー〟がいるわけだし、まぎらわしく、見分けがつかず、混乱してしまう。だから、具体的な名前をつける代わりに、どこにでも転がっているような、思い切りありふれた、陳腐な「ジャック」という〝命名〟にしたわけだ。「ブラザー・ジャック」は政治的な人間を象徴する総称名詞ということになる。

そういえば、ブラザー・レストラム、ブラザー・ハンブロー、ブラザー・トービッツなどの他の団員の名前にも、黒人のツルーブラッドや「黄金日亭」のスーパーカーゴや大学理事のノートンや会社社長のエマソンのときのように、何かの意味がこめられているかもしれない。レストラム（Wrestrum）という名前は「レストルーム restroom（トイレ）」を思わせるし、ハンブロー（Hambro）は「ハンブル humble（卑しい、卑屈な）」という形容辞を、トービット（Tobitt）は「ツービット two-bit（二五セント）」を思わせる。いずれも揶揄する侮蔑のひびきがある。これらの名前にも、自己をもたずに政治的な思想を生きているだけの、いわゆる政治的な人間でしかない人たちに対する、作家の〝評価〟がこめられているのかもしれない。エリソンは、『ガープの世界』のアービングと同様に、「ダス・マン自己」としての政治的人間でしかない「個人」に対し軽蔑と憎悪をかくさない。

とにかく「ぼく」は、ブラザー・ジャックの命令にしたがい、ブラザー・ハンブローの〝教育〟を受けなおすことになる。しかし、「今夜を境に、ぼくはもう以前のようなものの見方、感じ方はできない。ぼくは以前の自分に戻ることは、もはやできない。以前のぼくなど、大したものではなかった――いまのぼくになるために、ぼくはずいぶんと多くのものを失った。ぼくのなかの一部も、トッド・クリフトンとともに死んだのだ」（傍点引用者。384―385）。

「ぼく」がブラザー・ハンブローのもとに向かうべく外に出ると、街は緊張が立ちこめて騒然としていた。七番街のところで、大勢の群衆を従えた奨励者ラスに見とがめられ、「きみの裏切り組織のために我らのともがらの若者が射殺されたというのに、きみは何をしてるんだ？」（385）と叫ばれる。レノックス街に戻ってタクシーを拾おうとしたとき、大柄の若い女性に呼び止められ、「ラインハートじゃないの！　私の買ってあげた帽子、どうしたのよ」（388）と訊かれた。ラインハート？　誰と間違えられたのかわからないが、帽子というのも悪くないな。ぼくは店に入り、店でいちばんでかい帽子を買った。と、数人の若者に、「よお、ラインハートのパパさん、誰に説教をなさりに行くんですか？」（389）と声をかけられた。このラインハートってのは誰なんだ、説教って何のことだ？　さらに進むと、ラスが群衆を扇動していた。「行動の時が来たぞ、諸君！　兄弟愛団をハーレムから追い出そう！」（390）。奨励者ラスは破壊者ラスに変じていた。不穏な機運がつのる。群衆が騒ぎだそうとしている。しかし、「うまくいった、連中はぼくには気づいていない。帽子しか見ておらず、ぼくのことは見えていない！」（同）。八番街に来た。馴染みのバーで一杯引っかけようと店にはいると、いつものバーテンが「今夜はどのブランドになさいますか、パパさん？」と訊いてくる。こいつがぼくをパパさんと呼んだことはなかったはずだが？　誰と間違えているんだろう？　店にいた顔見知りの「兄弟」に声をかけてみたが、団員は「ぼく」のことがわからない。店を出ると、街は不穏な空気が高まり、ますます騒然としていた。誰かが「ぼく」に、「やあ、ラインハートさん、お元気ですか?」と挨拶してくる。誰なんだ、このラインハートというのは? わけのわからない人物に間違えられてもと、サングラスをかけるのだが、また別の婦人からは、「株は上がったかしら、株屋のラインさん?」と訊かれ、パトカーが停まると、白人の警官が、「ラインハート、こんどは強盗か?」と声をかけてきた。「世間の表面には、どういう現実が隠れているんだろうか? サングラスと白の帽子がこんなに簡単にぼくのアイデンティティを抹殺できるんだったら、ぼくって、一体、何なのだろう?」(397)。うしろからじつに魅力的な若い女性が追いついてきて、「パパちゃん、なによ、こんなにあたいを待たせちゃってさァ。どうしたのよ、ラインハート?」(同)と、しなだれてきたが、近づいてしげしげと「ぼく」を見ると、「まあ、ラインハートじゃないわ。むこうに行ってよ!」と怒鳴る。子供に手渡されたビラには、「見えざるものを見よ! ああ、主よ、汝の御業は成されん! 心霊術者ラインハート師」とあり、教会にはいると、尼僧から、「ラインハート神父さま、ご機嫌よろしゅう」(399)と挨拶をされ、「ぼく」もやけくそになってきて、「あなたに神のご祝福を」などと応える。聖楽がひびき、頭上の壁に金の文字が大きく映し出された――「光あれ!」。とつぜん、「ぼく」の意識下にも光がさし、「ぼく」は見えてきた。人間は「株屋のラインハートにも、賭博師のラインハートにも、贈収賄のラインハートにも、愛人のラインハートにも、神父のラインハートにも、何にでもなることができる」(400)可能性をもっているんだ! 「ぼくはジャックの失われた片眼を発見した」(401)。人間が「見えて」きた。

南部では誰もがぼくのことを知っていたが、北部に来ることは未知への突入であった。大都市の街路を何日間も、何夜も歩きつづけても、誰もぼくが誰であるか知らない。自分というのは、新たに作り上げることができるんだ。この考えは驚くべきものだったが、ぼくの目の前には世界が見えてくるように思えた。すべての境界の取り払われたいま、自由というのは必然性の認識であるだけでなく可能性の認識でもあった。その場に震えながら座ったとき、ぼくはラインハートの多数の個性が提示した可能性というものが瞬間、ほの見えた気がして、顔をそむけた。それは、注視するにはあまりに広大かつ複雑な問題であった。（傍点引用者。401―402）

「ぼく」の「ラインハート発見」とは何であったか？

サルトルなどの実存主義は、本質が実存に先立つというヨーロッパの伝統的な哲学思潮に〝コペルニクス的転換〟を迫って「実存は本質に先立つ」と主張し、人間は「主体性から出発しなければならない」と唱えた。『見えない人間』の主人公＝ナレーターが到達したのは、この〝出発〟点であった。

実存主義の考える人間が定義不可能であるのは、人間は最初は何ものでもないからである。人間はあとになってはじめて人間になるのであり、人間はみずからがつくったところのものになるのである。このように、人間の本性は存在しない。その本性を考える神が存在しないからである。人間は、みずからそう考えるところのものであるのみならず、みずから望むところのものであり、実存してのちみずから考えるところのもの、実存への飛躍ののちにみずから望むもの、であるにすぎない。人間はみずからつくるところのもの以外の何ものでもない。以上が実存主義の第一原理なのである。[2]（傍点引用者）

「ぼく」は合理的でしかないハンブローの〝ハンブル〟な（下等な）精神――「ラインハートを可能とし意味を有する世界とは触れ合うことのない精神」（405）――とは訣別をとげ、ハーレムへとむかった。「ぼく」は、自分が〝見えない存在〟なのだ（「人間の本性は存在しない」）という「第一原理」がはっきりと〝見えて〟きた。「そう、ぼくは存在し、なおかつぼくは見えない存在である。これは根本的な二律背反だ。ぼくが存在しながら、かつ見えない存在であるということ。これは驚くべき事実だが、同時にぼくには、もう一つ別の驚くべき可能性の世界が見えてきた」（408）。「ぼく」が見えない存在だということは、同時に、眼に見えるいろんな〝ラインハート〟に自由になることのできる存在だということでもある！

次の日の朝、電話が鳴り、誰かが「大きな騒動が起きた。あんたしか止め……」といい、ガラスの音や何かがこわれる音がして、電話は切れた。「ぼく」はタクシーでハーレムに駆けつける。

商店が略奪され、群衆が走りまわり、銃声がひびき、火事が起こり、警官がピストルを撃ちながら追いかけ、屍体が転がっていた。「ぼく」は後頭部を誰かに棍棒でしたたかに殴りつけられ、顔面に血が流れてくる。クリフトンの殺害に激怒した黒人たちが政治組織の先導もなくみずから暴動を起こしたのだ。「やってくれたぞ。彼らは自分たちだけでこれを組織化し、自分たちだけで実行してくれたんだ。自分たちだけの決定、自分たちだけの行動。やれるじゃないか！……」（441）。「ぼく」は激しい高揚感につかまれながら、家々に放火してまわる黒人たちと行動をともにして走りまわった。

白いヘルメットをかぶった警官の一団が襲撃してきた。銃をもたない黒人たちが銃をもった警官に銃殺されてゆく。その瞬間、「ぼく」は黒人たちが店舗やマーケットに対して起こしたこの暴動が、白人たちによる黒人の「虐殺」へと変わったことを理解した。兄弟愛団の委員会が暴動を利用して黒人たちの虐殺を計画したのだ。「そのことがいま、はっきりと、ますます鮮明にわかる。これは自殺行為ではなく、虐殺だ。委員会が計画したものだ。その委員会にぼくは協力し、道具として使われてきた。ぼくが自分を自由と感じたまさにその瞬間《とき》に道具として。表面的に同意する振りをしているつもりで、ぼくはほんとうに同意していたのだ」（傍点原著。445）。この虐殺は「ぼくの責任だ」。

弾丸がなくなったと毒づく黒人をあとにして、「ぼく」は走った。アルコールと燃えるタールの臭いが鼻腔を突き、噴煙が渦巻き、群衆が走り交《か》い、銃声が鳴りわたり、店が略奪されている。「ぼく」は一二五丁目まで来て、イーストサイドにむかった。と、棍棒やショットガン、ライフル銃をもった大勢の部下を従え、大きな黒馬に乗って、エチオピアの族長の服装をした破壊者ラスの一団と行き会ってしまった。「ぼく」を見てラスが「裏切り者め！」と叫び、団員たちに追いかけられる。

「やつを吊せ！」とラスは叫び、「ぼく」は懸命に走って逃げた。逃げる途中で「ぼく」は誰かが蓋を取り除いていたマンホールのなかに落ち込んでしまう。かくて、「終わりは始まりにあった」（460）。

電力会社から盗電した一三六九個の電球の煌々たる灯りは、「ぼく」をして今の自分をくっきりと映し出す、「自己発見」の明るさであった。「真理は光であり、光が真理なのだ」（10）。「終わりは始まりにあ」るのだから、小説の「終わり」を解説するにあたっては、この章の「始まり」に述べたことを、そのままふたたびくり返すことになる。「光がなければ、ぼくは不可視であるだけでなく、形姿もない。そして、自分の形姿を自覚していないということは、死んだ生を生きるにひとしい。ぼく自身、二十年間この世に存在したあと、自分の不可視性を発見してはじめて〝生きる〟ことができるようになった」（同）。かつてブラザー・トッドは「ぼく」に、「ときには人間は歴史の外に飛び出してみる必要があるね」(305)と言った。ぼくはこうやって「歴史の外に飛び出してみ」たとき、歴史のなかにあって人間の生きるべき真の姿がはじめて見えてきた。人間は歴史の外の視座でもって歴史のなかに生きねばならないのだ。

たしかにこの世界は以前とまったく同じように具体的で、下劣で、悲惨で、崇高なまでに美しいが、しかしいまは世界とぼくとの関係、そしてぼくと世界との関係が以前よりはよく理解できるようになった。かつて、幻想に満たされ、世界とそのなかのすべての関係は堅固であると信じて、世間の眼のなかでの生活だけを送り、社会的な機能を果たそうとばかりしていた時代に較べると、はるか遠くへ来たものだ。いまのぼくは、すべて人は異なるものであり、すべての生活は千差万別であり、この千差万別のなかにこそ精神の健康があることを知っている。ぼくはいま、この穴蔵に住んでいる。地上では、人間を一定のパターンにはめこもうという動きが激しいからだ。(464)

じつは暴動の起きる数日前、「ぼく」は地下鉄の駅で「ある老人」を見かけた。「ぼく」はすぐにその老人が誰であるかわかったが、耄碌《もうろく》した相手の老人は「ぼく」のことがわからず、「センター・ストリートはどちらかな?」と訊く。「ぼく」は思わず吹きだしてしまい、「ノートンさん、あなたはご自分がいま、どこにいるのかをおわかりにならないのですから、自分が誰であるかなど、おわかりになるはずがありませんね」(傍点原著。466)と言う。かつてはひたすら畏敬していたノートンが、じつは自分というものを知らず、人生の無自覚な霧のなかを自己満足してただ尊大に歩いているだけの存在なのだと、いまの「ぼく」には「見えて」きた。

世の中には、このような〝ノートン〟があふれている。既成の出来合いの価値観や思想や感覚や〝言葉〟を、ただ鵜呑みにしてそれが自分だと思い込み、（トッドが操っていた）機械仕掛けの人形のように、無自覚に「死んだ生」を生きている、〝『もう一つの国』の住人たち〟であふれている。まさに、「地上では、人間を一定のパターンにはめこもうという動きが激しい」。だが、そこには「精神の健康」はない。精神の「死」しかない。そういう時代のなかにあって、穴蔵生活を送る「ぼく」は、自己実現の可能性に目覚めることができた。ドストエフスキーの『地下生活者の手記』の語り手のように、「穴蔵生活者」の「ぼく」には、地下の〝深層〟の真理が見えてきた。「穴蔵」は、「黄金日亭」と同じように、人生の真実が見えてくる無意識層の象徴的な「場」であった。

ひとつのパターンとしてくくられるような、多くの人がなろうとしている既成の人間の「本質」など存在しない。「実存」が、そんな「本質」よりも先行している。そして、人はそれぞれに異なり、人の数ほどに人間の「実存」は多様にある。自己とは、本来、どんな既成のものからも着色されていない、自由な、無地の存在だ。その無地の存在に、人は自分だけの考え方、自分が真になりたいもの、自分だけの独自の感じ方を発見し、ありうるべき自分を、その自己の描いた超越的な自己に合致させていけばいい。人間は自由なのだ。その「自由から逃走」することは、自分だけの、活き活きとした、「生きた生」から〝逃走〟することになってしまう。人間は本当になりたいと思う自分になればいい。

作家エリソンが大きな影響を受けたと思われる実存主義は、自分を超えることによって自己を実現していくことを説く。

人間はたえず自分自身のそとにあり、人間が人間を存在せしめるのは、自分自身を投企し、自分を自分のそとに失うことによってである。また一面、人間が存在しうるのは超越的目的を追求することによってである。人間はこの乗り越えであり、この乗り越えに関連してのみ対象を捉えるのであるから、この乗り越えの真ん中、核心にある。人間的世界、人間的主体性の世界以外には世界はない。人間を形成するものとしての超越——神は超越的であるという意味においてではなく、乗り越えの意味においての——と、人間は彼自身のなかに閉ざされているのではなく、人間的世界のなかに常に現存しているという意味での主体性と、この二つのものの結合こそ、われわれが実存主義的ヒューマニズムと呼ぶものなのである。3

このようにして、『見えない人間』の主人公は、実存主義的な自己発見をとげることができた。「さて、これからぼくはどう生きようか、どういう自分を作り上げていこうか?」と、「ぼく」は地上に戻ってからの自分に、悠然たる、胸の高鳴る思いをめぐらせている。

とにかく人間を画一化させようというこの動きはどこから生じたものなのか? 多様性こそが重要ではないか。人間にその多様な部分を守らせさえすれば、専制国家など生まれはしない。まったく、こんな画一化の動きを推し進めたりしたら、ぼくという見えない人間も、白色に、つまりは色ではなくて無色の存在になってしまう。色の無さにむかって、ぼくは努力しないといけないというのか? そんなことになったら、世界の失うものがいかに大きいことか、気取った議論ではなく、真面目に考えてもらいたい。アメリカはいろんな糸から織りなされている。だからこそアメリカはアメリカなのであって、それ以外のかたちではありえない。『勝者には何もやるな』、これがこの国の、そして、すべての国の、偉大なる真実じゃないか。人生は生きるものであって、管理されるものではない。そして、人間らしさは、ある種の敗北を目の前にしながらも、それに屈することなく頑張りつづけることによってのみ獲得することができる。人間の運命とは、ひとつとなりながらも多様であること——これは人間の未来を予言したものではなく、現在のあるべき姿を述べたものに他ならない。現代世界の最大のジョークは、白人たちが必死になって黒人的な状態から脱しようとして日ましにますます黒人的になっていき、黒人たちが白人的であることに大わらわになりながらまったく面白みのない白黒混在の存在となっていっていく、そのありさまである。われわれの誰しもが、自分は何であり、どこにむかっていこうとしているのかを、知らないように思われる。（傍点引用者。465）

そして、自分らしい独自の、活き活きとした生を実現するためのこの自己発見の大切さは、ひとり、南部出身のこの個別の黒人の「ぼく」だけに言えることではなくて、現代に生きるわれわれのすべてに言えることなのである。ナレーターが、特定の具体的な名前をもたない一般的な「ぼく」で通していたのも、その「ぼく」に普遍性をもたせるための意匠であった。小説『見えない人間』は、次の言葉でもって終わっている——「『ぼく』は、低周波では、あなた方すべての代弁をしているのです」（傍点引用者、469）。

第四章

真なる自己

以上われわれは現代アメリカの三つの作品に即して、「普通の意味の自己」、いわば個人的自己の確立された具体例を見てきた。『ガープの世界』においては、生来のエネルギーにもとづいて自分独自の生き方や考え方、感じ方をつらぬく自己の実現があった。『アシスタント』においては、真実の「愛」を通して、社会での経験によって畸形化されていない内奥なる真正の自己に逢着し、そのより深い自己を実現させていくかたちを見た。また『見えない人間』においては、伝統や道徳や社会的な種々のタブーなどとは無関係に、多様にある自己の可能性のなかから自分のなりたい自分を選びとってゆく自己実現のあり方を見た。

彼らは、自己を喪失した周囲の人間たちのなかにあって、まぎれもなく自己を実現してはいる。しかし、その実現された自己に対しては、「普通の意味の自己」という限定を加えざるをえない。なぜなら彼らは死を超克することができないでいるからだ。

たしかにガープは死に瀕して最愛の妻に、死は恐ろしいものではないことを、眼でもって必死に伝えた。「もししゃべることができるのなら、彼はヘレンにもうヒキガエルを怖がる必要はないよと言ったことだろう。………ヒキガエルは、昔からの知り合いであるかのような、ごく身近のものだった」。だが、このガープ最後の言葉は、これまでのガープ本人が、そして愛する妻が、生きている者すべてが、もっている「死への恐怖」を否定することはできないでいる。死は怖いものではないと言いながら、この訴えには、人間が普遍的にもっている死の恐怖への、懸命の〝宥《なだ》め〟がある。その〝宥め〟は、死によって個体が永遠性へと合体していくことであろうと、個体が永遠に消滅してしまうものであろうと、死そのものが永遠性と関わっているものである以上、永遠性からの裏付けがないかぎり、死の恐怖そのものを解消させたり超克したりすることはできない。

ガープの訴えは、死に際しての恐怖心の無さを、残る者に教えているにすぎない。どうして「怖がる必要はない」のか、永遠性からの裏付けがない。永遠性からの裏付けがない以上、自己を〝実現〟しているといないとにかかわらず、この世に在るかぎり人は死の恐怖のなかにとどまりつづけるしかない。あるいは、死の恐怖に見ぬ振りを決めつけ、平常の意識の外に追いやって、死なぞ無いかのごとくに地上的な自我意識のなかに生活をつづけるしかない。『ガープの世界』のガープは、トルストイの「イワン・イリッチの死」のイワンのように、いまわの際《きわ》、「死は存在しない」と認識する段階にまで達することはできなかったのである。

普通の意味での自己は、死を超克することができない。〝真なる〟自己がありうるとしたら、それは死をも超越した安心立命のなかに屹立しうるものでなくてはならない。老子は「死而不亡者寿」（「死して而も亡《ほろ》びざる者は寿《いのちながし》」、『老子』三十三章）と言った。宇宙自然をつらぬく唯一の絶対の根源を、老子は「道」と呼んだが、彼は「万物の始原たるものと一体となれば、永遠の安らぎを得る」と言ったのだ。そのことを老子は、「道」の立場に立ち返り、それをしっかりと守っていれば永遠の安らぎを得るとして、「身を没《お》うるまで殆《あや》うからず」（『老子』五十二章）と述べてもいる。「道」とは、ここでわたしの言う永遠性のことにほかならない。道元も、要するに、「真の主体性は、日常世界における自己同一的に完結した自己のレヴェルにおいてではなく、自と他とが無分節な全体をなす〝空そのもの〟への自覚的帰還と、そこからの現成《げんじょう》を通じて動的に保持されるもの」[1]であることを、一貫して説いている。「自と他とが無分節な全体をなす〝空そのもの〟」とは、これまたわたしの言う永遠性のことにほかならない。「真の主体性」、つまりは「真なる自己」とは、そういう永遠性との一体化のなかにしか見いだせないことは、多くの宗教と哲学の説くことである。

たしかに、そうではないと説く哲学もある。たとえばサルトルは、人が実存的な自己であるためには、神は存在するかもしれないが人間の自己確立とは関係がないと、言ったことがある。

……実存主義とは、一貫した無神論的立場からあらゆる結果を引きだすための努力にほかならない。この立場はけっして人間を絶望に陥れようとするものではない。しかし、すべての無信仰の立場をキリスト教的に絶望と呼ぶなら、この立場は本源的絶望から出発しているのである。実存主義は、神は存在しないという意味で無神論なのではなく、むしろ、たとえ神が存在してもなんの変わりもないと明言する。それがわれわれの観点なのである。神が存在すると信じているのではなく、神の存在の問題が問題ではないと考えるのである。人間は自分自身を再発見し、たとえ神の存在の有効な証明であろうとも、何ものも人間を人間自身から救うことはできないと納得しなければならない。[2]

もしかしたらこれは現代にひろく行きわたった考え方ではあるかもしれないけれど、しかし、およそこれほどまちがった考え方もない。彼サルトルは『嘔吐』の最後において、「現在から他の現在へと落ちていく実存するものの背後に、日毎に変質し、剝落し、死へと滑ってゆくあれらの音の背後に、「若々しく毅然としており、無常な証人のように同じ姿のままである」ところの「旋律」を直感しながら、その永遠的な旋律をついに自分自身のなかに取り入れることはなかった。彼は、そういうものは「存在しても」、つまり神は存在するだろうけれども、われわれの生き方とは「なんの関係もないと明言する」。しかしながら真の自己の確立のためには、自己をして存在せしめている普遍的な実在を自己のなかに包摂《ほうせつ》しないかぎり、真の自己を確立することはできないのだ。そのことは、メイラーすら明言している。いわく、「真の実存主義者たらんと思ったら、（サルトルの主張するところとは逆に）人は宗教的でなくてはならず、自己の〝目的〟意識をもたなければならない」、[3]と。

そもそも人間は自己のなかに永遠を有している存在なのだ。先に述べたようにわれわれは人生という劇場において、父親とか母親、息子とか従兄弟、会社員、教師、学生、乗客、消費者、生産者など、など、そのつど無数の「〜する者」を演じながら生きている。しかしわれわれが人生の無数の場において無数の「〜する者」であるためには、「行為者」であるためには、舞台において役者であるためには、まず生身の人間であらねばならないのとまったく同じように、演技する以前の「わたし自身」でなくてはならない。「行為者」であるためには、われわれはそれに先立つ「誰でもない者」、つまり「無人」でなくてはならない。メルロ・ポンティもいうように、「行為者であるためには、あるいは客観化や命名がされる者であるためには、わたしはいっさいの客観化や命名にさきだつ無名者でなければならない」のである。ハイデッガーは世界におけるこの「演技者」、「行為者」を「ダス・マン自己」とか「非本来的自己」と呼び、「無人」にあたる超越論的自己を「本来的自己」と呼んだのであった。つまり「真なる自己」だ。

　われわれは「すべての役柄を演じることはできるがしかし自分自身だけは演じられない」という逆説のなかに生きる存在である。つまり、「自己自身との絶対的隔離性・乖離性においてしか存在できない」という逆説。しかし古東もいうように、社会的な自己の根底に「無人」の自己が存在しているということは、それ自体、人間は自己の内に「超越性」を有していることを証してもいる。

> 自己が、つねにどの生活場所にも〈現にいるけれど／現にいない〉という内在の超越性は、実存（自己自身）が――本人のであれ他人のであれ――、人間的な知力意力の裁量圏から不断に超出すること、つまり〈人のよくしうるレベルを超えていること〉を意味する。……つまり自己（無人）は、いっさいの時空限定性（有限性）から原理的に超克している。〈〜者〉は、ある場所ある時刻に最初から編みこまれ限定された人間の側面だが、自己自身は、そのような時空座標系を最初から逸脱するというしかたでしか、どこにもいない。だから、自己とは、「人間のうちなる永遠者」。だれしもその人自身は、どのような時空特定からも離免された、その意味で無限の位相に、あるいは永遠の相の下に〈存在する〉。概略以上のような、自己のある種の至高性（超一人性・超時空性）を、自己の絶望性は同時に裏語りしているのである。詭弁ではない。[4]

たとえば、ヤスパースも自己に内在する超越性について以下のように明言している。

世界なしに私が現（ダー）に存在しないように、超越者なしには私は私自身ではない。なるほど私は自己の決断そのものを通してみずからの根拠となり、理性的な認識と自律的な行為のうちに自己を提示する。しかし私の自己存在の根源が現象のうちで、そのように理性によって明るくされた存在となるのは、私自身が私に同時にそこに与えられていることによってのみである。すなわち、私は私のあるがままの現存在の経験的な素材でもって自分を組み立てねばならぬが、かかる素材として私は与えられており、私が自己に自由に出会うところの根源のうちにおいては、私は贈られたものである。かくして私は超越者の前に立っているが、超越者は事物の諸現象のもとで世界内の現存在として私に出会うものではないが、しかしいっさいの現存在者から、もっとも決定的には私の自己存在から可能性として私に呼びかけるものである。私自身の深さはそれを測る基準を私がその前に立っている超越者のうちにもっている。[5]（傍点原著）

「私自身の深さはそれを測る基準を私がその前に立っている超越者のうちにもっている」とは、なんという真実であることか！　そして、「超越者のうちに、私自身の深さを測る基準をもっている自己」がその「超越者」を自己のなかに取りこむときにこそ、真なる自己が確立される。真なる自己は、なによりもトランスパーソナルな意識として現れる。序文で述べたように、トランスパーソナルな意識とは、「〝個〟を確立したあと、さらにそれを越えていく状態」である。「越える」とは、もちろん、神（超越者）＝永遠性にむかって広がり、神＝永遠性を自己のなかに包含せんとすることだ。

しかしながら、「超越者」を自己のなかに取りこむときにこそ真なる自己が確立されるといっても、その「超越者」というもの自体が、必ずしもすべての人の認めるところとはなっていないかもしれない。「人類、生命そのもの、精神、神といったより広い側面」といった表現自体が、（とくにわが国においては）眉唾《まゆつば》ものの、うさんくさいものに見なされかねないのだ。神とか永遠性とかいうもの自体を、〝科学的合理主義〟なるものは認めようとはしない。だが、「神とは決してこの実在の外に超越せる者ではない、実在の根底が直に神である、主観客観の区別を没し、精神と自然とを合一した者が神である」[6]と断言したのは、わが国のもっともすぐれた哲学者ではなかったか。西田幾多郎は、こういう神が顕れる「純粋経験とは自己が真の自己になりきることだ」と断じている。

ニーチェは「眼に見える現実の背後に眼に見えない別の現実があることを知るときに哲学ははじまる」という意味のことを書いたことがある。眼に見えない永遠者の世界、「神を見る」とは、理論や実証からかけ離れた不可思議で超自然的な、いかがわしい経験のことではない。超越性は日常性のなかに認識されうるものなのである。われわれはまずそこから――サルトルすら疑っていたわけではない「神の存在」から、はじめねばならない。

ところで、どういう解釈あるいは「反解釈」があろうとも、じつはトマス・ピンチョンの『競売ナンバー49の叫び』は、日常性のなかに直感しうる永遠性の探求のパロディとして読まれるべき作品なのである。「神の存在証明」、（というか、人類の手あかに汚れた「神」という言葉は使いたくないので）「世界における永遠性の証明」は、まずこの小説からはじめることにする。

11

また見つかった、なにが、永遠が！　トマス・ピンチョン『競売ナンバー49の叫び』（一九六六）

——神聖文字のような街路の背後には超越的な意味が存在するか、あるいは単なる大地があるだけか、そのいずれかだ。

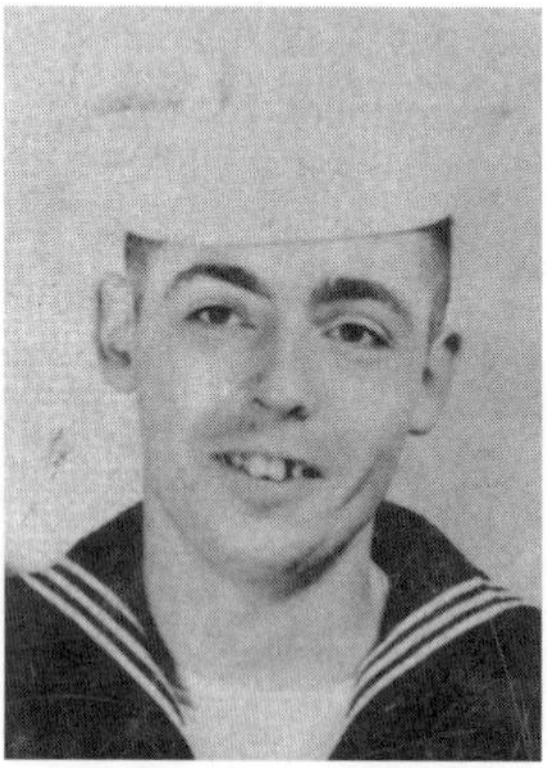

トマス・ピンチョン

一九六〇年代のある夏の日の午後、タッパーウェア関係の製品の宣伝のためのパーティから微醺《びくん》をおびて帰宅したエディッパ・マース夫人は、カリフォルニア州不動産業界の大立て者ピアス・インヴェラリティという男の遺言執行人に自分が指名されたという通知を見る。ピアスは、以前にエディッパの恋人であった大金持ちである。遺言の共同執行人の弁護士メッガーの記したその通知状によると、この春に死んだピアスの遺言がいま発見されたばかりだという。もちろん、いまだかつてエディッパは遺言の執行などやったことがない。ましてや大金持ちのピアスとなると、その遺産はカリフォルニアの全土にわたる広大なものだ。どこから、何から手をつけていいものやら、彼女は酔いも醒めて困惑してしまった。

エディッパとピアスとの関係は結婚の一年前に終わったものであり、夫のウェンデル（通称「ムーチョ」）・マースも二人の関係はじゅうぶん承知の上で彼女と結婚した。ムーチョは二年間中古車のセールスマンをやっていたあと、現在はラジオ放送局のディスク・ジョッキーの仕事についている。彼はディスク・ジョッキーの仕事の意義を感ずることができず、毎日、「頑張ってるんだけど、ダメだよ、ぼく」（『競売ナンバー49の叫び』、12頁）と言いながら、挫折感と徒労感に打ちのめされて帰ってくる。彼はニヒリズムに打ちのめされ、時代の表層的な混迷のなかに浮游する根無し草的な「うつろな人間」の典型、『もうひとつの国』の典型的な住民であった。この夫とは逆に、人生の複雑で深い側面に入り込んでいくことになるのは、同じように人生の意味に混迷し神経症的な心の病にかかっているエディッパ・マースのほうである（彼女はヒレリアスという精神分析医の治療を受けている）。彼女は、今は亡き元愛人の遺言執行人になることによって、見えない世界の「現実」に眼が開かれていくことになる。

それまではエディッパは、すべての人と同じように、世界の内に存在しながら、世界に対して異物に対するような違和感を抱いていた。人生とか世界は、はじめて連れてこられた部屋のごとくに、馴染みのない、よくわからないものだった。世界というものには、「まるで焦点のぼやけた映画を観ている」（20）ような、「緩衝器的な、絶縁体的な」違和感があり、彼女は故郷のキナレットの町に「囚われの身」となって、「グリム童話のラプンツェル姫的な、愁《うれ》いにしずむ女の子のような奇妙な役を演じ」（同）ていた。彼女は、世界と調和した人間として生きていたのではない。すべての人と同じように、生きている人間を演じていただけだ。神経症になって精神分析医のヒレリアスの治療を受けたりしているのも、そこに原因があった。

ピアス・インヴェラリティが生きていた頃いっしょにメキシコ・シティに旅行し、レメディオス・パロの絵画展に迷い込んだことがある。ある三部作の真ん中の「大地のマントを織りつむぐ」と題された絵の前にきたとき、エディッパはそこに立ちつくして、泣き出してしまった。それは「ハート形の顔、大きな眼、金色の髪をした数人の乙女たちが円形の塔の最上階の部屋に囚われの身となり、塔の周囲の虚空を満たそうと、細長い窓から虚空へと一種のつづれ織りを織り出している絵であった。塔以外のあらゆる建物や生物、あらゆる波や船、森など、地上のありとあらゆるものがこのつづら織りには織られていて、つづら織りが世界なのであった」(21)。もちろん、「塔」とは世界を意識する人間意識の暗喩である。

どうしてエディッパはこの絵を見て凝然として立ちつくし、「ひたすら」涙を流したのか? その絵には、エディッパ個人の、そしてすべての人の、世界内存在としての真実が象徴されていた。

当然のことながら、世界は客観的な世界として、誰の眼にも明らかな実相をもって顕れているものではない。リアリティ(実相)の何たるかは何人にもわからない。しかし、わからない場にとどまりつづけることは猫にもできないことだから、人間は誰しも、世界とはこういうものだという自分の印象あるいは考えをもって、世界のなかに存在している。世界は個々の人間の「表象」のなかにそれぞれ存在しているのだ。ショーペンハウアーもその大作『意志と表象としての世界』の冒頭に書いている——「世界はわたしの表象(Vorstellung)である。これは、生きて、認識をいとなむものすべてに関してあてはまるひとつの真理である。ところがこの真理を、反省的に、ならびに抽象的に真理として意識することのできるのはもっぱら人間だけである。人間がこれをほんとうに意識するとして、そのときに人間には、哲学的思慮が芽生えはじめているのである。哲学的思慮が芽生えたあかつきに、人間にとって明らかになり、確かになってくるのは、人間は太陽も知らないし大地も知らないこと、人間が知っているのはいつもただ太陽を見る眼にすぎず、大地を感じる手にすぎないこと、人間を取り巻いている世界はただ表象として存在するにすぎないこと、すなわち世界は、世界とは別のもの、人間自身であるところの表象する当のもの、ひとえにそれとの関係において存在するにすぎないことである」[1]（傍点引用者）。

パロの絵「大地のマントを織りつむぐ」は、そういう人間の「表象」の苦悩を描いたものだった。エディッパは、世界のなかにあって世界がわからない自分の苦悩をパロの絵に見た。塔に囚われた乙女、つまり自我のなかに囚われた人間は、塔の外の客観世界の闇が不可解で怖く、塔の世界はかくあらんと自分の考えるつづら織り＝世界そのものの表象を、塔の外の虚空にこぼれ出させる＝世界全体を説明しようとする。しかし、その「世界は、世界とは別のもの」であった。「人間自身であるところの表象する当のもの」が、小さな一個の塔の細長い窓から紡《つむ》ぎ出すつづら織りのごときもので、虚空の全体を満たしうるものではない。人間のちっぽけな世界解釈＝つづら織りは、広大無辺の無窮の虚空を満たすには、あまりに卑小にすぎる。自分はみずから意図して生まれてきたのではない。自分という存在を、このわけのわからない場所においた「存在」があるはずだ。世界の存在と、自分という存在。考えれば考えるほどわけがわからなくなり、その摩訶不思議な神秘が怖くなる。「このような囚われの身の乙女は、考える時間だけはたっぷりとあるので、やがて認識する――この塔は、その高さも建築様式も、自分の自我と同じように偶発的な恣意的なものであるということ、自分をこの塔に閉じこめた真の張本人は、名前も明らかでない神秘的な悪意ある存在で、外部から、なんの理由もなく、自分を無理やり塔に押し込めたのだということを」（同）。自分はどこから来たものであり、何であるのか？　世界とは何か？　つまり、「この無定形の神秘を検証し、その働きの具合を理解し、その磁場の強度を測定し、戦闘部隊数を数える」ことはできるのか？　塔に囚われた「乙女」は、せいぜいが世界の表象としてのつづら織りを織るだけが精いっぱいだ。人間という「乙女」には、「臓腑に応える恐怖と女性特有の狡猾さ以外」、そういう神秘を「吟味する装置はもっていない」。とすると、われわれ「乙女」は、どうするか？「(宗教などの) 迷信に頼るか、(金もうけにふけるなど) 有益な刺繡などの趣味にふけるか、(世界は不可解として) 気が狂ってしまうか、(生き延びるための手段を講じるために) ディスク・ジョッキーと結婚するかなどしか、ないではないか」(22)。「(地上の人間の数とひとしい塔の数があるはずだから) 塔はいたるところにあり、(宗教や哲学などの) 解放の騎士は世界の神秘に対する防御となってはくれないとしたら、他にどうしたらいいというのか？」(同)。

エディッパは、孤独の「塔」=自己の意識に閉じこもって、外界の空漠たる世界の表象たる「つづら織り」を織りなしているだけの、絶望的な自己の孤立と恐怖を見て、泣いた。そしてエディッパが遺言執行人というかたちで今は亡き恋人の遺産の調査に乗り出したとき、それは彼女が存在論的な孤立の「塔」を出て、この世界の神秘の〝実地調査〟に乗り出したことを意味していたのであった。

まずエディッパはキナレット市よりも南、ロサンゼルス市の近くにあるサン・ナルシソ市へいってピアスの帳簿や記録を調べ、共同遺言執行人メッガーと相談することにした。サン・ナルシソ市 (San Narciso) という名前を聞けば、当然ナルシスト (narcissist) という名詞を思い出す。現代がどういう時代であるにせよ、リビドーが自己にむけられた自己愛の傾向、自己陶酔の傾向が現代に支配的であることは、その大きな特徴であろう。レンタカーを運転して、現代を代表するかのごときサン・ナルシソ市を見下ろす丘のうえまで来たとき、エディッパは市全体を眺望しながら、最初のエピファニー (永遠性の顕現) を経験する。すなわち彼女は、現代を象徴する都市ナルシソ市に、その背後にあって働く永遠性の顕現を見たことになる。

何事も起きてはいない。彼女は、陽の光のまぶしさに眼を細めながら、にぶい褐色の大地からいっせいに生え出た手入れの行き届いた穀物のように伸びる、ひろやかな家々の散開を坂のしたに眺めやったとき、電池を替えるためにトランジスター・ラジオを開けて、印刷された回路をはじめて見たときのことを思いだした。家々や街路の整然とした渦巻きが、この高みから眺めると、回路板と同じような意表外の、驚くべき鮮明さでもって、彼女に跳びかかってくるように思われる。彼女はラジオ以上にカリフォルニア南部の人間のことは知らなかったが、そのどちらの外的な模様にも、何かの意味が隠されているかのような象形文字的な感覚が、何かを伝達しようとする意図が、感じられた。印刷された回路には、（エディッパが探り出そうと本気になりさえすれば）語ってくれるべきことが際限なくあるように思われたものだが、それと同じように、サン・ナルシソをはじめて眺めやった瞬間、ひとつの啓示が彼女の思考の辺縁を震えつつかすめたのだった。スモッグが地平線一面に立ちこめ、明るいベージュ色の田園都市に降りそそぐ陽光が眼に沁みる。彼女も自動車も、奇妙な宗教的な瞬間のまんなかに停止しているように思われた。それはまるで、なにか別の周波数で、あるいは、彼女のほてった肌ではその遠心的に広がる冷気が感じられないくらいにゆっくりと回転しているある旋風の眼から、何やら言葉が発しられたかのようであった。そこまでは彼女にも感じ取れた。（傍点引用者。24―25）

先に「眼に見える現実の背後に眼に見えない別の現実があることを知るときに哲学ははじまる」という意味のニーチェの言葉をあげたが、ここはまさにエディッパに対し、可視的な現象界の背後に存在する「眼に見えない別の現実《リアリティ》」が顕現された瞬間である。現象界の背後にある超絶的なリアリティが

（「現在から他の現在へと落ちていく実存するものの背後に、若々しく毅然としながら無常な証人のように同じ姿のままである旋律」が）、現象界のエディッパになにかを伝達しようとしていた。その高次の現実、実相の顕現は、まさに「宗教的な瞬間」であり、「ひとつの啓示」であった。

サン・ナルシソ市ではエディッパは、「エコー屋敷」というモーテルに宿をとった。その夜現れた弁護士メッガーは、二十数年前映画の子役をやっていたというが、いかにも偶然なことに、ちょうどそのとき彼の主演した映画「軍隊から追放されて」をテレビが流していた（「これは彼が仕組んだか、それとも町のテレビ局を買収して、この映画を流させたか、とエディッパは思った」[31]）。映画はセンチメンタルで荒唐無稽の、つまらないストーリーだ。これは、映画や安っぽい小説などがいかにリアリティを歪曲し、表面的で人為的なリアリティの偽物しか伝えていないかを揶揄したものかもしれない。しかし、映画の合間のコマーシャルで、メッガーが「インヴェラリティの事業のひとつ」（同）と説明した、「ファンゴーソ礁湖」という名の新興住宅地が紹介される。その住宅地の現在の地図が画面に出たとき、エディッパは今日の昼、坂のうえからサン・ナルシソの町を見下ろしたときに経験した「宗教的な瞬間」を思い出した。「なにか抜き差しならぬ緊迫性がふたたびそこには感じられた。なにか聖体示現《ヒエロファニー》の予兆のようなもの——印刷回路、ゆるやかにカーブする回路、運河に通じる私道、『死者の書』……」（同）。

人間が聖なるものを知るのは、それがみずから顕れるからであり、しかもそれが俗なるものとはまったく違った何かであると判るからである。この聖なるものの顕現をここでは聖体示現（Hierophanie）という語で呼ぶことにしよう。この語が都合のよいことは、その語源的組成が含むところのもの、すなわち何か聖なるものがわれわれに対して現れるということ以外の意味を全然もたない点にある。およそ宗教の歴史は——最も原始的なものから高度に発達したものまで——多数の聖体示現、すなわち聖なる諸実在の顕現から成り立っていると言ってもよかろう。最も原始的な聖体示現（たとえば何かある対象、石とか木に聖なるものが顕れること）から、最高の聖体示現（キリスト者にとってイエス・キリストにおける神の化身）に至るまで一貫した連続が流れている。われわれはいつも同じ神秘的な出来事に直面する。すなわちかの〈全くの他者〉、この世のものならざる一つの実在が、この〈自然〉界、〈俗〉界の不可欠な要素を成す諸事物のなかに顕れるのである。2（傍点原著）

そして二人は、映画のストーリーの展開がどうなるか、酒を飲みながら賭けをおこない、負けたほうが次々と着ているものを脱いでいく〝野球拳〟をやることにした（もちろんメッガーは物語を知っているわけだから、エディッパのほうが先に答えを言うとりきめだ）。野球拳の前にエディッパは化粧室に入り、そこの押入れにあった衣類をできるだけたくさん着込んだ。賭に負けつづけたエディッパの衣服は次から次へと脱がされていき、最後は酩酊した二人のからみ合いのセックスで終わる。エディッパの服がどんどんと脱がされてゆくのは、重層的なリアリティの層が一枚また一枚と剥がされてゆき、リアリティのより深部がじょじょに顕れてくる、これからのエディッパの〝探求〟を予兆しているのかもしれない。

三章は次のパラグラフでもってはじまる——「事態は、間髪を入れず奇妙な方向をたどりはじめた。エディッパが〝トライステロ・システム〟、あるいは単に〝トライステロ〟と（まるで何かの秘密の名称であるかのように）呼ぶことになるものを発見していく過程の背後にある目的が、自分の塔に閉じこめられた彼女の幽閉に終止符を打つことであるならば、メッガーとのあの夜の不倫は、論理的に、それにむけての出発点になるものと言えよう。論理的にすべてがいかにもつじつまの合うようすが、のちに彼女の心に取り憑くようになるのだ。（彼女がサン・ナルシソを見下ろした最初の一分間に感じ取ったように）、彼女の周囲いたるところで啓示が進行中であった」（傍点引用者。44）。

　このあとエディッパは、郵政が政府の独占事業であるアメリカにおいてトライステロ・システムという私設の郵便制度が存在するかもしれないということに気づき、探求を進めるうちに、ますますその存在を確信するようになる。エディッパが一枚ずつ服を脱がされてゆくメッガーとの〝野球拳〟が予兆となっていたように、「間髪を入れず」、彼女のまえにリアリティの重層的な層が一枚また一枚と、より深い層を顕していくのだ。となると、トライステロなる制度は、郵便業務にたずさわる地下組織的な現実の制度というよりも、ほとんどの人がその存在に気づいていない、なにか超絶的なものを暗示しているように思われる。事実、トライステロ探求の「背後にある目的」は、「自分の塔に閉じこめられた彼女の幽閉に終止符を打つこと」であると、作家は明言している。つまり、トライステロなる組織の追究は、狭い自我意識の殻に閉じこもって自分なりの偏狭な思惟や想像でおこなっていた彼女のこれまでの世界解釈に終わりを告げ、彼女が現実のなかにリアリティ探求の挺身《ていしん》をおこなうことを示していることになる。コミカルに描かれる「エコー屋敷」でのメッガーとの不倫が、つまり現実との〝交合〟が、塔に閉じこもっていたエディッパの背中を押し、現実への挺身をうながした。すると急に、「事態は奇妙な方向をたどりはじめた」のである。はじめてサン・ナルシソ市を見下ろしたときにエピファニーを感じたように、このあと彼女のまわりにエピファニーが、超絶的なものの顕現が、聖体示現（ヒエロファニー）が、「啓示」が、「いたるところに進行」してくるのだ。

「トライステロ」という郵便の地下組織が、現象界の背後に存在する聖なる実在のアレゴリーであることは、何度でも強調しておきたい。ポストモダンの小説である『競売ナンバー49の叫び』は、たとえば『白鯨』のように形而上学的な象徴をシリアスに追究しているわけではなく、いわばシンボルをアレゴリーとしてもてあそんでいる。しかし『競売ナンバー49の叫び』は、塔に幽閉されて世界を夢想していただけの囚われの〝乙女〟エディッパが、その塔から出て、現実世界に内在するかもしれない「聖なる」実在を追い求める形而上学的なパロディーであることを忘れてはならない。

エディッパはロサンゼルスにむかう途中の、ヨーヨーダイン工場の近くに見つけたバー「ザ・スコープ」に、メッガーといっしょに立ち寄る。エディッパがトイレにはいると、壁にきれいな字で告示が記されていた――「洗練されたお遊びはいかが？　あなたも、ご主人も、恋人も。数が多ければ多いほど楽しくなります。カービにご連絡を。ただし必ずWASTEを通すこと。ロサンゼルス私書箱七三九一」（52）。そして告示のしたには、鉛筆で薄くラッパ型のWASTEのマークが記されていた。WASTEというのは、先ほどの郵便物の配達をおこなっている組織のことだろうか？

その日二人は、インヴェラリティ最後の大プロジェクトのひとつである「ファンゴーソ礁湖」の造成地域で過ごすことにした。ナポリとローマのあいだにある「憐れみの湖」でアメリカの偵察隊の一中隊全員がドイツ部隊の攻撃に遭って全滅したことがあり、「コーサ・ノストラ」が人骨をインヴェラリティに提供したのに、インヴェラリティは代金を支払っていないという。そのため訴訟を起こしたマフィアが、モーターボートに乗ってエディッパたちを追跡してきた。湖の島にボートを隠して救出を待っている間、同行した楽団「ザ・パラノイド」のメンバーのガールフレンドの一人が、全滅した軍隊の骨を湖底から引き上げて炭にして売ったという話は、十七世紀はじめの復讐劇『急使の悲劇』に気味が悪いほど似ていると思い出した。

　エディッパとメッガーは、小さな円形劇場でサン・ナルシソの劇団が上演している『急使の悲劇』を見にいく。それは、中世のイタリアの二つの公国スカムリアと隣国ファッジオの貴族たちが政権争いのため陰謀と謀略と急襲によっておこなう凄惨な殺し合いを描いた芝居で、ファッジオの近衛兵たちは一人残らずスカムリアの兵たちに殺され、遺骸の骨は回収されて灰にされ、インクの「骨灰」として使用されるにいたる。そして、エディッパが私設郵便の配達場面を目撃した「ザ・スコープ」のトイレで見た告示の「トライステロ」が、四幕の最後のセリフに出てきたのであった！――「ひとたびトライステロとの出逢《トライスト》いを定められし者は／いかな聖なる星の桛《かせ》もそれを護ることはできない」(75)。

　リチャード・ウォーフィンガー作『急使の悲劇』は、ランドル・ドリブレットという男の演出になるものだった。エディッパは「ザ・スコープ」でおこなわれていたことと演劇の内容とが酷似しているので、どうしても演出者のドリブレットと話をしたくなる。

　こうしてエディッパのトライステロ探求がはじまる。「トライステロ」は、存在しているのかどうかも確証がなくて定かではなく、存在しているとしてもその組織の輪郭や事業の具体性はどうもわからない。どうやら小説のなかでは、このトライステロがたんに私設の郵便事業の組織というだけではなく、なにやら日常性のなかに見え隠れしてはいるが正体の定かではない超絶的なもの、永遠的な実相、真理などの寓意となっているらしい。(日本人を除く)研究者たちも、たとえばメンデルソンは、「トライステロは聖なる言語と常に結びつけられている」と述べているし、ワトソンも、「トライステロはキリスト教と同質のものである」と指摘している。[3] 人は日常性のなかに生きながらも、人生や世界の根拠となっている超絶的なものを追い求めざるをえない。「ひとたびトライステロとの出逢《トライスト》いを定められし者は／いかな星の枠《かせ》もそれを護ることはできない」のであるから。

エディッパが楽屋でドリブレットに面会すると、ドリブレットは芝居が戯曲集『ジェイムズ朝復讐劇集』を翻案したものであると教えてくれる。

エディッパは『急使の悲劇』のテキストをある程度読みこなしてみたが、トライステロの「追跡調査」をすればするほど、「啓示が指数関数的に殺到」し、とうとう「彼女の見るもの、嗅ぐもの、夢みるもの、思い出すもの、どれひとつとしてトライステロに織り込まれないものはないようになってきた」（81）。超越者を認識すればするほど、人は現象的なこの世界のすべてが超越的な一者に収斂し、宇宙の万物はその一者から発するとしか思えなくなってくるものだ。

エディッパは、もしかしたらピアスが自分を遺言執行人に指名したのは、愛した女エディッパに自分の死後、世界の意味を教えるためではなかっただろうかと思うようにすらなる。「もしピアスの意図が自分の死後に組織だった何かを残すことにあるとしたならば、だとすれば、残存してるものに命を与えるということ、プラネタリウムの中央の暗い映写機であるドリブレットになりきること、ピアスの遺した地所を、彼女の周囲にそびえ立つドームのなかのすべてを、脈動する星座のごとき〝意味〟に化することが、彼女のなすべきことの一部ということにならないであろうか？」（81–82）。

そういえば、ピアス・インヴェラリティ（Pierce Inverarity）という名前の、ピアス（pierce）は「貫く、突き通す」という意味だ。インヴェラリティのイン（in）は「中に（へ）」や「に反して」の意の接頭辞だし、**verarity** は **verity**（真理）や **variety**（多様性）の単語を思わせる。とすると、ピアス・インヴェラリティという名前は、「真理あるいは現実の複雑相」あるいは「反真理」を「貫き通す」ということを、つまりは、メルヴィル的なリアリティへの「突破」(breakthrough)を意味していることになる。ついでにエディッパ・マースのエディッパ(Oedipas)は、当然、スフィンクスの謎かけの答えである「人間」を探求した、ソフォクレス描くところのオイディプスを連想させる。エディッパは、ピアスの名があらわす「真理」の、「探求者」なのだ。

ある朝、なにか手がかりをつかもうと、エディッパはヨーヨーダインの株主総会に出かけてみた。そこでエディッパは、スタンレー・コーテックスという男と行きあった。なんと、コーテックスは、エディッパが「ザ・スコープ」のトイレで見かけたトライステロのラッパ型の企業マークとまったく同じ印を、なにかの封筒に落書きしていたのであった。エディッパが遠回しに探りを入れると、コーテックスは、「マックスウエルの悪魔」の入った「ネファスティィス・マシン」なるものを発明した、バークレー在住のジョン・ネファスティィスという科学者のことを教えてくれた。ネファスティィスという男は、エントロピーという「熱力学の第二法則を破って、無から有を生じさせ、永久運動を引き起こしている」(86)という。そのマシンは、ネファスティィスが「霊的鋭敏者《センシティブ》」と呼び人間しか操作できない。エディッパはどうしてもネファスティィスに連絡をとりたくなる。

またメッガーはインヴェラリティの遺言にしたがって、ジンギス・コーエンというロス地区では最高の切手蒐集家を雇っていたが、ある日、エディッパはそのジンギス・コーエンから電話での呼び出しを受けたのだ。

コーエンは切手蒐集のなかから、一枚の古ぼけた米国記念切手を見せてくれた。一九四〇年発行の「子馬速達便」記念の切手であった。裏には例のWASTE印の透かしがはいっている! さらにコーエンの見せてくれた古いドイツの切手の上部には、「テューールン・ウント・タクシス」の銘がはいっていた。テュールンとタクシスといえば、中世に神聖ローマ帝国のほぼ全土にわたって郵便事業を独占していた両家として、戯曲『急使の悲劇』に出てきた貴族名ではないか。「どうやら彼らはまだ活動しているらしいですよ」(98)とコーエンも言った。

エディッパは車でバークレーまで行くことにする。『急使の悲劇』を書いたリチャード・ウォーフィンガーがどこでトライステロに関する情報を入手したのか、発明家ジョン・ネファスティスがどういうふうにして郵便物を受けとるのか、調べるためであった。

『ウォーフィンガー劇作集』は出版社の倉庫でやっと見つけることができた。問題の二行連句を見つけると、「ひとたびアンジェロの欲望に逆らった者の定めは／いかな星の枷《かせ》もそれを護ることはできない」とある。ちがう。「ひとたびトライステロとの出逢い《トライスト》を定められし者は／いかな星の枷《かせ》もそれを護ることはできない」のはずだ。おかしい。エディッパの買ったペーパーバック版の劇作集のあの「トライステロ」の行は、どこから出てきたものだろうか？

エディッパは『ウォーフィンガー劇作集』の編者ボーツ教授をバークレーのキャンパスに訪ねたが、ボーツ教授はもうバークレーを辞め、いまはサン・ナルシソ市のサン・ナルシソ大学で教鞭をとっているとのことであった。

次にエディッパは電話帳で住所を調べて、ジョン・ネファスティスのアパートを訪ねてみた。「エディッパがトライステロという言葉に取り憑かれているのと同じくらいにネファスティスはエントロピーという言葉に取り憑かれていた」(105)。エントロピーというのは熱力学の第二法則と言われるもので、およそ太陽系の存在するかぎり、エネルギー普遍の法則と同じくらいに不変不易の法則と言われている。要するに、「閉ざされた系のなかでは必ずエントロピーの増大とともに、系は秩序と差違から混沌と熱死状態へと進む」という法則で、この物理学の法則は最初は情報理論からひいては現代文明の衰退と崩壊のメタファーとしてまで使われるようになった。ピンチョンの短編「スロー・ラーナー」はまさにこの物理学の理論をフィクション化したものであるし、長編『*V.*』も、歴史の要所要所にあらわれる、Vを頭文字とする名前をもつ〝女性〟の衰退と解体のなかに、現代文明の推移を暗喩している作品と読むことが可能かもしれない。『競売ナンバー49の叫び』でも、「厚い一組のトランプのような日々を過去にむかって切ってみても、どれも似たり寄ったりの日々ばかり、あるいは、すべてが同じ方向に向いたものばかり」(11)の、「不易の灰色の病」にかかっているエディッパの夫ムーチョに、「自己」という差違を失いつつあるエントロピーの傾向が見られる。現代は、「個」が失われ、万人が「取り替え可能」な画一化と均一性にむかって崩壊していきつつあるエントロピー的な時代なのかもしれない。『競売ナンバー49の叫び』のもっとも中心的で捉えがたいメタファーがエントロピーにあることを、われわれは忘れてはならない。そういう時代的なエントロピーの趨勢《すうせい》のなかでエディッパは、そういう趨勢に歯止めをかけてくれるかもしれない差違と独自性のビジョンを追い求めているのである。

　事実は大いにエディッパの予想に反するところとなった。ノース・ビーチで高速を降り、夕方の人混みのなかブロードウェイを歩きはじめたのだが、一時間としないうちに消音器つきの郵便ラッパが眼にとまった。ガイドに案内された観光客の波に巻き込まれてある店のなかに入ってしまったときには、観光客の一人のコートのラベルに、トライステロの郵便ラッパのかたちをした記章がついていた。そのあとも「ずっと、トライステロの郵便ラッパの印を見ながら夜を明かしたのだった」(117)。チャイナタウンの暗い窓にそれは描かれていたし、歩道のうえには二つ、ラッパの印がチョークで描かれていた。ヨーロッパにおいてテュールン・ウント・タクシス家の郵便制度に反抗した、消音器つきのラッパを印とする私設郵便組織のトライステロは、一八五三年以前のある時期アメリカにあらわれ、子馬速達便の会社やウェルズ・ファーゴ社を相手に、黒装束の無法者として、あるいは変装したインディアンとして戦ってきて、いまもそれはアメリカ社会に残存しているらしいのだ！（109）

終夜営業のメキシコ料理店に入ったとき、エディッパは懐かしい男に出逢った。むかし、ピアスとメキシコを旅行したとき、海岸で出逢った、反政府運動をやっていたヘズース・アラバルという男である。いまはアメリカに亡命し、同じく革命を信じる相棒といっしょにこの店を経営しているという。むかし、海岸でアラバルはエディッパに、「奇蹟というのは、別の世界がこの世界に侵入してくることなんですよ」（120）と言ったことがある。このアラバルの言葉は、小説全体のライトモチーフとなっている。奇蹟とは、この世界への別の世界の侵入。「聖」なるものが「俗」の世界に侵入してくるのが奇蹟。超俗的な、神的なものが現象的な日常に世界に侵入してくるのが聖体示現《エピファニー》。つまりはエディッパは、可視的な日常世界へ侵入している永遠的なものの印を、夜のサンフランシスコのいたるところに見つけていたのである。エディッパは「霊的鋭敏者」であった。アラバルのそばに置かれているメキシコから送られてきた新聞にも、手押しスタンプで郵便ラッパの絵が捺《お》されていた。

昨夜だったらエディッパも、自分の知っている二つの例以外にWASTE制度で通信をはかっている地下組織などあるはずがないと思ったことだろう。ところが夜が明ける頃までには、WASTEを使わない地下組織がないはずはないという気持ちに変ってきた。もし奇蹟というものが、何年も前にマサトランの海岸でヘズース・アラバルが主張したように、この世界への別の世界の侵入であるとするならば、宇宙の玉突きの玉がそっと触れ合うことであるとするならば、この夜眼にした郵便ラッパの一つひとつがそれに当たるはずだ。なぜならここには、数知れぬ市民たちが合衆国郵便制度を使っての通信を意識的に拒否していたからである。……彼らが真空のなかにかき消えてしまうことはありえないのだから（それとも、ありうることなのだろうか?）、別個の、沈黙した、意表外の世界が存在しないはずがない。（傍点引用者。（124―125））

エディッパはホテルに戻ると、二十四時間ぐっすり眠り、翌日、ホテルを引き払うと、キナレット市に戻る。

彼女は「自分の眼でもってＷＡＳＴＥ組織を確認した」（132）。しかし、「それが幻想であってほしかった」。なぜかわからないが、「それが実在するかもしれないという可能性が怖くてならなかった」のだ。エディッパは自分がかかっている精神分析医のヒレリアスに会って、こんなに怖がっている理由を訊ね、ＷＡＳＴＥなぞ存在しないと言ってもらいたくなった。彼女はヒレリアスに会いに行く。

ところがヒレリアス診療所に行くと、ヒレリアス医師は発狂してしまい、ライフル銃をもって診療所に閉じこもっていた。戦時中ナチのもとビュッヘンヴァルトで「狂気を実験的にひきおこす」（137）研究に従事していたヒレリアスは、しつようにつけ狙うイスラエル人への恐怖から、とうとう恐慌《パニック》をきたしてしまったのだ。エディッパは診療室の入り口まで来て、ヒレリアスと話し合った。エディッパが「今日うかがったのは、先生にある幻想を追っ払ってもらいたかったからですけど」と言うと、ヒレリアスは大きな声でこう叫ぶ――「その幻想を大切にするんだぞ！　人間、その幻想以外に何があるというんだ？　その小さな触覚をしっかり握っておけ。フロイト学者のいうことを聞いてそれを手放してしまったり、薬剤師の調合する薬でそれを解毒してしまったりするんじゃないぞ。それが何の幻想であろうと、しっかり握っているんだ。それを失ったら、きみはそれだけ他人と同じ存在になってしまう。きみはきみとして存在しなくなってしまうんだよ」(傍点引用者。138)。

われわれが世界のすべてと信じ込んでいる、周囲の可視的で現実的な自然の世界のなかに、あるいはその背後に、「トライステロ」が、つまりは不可視の超越的な現実が「実在するかもしれないという可能性」は、それを実感として認識すると、「怖くてならな」いことである。エディッパならずとも、精神分析医に、そんなもの、幻想にすぎないよと一笑に付してもらいたくなるし、あるいは薬に頼って精神の安定をはかりたくもなる。しかし、そうではない。その超絶的な「幻想」こそが人間をその人たらしめ、他人との区別のつかない、誰もが変わりばえのしない、「取り替え可能」の画一性を脱し、「自己が自己として存在」することができるための、唯一のかたちであるのだ。「自己」は永遠性を取りいれ、それと合体することによって「真なる自己」となりうると先に述べたことを、真の自己とは超越的な自己であるということを、ヒレリアスがここで断言していることになる。

『急使の悲劇』の演出家ランドル・ドリブレットに電話したが、電話に出た母親の応答がどうも要領を得ない。ドリブレットの身に何かあったのだろうか?

エディッパは電話帳でテキスト『急使の悲劇』の編者のボーツ教授の住所を調べ、ボーツ教授の家にむかった。が、彼女はランディーが二日前の夜、太平洋に身を投げたことを知らされただけだった。「わたしをトライステロに連れていってくれる最良のガイドが自殺してしまった。わたしは何をしているのだろう?」(153)。

エディッパ自身、トライステロとは「非スカーヴァム的宇宙を時計仕掛けの器械のように動かしつづけている存在」のメタファーであるということを予感していた。彼女が『急使の悲劇』の芝居を見たあの夜、ドリブレットはいかなる「何かの猛烈な内的変化」(154)が生じて、あの最後の二行連句を付けくわえたのであろうか？「ひとたびトライステロとの出逢《トライスト》いを定められし者は／いかな星の枠《かせ》もそれを護ることはできない」。エディッパは、どうも「トライステロとの出逢《トライスト》いを定められし者」らしい。「いかな星の枠《かせ》も」エディッパとトライステロとの「出逢い」をさまたげることはできないかのようだ。神と呼ばれることのある、世界を世界たらしめている実在、あるいは世界そのものである実在は、それを知るように〝定められ〟ている者には、いかなることがあっても、知られるものだ。神とは宗教において崇められたりするものではなく、大いなる畏怖のうちに〝知られる〟ものだから。

ボーツ教授はヨーロッパからアメリカにいたる郵便制度の変遷について説明をしてくれた。その詳しい歴史は煩瑣なのでここでは省略するが、まず教授は、「神聖ローマ帝国の滅亡とともに、テュールンとタクシス両家の正当性の本源もほかのすばらしい幻想とともに永遠に失われた。パラノイアのひろがる可能性がいたるところに現れた」(165)と述べる。そのメタファーが言わんとすることは、中世においては永遠的なもの、神と人間とのあいだの結びつきはキリスト教という「郵便制度」が「独占」していたが、中世の終焉とともに、正統キリスト教の「正当性の本源」はその教義にまつわる「すばらしい幻想」とともに「永遠に失われ」、宗教改革をはじめとして各種の多数のキリスト教の宗派や新興の宗教や哲学など、人間の世界に永遠的なもの、超越的なものを追究する精神傾向＝パラノイアの「ひろがる可能性がいたるところに現れた」ということであろう。「トライステロ」が出現したのだ。「しかし」と教授はつづけた、「次の一世紀半のうちには、トライステロの組織が世俗のトライステロを発見するにつれてパラノイアは後退してゆく。権力、全能性、抜きがたい悪意、彼らのいう歴史的原理、時代精神《ツァイトガイスト》などの諸原理が、新しい人類の敵に組み込まれていく。そのため、一七九五年までには、フランス革命のすべてを仕組んだのはトライステロだという説まで流れだす始末だ」(同)。このメタファーの言わんとすることは、近代市民社会の台頭と自然科学の成立にともなって「自然」概念が非人格化され、同時に政治社会を人為的な産物（ノモス）として捉えられるようになり（「リヴァイアサンの素材と創造者はともに人間である」〈『リヴァイアサン』〉)、そういう世俗的で科学主義的な「歴史的原理、時代精神などの諸原理」が、人類の中心的な意識となっていった＝「新しい人類の敵に組み込まれていったということであろう。そして「パラノイアが後退してゆく」その傾向は、現代にいたるまで連綿とつづき、傾向性を深めているということだ。ボーツ教授の郵便制度の歴史の概略は、人類の歴史における「聖」と「俗」との関連史の概要となっていることを見落としてはならない。

ある日、ジンギス・コーエンが興奮した声で電話をかけてきて、いま合衆国郵便で一枚の切手が届いたので見に来てくれという。エディッパが行ってみると、コーエンの見せてくれた一枚の古いアメリカ切手には消音器つきの郵便ラッパの図案があって、さらにモットーには、「**We Await Silent Tristero's Empire**（我らは沈黙のトライステロ帝国の到来を待つ）」とあった。「なるほど、WASTEって、この頭文字だったんだわ」(169) とエディッパは合点がいく。コーエンの切手カタログを調べると、その切手の名前は「トライステロ速達便、カリフォルニア州サン・フランシスコ」となっていた。後部見返しには、「ザップフ古書店」のラベル。エディッパが車を駆ってサン・ナルシソに戻ってみると、ザップフ古書店の入ったショッピング・センターの全体がピアス・インヴェラリティの所有であることが判明する。

そしてある日、ふたたびコーエンからとんでもない情報が入ってきた。インヴェラリティの切手コレクションの競売手続きが最終的に終了し、トライステロの「秘蔵切手」が競売ナンバー49として売りに出されるというのだ！

「何週間も前から彼女はインヴェラリティの遺したものの意味を読み解こうと全身全霊をかたむけてきたが、しかしその遺したものがアメリカそのものであるとは、思いもよらなかった」(178)。これは、「インヴェラリティが愛した誰かに対する純粋な陰謀」であった可能性がある。しかし、また「別の可能性もあった。インヴェラリティはたまたま死んだだけで、それとは関係なく、エディッパの発見したことのすべてが真実であるという可能性。もし、ああ、神よ、トライステロは真に実在し、彼女がたまたま偶然にその存在を知ったのだとしたら？……もしもサン・ナルシソとそこの地所とがほかのどんな町、どんな地所とも変わりがないとしたら、その連続性によって、トライステロは彼女の国のどこにでも存在しうるのだ」(傍点引用者。179)。

そして、もちろん、エディッパの国アメリカだけでなく、トライステロはわれわれの国の日本にも存在しうるし、世界中のどこにでも存在しうる。「聖」は、永遠的・超絶的なものは、神は、実在するか、実在しないかのどちらかである。

どのくらい多くの人がトライステロの秘密と神秘を共有しているのであろうか？　……わかったものじゃない。わたしだって信じざるをえないかたちで（もしそれが実在するなら）トライステロそのものに加わり、その漠とした薄明、その超絶ぶり、その待望の世界にはいるかもしれない。……神聖文字のような街路の背後には超越的な意味が存在するか、あるいは単なる大地があるだけか、そのいずれかだ。……眼に見える明らかなものの背後に別の様式の意味が存在するか、あるいはまったく存在しないか。エディッパは真のパラノイアの旋回飛行の恍惚状態のなかにあるだけか、あるいは真の

トライステロに捉えられているのか。そのいずれかである。（181－182）

そうなのである、われわれはとんでもない二者択一を突きつけられているのだ。神は実在するか、実在しないか、そのいずれかでしかない。そして、これまでエディッパの「探求」を詳細に追ってきたわれわれとしては、神の実在のほうに与《くみ》せざるをえない。なぜならトライステロの切手が現実に競売に付されようとしているのであるから。

小説は、競売開始の時間となり、「エディッパが椅子に深く座りなおして、競売ナンバー49の叫びを待つ」（183）ところで、すなわち神＝永遠性の動かしがたい実証の声が発せられるのを待つところで終わっている。

12

宗教であって宗教ではない何か

フラナリー・オコナー「善人はなかなかいない」（一九五五）

――「あのばあさんも、生きているあいだ一分ごとに、誰かが撃ち殺す真似をしてくれてたら、善人になれたかもしれねえのによ」

フラナリー・オコナー
© Top Photo/APL/JTB Photo

われわれは『競売ナンバー49の叫び』において、日常性のなかに感得しうる永遠的・超絶的なものを、「この世界への別の世界の侵入」としての「奇蹟」を、「俗」における「聖」の顕現を見てきた。もちろん、それはメルヴィルの『白鯨』に見るような、徹底して象徴的に描かれる超絶的な追究ではない。〝ポストモダン〟の作家ピンチョンにあっては、シリアスなテーマもパロディとしてしか描くことができないようで、『競売ナンバー49の叫び』の超絶的なものの追究も寓意的なパロディでしかなかった。しかしパロディーにせよ、『競売ナンバー49の叫び』においてなされているものが、日常性のなかでの永遠的・超絶的な位相の探求であることをわれわれは確認した。

しかしながら『競売ナンバー49の叫び』において、便宜上〝神〟という言葉を使いもしたが、わたしはあくまでも日常次元に顕現することのある永遠的・超絶的な位相を見たのであって、それは必ずしも宗教でいう〝神〟のことを言っているのではない。いわゆる宗教も、そのもっとも真正の部分においては人間と絶対者との関係を説くものではある。宗教によってリアリティの真理に覚醒し、世界の実相への覚醒のなかに自己の根拠のすべてを見いだして新しい自己の甦りを経験する人も多い。しかし〝儀式〟である〝礼拝〟として現実の宗教で説かれる絶対者、〝神〟は、存在不安やこの世の存在のわからなさを〝解消〟してくれ、その宗教の経説や教義を信ずるものに慰安と慰撫と精神的な安定を与えてくれる、一種の霊的な〝安定剤〟でしかないことも多い。ヴォネガットが『プレヤー・ピアノ』で言ったように、多くの場合宗教とは、「リアリティに関する美しいウソ」によって〝信徒〟を存在不安から隠蔽してくれる、ありがたき〝護符〟なのだ。

いわゆる宗教は「神」をあまりに人間化してしまった。神は、眼に見えないものであるにせよ、「存在者」として存在するのではない。神が存在し、人間を救ってくれるのではない。神は在りて在るもの、世界を創った存在、神は自己原因、万物の根源。宗教はそう説く。しかし神が存在するなら、その神を存在せしめた別のものが存在するはずだし、そういうものが存在するならば、それを存在せしめたさらに別なるものが存在し、そうなるとさらに……と、神は永遠の自己撞着に陥ってしまう。神は存在するのではない。神は存在物ではない。存在と存在物とはちがう。

存在が神なのである。宇宙のリアリティそのものが神なのである。こうやって世界があること、自分が生き、他の人が生き、生き物が生き、森羅万象が存在し、こうやって在ること、非在ではなく存在があること、存在者が存在すること……、それが「神」なのである。その不思議に驚愕し、その神秘に打たれて、存在そのものに神としか呼びえないものを直感すること、それがもっとも大切なことなのだ。

「宇宙自然を直感し、宇宙自然と合一すること」（シュライエルマッハー）。宇宙自然がこうやって動き生きているということを直感し、その存在神秘に喫驚《きっきょう》して、驚愕の喜悦のなかに神としか言えない、神みたいなものを覚知すること。そうやって覚知される、リアリティそのもの、それが神なのである。神は存在するのではない、存在が神なのだ。『競売ナンバー49の叫び』のなかに見えてきたものには、そういう神秘への覚醒の驚きと、そして恐怖とがともなっている。

宗教でいう神と、超絶的な存在神秘としての真なる神とを区別するため、ハイデガーは神を三通りに分けた。古東哲明に倣い、真なるリアリティとしての神を、真に超絶的なものとしての神を、明確にしておきたい。

まず創造神としての神。万物を創造し、すべての被造物を存在あらしめたという、『創世記』的な神だ。いったんこういう神を措定してしまえば、あとはその存在を拝み、それに合わせて盲目的に生きればいい。ありがたい架空の拝跪《はいく》すべき存在ということになる。次なる神が、救済神、救世主としての神。この世には、病気、生活不安、存在不安、老いる悲哀、死の恐怖、愛するものとの永別、イヤな人間との邂逅など、など、それこそ佛教でいう四苦八苦がある。〝宗教〟の救済神は、そのような苦痛や苦悩から人間を救い、慰め、治癒してくれるらしい。霊的な名医とでもいうべき神だ。そして最後にあるのが、ハイデッガーのいう「最後の神」、あるいは「神のようなもの」である。たしかに創造神も救済神も、〝宗教〟として、大いに人間の役には立ってくれる。それはあくまでも信仰の問題であり、それらの神を〝信仰〟している人たちが、心の安寧と生きる励ましを得ているのであれば、他人のとやかく言うことではない。だが、「最後の神」を識るとき、人は世界の真理《リアリティ》に覚醒した絶対境地に達することができる。

おかげで、汚濁と混乱の現世を活き活きと生きぬき、安らかに死ぬことができる。できるが、この世この生は否定されたまま、どこまでもニヒリズム（存在不安）を隠蔽してなりたつ〈生活の知恵〉にすぎない。だが最後の神はまったくちがう。ニヒリズムも存在不安もなくなって、なくなったどころか、この世界の存在の最大肯定性を得心した、その後に来る神である。……こんなすごい「存在の存在〈在るなんてことが在るってこと〉」を可能にした〈なにか神のようなもの〉……それが、ハイデガーのいう「最後の神」、あるいは「神のようなもの」である。……存在が神、神とみまごうほどに神々しい、ということである。[1]

それ以上のこと――「最後の神」が現実にいかなるものであるかなどは、地上にあるかぎり人間にはわからない。それは、ウィットゲンシュタインのいう「語りえぬもの」なのである。

くり返すが、『競売ナンバー49の叫び』のなかでじょじょに顕在化してきたものとは、日常性の背後に直感しうる、このような存在神秘なのである。「神」などという人類の手あかに汚れた、まちがった概念でそれを呼びたくはない。生きて在るということ、森羅万象という存在者のこの「存在」そのもの、リアリティという「事実性」そのもの、その荘厳さ、その驚きに襲撃され、存在神秘に覚醒すること。その瞬間、人は「神らしきもの」がかたわらを通りすぎる衣擦れの音を耳にする。その「衣擦れの音」に打たれるのでなくして、どうして人は〝変わる〟ことができようか？

生の至高性、存在そのものの神秘性に撃たれたとき、人は、理性や合理に傲《おご》って不遜にも自立していた自己などをその存在の神秘のなかに粉砕されてしまう。個別の「自己」などは存在しないのだ。自分もその極微の一部である「存在」のなかに自己などを粉砕されてしまったとき、人は、「存在」そのもののなかにまぎれもなく実存する存在者としての自分を発見し、普遍的な真の「自己」を体感する。「自己」は個別のものとして粉砕されることにより、普遍的なものとして人に奪還される。

世界のなかの永遠性というものを問題にする以上、どうしても宗教とか神を問題にせざるをえない。しかし人間にいろんなことを命令したり、禁じたり、愛したり、罰したり、お節介を焼いたりする、宗教でいうような人間的な「神」など存在しない。それでもなお、宗教の説くもっとも真正なる部分と、われわれは無縁でいることはできない。無縁どころか、われわれはそれを自分のなかに取り入れねばならない。重要なのは宗教を〝信じる〟ことではなく、宗教を〝生きる〟ことなのである。キリストの言葉を遣えば、キリストを崇めることではなく「キリストに倣《なら》う」ことだ。

そのことを強調せんがため、「キリスト教作家」と称されている南部作家フラナリー・オコナーを次に採りあげる。たしかに彼女は「正統キリスト教の観点から」世界を見ると言明したことがある。しかし、その「正統」とは、わたしの言う（たとえばキリスト教神秘主義のような）「宗教の説くもっとも真心の部分」のことであって、キリスト教の〝分類〟にいう正統派《オーソドキシー》のことでは断じてない。ここを認識しないと、キリスト教作家オコナーがまったくわからなくなる。その「正統キリスト教」とは、ハイデガーのいう「最後の神」に関わってくる。それは、いわゆる「宗教」としてのキリスト教が説いている神とは、似て非なるものだ。あまりに恐ろしい「語りえぬもの」が、どうして教義《ドグマ》などという人間の言説で〝解説〟したりすることができようか。仏教のように「無」とか「空」とか言ってるほうが、まだいい。オコナーの登場人物たちの発見していく神は、創造神や救済神とはちがって、ハイデガーのいう、存在神秘に覚醒して「精神革命」や「自己変容」を迫られた人に見えるものといった趣がある。オコナーは「キリスト教作家」というよりも「超キリスト教作家」、あるいは「汎宗教作家」なのである。

だからオコナーは、ドグマ＝人間の言説でしかない「創造主としての神」を機械的に信奉し、「救世主としての神」に救われているとしてエリート意識におちいっている、世の多くの〝クリスチャン〟を執拗に攻撃し非難する。彼女の数ある短編のなかから、「善人はなかなかいない」（短編集『善人はなかなかいない』*A Good Man Is Hard to Find* に収録。一九五五）という作品を採りあげてみよう。この短編には、キリスト教に対するニーチェほどの過酷で執拗なキリスト教批判とはいかないまでも、神の死は神のキリスト教化にあるといわんばかりの、ハイデガーの後期のキリスト教批評をうかがわせるものがある。

「おばあさんはフロリダに行きたくなかった」と、短編「善人はなかなかいない」ははじまる。この短編でも、エリソンの長編『見えない人間』と同じように、主人公の「おばあさん」の名前は明らかにされない。「おばあさん」の息子夫婦や二人の孫、その他の登場人物にもすべて具体的な名前が与えられているのに、主人公の「おばあさん」にだけ名前がないのは、『見えない人間』の主人公＝ナレーターが現代人としての普遍性をもたせるために名前をつけられていないのと同じように、「善人とされて周囲の尊敬を集めている、敬虔なるクリスチャン一般」を象徴しているからかもしれない。「おばあさん」は、たかだか道徳的な意味での「いい人」「善人」であることがキリスト教的な美徳のすべてであるとしか理解することができず、しかもそのじつ、ご本人はいたってわがままで、自己中心的で、他人のことをおもんばかることはない。この熱心なクリスチャンの「おばあさん」は、存在神秘の実在に触れて「倫理的に向上」（『競売ナンバー49の叫び』）しているキェルケゴール的な「宗教的実存」を達成しているどころか、身勝手で我が儘ながら生来の無邪気な、明るい性格を「信仰」などという大げさなヴェールでくるんでいるだけだ。いわゆるクリスチャンには、「神」と称されるまやかしものを信じている、性格的に「善人」であるだけのセンチメンタルな人が多い。

一家でドライブに出かける朝も、凶悪な殺人犯の〝ミスフィット〟が連邦刑務所を脱走してフロリダ方向にむかったと新聞で読んだ「おばあさん」は、テネシー州東部に知り合いを訪ねたいばかりに、〝ミスフィット〟に遭遇しちゃったら大変なことになるわよと、可能性としてまずゼロに近いようなことを引き合いに出して息子のベイリーにフロリダ行きを思いとどまらせようとする。しかしベイリーの長男、つまりは自分の孫のジョン（八歳）に、「行きたくないんだったら、おうちにいたら？」と言われ、さらにその妹のジューンに、「おばあちゃんは女王さまみたいにふるまいたいんだから、おうちでお留守番なんてしないわよ」（「善人はなかなかいない」、117頁、傍点引用者）と、自分のわがままな自己中心性を鋭く見抜かれてしまったのでは、しぶしぶフロリダへの一家のドライブに参加するしかない。

かくてベイリーの運転する車は、赤ん坊を抱いた妻と二人の子供ジョンとジューン、そして「おばあさん」を乗せて、朝の八時四十五分、アトランタを出発した。しかし、つねに我を通す「おばあさん」は、車に持ち込んだ大きな旅行かばんのしたに愛猫を忍ばせている。そして、南部レディーの「おばあさん」は、まだ未練がましく、自分の生い育った「山に囲まれたテネシー」を懐かしがっていた。『風と共に去りぬ』に描かれた古き懐かしき南部の貴族社会。太陽と海しかないフロリダに行って何になる？「おばあさん」は孫たちの希望よりも、自分の郷愁のほうが大切だった。

ドライブの途中、「タワー」という名の店に寄って、バーベキュー・サンドイッチを昼食として食べることにした。店主のレッド・サムは「きょうび、信頼できる人間ってのが尠《すく》なくなったねえ」（122）

と嘆き、「おばあさん」も、「昔みたいな善い人って、いなくなりましたねえ」と同調する。彼らの言う〝善人〟とは、「善人ってのはなかなかいないよね。ひどい世の中になってきたもんだ。むかしはドアに鍵かけないで出かけてても平気だった」程度の、人間としてごくあたりまえの低次の道徳心でしかない。それは、あくまでも俗的で、人間的で、相対的なものだ。人間的な快・不快や世間的道徳を超越した、真のアガペーを具体化した〝善人〟、「人類の歴史のなかで善人と言えるのは、ひとりキリストだけであった」といったドストエフスキーの意識は、彼らの認識の永遠のかなたにある。「善きサマリヤ人」の教えも、「右の頬を打たれたら左の頬を出せ」や、「自分を迫害する者のために祈れ」の教えも、「人間的な、あまりに人間的な」彼らには、じつはどこかで聞いたことのあるうるわしい絵空事でしかない。世相をセンチメンタルに慨嘆してみせる二人の不満とはまったく異なる意味で、「善人はなかなかいない」のだけれど。

昼食のあと車はふたたび暑い午後の熱気のなかを走り出した。ウトウトをくり返していた「おばあさん」は、若い頃に訪ねたことのあるプランテーションがこのあたりだったことを思い出し、ふたたび我を通して息子のベイリーに是非そこに立ち寄ってくれとせがみはじめる。ベイリーも最初は「イヤだよ」と言っていたが、子供たち二人もプランテーションとなると、「行きたい！」を叫びはじめ、仕方なく父親のベイリーも折れて、舗装されてない道路に乗り入れていった。もう何ヶ月も人も車も通ったことのないような間道だ。「もうちょっと先だったわね」と息子に言っていた「おばあさん」は、「ふと恐ろしい考えが浮かんだ。その考えに仰天してしまって、おばあさんは顔を真っ赤にし、目の玉は真ん丸になり、座席で跳び上がってしまって、はずみで旅行かばんがわきに倒れた」(124)。途端に篭《かご》のなかに隠していた猫が篭から跳びだし、運転するベイリーの肩に飛び移って、あわててベイリーはハンドルを切り損ねてしまう。車は転倒して、道路わきの崖の下に横転して停まった。車が横転する前に「おばあさん」が思い出したこと――それは若い頃に訪ねたプランテーションは、ここジョージア州ではなくてテネシー州にあるということだった！　しかし自尊心の強い高慢な「おばあさん」は、決して自分の失態を認めたりはしない。いわゆる〝善い人〟は決してあやまらない。

崖の高さは十フィートはある。一家は呆然として、森に囲まれた崖《がけ》のしたに座り込んでしまった。と、むこうからゆっくりと車が近づいてきて停まると、こちらのようすをうかがっていてから、三人の男が出てきた。ふと「おばあさん」は、なかの一人の男の顔に見覚えがあることに気づいた。「可能性としてまずゼロに近いようなこと」が、現実に起こってしまったのだ。その男は、今朝の新聞で読んだ、連邦刑務所を脱走した凶暴な殺人鬼〝ミスフィット〟であった。そして、無邪気なまでに分別のない「おばあさん」は、息子家族（と自分）の命に対する用心と配慮よりも、車から降りてきた不気味な男が誰であるかを見抜いた自慢のほうが先走ってしまい、「あなた、〝ミスフィット〟でしょ！　見た瞬間にわかりましたよ！」と叫んでしまったのである。

息子に黙って愛猫を車に乗せてしまったこと、我を通し、ありもしないプランテーション見学に車を無舗装の間道に乗り入れさせたこと、凶暴な殺人鬼を見てすぐに大きな声でその正体をばらしてしまったこと――ウェスリー一家の惨殺は、すべて、「おばあさん」の自分中心の思い込みと思い上がりと自我から発したことだった。息子家族全員と自分の惨殺。自分の正体を知られてしまった〝ミスフィット〟は、自分を知っている者たちを殺してしまうしかなかった。

〝ミスフィット〟の命令により部下の二人の男がまずベイリーを森のなかに連れこんだ。「おばあさん」は〝ミスフィット〟に必死に、「あなたは善い人ですもの、普通の人とはちがいますよ」とお世辞を言いながら、息子の、というよりは自分の命乞いをした。

ドグマをただ受け入れ、儀式としての礼拝を守っているだけの〝クリスチャン〟の「おばあさん」とちがって、〝ミスフィット〟は、人生の意味や世界の何たるかの思いが片時も頭を離れることなく、世界や人生を可能にしたはずの存在を全身全霊をかけて追求する〝求道者〟であった。「いや、俺は善い人なんかじゃねえな。でもよ、俺は極悪人ってのともちがうぜ。オヤジはよく言ってたもんだぜ、俺はほかの兄弟や姉妹とはどこかちがう人間だってよォ。『いいか』ってオヤジが言ったことがある、『人間にはなぁ、人生のことなんかまるっきし考えねえで人生を送るやつもいれば、どうして生きているのかって考えないではおれねえ人間もいる。この子はあとのほうの人間だな。何にでも頭を突っ込んでみなくっちゃ気がすまねえんだ』ってよ」(128-129)。森のなかから銃声がひびいた。「ベイリー・ボーイ!」と「おばあさん」は叫ぶ。「俺ぁ、しばらくは聖歌隊に入ってたことがあるし、たいがいのことはやってきたぜ。陸軍にも海軍にも行ったことがあるし、国中、世界中をまわってきたし、結婚も二度やったし、葬儀屋をやったこともあれば、鉄道会社に勤めたこともあるしよぉ、母なる大地とやらを耕したことだって、トルネードに巻き込まれたことだって、人間が生きたまま焼き殺されるのだって見てきた。……どう思い出したって、俺は悪いことなんか、これっぽっちもやったことはねえ。それが、どこでどう狂っちまったか、刑務所送りになっちまった」と言って、〝ミスフィット〟はじっと「おばあさん」を見つめる。

森から戻ってきた二人の部下は、〝ミスフィット〟の命令で、今度は赤ん坊を抱いた母親とジョンとジューンを森のなかに連れていった。我らが愛すべき「おばあさん」には、可愛い孫たちや嫁の死よりも自分の命が大切だ。大罪を犯しつつある〝ミスフィット〟に懸命に、「お祈りなさい」と、「おばあさん」は命乞いの哀訴をおこなうが、声にならない。

「キリストのおかげで、世の中、さっぱりわけがわからなくなっちまったぜ。キリストは悪いことなんか何一つやってねえのに殺されっちまうし、俺だって、何にも悪いことをしねえのに刑務所に送られっちまった。俺の場合は、ひとつ罪状がついてるから、なにか悪いことをしちまったにちげえねえけどさぁ。……俺が自分に〝ミスフィット〟って名前をつけたのは、俺がやってきたかもしれねえ悪いことと、俺が受けてきた罰とが、釣り合い《フィット》とれねえからよ」(131)。

〝ミスフィット〟は、「求道」の人であり、父親が見抜いていたように「どうして生きているのかって考えないではおれねえ人間」であった。無自覚で慣習的で形式的な「信仰」のなかで自分を「善い人」「善人」と自負し、傲《おご》っているだけの〝敬虔なる〟クリスチャンの「おばあさん」などよりもはるかに、生きることの意味と根拠をもとめていた。キリストを自分とは異質のひたすら高貴なるものとして崇め奉っているだけの「おばあさん」とはちがって、〝ミスフィット〟は、生の意味を懸命に、身と心でもって模索していた。神さまとやらを信じ、そこに安住して自己満足している人間とはちがっていた。

森のなかから絹を裂くような悲鳴が聞こえ、それから銃声がひびいた。それからさらに二発の銃声。

「イエスってのは、たったひとり、死人を甦らせた人だろ」と〝ミスフィット〟はつづけた、「だけど、あの人は、そんなこと、やるべきじゃなかったんだよ。おかげで、世の中、すっかりわけがわからなくなっちまったぜ。もしあの人が自分でやったたって言ってることをほんとうにやっているんだったら、

だったら、すべてを投げ出して、あの人についていくしかねえし、もしやってねえんだったら、この世で残された時間を思いっきり楽しく過ごすしか他にやることはねえよなぁ——人を殺したり、そいつの家を焼いちまったり、そいつにひでえ悪さをやったりとかさぁ。悪いことよりほかに楽しいことってねえのよ」と〝ミスフィット〟は言ったが、その声は泣き出しそうなうめき声に近かった。(132)

そのとき、「おばあさん」は、「もしかしたら、イエスは死人を甦らせたりしてないかもしれませんね」と、とんでもないことを言ってしまう。息子もその家族全員も殺されてしまったあとも、この「おばあさん」は——自分のことしか考えない自己中心のこの「おばあさん」は、自分の命が助かりたいだけの一念で、イエス・キリストを、つまりは自分のキリスト教信仰そのものを、否定してしまったのである。〝ミスフィット〟のうめきにも似た訴えのほんとうの意味を解さず、殺されないよう〝ミスフィット〟に気に入ってもらおうと、信じていたはずの神を安易に否定したのである。それはあたかも、イエスが逮捕されていった大祭司の邸宅の前で、イエスの身を案じながら焚き火をかこんでいたペテロが女中などに、「この男はイエスといっしょにいた」と言われ、自分の命を失う怖さに、三度も、「わたしはその人を知らない」と、イエスを否定したことを思わせる(『ルカ伝』二十二章)。くり返す、「善人」の「おばあさん」は、クリスチャンの「おばあさん」は、自分の死を目前にしたとき、〝信仰〟を棄てたのである。そのときの「おばあさん」には、それほどに深い「我執」しかなかった。自分の命が助かりたいの一念しかなかった。〝信仰〟など、文化的な飾り物として以外は、最初からなかったも同然であった。

ところで新約聖書の伝えるペテロは、イエスを三度も否定した瞬間、鶏がどこかで鳴いたのを聞いて、『きょう、鶏が鳴く前に、三度わたしを知らないというであろう』と言われた主のお言葉を思い出した。そして外に出て、激しく泣いた」（『ルカ伝』二十二章六一―六十二節）。死を目前にしたこの短編の主人公の「おばあさん」も、「いいかい、ばあさんよぉ、イエスが死人を甦らせたとき、俺はその場に居あわせなかったから何とも言えねえけどよぉ、もしそんとき俺がその場に居あわせたら、俺はいまみたいな俺じゃなかったはずなんだよな」（同）と言うのを聞いた瞬間、「おばあさんの頭が一瞬、冴えわたった」（同）。迷妄が解けた。文化的な装飾のかなたにあるリアリティがかいま見えたのである。いまにも泣き出しそうな〝ミスフィット〟の顔を見ながら、「おばあさん」は、「あなたはわたしの赤ちゃんよ。わたしの子供なのよ！」と、両手をさしのべた。蛇に咬まれでもしたように〝ミスフィット〟は飛びのき、「おばあさん」の胸に、（鶏鳴の回数と同じ数の）三発の弾丸を撃ち込んだ。死んだ「おばあさん」の「顔は、雲ひとつない空にむかって微笑んでいた」。

「よくしゃべるババアでやしたねえ」と、子分の一人がその場を立ち去りながら言った。「あのばあさんも、生きているあいだ一分ごとに、誰かが撃ち殺す真似をしてくれてたら、善人になれたかもしれねえのによ」と〝ミスフィット〟は応えた。「そりゃおもしれえや！」と子分が言うと、「うるせえよ、人生、おもしれえことなんてありゃしねえ」と応ずる〝ミスフィット〟の言葉でもって短編は終る。

キリスト教信仰の仮面をかぶった俗人の「おばあさん」は、〝ミスフィット〟から拳銃を突きつけられながら、その苦衷の求道の告白を聞いたとき、「頭が一瞬、冴えわたった」。このとき「おばあさん」は、自分の死に直面した。もうすぐこの世から消え去る自分を知った。古東哲明は、自分の生の最終先端にいたった精神を、死のまぎわにいたる「臨死」に対し、「生のまぎわに臨む」という意味での「臨生」と呼ぶ。そして「臨生体験や臨生する精神こそ、はじめてこの世この生のリアルな姿を発見する通路」[1]だと言う。どういうことかというと、「〝ただごと〟にしか見えない森羅万象が、ひいてはこの世界の存在やぼくたち自身の存在が、〝ある種の眼差し〟で濾過《ろか》されるとき、とんでもなく《ただごとならないこと》として実感されてくるということである」。「〝ある種の眼差し〟とは何か。平べったくいえば、それは末期《まつご》の眼、つまり〝死に逝《ゆ》く者のまなざし〟である」。[2]「おばあさん」は「死に逝く者のまなざし」で〝ミスヒット〟と自分を見たとき、「はじめてこの世この生のリアルな姿を発見」し、これまでの〝信仰〟を通しては決して見えてなかった「ただごとならないこと」としての「存在神秘」に目覚めたのである。「あのばあさんも、生きているあいだ一分ごとに、誰かが撃ち殺す真似をしてくれてたら、善人になれたかもしれねえのによ」と〝ミスフィット〟は言う。もし「おばあさん」が臨生の精神でもって「死に逝く者のまなざし」を常時もつことができていたならば、存在神秘に打たれた永遠的な意識をもった「おばあさん」は、自分では誤解していた、本当の意味では知りもしなかった、世の中に「なかなかいない」、真の「善人」になれていたであろうというのである。

死の衝撃に打たれた瞬間、「おばあさん」の精神を覆っていたこれまでの霧が一瞬にして晴れ、「おばあさん」は永遠的な真理が見えた。リアリティが見えた。〝ミスフィット〟の顔を見ながら、「おばあさん」は、「あなたはわたしの赤ちゃんよ。わたしの子供なのよ！」と、両手をさしのべたのだった。自分は〝ミスフィット〟であり、〝ミスフィット〟は自分なのだ！　弱く、はかなく、乏しい、同じ創られた人間なのだ。〝ミスフィット〟と自分を共通のもの、同じものとしている生命の連携が、宇宙のなかでの同質性としての生命のあり方が、瞬間、「おばあさん」には見えた。「俗」の徹底していた「おばあさん」に「聖」なるものを見せたのは、死の衝撃であった。

世界を「客観的に見る」などということはありえない。客観的に見るためには、客観的に見ている者、つまり主観や自我が必要である。「とすれば、〈客観的に見るという名の主観的な立場〉があるだけということになる。だからもし、客観的ということで求められる視点や立場が可能だとしたら、そういえるほどまでラジカルに自己変革（脱主観化）をとげ、自己が万人であるような普遍性（「普遍的自我・全一的自己」とフッサールは名づけた）にまで〈純化した主観〉が求められることになる」。[3]

これが、作家オコナーがすべての短編、すべての長編のなかでくり返し描いている真実である。彼女の作品は、その多様なバリエーションにほかならない。つまり、「俗」のなかにあって「聖」に触れるには、「ラジカルなまでに自己変革（脱主観化）をとげるには、なにかの衝撃によって「俗」から脱し、「純化した主観」を獲得する経験がないといけない。神秘的な存在のなかにあって、すべての人は、自分も彼も、ともに弱い、無力な、救いをもとめる、どうしようもない人間であることを、自分は彼であり、彼は自分であり、まさに同じ命の根源から発した同一であることを、身体全身で識るということ、全身の驚愕でもってその事実に目覚めるということ。

このことは、作家オコナーがすべての短編、すべての長編のなかでくり返し描いている真実であると、いま述べた。そのことを例証するために、「おばあさん」以上に偽宗教家や似非《えせ》クリスチャンのエイサ・ホークスやイーノックに敵対し、〃ミスフィット〃さながら殺人を犯しながら、すべての宗教を求めながらどれかひとつの宗教に限定されることのない、普遍的な真理に覚醒していったヘイゼル・モーツを『賢い血』（*Wise Blood*）に追うことができよう。あるいは、自己変容をともなわず、ありえない客観的な眼で世界をながめようとする、フッサールのいう「ガリレオ主義」（科学主義）を代表する叔父に反抗し、〃ミスフィット〃のように殺人を犯しながら烈しく真理を責めて、真理に覚醒する自己変容に到達していくフランシス・マリオン・タイドウォーターを、『烈しく攻める者はそれを奪う』(*The Violent Bear It Away*)に見ることもできよう。あるいは、多数のなかの短編の十いくつの短編に、宗教であって宗教ではない何かの「真理」に対する鋭い洞察を跡づけることもできる。しかし、それをやることは、結局は同工異曲の変奏曲を長々と奏でることになってしまう。

世界のリアリティを客観的に見るなどということは、ありえない。客観的ということで得られる、主観的な視点や意識が、つまりは、これまでの自己とは異質の自己変容が必要である。そのとき、人は、どれか特定の宗教の専売物ではない、汎宗教的な普遍の真理に目覚めることがある。そのことをオコナーは、あくことなく書きつづっている。たとえば『賢い血』において、インチキ信者や、真の〝見神〟を経験したことのない職業的なインチキ牧師や、宗教が金儲けの手段でしかないインチキ宗教家などに辟易《へきえき》し、蔑視嫌悪するヘイゼルは、「キリストなきキリスト教会」を説く街頭伝道で次のように訴える。そこには孤独な真理探究者の自負がうかがえよう。

「わたしが皆さんにお話したいのは、世の中にはあなたの真理、他の人の真理など、ありとあらゆる真理がございますが、その奥には真理はただひとつしかなく、その真理とは、世に真理など存在しないという真理だということです。あらゆる真理の奥には、真理など存在しないということ、それこそがわたしが、そしてこの教会が説いているところのものです。過去にあなたの信じてきたものは消え去り、これからあなたが信じるだろうと思ってきたものも消え去り、いまあなたが信じているものも、それを捨て去らねば意味をなしません。あなたの信じるべきものは、どこにあるのでしょうか？　どこにもありません」(『賢い血』、165)

この世界が何であるのか、その実相の解明が「真理」である。そしてヘイゼルは、真理の探究に関し、もっとも正しい普遍的な事実を聴衆に訴える――「あなたの中以外のどんなところにも、信ずべきものを見つけることはできません」と。「今・ここのあなた自身のなかに、信ずるべきすべてのものがあるのです」。「良心があなたをだましているのです」（166）。真理は、存在の神秘に対する驚愕と覚醒のなかにしかない。それを見ることのできる自己変容こそが必要なのだ。

「宗教であって宗教ではない何か」は、オコナーと同じ〝キリスト教作家〟といわれる我が国の遠藤周作も、晩年には特定宗教を超えて、もっと普遍の野に超俗的なものとして探り当てていったように思われる。遠藤はその死の三年前に、小説『深い河』において永遠的な実在に関する自分の認識をまとめ終えている。のちに無思慮で軽薄なカメラマン三條の命を救うために犠牲となっていく神父の大津の生き方と考え方に、遠藤の認識は要約されるだろう。

主人公の大津はフランスの神学校での口頭試問で聖職者の神父たちにむかい、「神は色々な顔を持っておられる。ヨーロッパの教会やチャペルだけでなく、ユダヤ教徒にも仏教の信徒のなかにもヒンズー教徒の信者にも神はおられると思います」[4]と答えて、神父の審査に落第する。またインドに渡って、行き倒れとなった不可触民の遺体処理に一生を捧げる大津は、マハートマ・ガンジー語録集のなかの、「さまざまな宗教があるが、それらはみな同一の地点に集まり通ずるさまざまな道である。同じ目的地に到達する限り、我々がそれぞれ異なった道をたどろうとかまわないではないか」という言葉に深い感銘を覚え、いくどとなく繰り返しその言葉を読む。それは、「彼がこの語録を知る前に、同じような気持ちを抱いていたため」[5]にほかならなかった。

遠藤はキリスト教とかイスラム教とか仏教などの〝宗教〟の枠を超えたところに、世界を世界たらしめ世界そのものである実在を感じ取るにいたった。その実在は、宗教では神と呼ばれることが多い。フランスの修道院で大津は三人の先輩神父に（キリスト教の本場の神父にむかってである！）、「神とはあなたたちのように人間の外にあって、仰ぎみるものではないと思います。それは人間の中にあって、しかも人間を包み、樹を包み、草花をも包む、あの大きな命です」[6]（傍点引用者）と反論する。神とは「大きな命」であるという〝真理〟は、「真なる自己」をくわしく述べたあとに、もう一度説明したい。

大津や美津子が〝玉ねぎ〟（！）と呼び習わしているキリストは、「昔々に亡くなった」が、キリスト教などという宗教に関係なく、イスラム教を信ずる人のなかにも、仏教を信奉する人のなかにも、無宗教の人のなかにすら、それこそ無数の「他の人間のなかに転生した」。「このガリラヤ湖にはユダヤ教徒が圧倒的に多いのですが、基督教徒もイスラム教徒もいます。ぼくは日本人であるために彼等から興味をひかれ、時々、キブツに遊びにいくこともありますし、イスラム教徒の家庭にもよばれました。彼等のなかにぼくは玉ねぎを見つけます。それなのになぜ彼等が他の宗教の徒を軽蔑したり、心ひそかに優越感を感じねばならぬのでしょう。ぼくは玉ねぎの存在をユダヤ教の人にもイスラムの人にも感じるのです。玉ねぎはどこにもいるのです」[7]（傍点引用者）。キリストである〝玉ねぎ〟は「どこにでもいるのです」というこの大津の〝真理〟は、のちにゾーイ・グラスが妹フラニーにむかって、「肥っちょおばさんとはまさにキリストのことなんだよ」という〝真理〟と一致する。たしかにキリスト教は聖人としか呼びえないような真正の〝善い人〟をもっとも多く輩出したすばらしい宗教であるが、それは彼らが教義《ドグマ》を鵜呑みにしたからではなく、教祖キリストその人とまったく同質の超絶的な何かを体得したから、「キリストに倣」ったからにほかならない。

「宗教であって宗教ではない何か」の〝何か〟を見るべきときが来たようだ。

13

ライオンになりきれ

──「さあ、あなたはライオンなのですよ。頭のなかで世界を考えてみてください。空を、太陽を、ジャングルの動物たちを。あなたはそのすべてと結びついているのです」

ソール・ベロー『雨の王ヘンダーソン』（一九五九）

ソール・ベロー
© Ullstein Bild/APL/JTB Photo

真なる自己については、かくて公式が成立した。全身を震動させる驚愕や歓喜でもって自分自身を措定したものの実在に覚醒し、それによって変容をとげて、自己自身と関係すると同時に、全関係を措定したものに関係すること、それが真なる自己の確立である。この「変容」において、もともと存在しなかった自己などは霧散し、その模糊《もこ》たる永遠との一体化において真の自己が実現される。ついにわれわれは、宇宙の永遠的普遍的なリアリティを自己に内在する永遠性のなかに取り入れたとき、その変容において実現される「真なる自己」の確立を考える段階に達した。「語りえぬもの」と一体となっていく人間のそのプロセスを、ソール・ベローの作品『雨の王ヘンダーソン』に見ていきたい。

アフリカ行きの飛行機の切符を買ったとき、ユージン・ヘンダーソンは五五歳であった。身長六フィート四インチ、体重二三〇ポンドと筋骨隆々たる体格をしており、大学は名門アイヴィー・リーグの一つを卒業、おまけに父親から莫大な資産を受け継いだ大金持ちだ。戦争から帰国すると、三〇〇万ドルの遺産と広大な地所をもとに養豚業をはじめた。最初の妻フランシスとの二十年間にわたる結婚生活のあいだに五人の子宝に恵まれ、再婚したリリーとのあいだにも双子の子供がいる。『雨の王ヘンダーソン』の主人公ヘンダーソンは、社会的にも経済的にも家庭的にも肉体的にもおよそ何不自由ない恵まれた成功者であり、泣きどころといえば、二十歳年下の妻リリーともども歯が悪いくらい。

彼は典型的な「アメリカの夢」の実現者として、自己満足して幸福な生涯を終えることができたはずである。ところが、彼は生きることの意味がわからず、鬱々《うつうつ》として慢性の不満症におちいっている。何かをやって、創られた者としての充足に満たされて生きたいのに、何をやったらいいのかがわからない。最近、内面のその不満の声がいちだんと大きくなった。

ところでわたしの心のなかに一種の不満が、「したい、したい、したい！」と叫ぶ何やらぬ声が叫んでいることは、すでに述べた。毎日昼を過ぎると、この声がはじまり、わたしがそれを黙らせようとすると、いっそう大きくなる。いつも同じ、「したい、したい！」を叫ぶだけ。

だから、わたしは訊いてみる——「したいって、何をしたいんだ？」

だが内なる声は、それ以外は何も言わない。ただ、「したい、したい、したい！」だけ。

ときには、むずがる子供に子守歌を歌ったりあめ玉を与えたりしてやるようなあやし方をしてみることもある。散歩に連れていったり、馬に乗せたり、唄を歌って聞かせたり、本を読んでやったりも。

すべて効果なし。作業着に着替えて梯子をのぼり、天井の穴をスパックルで修理したり、薪を割ったり、戸外に出てトラクターを運転したり、豚にまじって納屋で作業に励んだりもしてみる。ダメなのだ、なんの効き目もない！　喧嘩しても、酔っ払っても、働いていても、田舎にいても都会にいても、その声は止むことがない。どんなに高価な買い物をしてみても、声が絶えることはない。とうとうわたしは叫ぶ――「どうしたんだよ、言ってみろよ。なんの不満がある？　リリーのことか？　売春婦でも買いたいのか？　欲求不満が原因なのか？」。どう忖度《そんたく》しようとも、それが原因ではないらしく、声はいっそう大きくなる――したい、したい、したい、したい、したい！　とうとうわたしは懇願するような口調で、「頼むから教えてくれよ。何がしたいんだ？」と叫ぶ。処置なし。そして最後は、「もうわかったよ。いずれ吐かせてやる。待ってろ！」（傍点原著。『雨の王ヘンダーソン』、24頁）。

　彼は、生きていながら、自分を生きているという感覚がもてない。ホールデンのように社会における自分の真の〝居場所〟がわからず、周囲に当たり散らす。自分だけではない。現代に生きるほとんどの人が、自分と同じような慢性の不満症におちいっているように思える――「いまや誰もが人生における真に自分の場所というものをもっていない。本来は他の人が占めるべき場所を自分の場所と勘違いしている人がほとんどだ。いたるところ人生の〝難民〟だらけである」（34）。

　それに現実的な「死」もある。もともと三人兄弟のヘンダーソンだったが、兄は溺死し、妹も夭逝した。父親は自殺しているし、リリーの父親も自殺している。そして、自分の生命の終わりを告げる時間の刻まれる音が聞こえるかのようだ。そして、ある冬の朝、「死」の象徴ではなくて現実の「死」が起きた。朝食を作りに来てくれる隣人のレノックス夫人が、キッチンで心臓麻痺のために急死したのだ。

「そうか、これがあれか、終わりか——人生のお別れというやつか？」（39）、夫人の死骸を見つめながら、彼は死の唐突性に気づく。もう一刻の猶予もならない。人生で何がしたいのか、つまり、どう生きたいのかの解明を求める内なる声がしきりだというのに、いつ何時その生にとどめをさす死が訪れてくるか、わからないのだぞ。そして、ヘンダーソンは思った——「ああ、破廉恥な！　なんたる破廉恥なことか！　どうして、どうして人間はこんなことをしてられるのだろう？　最後に行きつく小さな土の部屋が待っているというのに。明かり取りもない部屋。まったく、そろそろ行動を起こしたらどうなんだ、ヘンダーソン。なにか努力をやってみろよ。おまえだって、この悪疫で死ぬんだぞ。死によって消滅し、あとには何にも、塵芥《ちりあくた》以外は何にも、残らないのだぞ。これまで何にもなかったのだから、これからだって何にも残らないぞ。何かがまだあるうちに、今だよ！　さあ、頼むから、何か行動を起こせ」（傍点原著。40）。

かくてヘンダーソンは五十五歳のとき、「わが状況の治療法」を求めて（41）、アフリカ行きの飛行機の切符を買った。アフリカに着くとヘンダーソンは、ロミラユというアフリカ原住民（三十歳代後半）をガイドとして、アフリカの奥地に分け入っていく。

ロミラユとともにヘンダーソンはアフリカの奥地へと踏み込んだ。具体的にアフリカの何という土地から、具体的にアフリカのどこへむけて道なき道を歩いていったのか、小説はまったく触れていない。それは、彼の旅が具体的な土地におけるアフリカ探検の旅であるということから離れ、むしろ、名前のないヘンダーソンの精神の奥部へ、彼の無意識層へと下降していく、精神的な深化の旅であるかのごとくだ。合理や秩序や道徳などの支配する意識層から、荒々しい暴力や死に支配されながらも、非合理の生命の叡知を秘めている無意識層への旅。

外気は暑く、澄みわたり、乾燥しきっていて、何日間歩いても人の足跡ひとつ見つけることができなかった。植物もそれほど繁茂はしていない。その意味では、ここには、およそ何かがたくさん存在しているということはなく、すべてが単純化され、すべてがすばらしく、わたしは自分がまるで過去のなかへ、といっても時間的な過去とか何とか、そういう戯言ではなくて、真の「過去」へと這入っていっているように感じた。人類出現以前《プリヒューマン》の過去である。そして、岩とわたしとのあいだには何かがあるように、感じられた。（傍点引用者。46）

「人類出現以前の過去」とは、ユングの言う、個人的な無意識層のさらに深部の「集合的無意識」を思わせる。「岩とわたしとのあいだ」に何があるのか？　それは、「わたし」の意識の深化とともにじょじょに明らかにされるだろう。

　ロミラユがアーニュイ族と呼ぶ種族の集落が見えてきた。この部族を支配する女王ウィラテイルは、部族でいう「ビタア Bittah」の人間であった。ビタアの人間というのは、皇太子イテロの説明によると、女性であると同時に男性でもある、両性具有の「真人」、「人間としての真の本質を併せもった人間」ということだった。女王は、人間の根源的な本質をともに具有し、ユングのいう「アニマ」とか「アニムス」などの抑圧された局面をもたず、男と女の両性を具有した本来的な人間であった。「ウィラテイルにはあくせくした気遣いなどまったくなく、落ち着き払っていた」（79）。

　ヘンダーソンはウィラテイルのなかに自分の悩みを救ってくれることのできる人間を感じた。彼はウィラテイルに生の叡知をあたえてくれと懇願する。ああ、「わたしの悩み。わたしは人生がわからない。要するに、どう生きるのが最良なのか、それがわからない」（81）。

ヘンダーソンはイテロに、「わたしは自分の健康を求めてアフリカに来たと、女王さまにお伝えください」と頼んだ。イテロは、「世界は子供には不思議なものに思われる」というウィラテイルの言葉を伝え、「あなた、子供じゃないよね？」と怪訝そうな顔をした。ヘンダーソンは女王に感服した。女王には、すべてがお見通しだ。「ああ、なんと素晴らしいお方なんだ。女王のおっしゃるとおりだ、まったくおっしゃるとおりだ。わたしは人生に自分の居場所を感じたことはなかった。すべてのわたしの堕落は、子供としてのわたしに生じてきたものなのだ」（84）。子供は世界の不思議と美とに驚嘆の眼を見張るが、大人はいつしか「堕落」し、世界への驚嘆の気持ちを忘れて、目前の生活のため、いつ来るかわからない死の恐怖のため、世界の不思議から眼をそらし、日常性のなかに我を忘れる（ハイデガーのいう「耽落」する）。

女王ウィラテイルは、「ただ世界を怖れているだけの大人」とちがって、「世界に驚嘆している子供」のような魂の純粋さをもつヘンダーソンを誉めて、「グラン・チュ・モラーニ Grun-tu-molani」（85）という真理を彼に伝える。イテロは、それを「人間は生きることを願う」と通訳した。それは死に対する恐怖のことなどをいっているのではない。それのわかったヘンダーソンは感動し、喜びに包まれた。「グラン・チュ・モラーニ。神は人間の魂をもてあそんでいるのではないのだ。だからこそ、グラン・チュ・モラーニなのだ」（同）。人間は死にたくない。ただ生存しているという意味での「生活」するだけでは、耐えがたい。よりよく生きたい。だからこそ人間はグラン・チュ・モラーニ。いまの「わたし」の悩みは、苦しみは、すこしも異常なことでも、狂ったことでもない。人間は死にたくないから、よりよく生きたいから、だから悩む。たいがいの人間は「人間としての悩みにちゃんと対峙」（84）していない。ヘンダーソンは、いま、それを――人生とのちゃんとした対峙をやっているのだ。（まるでヴォネガットの『チャンピオンの朝食』の主人公ドウェイン・フーヴァーのように）いまの悩みをいまの悩みのまま肯定された彼は、喜びのあまり、貯水池のカエルを退治してさしあげると約束する。

部族は旱魃《かんばつ》に苦しめられ、大切な牛に飲み水を与えられずに悩んでいた。貯水池に水は満々とたたえられているのだが、生き物の棲んでいる水は飲用に供してはならないという部族の厳しい掟があった。貯水池にはカエルやオタマジャクシがうようよと蝟集《いしゅう》している。ヘンダーソンは我欲にしばられた偏狭な自己から脱し、他者のために働くチャンスが到来したことを喜んだ。彼は懐中電灯のなかから二つの電池を抜きとり、アメリカからもってきたマグナム銃の薬莢からとった火薬をそこに詰めて、なかなか立派な爆弾を作ると、オタマジャクシ退治のために貯水池に爆弾をしかけた。爆発と同時に池のカエルやオタマジャクシはすべて死に絶えるはずだから、その死骸をすべて掬い取れば、牛たちの完璧な飲用水ができるはずだ。爆弾が炸裂した。たしかに貯水池の水は「ヒロシマ」のように柱となって盛り上がり、カエルどもはショックで即死した。しかし同時に爆発は池の水をせき止めていた擁壁《ようへき》も吹き飛ばしてしまって、池の水はすべて流れ出し、貯水池はカエルの死骸が浮かぶ「黄色い泥」と化してしまったのである！

好きになったアーニュイ族の人たちに良かれと思って工夫したことが、部族民にとっての最大の惨事を引き起こしてしまった。ヘンダーソンは恥じ入り、自分を憎みながら、ほうほうの体でアーニュイ族の部落をあとにする。

アフリカの奥地の道行きはつづく。だんだんと道が岩だらけになってきてヘンダーソンが不安を覚えはじめた頃、十人ほどの部族民の戦士のグループが現れ、彼とロミラユにライフル銃の狙いを定めていた。彼はロミラユとともに、人喰い人種とうわさのあるワリリ族の部族のなかに連行されていく。

その日の朝、ヘンダーソンは部族の王に、つまりダーフュ王に謁見することになった。彼とロミラュは、笑いはしゃぎながら見つめる大勢の部族民のなかを宮殿にむかった。王は、ウィラテイル女王と同じように「この上なく落ち着き払った」(153)人物であった。その相貌は、王が深い叡知の持ち主であることを示している。ヘンダーソンはダーフュ王との「出逢いに喜びを感じ」(154)た。「故国を遠く離れた地においてこんな人物に出逢うことができるとは!」(167)。

アーニュイ族と同じように水不足に悩んでいるワリリ族でもこれから雨乞いの儀式がおこなわれることになっており、ヘンダーソンは王のもとめに応じて、こころよくその儀式に参加することにする。雨乞いのためには、二つの大きな神の像を動かさねばならない。我こそはと思う部族の屈強な若者たちが進み出て、この二体の像を動かそうとするが、誰も動かせない。貯水池のときのように「何かをしてあげたい」(186)という衝動に突き動かされた、膂力《りょりょく》あくまでも逞しいヘンダーソンが広場の中央に歩み出てママー像に両手をまわし、渾身の力を込めると、女神像は持ちあがり、彼はそれを二〇フィートほど離れた他の神々の像のところまで運んでいくことができた。スタンドの部族民たちは大喜びで、跳《は》んだり、跳ねたり、叫んだり、抱き合ったりして、彼を賛美する。そのとき空は一点にわかに掻き曇り、空は真っ暗になって、そこから文字どおり車軸を流すような大雨が沛然と降ってきた。ママー像を持ちあげた者は、「雨の王」、つまり「サンゴー」に任命される。かくてヘンダーソンはワリリ族の「雨の王《サンゴー》」となった。「雨の王」など、どうでもいい。ボックス席にもどり、彼の快挙を賛美してくれるダーフュ王にヘンダーソンは、他者のために何かをやろうとした無私の精神が「わたしの魂の深みへと入っていくチャンスでした」(傍点引用者。193)と答える。我執を棄てさるとき、わたしは本来その魂の深みに生きているはずの人間でしたから」なにかが見えはじめる。

ダーフュ王は部族の王の役を務めてはいるが、まだ正式には王となっていないと話してくれた。先代の王の魂が乗り移ったライオンの仔グミロを祭司長はジャングルに放っており、成長したグミロを一、二年以内に捕獲しないと、正式に王になることができない部族の定めであるという。

ヘンダーソンは、「いったい私の魂の眠りはいつ破られるのでしょうか?」(212)と自分の悩みを訴え、そしてダーフュ王もヘンダーソンという人間を鋭く見抜いていた。「雨の王ヘンダーソン、あなたの身体中が、『助けてくれ! 助けてくれ! わたしはどうしようか? どうしないといけないんだ? いますぐ助けてくれ! わたしはいったいどうなってしまうんだ?』と叫んでいます。それはよろしくありませんよ」(217)。ヘンダーソンはダーフュ王の炯眼《けいがん》にビックリしてしまい、「そうですね、ウィラテイルもわたしに同じことを言ってくれようとしました。グラン・チュ・モラーニはスタートラインにすぎなかったのですね」と応える。ウィラテイルは王の分類のなかでも「完成型人間、宝石型人間」にはいる偉大なる人物だが、「グラン・チュ・モラーニだけでは十分ではありません。もっと多くのことが必要なのです。わたしについてこられますか?」(218)と言う王に、ヘンダーソンは一も二もなく〝修行〟を頼み込んだ。

ヘンダーソンはダーフュ王に従い宮殿の階段を下りて、地下室の「ライオンの間」にいった。この「奥の間」には、王がいずれは捕獲しないといけない、先代の王の生まれ変わりのライオンのグミロとはちがう別のライオンが飼われていた。アッチという名の雌ライオンだ。部族では王の生まれ変わりのライオンだけが良しとされ、それ以外のライオンは罪悪をもたらすものとされているのに、ダーフュ王がいまだグミロを捕獲しないまま、このアッチを地下に飼って愛玩しているため、王の叔父や祭司長は、表面的には王に臣従しながらも、王に敵意を抱いているという。

しかしダーフュ王は「アッチとたがいに影響を与えあって」(225)おり、この関係にヘンダーソンも加わってほしいからと、王はアッチを「奥の間」から出し、ヘンダーソンにアッチにやさしく触ってみろと言った。ヘンダーソンは唸り声を発している巨大なライオンに近づいてはみたが、恐怖のあまり足はすくみ、身体は引きつって、とうとう泣き出してしまう。すると王は、仰向けに寝ころばせたアッチの顎のなかへ腕を突っ込んだり、アッチのしたにもぐり、アッチの背に足を、首に腕をからませてアッチにぶら下がって、ともに何やら話し合いながら部屋のなかをゆっくりと往ったり来たりして、お手本を見せてくれた。アッチから降りたダーフュ王は、ヘンダーソンに無理やりアッチの横っ腹を触らせると、グラン・チュ・モラーニの具体的なかたちとして、このライオンとの交流がヘンダーソンの魂を大きな世界へ解き放ってくれると説明した。「大きな世界への解放こそがわたしには是非必要なのですが、いまのところ、『したい！　したい！』の声というかたちしかとっていません」と、ヘンダーソンは応える。

さらにダーフュ王が「アッチから教わることはたくさんありますよ」と保証してくれるので、「教わる？　アッチがわたしを変えてくれるということですか？」とヘンダーソンが聞き返すと、「すばらしい。まさにそれですよ。変わるということ。あなたは以前のあなたから抜け出した。人間としてこのまま死んでしまうとは信じたくなかったからです。もう一度、これを最後と、あなたは世界に挑戦された。自分を変えようという希望をもって」(260)と王は言い、「あなたは正直なお方だ。あなたの魅力はそこにあります。世の中には、正直な人というのは、そう多くはないものです。あなたには、高貴な性格の基本があります。高貴な人物になれるお方ですよ」(261)と請け合ってくれた。

そして、いよいよ、「奥の間」でダーフュ王のレッスンがはじまった。「恐怖が消えると、その代わりに美があらわになってきます。真実の愛についても同じことが言われていると思いますが、要するに、自我の執着が取り払われるということです」(262)。ダーフュ王は、「ライオンになる」ことによって、根拠のない人間としての矜持や高慢さや自己中心性を棄て、自己を開いて、より広い世界と一体となることができると言う。

王はヘンダーソンに「ライオンの動きを真似するか、演じてみろ」(263)と言った。そして王の命令でアッチが小走りをはじめると、王はアッチのあとを走りはじめ、ヘンダーソンも王のあとを走りはじめる。しかし、とても王には追いつけず、ヘンダーソンは「転ぶ真似をして、コースのそとに仰向けにひっくり返った」(264)。次にダーフュ王は、アッチを真似てヘンダーソンに四つん這いになれと命ずる。しかたなくヘンダーソンは、「四つん這いになり、膝をたるませ、前方を見すえて、できるだけライオンらしい格好をした」(266)。

「ああ、いいですねえ」と王は言った、「いいですよ。あなたには十分な柔軟性があると思ってました。腰を落としてください。ああ、いいですねえ、ずっとよくなった」。わたしのお腹が両の腕のあいだから突き出していた。「あなたの体つきは常人とは大違いですが、でも、以前の身体の固さが取れたことに対しましては、心からなる祝福をお送りします。いえ、いえ、もうちょっと身体をやわらかくしてください。なんだかひとつの型にはめこまれているみたいですね。お腹が中心になってしまってる。ほかの部分を動かせませんか？　嫌々ながらの強ばった姿勢は棄ててください。どうしてそんな悲しそうな、地上的な顔をなさっているのですか？　さあ、あなたはライオンなのですよ。頭のなかで世界を考えてみてください。空を、太陽を、ジャングルの動物たちを。あなたはそのすべてと結びついているのです。ブヨがあなたの従兄弟、大空があなたの思考なのです。木々の葉があなたの保険、それ以外に保険など必要ありません。一晩じゅう星々の語る言葉はとぎれることがありません。おわかりですか？　ヘンダーソンさん、あなたはこれまでずいぶんとたくさんのお酒を召し上がっていらっしゃったみたいですね。顔を見ればわかりますよ、とくに鼻をね。べつにあなただけのことじゃありません。多くのことを変えることができるんです。決してすべてをというわけにはいきませんが、しかしとても多くのことができるんです。新しい生の姿勢を作り上げ、それをご自分の姿勢とすることができるんです。（傍点引用者。同）

「最初の訓練で、いくぶんかライオンを自分のなかに感じることが大切」（傍点原著。同）だからと、ダーフュ王はヘンダーソンに「吼《ほ》えろ」と命じた。ヘンダーソンは吼えた。「ダメです、ダメです。もっと自分をほんもののライオンと思って」。また吼える。「ダメです。ほんもののライオンの咆哮ですよ。闖入者がいるんです。それを追い払うために、殺意をもって、真剣に吼えてください」。ヘンダーソンはさらに大きな声で吼えた。「さあ、吼えながら、もっと眼を光らせて。吼えて、吼えて、吼えてください。雨の王《サンゴー》ヘンダーソンさん、怖がっちゃいけません。ご自分を解き放つのです。ライオンを感じてください」（267）。ヘンダーソンはやけくそになって吼えた。

しばらくして「なかなかよろしいですよ」と王の認可が下りて、最初の訓練は終わった。ライオンを「奥の間」に返し、二人は架台に座ると、ダーフュ王が訓練の意味をさらに説明してくれた――「すべては、表層組織に望ましいモデルを思い描くということなんです。高貴な自分のイメージがすべてですからね。イメージ通りに人間はなっていくのです。いいかえると、魂が肉体のなかにあるように、あなたという人間は肉体のなかにあるのです。そして、まえに使った表現を使うならば、人間はじつは自分自身を造る芸術家なんです。肉体と顔は人間の精神によってひそかに色づけされ、表層組織や第三脳室、第四脳室へと働きかけて、生命エネルギーを身体ぜんたいに循環させるのです。わたしが熱中せざるをえないのはおわかりでしょ、雨の王ヘンダーソンさん」(268)。

わたしは、そのとき、王に恨みがましい気持ちを抱きそうになった。王の智慧なるものもそれほど確たる才能といったものではなく、いまにも崩れ落ちそうなこの赤い宮殿と同じくいかがわしい脆弱な基盤のうえに成り立っているものだと、わたしは思うべきであったかもしれない。

さらに王はわたしに新たな講釈をはじめた。彼はまず、世界はひとつの精神体であるかもしれないと言った。その意味はわたしにはよくわからなかったが、無生物もまた精神的な存在であるかもしれないというのである。キューリ夫人はベータ粒子が鳥の群れのように原子から飛び立っているというようなことを書いている。「ご記憶にございますか」と王は言った、「かの偉大なるケプラーは、地球ぜんたいが目覚めたり、眠ったり、息をしたりしていると信じていましたね。これは荒唐無稽なことでしょうか？　でも、もし彼らの理論が正しいのならば、人間精神は全知全能なる存在と一体となり、ある働きをなすことができるのではないでしょうか。想像力を使って」。そして王は、いまのところ人間は不十分な想像力でもっていかに貧弱な自分しか作り上げていないかを列挙しはじめた。「以前にもいくつかのタイプに人間を分類しましたが」と王。「食欲型人間、苦悩型人間、宿命的ヒステリー型人間、闘魂ラザロ型人間、免疫性ゾウ型人間、狂的哄笑型人間、虚無的性器型人間など、など。しかし、もし想像力を正しく使ったら、いかにすばらしい人間存在が可能か、考えてみてもください。いかに明るい陽気な型の人間が、いかに楽しい型の人間が、いかに善と美の人間が、いかに花のかんばせ、公正なる品行の人間が。ああ、ああ、ああ、人間はいかに大きな存在になれることか！　頂点に上りつめる機会はいくらでも開かれているのです。あなたはそういう頂点の人間になるべきお方なのです、雨の王ヘンダーソンさん」（傍点引用者。269）。

依然としてヘンダーソンは、ライオンが「果たしてわたしの一部となったのかどうか」（270）、まだ半信半疑である。アメリカの超絶主義の哲学者エマソンは、自己の内なる宇宙の「大霊」と一体化することによって「人は真になりたいと願うものになっていく」ことを説いたことがある。ダーフュ王も、人間は「全知全能なる存在と一体とな」った「想像力を使って」、「いかに大きな存在になれることか」ということを強調する。王はさらに言った。

> 人類の歴史そのものが、次から次へと想像力が現実のものとなっていくことを証しています。夢ではありません。単なる夢ではありません。単なる夢といったのは、夢も現実のものとなることがあるからです。……想像力、想像力、想像力！　想像力は現実のものになるのです。それは人間を支え、変革させ、救うのです！　……ホモサピエンスは、自分の想像するものに、ゆっくりとなっていくのです。……（271）

こうして、毎日ヘンダーソンはダーフュ王の宮殿の「奥の間」に通い、「ライオンになる」訓練をつづけた。「じつをいうと、まだわたしは王の哲学を完全に信じていたわけではなかった」（273）が、しかし王は、だんだんとヘンダーソンの咆哮がライオンに近い自然なものになってきたと、誉めるようになった。

「あなたは、間もなく、ライオンであるということの意味をいくぶんか身体で感じられるようになってきますよ。あなたならできると、わたしは確信しています。まだ古い自我が抵抗していますか？」「してますとも。以前よりももっと強く古い自我のちからを感じます」とヘンダーソンは応えた、「いつもそれを感じています。わたしを押さえつけて離しませんよ」。ヘンダーソンは咳き込み、うめき声を発した。彼は絶望していたのだ。「まるで、ガラパゴス島の亀みたいに、八〇〇ポンドの重荷を負っているみたいな感じです。背中に」(275)。

しかし、さらに何日も訓練をつづけるうちに、ヘンダーソンはアメリカの妻リリーに次のようなことを書き送ることができるようになった——「このアフリカでの経験はすさまじかったよ。辛かったし、危険でもあったし、ちょっと普通には体験できないことでもあった！　でも、ぼくはこの二十日間で二十年間分の成熟をした」(傍点引用者。282)。彼はダーフュ王の叡知をだんだんと自分のものとしてきた。自分の欲望や利益に執着したこれまでの「古い自我」から脱し、ひろやかな精神でもって、他人や世界の動植物や宇宙そのものと自分との一体感を予感するようになった。そしてヘンダーソンは妻への手紙の最後に次のようなことを書いた。

「かつて、ぼくの内面に『したい！　したい！』の声がひびいていた。ぼくがしたがってる？　そうではなく、その声は、彼女がしたがってる、彼がしたがってる、彼らがしたがってると、なるべきであったのだ。そして、さらに言っておきたいこと。リアリティをリアリティたらしめているのは、愛なんだよ。逆のものは逆のものにしかならない」（傍点原著。同）。

諸冨はトランスパーソナル心理学の定義をしたあと、トランスパーソナルな意識のことを次のように説明している。

トランスパーソナルとは要するに、アイデンティティの果てしない拡大。〝自分とは何か〟という感覚が、〝私は私〟という狭さから解き放たれて、他者、人類、地球上のあらゆる生命、さらには宇宙全体へと拡がっていく体験。それに伴う感覚の変容。地球の裏側の誰かの痛みや叫びが、私と無関係な誰かの痛みや叫びではなく、この私自身の痛みや叫びでもある、と感じられ始める。地球の痛みが、私自身の痛みとして感じられてくる。……〝人類全体が幸せにならないうちは〟どころではない。大自然、地球生命圏、さらには宇宙そのものの〝しあわせ〟を〝私のしあわせ〟と同一視する感覚。単なる抽象的な理解や思想のレヴェルではない、〝体験〟のレヴェルの感覚の変容。[1]

ヘンダーソンはアメリカにいたときの、「したい！　したい！　したい！」と叫ぶつづける「私は私」の「個人的な自己」を脱し、アフリカにおいて、「地球の裏側の誰かの痛みや叫び」を「私自身の痛みや叫び」でもあると観ずる、より深い、普遍的な自己を確立していった。

ヘンダーソンがダーフュ王の指導のもと「ライオンになる」訓練を通して得たもの、それは我執から離れて客観と一体となり、永遠的なものと触れ合い、それを自分のなかに取り入れることによって実現される「叡知」であった。宇宙は「精神体」として一体であり、個々の生命体はその永遠の生命の微少なる具象でしかない。そういう宇宙の一部としての自己を認識し、その認識を、観念的概念的理解ではなく直覚によって体得したとき、人は真の自己を実現する。ヘンダーソンの精神に生じた「成熟」、あるいは「変容」について、ダーフュ王と同じくらいに飄々《ひょうひょう》として洒脱《しゃだつ》な鈴木大拙の解説によって理解をこころみたい（大拙はヘンダーソンが訓練によって得た「叡知」を「菩提知」と呼んでいる）――

知識というものは、自分のいうことが人にわかり、人のいうことが自分にわかるようになるのをいうのである。この知識でわかるところのものは、それは本当の三菩提《さんぼたい》ではない。それは直覚というものではない。それゆえ、どうしても、自分だけで、わかるようにしなければならぬのである。そんなものを捉えるようにしなければならぬ。そこに繰り返すことのできない、古今唯一にして無二なる個人が見出されるのである。自分とはこんなものであるから、どうしても直覚によらなければ自分はわからぬ。もしこれが他人のいうことが自分にわかり、他人に自分のいうことをわからせる知識が概念であれば、本当の自分はわからぬ。幸いに直覚というもの、個人的体験というものがあるので、自分もわかり、したがってまた他人もわかり、梅も竹もわかり、天地も社会もわかるのである。知識だけでは親しくならぬ。親しきを得んとするには、どうしても直覚、個人的体験が必要になって来るのである。そこで自分というものを中心にするのである。

自分を中心にするということは、普通にいう世間の我執、我慢の〝我〟という意味でないことはもちろんである。この〝我〟という考えも、道徳的の〝我〟とか、あるいはまた宗教的の〝我〟とかいうものも皆〝我〟という名をつけているが、しかし、それもその方面によってその意味が違うのである。自分がここで主張するところの菩提知というものは、それは各自に体験してみなければならぬ、自分で自覚しなければならぬというような純粋の知であると、こういう風にご了解を願いたい。直覚・我とでもいうべきか、まずこういう風に解釈をしておかねばならないと思う。[2]（傍点引用者）

そしてヘンダーソンがアフリカのジャングルで〝ライオンになる〟という修行をやらされたことは、鈴木のいう、「我執」という意味での「我」を棄てて「古今唯一にして無二の自分」を「直覚」するための「個人的体験」であったのだ。

いよいよライオン狩りの日がやってきた。祭司長が、先代の王の生まれ変わりであるライオンのグミロを捕らえ、妖術ライオンのアッチを棄てることをダーフュ王に要求している。そうしないとダーフュはワリリ族の王となることができない。ライオン狩りは、部族民の勢子《せこ》たちが槍をもち喊声《かんせい》を上げながらグミロを、草を刈った区画地（「ホーポー」）に追い込み、ホーポーの北端に造られた二五から三十フィートほどの高さのある台座のうえに設けられた小屋のなかでダーフュ王（と「雨の王」）がライオンを待ち受けることによっておこなわれた。グミロが台座のしたに来たら、王が投網を投げて先代の王の化身を捕獲することになっている。ダーフュ王とヘンダーソンが空中の小屋で待ち受けていると、勢子たちに追われた巨大なライオン（祭司長や王の叔父の奸策によるものかどうかはわからないが、それは先代の王の生まれ変わりのグミロではなかったようだ）がホーポーに駆けこんできた。ダーフュ王がロープを引くと同時に、網にかかったライオンは物凄い力でロープを引っぱり、滑車を小屋の木材に固定してあるロープは摩擦のために噴煙を発して小屋がはげしく揺れ、王は小屋から地上に転落、すかさずライオンが王に襲いかかった。ヘンダーソンも台座から地面に飛び降り、網にかかったライオンから、しとどに血に濡れた王を救出する。ブナムの命令で部族民がマスケット銃でライオンの頭部の一部を吹き飛ばした。

息も絶え絶えのダーフュ王は、部族に運ばれていく途中、出血多量のために死亡する。

王が亡き者となれば、「雨の王」が変わって王に就任するのが部族の掟である。祭司長や王の叔父が、アッチを飼い慣らしているダーフュ王の〝違法行為〟と〝反逆〟に我慢ならず、謀殺によって王を殺し、もっと「操縦しやすい」(316)ヘンダーソンを王に仕立てる腹づもりであるらしいと、ロミラユも言った。ヘンダーソンも「誰かがホーポーの台木と滑車に仕掛けをしてた」(317)と思い知る。

意味のない慣習や掟にしばられ、おたがい騙し合ったり殺し合ったりしている人間社会のあり方に、ヘンダーソンはうんざりする。人々はこれが「現実」だと思っているようだが、そんなのは「幻想」であって、真の「現実」(リアリティ)ではない。「幻想」を払拭し、世界のリアリティを見つめたら、それに見合うだけの「偉大な」存在になるよう努めるしかない。「偉大」であること――「在る人間」になるということ、それこそが生きるということの意味だ。


「ああ、偉大さなんだよ! ああ、神なんだよ、ロミラユ! わたしの言うのは自我に肥大して膨れあがった、偽りの偉大さじゃないよ。思い上がったり、威張り散らしている偉大さのことでもないよ。そうじゃなくて、宇宙そのものがわたしたちのなかに植え込まれ、表に出ることをもとめているんだ。永遠がわたしたちに結びつけられ、わたしたちに働きかけているんだよ。だからこそ人間は安っぽい存在であることに我慢がならないんだ。だからわたしは何とかせずにはいられなかった。だがわたしは、アメリカにいても、このことを知ることはできたかもしれない。アメリカにいても、大地に接吻することを学ぶことができたかもしれない」。(いままさにわたしは大地に接吻している)(傍点引用者。318）

「アメリカにいても、このことを知ることはできたかもしれない」ということは、ヘンダーソンがアフリカの地でダーフュ王の教えを得て知ったことは、普遍的な真理であることを示している。「大地に接吻すること」――それは、「英雄論」をものすまでに「自我に肥大して膨れあがった」ラスコーリニコフが、娼婦ソーニャの人間的な偉大さと愛に触れ、殺人で逮捕されてシベリア送りになる前におこなった行為だった。ラスコーリニコフがソーニャとともに広場の中央に来たとき、「あるひとつの感覚が、ふいに彼のすべてを――肉体と精神をとらえた。……広場のまんなかにひざまずいて、彼は地べたに頭をこすりつけ、歓喜と幸福にむせびながら、この汚れた大地に口づけした」。[3] もちろん、作家ベローは「大地に接吻する」などというアメリカではありえないようなジェスチャーを記したとき、彼はきわめてロシア的なこのラスコーリニコフの行為を思い描いていたにちがいない。『罪と罰』、それは「ひとりの人間が徐々に更生していく物語、彼が徐々に生まれかわり、一つの世界から他の世界へと徐々に移っていき、これまでまったく知ることのなかった新しい現実を知るようになる物語である」（同、404）のだから。もちろん、『雨の王ヘンダーソン』も、「ひとりの人間が……徐々に生まれかわり、一つの世界から他の世界へと徐々に移っていき、これまでまったく知ることのなかった新しい現実を知るようになる物語である」。

その夜、ヘンダーソンとロミラユは部族を脱出した。石室を出るとき、彼は石室につながれていた仔ライオンを連れてきた。「ダーフュ王がなんらかの形で生きていてくれないと困る」（326）から。

十日がかりでバヴァンタイの町にもどったとき、ヘンダーソンはロミラユに今回のアフリカ旅行の意味を総括する——「わたしを慰めたりしなくてもいいよ。魂の眠りが破られ、わたしは自分になることができたんだからね。聖歌隊のコーラスなんかで魂の眠りは破られたりしない。ぼくが不思議でならないのは、どうして人間は誰もがこの目覚めをもとめざるをえないかってことだよ。なぜって、この目覚めほどにすべての人がもとめて悪戦苦闘しているものはないからね。でもたいがいの人間が得るのは痛みだけだ。焼き尽くさんばかりの精神の痛み、生まれ変わり《ファータイル》を秘めた痛み」(傍点引用者。328)。「聖歌隊のコーラスなんかで魂の眠りは破られたりしない」というのは、儀式と化した感傷的な〝宗教〟では人間の生まれ変わりは得られない、それは鈴木大拙も言うように「個人的体験」によるしかないという意味だろう。

バヴァンタイでロミラユと永遠の訣別を告げたあと、ヘンダーソンはアメリカにむけて飛ぶ機上の人となった。給油のために飛行機がニューファンドランドに停まったとき、アメリカの養父母にもらわれていく、英語のしゃべれないペルシア人の子供を機外の散歩に連れていくヘンダーソンの姿は、「幼子のごとくならずんば、天国に入る能わず」といって子供たちを愛したイエス・キリストを、どこか思わせるところがある。

ヘンダーソンは、永遠の実在を自分のなかに取り入れることによって我欲に肥大した自己を棄て、「したい！　したい！　したい！」の慢性の不満症から脱却して、真なる自己を樹立した「在る」人間へと変容していく。彼に「古今唯一にして無二なる個人が見出さ」せ、人間としてよみがえらせた、その覚知したリアリティとは何であったのか？

真なる自己

——「神を考えるのではない。／私を考えるのだ。／あくまでもどこまでも私だけを考えるのだ。／結果それが神になったって、／いいじゃない別に、私のことなんだから。」（池田晶子『考える人』）

まずダーフュ王は、「自我の執着が取り払われるということ」（262）を強調する。王は、「ライオンになる」ことによって、根拠のない人間としての矜持《きょうじ》や高慢さや自己中心性を棄て、自己を開いて、より広い世界と一体となることができると言い、それをヘンダーソンに身体をもって知らせようとした。「広い世界と一体となる」。それは、生きとし生けるすべてのものが同じ生命の根源から発しているということ、万物の同根性を感得させるためであったらしい。言ってしまえば、我は彼であり、彼は、我は、木であり、蚊であり、山であり、アンドロメダ星雲であり、鳥が我であるということだ。「空を、太陽を、ジャングルの動物たちを。あなたはそのすべてと結びついているのです。ブヨがあなたの従兄弟、大空があなたの思考なのです。木々の葉があなたの保険、それ以外に保険など必要ありません。一晩じゅう星々の語る言葉はとぎれることがありません。おわかりですか？」（266）。ダーフュ王が「ライオンになる」ことをヘンダーソンに課したのは、ライオンがつまり彼であり、彼がライオンであり、空であり、ブヨであり、木々の葉であることを、論理ではなく実感でもってヘンダーソンに体得させるためであった。「個人的体験」により彼に「菩提知」を得させるためであった。

ダーフュ王の教えによりヘンダーソンは、ロミラユに語ったように、「わたしの言うのは自我に肥大して膨れあがった、偽りの偉大さじゃないよ。思い上がったり、威張り散らしている偉大さのことでもないよ。そうじゃなくて、宇宙そのものがわたしたちのなかに植え込まれ、表に出ることをもとめているんだ。永遠がわたしたちに結びつけられ、わたしたちに働きかけているんだよ。だからこそ人間は安っぽい存在であることに我慢がならないんだ」(318)。「個我」なんてものは存在しない。人間の本質は「無人」なのだ。しかし、その「無人」性のなかに永遠性が内在している。そういう人間が、自分に「働きかけている」世界の永遠性を自分のなかに取り入れたとき、世界の一現象であり世界そのものと結びついている存在である自分を、普遍にして無限の自分を知り、真の自己になることができるという。

ヘンダーソンが、精神の深化過程であるアフリカの経験で知ったことは、これに尽きる。最近の量子力学や素粒子物理学が解明している世界観も、ヘンダーソンの体得した世界像を裏づけているように思われる。[4] どうやら素粒子を解明せんとする量子力学や素粒子物理学などのニューサイエンスは、いま、ニュートン力学以前へと先祖返りして、ニュートン以前の神秘主義的な世界観の〝科学的〟な真実を発見しつつあるようなのだ。

ボーアとハイゼルベルクとシュレディンガーら量子力学の分野を拓き発展させた三人の科学者を経て、一九七〇年にいたり量子力学を発展させた功労者のひとりボームの提唱した「ホログラフィー宇宙モデル」によると、宇宙は二重構造になっていて、われわれのよく知っている可視的な物質的な宇宙の背後に、(『競売ナンバー49の叫び』が暗示したように)「もうひとつの眼に見えない宇宙」が存在するという。最先端の科学による真実の世界観の解明といっても、要は、この「もうひとつの眼に見えない宇宙」の存在ということに尽きる。われわれの知っている可視的な物質的な宇宙を「明在系」(explicate order)、もうひとつの眼に見えない、時間や空間を超脱した宇宙を「暗在系」(implicate order)と呼ぶ。「もうひとつの眼に見えない宇宙」、暗在系とは、明在系のすべての物質、精神、時間、空間などが全体としてたたみ込まれている（数学でいう直交変換されている）、分離不可能な、超時間的・超空間的な不可視の世界だ。暗在系を離れて明在系があるのではなく、また明在系を離れて暗在系があるのでもない。両者は一体で不可分なのだ。例えるならば、眼に見えるこの世界たる明在系をテレビの画面とすれば、テレビの画面と一体となってテレビの画面を画面たらしめている電磁波が暗在系ということになる。ボームのホログラフィー宇宙モデルでは、明在系が暗在系と表裏一体をなし、暗在系が明在系を現出せしめている。同じ頃、カリフォルニア大学のチューは量子力学の新理論「ブーツストラップ理論」によって、宇宙を、部分の集合としてではなく、あらゆる部分が他の部分に相互に依存する一種のダイナミックな織物として説明しようとした。つまりわれわれ人間も、木や山や海や太陽も、すべては「暗在系」から発して「明在系」のなかに現象として形をとり、また「暗在系」へともどっていく存在なのだ。ヘンダーソンが「ライオンになる」という個人的体験を通じて体得したものは、最近の量子力学や素粒子物理学が解明している世界観と同一のものであったらしい。

なんのことはない、そういう世界観なら、じつは人類は古来から知っていた。『華厳経』の「一即一切、一切即一」は、あるいは『般若心経』の「色即是空、空即是色」は、最新の科学の宇宙観のリアリティとまったく異なることがない。もちろん、「一」や「空」が暗在系に、現象界すべてを指す「一切」や「色」が明在系に当たる。事実チュー教授は、高校生の息子に授業で習ったという大乗仏教の話を聞き、『華厳経』の説く宇宙モデルと、自分の理論とがまったく同じ概念であることを知って、愕然としたのだった。

量子物理学の理論からして、われわれは世界とともにあり、世界はわれわれとともにあるのである。量子論の基礎を築いた理論物理学者のシュレディンガーは、暗在系から発した明在系の中なる自己の存在、「多」としての「一」なる自己の存在を、次のような人間的〝実感〟をこめて解説する。

君が君自身のものと言っている認識や感覚や意志からなるこの統一体［=君自身］が、さして遠い過去ではない特定のある瞬間に、無から降って湧いたなどということはありえないのである。この認識や感覚や意志は本質的に永遠かつ普遍であり、すべての人間に、否、感覚をもつすべての存在［=生命体］において、数量的にはたった一つのものなのである。しかしそれは、君が永遠にして無限の存在［=最高神もしくは創造神］の一部分であるとか、スピノザの汎神論が説いているような、この存在のある局面、あるいはその様態的変容であるとかという、そのような意味あいにおいてではない。……私のいわんとすることは、このような汎神論ではなく、通常の理性では信じがたいことかもしれないが、君——そして意識をもつ他のすべての存在——は、万有のなかの万有だということなのである。君が日々営んでいる君のその生命は、世界の現象の単なる一部分ではなく、ある確かな意味あいをもって、現象全体をなすものだということもできる。ただこの全体だけは、一瞥して見わたせるような［単純に構成された］類のものではない。——周知のように［古代インドの］婆羅門たちはこれを、タト・トワス・アスイ［Tat twam, asi =汝は其れなり］という、神聖にして神秘的であり、しかも単純かつ明解な、かの金言として表現した。——それはまた、［われは東方にあり、西方にあり、天上にあり、われは全世界なり］という言葉としても表現された。[5]（傍点原文）

いまを去る一三七億年前、なぜか宇宙は大爆発を起こした。いわゆるビッグバンというやつだ。ビッグバン以前の宇宙は、時間も空間もない、極微というも極微の「あるもの」だったが、しかしそれはボームのいう「意味の場」を含むものでもあった。この大爆発の展開のなかで（道元の言説によれば、「無」が「時間化」されて）、眼に見える、海や山や木や動物や植物やアンドロメダ星雲などの、この宇宙が生じてきた。原初の「あるもの」が暗在系に当たり、これにしたがって明在系の森羅万象の具体がわれわれの眼前に在ることになる。始原の暗在系は、「おが屑のなかに突っ込まれた鉋《かんな》のように生命体を産み出していった根源」であるベルグソンの「生の躍動」（エラン・ヴィタル）とまったく同じ概念であるし、また宗教でいう「神」とか、あるいは仏、アラー、「気」、「道」、大日如来など、すべて同じ暗在系を指している。宇宙を創り、可視的な宇宙のすべてがたたみ込まれている生命の根源たる暗在系が、すなわち「神」なのである。神は存在者ではなく存在そのものだといってきた所以もそこにある。新約聖書にも書いてあるではないか。

初めにコトバがあった。コトバは神とともにあった。コトバは神であった。このコトバは初めに神とともにあった。すべてのものは、これによってできた。できたもののうち、ひとつとしてこれによらないものはなかった。このコトバに命があった。そしてこの命は人の光であった。[6]

ここでいう「コトバ」が、時間とか空間を超えて実在する暗在系に含まれる、ボームのいう「意味の場」であることは明らかだ（聖書の「コトバ《ロゴス》」という言葉の使い方の巧みさに驚嘆せざるをえない）。初めに十の三十三乗分の一以下の「あるもの」が——万物を産み出し、万物の根源であり、万物がたたき込まれているところの暗在系が、エラン・ヴィタルがあった。暗在系は神とともにあり、「コトバは神であった」、つまり暗在系がいわゆる「神」というものに当たった。「すべてのものはこれによってできた。できたもののうち、ひとつとしてこれによらないものはなかった」。そして「このコトバに命があった」という点に関しては、もう少しあとで述べたいと思う。ヘンダーソンは、世界と自己の内なるこの「命」に触れたからこそ、「人の光」を得ることができたのである。ベルグソンは『創造的進化』のなかで、「どうしてこれがわからないのか」と哲学者らしからぬことを叫びながら、「生の躍動」、つまりキリスト教のいう「コトバ」、つまりボームのいう「意味の場」に直感で触れうる人のことを「神秘家」と呼ぼうといっている。

とすると、大切なことは次のことになる。暗在系の「意味の場」がビッグバンによって発現し、つまり「無」や「空」が時間化されて、現象界としての明在系があるのであるから、超時間的な始原の暗在系のなかに、明在系の森羅万象が、すなわち、ぼくもきみも、木や石も、アンドロメダ星雲もヤブ蚊も、すべてがたたき込まれていることになる。すべてが解け合って個別に分離できないということは、ぼくはきみであり、木は石であり、アンドロメダ星雲はヤブ蚊ということだ。このことはエマソンがすでに「大霊論」のなかで明言しているし、ホイットマンはまさにこのことだけを一生をかけて『草の葉』という大詩集にまとめ上げていった。これがアメリカ文学というか、人類の歴史全体に通底している、ある極限意識としてのリアリティ認識、世界観である。

過去と現在の過ちのすべてを裁き給う思考の存在、あらざるべからざるものを予言し給う唯一の存在——それがこの「統一者」、「大霊」であり、その中にすべての人の個別の存在は組み込まれながら、またその中にあってそれは他のすべての存在と一体となっている。またその一方で、人の中にこそ、全体者の魂は宿っている。あの叡知をふくんだ沈黙——全体者のすべての部分、分子がつながれてい

る永遠の美――永遠の存在は、また、すべての人の中にあるのである。[7]（傍点引用者）

エマソンの哲理はウパニシャッド以来の人類に通底するある真理であり、そしてそれこそがダーフュ王が「ライオンになりきる」ことを通してヘンダーソンにわからせようとしたことであった。思えば、儀式化したキリスト教界に訣別していたエマソンも、パリの動物園でサソリと自分との一体感を（ヘンダーソンのように）実感して、彼の「真理」を得たのだった。人間の個我たるアートマンと宇宙の根本原理たるブラフマンとの〝合一〟による〝自我〟の拡大、あるいは世界との和解の思想だ。ブラフマン（梵）は「ウパニシャッドにおいては宇宙の最高原理と認められている。人が〝われはブラフマンなり〟と知るということは、自らを宇宙の最高原理と合一させること、そうすることによって個体としての自己の本質である〝アートマン〟（我）とブラフマンとの一体性を自覚することにほかならない。ブラフマンとの合一によって、われはもはや他のわれから区別された個体として存在するのではなく、この世の一切となるのである」。[8]

つまり、個別に分離できないとすると、宇宙は全体でひとつということになる。「ひとつのもの」はぼくたちのような生命体をふくむわけだから、生命体のはずだ。したがって、「宇宙は全体としてひとつの生命体だ」という結論になる。「ガイア仮説」の説くように、地球というのは無味乾燥な岩石の塊ではなく、意志をもったひとつの生命体であると解釈したほうが自然なことになる。ディープ・エコロジーの説く大文字の〝自己実現〟の内容も、個体としての個人ではなく、共同体でも、人類ですら、ない。もっと広がって、すべての生命体が含まれる。それは、地球生命圏を〝自己〟としたときの〝自己実現〟を求める。

自己の大きさは各自の〝同一性〟が全体としてどれだけの広がりをもつかにかかっている。各自が同一化したものが〝自己〟になる。そうした自己の感覚が広がってゆけば、〝環境〟や〝自然〟や〝地球〟とつながる。〝個人〟の殻を超えてしまって、自然と一体化し、地球生命圏の全体を自己アイデンティティとするような、深い深いつながり。[9]

ダーフュ王も、「世界はひとつの精神体であるかもしれない」と言うことによってヘンダーソンの〝修行〟をはじめたのであった。ダーフュがヘンダーソンに教えたことも、生あるすべての森羅万象は根源の命から発する同一のものなのだという認識であった。ダーフュ王は、「どうしてそんな悲しそうな、地上的な顔をなさっているのですか？　さあ、あなたはライオンなのですよ。頭のなかで世界を考えてみてください。空を、太陽を、ジャングルの動物たちを。あなたはそのすべてと結びついているのです。ブヨがあなたの従兄弟、大空があなたの思考なのです」と、懸命にヘンダーソンに教え込んだ。

「自己の喪失」ということばを使うときにわれわれが意味しているのは、分離した自己という感覚は誤解、曲解されてきた感覚であり、問題は、この間違った解釈を追い払うことにあるということである。われわれ誰もが体験の流れから隔絶され、まわりの世界から分離した個別の自己という感覚を内奥に秘めている。誰もが「自己」という感覚と、外の世界という感覚をもっている。だが、「内側の自己」という感覚と、「外の世界」という感覚を注意深く見守れば、この二つの感覚が実際には一つの同じ感覚であることがわかる。言い換えれば、いま、私が感じている外の客体としての世界は、内側の主体としての自己と感じているものと同じものなのである。[10]（傍点原著）

ダーフュ王がヘンダーソンに「ライオンになる」修業をさせたりしたのは、まさにこの宇宙モデルの真実をヘンダーソンに体感させることにあった。時間の古今、空間の東西を問わず、すべての「神秘家」が認識してきた宇宙のリアリティを、このアメリカから来た求道者に、実感させることにあった。そしてヘンダーソンがそのリアリティを真に体感したとき、彼は鈴木大拙のいう「菩提知」に満たされた。「この命は人の光」となった。「内側の自己」と「外の世界」という二つの感覚が、じつは同じ命に発する「ひとつの同じ感覚」であるとわかることが、どうして「人の光」になるのか？「初めにあったコトバ」がどうして「人の光であった」のか？

わたしが前から漠然と信じていたことがある――ユングのいう「集合的無意識」とは、つまりはわれわれが内にあずかっている永遠、現象界の根源たるエラン・ヴィタル、つまりは宇宙を創りわれわれの深層にもふくまれている暗在系、つまりは「神」ではなかろうか。「神とは決してこの実在の外に超越せる者ではない、実在の根底が直に神である、主観客観の区別を没し、精神と自然とを合一した者が神である」。[11]神を見たとか悟りを得たとかの、真理への到達は、つまりは自己のなかの普遍的な集合的無意識からのメッセージの受信ではなかろうか、と。（もっともこのことは、ウィリアム・ジェイムズが『宗教体験の諸相』のなかでとっくに予想したことだが。）暗在系が爆発して、われわれもその一部であるところの明在系が生じたのであるから、われわれの深層に暗在系がふくまれているのも道理である。天外司朗は「ボームのいう『暗在系』と、ユングのいう『集合的無意識』とは同じものである」と気づいたとき、アルキメデスさながら、「我、発見《ユリーイカ》せり！」と叫んでしまったという。ここでも仏教は先んじている。ユングのいう個人的無意識と集合的無意識は、仏教の唯識にいう末那識（みなしき）と阿頼那識（あらやすしき）に正確に符合する。そして唯識は、万物の根源である「空」や「無」に発する。

科学がやっと実証しかかっていることを、宗教はとっくの昔に「直感」によって知っていたのだ。

そしてセックス偏重の科学主義者フロイトが認識しえなかった深い真理を、ユングは喝破した。「無意識との対話により、人間の魂はしだいに深化し、聖なる方向にむかっていく」という真実。生命の根源である無意識と触れ合うことにより、聖なる菩提知が、「光」が、得られる。まさに聖書の言う「この命は人の光となる」ということの、すべての意味がそこにある。

トランスパーソナル心理学的に言うと、「ウィルバーによればそれは、東西の宗教的伝統において、空、無、神、ブラフマン、無限、永遠、宇宙などと呼ばれてきた絶対者との合一体験。さらにはそれらとの境界さえ消え去る〝無境界〟の状態。一切の形にとらわれない純粋な目覚めの状態。しかもその形のない空がそのまま形ある世界と一つであるという真理への覚醒。西田哲学で言う絶対矛盾の自己同一。『般若心経』で言う〝色即是空〟〝空即是色〟の世界。それは、粗い肉体から抜け出した意識が微細になっていく、死ぬ瞬間の体験にも似た体験です」。[12]

ユングは、意識が無意識層を自分のなかに取りこむことによって達成される人格を「個性化」(individuation) と呼んでいる。このとき人は、自分が宇宙のすべてにつながる存在であること、「宇宙の市民」であることを知り、生命は死なない、また根源へと還っていくだけだ、「リアリティは愛だ」と知って、世界に「イエス!」の肯定を投げかけ、ともにたまたま地上に生きている他の存在に対する深い愛にくるまれる (ヘンダーソンも、ロミラユに紛失された妻宛の手紙のなかで、「リアリティをリアリティたらしめているのは、愛なんだよ」と述べていた)。自己は消滅することによって、より高次の自己として生まれる。「真なる自己」の確立である。

このように実存開明は普遍的なものについて語るかのように自己について語り、その普遍的なものの構造を提示するが、しかし実存開明の目ざすところは他と代置しえぬものである私自身にのみ出会いうることである。けだし私は自我一般ではなく私自身である。なるほど私は自己一般をもとめるが、しかしこれは私自身を見出すためであり、そして自己一般を見出すためにも私自身をもとめるのである。私は私自身について問うとき、比較しえぬ者としての私自身については全く語りえないということを根源的に経験する。自己は信号となり、この信号を通して私は、私が私自身と自己一般とを一つに包括したものとして考えているものに出会う。[13]

仏教では、人間のいっさいの苦しみや病気の原因は「無明」(むみょう)、すなわち宇宙の真理にうといからだと説く。キェルケゴールのいう「死にいたる病」であるし、ヘンダーソンはそれを「魂の眠り」と呼んだ。自分がそこに発し、自分がそこに還っていく、自分がそれ自体であるところの暗在系を、無意識層を認識していないから、人は明在系を、自分の表面の意識を、唯一絶対のものと錯覚し、そこにおける「我欲」にこだわって、我欲が満たされないからと苦しむ。ヘンダーソンの内面につねにひびいていた「したい! したい! したい!」の声は、我執に呪縛されて苦しみながらも、それを脱した自由な境地を渇望する声ということに尽きる。

ダーフュ王の教えによる「ライオンになる」という修業を通してヘンダーソンが「悟り」を得たとき、「したい、したい、したい……」の声は、「彼女がしたがってる、彼がしたがってる、彼らがしたがってる」と変わっていく。彼は我執を脱し、我執うずまくこの人間世界を俯瞰《ふかん》しうる、より高い眼に到達した。我は彼であり、彼は我であり、彼女であり、木は石であり、星雲がヤブ蚊であるこの宇宙。一が一切であり、一切が一であるこの世界。それ自体が生命であるこの宇宙を真に知ったとき、人は「全体としてひとつ」である宇宙の基本的な性質は「無条件の愛」であり、「仏の慈悲」であるという認識を体感する。「リアリティは愛」なのであり、思わず「なにもののおはしますかは知らねども　かたじけなさに涙こぼるる」（西行法師）覚醒なのだ。機上のヘンダーソンは、還俗《げんぞく》の僧のごとく、帰国したあとの新しい意識のもとでの妻リリーとの生活がいかなるものになるかを思って、浮き浮きとしていた。

> 私がいのちを持つのではない。いのちの一部が私になっている。同じいのちが、木になり、鳥になり、人になる。個人の殻を越えた時、そうしたつながりを、確かな手ごたえで実感する地平が開かれてくる。人間のために自然を利用（支配・搾取）する人間中心のアイデンティティとは異なる、より広い、いのちのつながりのアイデンティティ。自分と他人を隔てる個人の殻に閉じこもったアイデンティティとは異なる、個人を越えたアイデンティティ。[14]（傍点引用者）

わが国にもこの世界観は古代より見られる。我が国の縄文人の世界観はヘンダーソンのそれとまったく同質であったし（梅原猛は『日本人の「あの世」観』〈中央公論社〉でそれを詳説している）、その後も親鸞の『自然法爾《じねんほうに》』（「つねに自然を沙汰せば、義なきを義とすといふことは、なお義のあるになるべし」）から夏目漱石（『則天去私《そくてんきょし》』）、西田幾多郎の「絶対矛盾的自己同一」論（「自己は自己を否定するところにおいて真の自己である」）、宮沢賢治の法華経的認識（「わたくしといふ現象は／仮定された有機交流電燈の／ひとつの青い照明です」詩集『春と修羅』）、五木寛之（『大河の一滴』）にいたるまで、

『雨の王ヘンダーソン』で示唆した世界意識がひそかな水脈となって流れている。

まことに時の古今、洋の東西を問わず同質の世界観は、時の古今、洋の東西を問わず、世界にひろく見られるものである。だからこそオルダス・ハックスリーはそれを「永遠の哲学」(perennial philosophy)と呼んだ。まさにこの世界観、「真なる自己」の哲学は、歴史のなかで千紫万紅に生育している思想の草木科のうち、いつの世でも枯れてはまた芽生えてくる「多年生草」(perennial)の、「永遠の」哲学なのである。

この問いに対し永遠の哲学は、あらゆる時代、あらゆる国において、本質的には同一の答えを与えてきた。あらゆる存在の神的な基盤は精神的な絶対性であり、合理的な思考によっては表現しえないが、(ある環境においては)人間が直接に経験し、認識することのできる或るものであるということだ。この絶対性は、ヒンズー教やキリスト教の神秘主義用語でいう「形なき神」のことである。人間の究極の目標、人間の最終的な存在理由は、この神的な基盤を合一的に識ること――「自己に対して死んだ」、したがって神をいわば容れる準備のできた者のみが知ることのできる認識に達することになる。人類の歴史のどの時代をとってみても、この人類の最終目標に達しうる者はごく数えるほどしかいないことであろうが、合一的な認識に達する機会は、あらゆる感覚的な人間が自己の真に何たるかを識るその日まで、間断なく与えられつづけることであろう。[15] (傍点引用者)

14

〝肥っちょおばさま〟とは誰か？　サリンジャー「グラス家年代記」とオースター、ペロー

――きみはその肥っちょおばさんが誰のことか、知らないのかい？　……ああ、きみ。いいかい、きみ。それはねえ、キリストその人なんだ。

『雨の王ヘンダーソン』のなかで明らかになったのは、宇宙のリアリティとは生命そのものであり、「真なる自己」はその宇宙生命と自己との同根性と一体性を認識したときに達成されるということであった。エマソン風にいうならば、宇宙に瀰漫《びまん》する「大霊」と一体化した「自己」を「信頼」するときに、「真なる自己」は実現されるということになる。「真なる自己」とは、宇宙そのものの秩序と自己の意識とを一致させるところに実現される意識の在り方のことである。この普遍的にして個別的な「真なる自己」を正しく理解したとき、現代のアメリカ文学が到達している他の作品の世界も正しく理解されてくる。

思い出していただきたい。サリンジャーの『ライ麦畑でつかまえて』を論じたとき、沛然と降る雨のなかで回転木馬に無心に興じるフィービーの姿を見てホールデンが受けた至高体験的な「啓示」の意味は、「グラス家年代記」のシーモア・グラスが与えてくれることになると触れておいたことを。ホールデンのもとめた自分の、というか人間一般の真の〝居場所〟は、『ライ麦畑でつかまえて』をはるかに

抽象的・哲学的にした「グラス家年代記」において明示されることになると述べておいたことを。

そしてまた思い出していただきたい。オースターの「幽霊たち」を論じたとき、「自己などというものは存在しない」と真に骨髄に徹して身体で認識したブルーが、その瞬間、真なる自己を求める新しい旅に出立していったことを。超絶的で形而上学的な、つまりは人間意識の〝外国〟である「中国にでも渡」れば、世界のリアリティ自体と合体した、新しい意識としての「真の自己」が、トランスパーソナルな「真の自己」が見つかるかもしれないじゃないかと、結んでおいたことを。

「グラス家年代記《サーガ》」という言い方をしているが、「グラス家年代記」というサリンジャーの作品が存在するわけではない。「グラス家年代記」と言ったのは、国際ボードビリアンのレス・グラスとベッシー夫婦のあいだに生まれたグラス家の子供たち七人の年代記のことである。この兄弟たちはそろいもそろって天才みたいに優秀な人間ばかりで、子供時代に「驚異の豆博士」というラジオ番組に全員で出演し、全米的な人気を博したこともある。しかも物質的で科学的な時代の風潮や価値観のなかにあって、兄弟姉妹たちは若くして自殺してしまった長兄シーモアの想い出を胸に、それぞれ人間としてのあるべき生き方をもとめる精神の純粋さを有してもいる。大げさに言うならば、二千年にわたる西欧の歴史にわたって、その歴史の最初に登場したイエスという人間の自殺に近い死が、その後の人類のあり方に有形無形の大きな影響を与えたのと同じように、悟りを得てから死んだシーモアの自殺は、その後の六人の兄弟姉妹の人生に大きな精神的な影響をおよぼしているのだ。しかし、このグラス家の年代記は一冊の大部の作品にまとめられることはなく、『ナイン・ストーリーズ』（*Nine Stories*, 1953）や『フラニーとゾーイ』（*Franny and Zooey*, 1961）や『大工よ屋根の梁を高く上げよ――シーモア序章』（*Raise High the Roof-Beam, Carpenters and Seymour: An Introduction*, 1963）や『一九二四年ハップワス月十六日』（*Hapworth* 16,1924, 1965）などにバラバラに語られているにすぎない。

グラス家の長男シーモアは一九一七年生まれ。その神童ぶりは、シーモア六歳のときのサマーキャンプを描いた『一九二四年ハップワス月十六日』に詳しいが、なんと十五歳でコロンビア大学に入学、十八歳で博士号をとり、二十一歳で正規の英文学の教授になった。一九四一年に第二次世界大戦に徴兵され、作家サリンジャーと同じようにノルマンディー上陸作戦に参加、帰還後ノイローゼの症状で入院。雑誌『ニューヨーカー』の五五年と五九年度版発表の短編作品を収録した『大工よ屋根の梁を高く上げよ――シーモア序章』においては弟のバディが、兄シーモアの戦争からニューヨークへの帰還、花婿シーモアが結婚式場に現れなかったムリエルとの結婚やその後の二人の駆け落ちなどを物語っている。四八年に退院したものの、三十一歳のとき避暑に訪れたマイアミのホテルで拳銃自殺をとげる。

シーモアのすぐ下の、グラス家の二男がバディ。作家サリンジャーと同じ一九一九年生まれの、作家の分身的な存在。大学は卒業していないが、カナダ国境付近の北部ニューヨークの女子短大で、主として創作や文学を講義している。『大工よ屋根の梁を高く上げよ――シーモア序章』では、兄シーモアの戦争からの帰還や結婚式について語ると同時に、シーモアの自殺のあと、その人間的かつ文学的な意味に関する省察をおこなっている。

長女がブーブー。一九二一年生まれ。大戦時の提督の秘書として活躍していた軍人タンネンバウムと結婚。『ナイン・ストーリーズ』のなかの一編「入り江のほとり」では、ユダヤ系である彼女の息子が kite（凧）を kike（ユダ公）と聞きまちがえるエピソードが語られている。

その下が三男のウォルトと四男のウェイカー。ともに一九二三年生まれらしい双生児なのだが、ウォルトは四五年、日本に駐留中に事故死をとげてしまい、そのショックからか、双生児の片割れのウェイカーはカトリックの修道士となっている。

五男のゾーイは一九三〇年生まれ。大学卒業後テレビ・タレントとして活躍中。「ゾーイ」においてノイローゼ気味の妹フラニーに亡きシーモアの遺訓を伝える方法は、テレビタレントの彼ならではのことであろう。

一番下の二女がそのフラニー。東部の有名大学の優秀な女子学生なのだが、統合失調症にかかり、念仏宗的宗教に凝っている。

以上がグラス家年代記の登場人物となるはずの兄弟姉妹たちであるが、いまのところシーモアとバディ、ゾーイ、フラニーがいろんな短編や中編に中心として描かれているだけで、グラス家全体が長編にまとめられることはついになさそうである。もしサリンジャーがグラス家兄弟の年代記を大河小説にまとめるだけの才能に恵まれていたならば、われわれは二十世紀の精神史を証言する偉大なる文学的記念碑をもつことができたことであろう。しかしサリンジャーは細切《こまぎ》れの個々の〝真実〟をえぐり取って描く短編小説のほうに長《た》けた作家である。それに作家は、一九六五年に『一九二四年ハップワス月十六日』を発表して以来、筆を断ったかのごとくに沈黙を守っている。次の作品よりも先に作家の死亡ニュースのほうがわれわれに届くことになるであろうことはまちがいない。

それでこの十四節では、サリンジャーの後期の「グラス家年代記」を論じながら、ホールデンがもとめてついに得られなかった「真なる自己」のありようを見ていくことにする。その際、「真なる自己」のテーマと同質のものを扱ったオースターやベローの、これまでに取りあげたものとは別の作品もその関連性において適宜取り上げつつ、詳しい解説を並行しておこないたい。

最初に取り上げるのがサリンジャーの「フラニー」。この作品においてわれわれは、宇宙的な自己をふくむ「自己《セルフ》」とは異なる、社会的な「自我《エゴ》」むき出しの周囲の競争社会にウンザリし、絶望しながら、あるべき自分の在り方を模索する女子学生を見る。この作品と関連して、人類全体の存在論的な在り方を模索するオースターの「ニューヨーク三部作」のなかの一作品「ガラスの都市」を採りあげるのは、決して唐突ではない。

次に「真なる自己」に到達した例として、サリンジャーの「バナナ魚に最適の日」と、その関連においてオースターの「ニューヨーク三部作」のなかのもう一つの作品「鍵のかかった部屋」を取り上げる。ところが「バナナ魚に最適の日」の主人公シーモアは、「真なる自己」を達成したあと、みずからの命を絶ってしまう。同様にして、「鍵のかかった部屋」の主人公フランショーは家庭を棄て、世を棄ててしまう。宇宙の真理に覚醒し、それと一体化した「真なる自己」を実現しえたとき、人はその宇宙を棄てるのか？　むしろ、命の尊さを愛しみつつ、世の一隅にあって真理をみずからの姿において顕在化しつつ、つましく生きることにむかうべきではないのだろうか？　アントリーニ先生がホールデンに引用してみせた心理学者ヴィルヘルム・シュテッケルの言葉——「未熟な人間の特徴は、なにかの大儀のために高貴なる死を選ぼうとすることにあり、対するに成熟した人間の特徴は、なにかの大儀のためにつましく生きんとすることにある」(『ライ麦畑でつかまえて』、169) が思い出される。「高貴なる死」を選ぶのは「未熟な人間」の特徴でしかないのか？　ここには困難な思考を要求する困難な問題がある。

そしてこの節の最後にサリンジャーの「ゾーイ」を採りあげる。この作品において、「フラニー」であんなに深い絶望にあった女子学生のフラニーは、自殺した長兄シーモアの遺訓を兄ゾーイを通して教わり、「自我」中心の社会のなかにあって正しく生きる可能性を示唆されて、「真なる自己」の在り方を見る。この作品との関連において採りあげるベローの『この日をつかめ』では、生きるためのあらゆる地位も財産も家庭も名誉も失った、尾羽《おは》うち枯らした主人公トミーが、絶望のどん底において、人間すべての同根性に覚醒し、「真なる自己」に目覚めてゆく。彼らは自殺者や世捨て人たることを拒否し、絶望のただなかから、つましく、高貴に生きることを選びとる。

そしてその「真なる自己」の意識は、十五節で取り上げるヴォネガットの『屠殺場五号』の、生きて在ることに対する静かな歓喜へとつながっていくのである。

一 サリンジャー「フラニー」――オースター「ガラスの都市」との関連で

サリンジャー「フラニー」

社会的にも経済的にも肉体的にも家庭的にもすべての面で恵まれたヘンダーソンの内面に何やらぬ欠落の苦衷の声が絶えなかったのと同様に、サリンジャーの中編「フラニー」の主人公フラニーは、社会的にも経済的にも肉体的にも学力的にもすべての面で恵まれているのに、その内面には周囲の世界と自分とを受け入れ容認することのできない絶望が渦巻いていた。

「フラニー」は、レイン・クーテルという男子学生がアイヴィーリーグのフットボール試合の観戦に行くためにガールフレンドのフラニー・グラスの乗った電車の到着を駅で待っているところからはじまる。駅で待ち合わせた二人は、観戦の前に「シックラー」というレストランに寄って、酒を飲む。

レイン・クーテルは自己中心的で高慢な似非《えせ》インテリの典型のような学生であった。レイン(Lane、普通名詞では「小径」)という名前も、彼の狭量な精神をあらわしているのかもしれない。レインは仏文科でいかに自分は将来を嘱望されているか、フローベル研究の論文にはろくなものがないなどと自慢ばかりしている(「フラニー」、13-14頁)。東部の有名女子大の優秀な学生フラニーは、自己満足した傲慢で軽薄な周囲の人間たちにうんざりして、最近は少し神経衰弱気味であった。そのエゴむき出しの高慢な現代人の典型を、よりによって自分のボーイフレンドのレインに見て、フラニーは辟易《へきえき》し絶望的な気持ちになってしまう。「誰もがやっているすべてのことが——なんて言ったらいいのかしら——悪いというわけではないし、下品ということでもないし、必ずしも愚かしいということでもないんだけれど、でも、とってもちっぽけで、無意味で、そして——悲しいのよ。そして、もっとひどいのは、ボヘミアン的な生き方やクレイジーな服装をして目立とうとしてる人が、かたちが違っているだけで、すべての人と同じような人間であることに変わりはないってことなの」(26)。フラニーは、「自分」というものをもたない、「無個性」の「他者指向」の人間が大勢を占める社会が耐えがたい。「わたしって変。頭がおかしくなりそう。もしかしたら、もう狂ってしまってるのかもしれない」(同)。

同じような考え方や服装や顔つきや感じ方をした、「自分」をもたない多くの人間が、画一的であるがゆえにますます烈しく自分の独自性を押し出し、他人を押しのけてでも自分の「独自性」や優秀さを売り込み目立とうとして、競い合っているこの社会。誰もが、「いやらしい、ちっぽけな自己中心性《エゴマニアック》」(28)しかもっていない。演劇部で活躍していたフラニーは、周囲の、そしてとりわけ自分自身の、我執と我欲の「自己中心性」に吐き気をもよおし、最近、演劇部を辞めた。彼女は英文学科のなかでは誰よりも成績がよく、演劇部では誰よりも演技がうまい。ただフラニーは、すべての「競争」に勝って慢心し自己満足していた自分が、唾棄するほどにイヤで仕方なかった。

「いまのわたしには、頭がおかしくなりそうということしかわからない」とフラニーは言った。「どこを見てもエゴ、エゴ、エゴ、もううんざりだわ。わたしのエゴ、他のみんなのエゴ。誰もかれもが偉いものになりたい、目立ったことをしたい、〝面白い〟人間になりたいと躍起になっているのが、耐えがたいの。気分が悪くなっちゃう——本当よ、気分が悪くなっちゃうのよ。他の人がどう言おうと、関係ないわ」(29-30)。

レインはしたり顔に、「それはきみが本当は競争を怖れているからじゃないの?」(30)と、似非《えせ》心理学者みたいなことを言う。だがファニーは、そんな世間通常の心理学では自分の嫌悪と絶望の説明がつかないことは知りぬいている——「競争を怖がっているんじゃないわ。正反対よ。わかってくれないの? わたしは競争する自分が怖いのよ——それが怖くてならないの。だから演劇部を辞めたの。わたしが他のすべての人の価値観を受け入れるように訓練されているからといって、拍手喝采され、誉めそやされるのが大好きだからといって、それでいいということにはならないわ。わたしはそういうことが恥ずかしいのよ。うんざりするの。絶対的な無の人間になる勇気のない自分が、うんざりなの。評価されたい、目立ちたいと躍起になっている自分が、他のすべての人が、うんざりして吐き気がするのよ」(30)。

なんとか救われようとフラニーは、無名のロシアの農夫の書いた『巡礼者の道』という書物をいつもたずさえていた。それは、四六時中休まずに「主イエスよ、我を憐れみたまえ」という祈りを唱えていれば、祈り自体が精神的に機能して、「内的な変化」を生じさせるという他力本願的救済を説いた宗教的な本であった。ノイローゼにかかっているフラニーは、トイレのなかでそうであったように、周囲と自分の醜悪さにくずおれそうになるとき、この宗教書を支えとして生きていた。『巡礼者の道』はフラニーにとって、アーニュイ族の女王ウィラテイルの「グラン・チュ・モラーニ」の教えと同じ意味と働きしかもつことはできなかった。まさにその通りだと納得し、内面の苦衷は少しは軽減されるのではあるが、全面的な救いとなることはなかったのだ。ワリリ族のダーフュ王がヘンダーソンにもたらしたような救済と変身は、いまだフラニーには訪れていない。

フラニーはふたたび気分が悪くなり、「失礼」といって二度目のトイレに立ったものの、トイレまで行きつくことはできず、店の隅のカウンターのところでフロアに倒れこんでしまう。レインがタクシーを呼び、水をとりに部屋の外に出ていったとき、独りになったフラニーは、横になってじっと天井を見上げながら、念仏宗教の祈りを唱えつづけていた。

オースター「ガラスの都市」

オースターの「ニューヨーク三部作」のなかの一編「ガラスの都市」も、いまの現実の世界に意味を見いだしがたく、あるべき世界を渇望する人間精神がテーマとなっている。

小説は「すべては一本の間違い電話にはじまった」と、はじまる。電話を受けたのは主人公のダニエル・クイン。五年前に愛する妻と三歳のひとり息子を事故で喪って以来、クインはフラニーとは違う意味にせよ、生きている意味を見いだすことができないでいる。しかし、死んでしまうこともできず、彼はウィリアム・ウィルソンというペンネームのもと、私立探偵のマックス・ワークを主人公兼ナレーターとする探偵小説を書いて生計を立てていた。生きることの意味が見いだせない彼の内面は、『もう一つの国』の登場人物たちのように虚ろで、空虚だ。彼は自分によりもむしろ、自分の創りあげた架空の人物であるマックス・ワークのほうにより実在感を感じる。「自己」の実在感など、まったくない。「もちろん、彼はとうの昔に自分のことを実在の人間と考えることはできなくなっていた。もし彼が少しでもこの世に生きているとするならば、それは架空の人物マックス・ワークを通して現実と触れ合うことによるものでしかなかった。彼の創った私立探偵が必然的に実在の人物になってこざるをえない。本なるものの性質からしてそうならざるをえないのである。クインが自分を人間として消えさせてしまい、奇妙な隠遁者的生活のなかへと引きこもれば、ワークは他者の世界に生きつづけることになり、クインが人間として消滅すればするほど、この世におけるワークの存在感は強くなってくる」（「ガラスの都市」、9頁）。人間クインは自己をもたない「空虚な人間《ホローマン》」となり果て、彼の創ったワークは彼の「分身《オルターエゴ》」としてこの世に存在している。そういえばクインのペンネームのウィリアム・ウィルソンは、エドガー・アラン・ポーの、人間の「分身」を描いた短編「ウィリアム・ウィルソン」の主人公の名前であった。クインは喪失した自己を「探偵」していた。

私立探偵《アイ》。この言葉はクインには三重の意味を有していた。これは「探偵」の意味の〝アイ〟であるばかりでなく、大文字の〝私《アイ》〟――呼吸する自己という肉体のなかに埋め込まれた小さな生命の芽の〝私〟の意でもあると同時に、それは作家の肉体的な〝眼《アイ》〟でもあった。自分の内面《なか》から世界を見やり、世界にその真実の相を顕すことをもとめる人間の眼。五年間というもの、クインはこの言葉遊

びに捉われて生きてきた。（8）

間違い電話はクインにというよりも、彼のより実在的な分身の、私立探偵であるワークにかかってきたものであった。「私立探偵局のポール・オースター」にかかってきた間違い電話も一度ならず二度ともなると、もともと自分をもっておらず、暇だけ持てあましているクインは、そのオースターなる人物になりすましてやろうと決意する。イースト六九丁目のクライアントのマンションに出むいたクイン（＝私立探偵ポール）は（「幽霊たち」における同様、「自己」など存在しない人間にあっては、名前という記号は何でもいいのである）、正確に言語を話すことのできない奇妙な青年ピーター・スティルマンと向かいあう。「お赦しください、オースターさん。ぼく、あなたを悲《サッド》しませているみたいね。何も訊かないでください。ぼくの名前、ピーター・スティルマン。でも、これ、本当の名前と違う。ぼくの本当の名前はサッドさん。あなたのお名前は何ですか、オースターさん？　もしかしたら、あなたが本当のサッドさんかもしれませんね、ぼくはサッドじゃありません」（20）。「神について語る」（23）父親のため、ピーターは幼児のときから九年間も暗室に監禁され、おかげで「暗いところではぼくは神の言葉をしゃべるのですが、誰もぼくの言うことを聞いてくれない」（25）と言う。

ピーターの妻ヴァージニアの語るところによると、ピーター・スティルマンの父親ピーター・スティルマンはボストンの名門の資産家。ハーヴァードで哲学と宗教学を研究し、コロンビア大学の教授となる。『エデンの園とバベルの塔――新世界の新ヴィジョン』という書物を発表し、結婚した。ところが妻のとつぜんの逝去（睡眠中の突然死とも、自殺とも、夫による殺害とも噂される）のあと、スティルマンは二歳の息子を九年間もマンションに監禁してしまった。失火事件で偶然にピーターの監禁が発覚し、スティルマンは裁判にかけられ狂人として収監され、ピーターは入院する。病院で言語セラピストのヴァージニアと出逢って結婚。ヴァージニアの献身的な看護と愛情によりピーターは十三年かかって今の（しかし決して尋常とは言えない）状態にいたった。「ピーターは今では普通の人と同じように話をすることができます。でも夫はまだ頭のなかに別の言葉も憶えているんですの。その言葉というのは神の言葉なんです。神の言葉を話すことのできる人は他にいませんし、翻訳することもできません。この言葉を話せるからこそ夫は神のすぐそばに生きているのですし、有名な詩人になることもできたのです」（24）。どうやら父スティルマンがピーターを九年も監禁して教え込もうとしたのは、この「神の言葉」であったらしい。ところが父スティルマンは、九年間の監禁教育に失敗したと信じ込んでいるようなのだ（妻ヴァージニアは夫ピーターが神の意識に達していると信じているが、どうも読者のわれわれとしては、ピーターは精神に異常をきたしているとしか思われず、父の思い込みのほうが正しいように思える）。今回、父スティルマンは刑務所を出所し、九年間も監禁して息子に教え込んだことを息子が実現していないことに絶望し、息子ピーターを殺しにやって来るという。スティルマンがニューヨークに着くのは翌日である！

　詩人ピーター・スティルマンを父親ピーター・スティルマンの魔手から護るという仕事を引き受けたクインは、その帰途、「自分の考え、観察、疑問点などを記録するために」（46）、文房具店で赤のノートブックを買い求める。赤のノートブックは、「幽霊たち」のブルーと同様、探求のノートブックとなる。なぜなら自宅に戻って机にむかったクインは、赤のノートブックにダニエル・クインのイニシャルD・Qを書き記したのである。「五年以上もの歳月の間、彼が自分自身の名前を何かに記したのは、これがはじめてのことであった」（47）。彼は自分になろうとしている。分裂してしまった自分のなかに自己を失ってしまっているクインにとって、この赤のノートブックは、ブルーのノートブックとまったく同じように、自己探求のノートブックであった。クインはこの「事件」のなかに何かを感じとっていた。彼は、買ってきたばかりの赤のノートブックに書き記す――

そして、なかでももっとも重要なこと――それは、自分とは誰であるかを思い出すこと。自分とは何であることになっているのかを思い出すこと。これはお遊びなんかではないと思う。反面、確かなことは何もわからない。たとえば、あなたとは誰なのか？　そして、もしご自分が誰であるかを知っているとあなたがお思いなら、どうしてそんなウソをつくのですか？　ぼくにはわからない。ぼくの名前はポール・オースター。これはぼくの本名ではない。（傍点引用者。49）

翌日の午前中、クインはコロンビア大学の図書館に行き、ピーター・スティルマンの著書『エデンの園とバベルの塔――新世界の新ヴィジョン』を調べてみる。スティルマンは、「新大陸は人類のユートピア思想を促進するものであり、アメリカは理想的な神政国家、真の〝神の都市《まち》〟となるべく運命づけられていた」（51）と論じていた。もちろん、「われわれの知っている人間生活はエデンの園追放、堕罪のあとにはじめて生じてきたもの」（52）であるが、「バベルの塔は、世界の真の開始の前の最後の象徴として屹立している」（53）。「一般に認められているところでは、バベルの塔が建設されたのは天地創造から一九九六年目、ノアの洪水のおよそ三四〇年後のことであった」（同）。楽園追放は、人類が善悪を知ったという意味で、「人間の堕罪というよりも、言語の堕罪を物語る」（52）ものであり、人類が地上に分散してしまわないように建てられたバベルの塔は、「神に対する挑戦」であった。憤怒に駆られた神がバベルの塔を破壊したことにより、天上のイノセンスを失ってしまった人類は、たくさんの民族と言語に別れて地上に分散し、異教と偶像崇拝が地上に蔓延することになった。かくて天上のイノセンスを失い、内に分裂して争いと対立と憎悪と欲望にふける現実の人間世界の歴史がはじまった。人類は、いまこそ、かつての天上のイノセンス、「神の言葉」を取り戻さねばならない。

ここでスティルマンは、ボストンの牧師を務めていたヘンリー・ダークという人物の経歴と思想を語りはじめる。『失楽園』の詩人ミルトンの秘書をやっていたヘンリー・ダークは、ミルトンの死後、荒廃の地イギリスを棄て、アメリカに移住を決意、一六七五年にボストンの地に着いた。ダークは一六九〇年に「新しきバベルの塔」というパンフレットを出版。そのなかで、ユートピアは地上のどこかに発見しうるものではなく、「むしろ人間の内面に存在しうるものである」と論じている。もし人間の堕罪が言葉の堕罪を内包するものであるならば、「エデンの園で話されていた言語を再創造することにより、堕罪を回復することも可能ではなかろうか？　もし人間がこの原初のイノセンスの言葉を話すことができるようになったら、それにより人間はイノセンスの状態を自己の内部に回復することができることになる」(57)。したがって、「人間は原初のイノセンスの言語を話し、自己の内に、欠けることなき完全な真理を回復することが可能となる」（傍点引用者。57）と、ダークは論じている。

人類は、いまや、「神の言葉」という一つの言語のもとにまとまり、天上の叡智《えいち》にむかって伸びる「バベルの塔」をふたたび建てねばならない。古代のバベルの塔が建設されたのは、ノアの洪水の三四〇年後。メイフラワー号がアメリカに到着したのが一六二〇年だから、したがってアメリカに新しきバベルの塔が建設されるのは、その三四〇年後、一九六〇年ということになる。「一九六〇年、バベルの塔は、人間精神の再生の象徴として、天を目指して高く上ることになろうと、ダークは確信をこめて述べている。人類の歴史は遡及《そきゅう》的に語られることになろう。地に堕したものが天に上げられ、壊されたものが復元されるのだ。完成の暁《あかつき》には、新しきバベルの塔は新世界のすべての住人を内にかくまうことになるだろう」(59)。ここまでスティルマンの著書を読んできたクインは気がついた――一九六〇年といえば、スティルマンが息子ピーターの監禁をはじめた年であることを! スティルマンは、精神的に空虚で荒廃した〝荒野〟である現代世界をエデンの園の平和と静謐に戻すための超絶的な叡智を、息子に習得させようという実験をおこなっていたのだ。

「〈カテゴリー論〉とは存在者の存在の究明であり、〈意味論〉とは存在との関連における言葉についての形而上学的省察」(ハイデガー)であり、スティルマンが述べているように、両者は不可分離に関連し合っている。存在論的な「エデンの園の物語」は、単に存在論的な人間の堕罪であるばかりでなく、言語的な「言葉の堕罪」でもあった。そしてスティルマンは、息子ピーターに「神の言葉」を習得する教育をしただけでなく、現代人すべてが「神の言葉」を身につけることの必要を説く。この「神の言葉」とは何か?

丸山圭三郎によると、言葉には「神の言葉」と「アダムの言葉」との二つの機能がある。「神、光りあれと言い給ひければ、光りありき」(「創世記」第一章)に見るがごとき、「それまで存在しなかった対象を生み出す根源的作用」としての「神の言葉」。そして、「アダムが生物《いきもの》に名づけたるところ、皆その名となりぬ」(「創世記」第二章)に見るがごとき、「すでに存在している事物や観念にラベルを貼る二次的作用」としての「アダムの言葉」である。[1]

ラング=パロールとしての「アダムの言葉」と、ラング化されないランガージュの位相としての「神の言葉」は決して別物ではなく、両者は言葉の機能として複合化し重層化してはいる。しかし本来、「アダムの言葉」の位相は意識の表層であり、「神の言葉」の位相は意識の深層、「下意識」とか「潜在意識」と呼ばれる無意識層に多く関わってくるということは言える。たしかにソシュールは、ラングの透明な記号の世界に対し、「マグマ状の意味可能体の差異化が行われる意識の深層における意味生成の動き」を「現前の記号学解体」として示したし、それがのちの「言葉としての無意識」（ラカン）や「間テキスト性」（クリステヴァ）に代表されるテキスト生産理論を生み出した。[2] さらに丸山が興味深いのは、「神の言葉」の関わる深層意識を、現代の言語学者たちを先取りして世界のリアリティの織り込まれているユング的な深層の無意識層を説く東洋思想にもとめている点である。インド大乗仏教の二大学派の一つ「中観派」の〈縁起〉説によれば、すべての事象は関係によってのみ存在する。ところがわれわれは、「言葉が生み出した現象的他者を客観的実在と思い込んで疑うことを知らない」。「私たちはまず何よりも、この擬似的客観存在が、じつは恣意的分節行為すなわち〈妄分別〉の結果に過ぎないことを知る必要がある。それを可能にする〈意識の空化〉を行うためには、表層のラングから深層のランガージュへと垂直に降りていかねばならないだろう」。[3] すなわち、われわれは世界の何たるかを知ろうと思えば、リアリティの実相が映し込まれている集合無意識のイノセンスへと、「神の言葉」へと、降りていかねばならないということになる。二大学派のもうひとつの「唯識派」においても、「一切の現象が言葉によって妄分化された仮象に過ぎない」と、中観派と同じことを説いている。すなわち、「現象以前の〈空〉から、現象的世界が意味化されて登場する過程での深層意識の役割の大きさを強調しているのである。それを認識するのが「神の言葉」であることは、表現こそちがえ、先に『雨の王ヘンダーソン』のところで述べたことと一致する。

人類が取り戻さねばならないとスティルマンの説く「神の言葉」とは、世界のリアリティに関する超絶的な認識、それに基づいた意識を指している。その「言葉」を知ったとき、われわれは「自己の内に、欠けることなき完全な真理を回復することが可能となる」はずである。それは、「真なる自己」を達成したときに見えてくる「完全な真理」と同じものであると、われわれは信ずることができる。

スティルマンの著書を調べた日の夕方、クインはグランド・セントラル駅に行き、ヴァージニア・スティルマンにもらった昔のスティルマンの写真を頼りに、ピーター・スティルマンとおぼしき老人を発見し、さらに老人のあとを尾《つ》けて、老人が九十九丁目のホテル・ハーモニー（このホテルの名前も、人類の自己と世界の分裂ではなく〝調和〟を暗示している）に宿泊することにしたことを確認する。

翌日からクインはホテルの前でスティルマンの見張りをはじめた。毎朝スティルマンはホテルからマンハッタンの街の散策に出かけ、そのつどクインはスティルマンのあとを尾ける。もちろん、クインは帰宅すると、スティルマンのその日一日の散歩のコースを赤のノートブックに記録した。そういう散策と尾行が二週間も続いた。スティルマンの散策は、毎日コースが違っている。二週間後、クインはスティルマンの散策のコースをまとめてみた。ペンで辿ったコースの道筋を線で追ってみると、**OWEROF-BAB**となる。並び替えると、**OWER OF BAB**。まだスティルマンの散歩は完結していないが、この後のコースから浮かび上がってくる文字は歴然としている。**TOWER OF BABEL**（バベルの塔）！　今のところ欠けている文字は、EとL。合わせると、EL。これは古代へブライ語で「神」の意味だ。いまだ「神」を獲得していない「バベルの塔」。スティルマンは、クインに対してではなく（老人がクインの尾行に気づいているはずはない）、人類に対して何らかのメッセージを発しているにちがいない。

そのメッセージの意味は、この世界に生きることの空漠さに悩んでいたクインには、いまや、少しわかる気がする。

とうとうクインはスティルマンと直接話をすることにする。リヴァーサイドの公園のベンチでスティルマンの隣に坐り、クインと自己紹介したクインは、スティルマンの重い口から重要なことを聞き出すことに成功した。スティルマンは、人類はいまだ本来の人類になっていない、世界は分裂しているという。「おわかりですか、世界は分裂しています。この世界を元通りにするのが、わたしの任務です」(91)。むろん、クインは肌身に感じてその意味がわかる。「わたしらは人生の目的意識を失っただけでなく、そのことを表現する言葉も失ってしまった。それは、もちろん、精神的な事柄だが、しかし物質世界にそのアナログはある。わたしの輝かしき一歩は物質的なものから、触知しうる現実的なものからはじめることにしましたのじゃ。目指すところは崇高さなんですが、仕事自体は日常性の領域でおこなっております。だからわたしはいつも誤解されとるんですな。ま、それはしかたない。我慢できるようになりましたよ」(92)。スティルマンがとくにニューヨークを選んだのは、「壊れた人間、壊れた物、壊れた思想」(94)、「この街全体がゴミため」であるからという。この文明論的、存在論的な現代社会批判は、フラニーの、もっと個人的で情緒的な、「いまのわたしには、頭がおかしくなりそうということしかわからない。どこを見てもエゴ、エゴ、エゴ、もううんざりだわ」の叫びと一致する。クインの内面の、声なき絶望の叫びと一致する。もし人間が、いまの現実を超克する新しい意識を、世界との〝調和《ハーモニー》〟の意識を回復したら、それは「人類史上もっとも重要な出来事」(95)となるにちがいない。

二回目の話し合いは、スティルマンのいつもの朝食の場所「メイフラワー・カフェ」でおこなわれる。ヘンリー・ダークと自己紹介したクインにスティルマンは、自分の著書に登場するヘンリー・ダークは実在の人物ではなく、「わたしの創りあげた人物」(96)だと笑う。だが、重要なのはヘンリー・ダークのイニシャルのH.D.。とくに『不思議の国のアリス』に出てくるハンプティ・ダンプティ(イニシャルはH.D.)。あの卵の。卵のハンプティ・ダンプティこそ、「今の人類の状態を表す完璧なる象徴」(97)。「というのも、人間は、いうなれば、卵なのです。こうやって存在してはいますが、しかしわれわれは本来定められた人間の形態にはまだ到達していません。われわれは純粋なる可能体、〝いまだ到達せざるもの〟の実例ですな。なにせ今のところ人間は堕落した生き物なんですから——それは創世記の昔から明らかなことです」(傍点引用者。98)。

三番目の話し合いは、ふたたびリヴァーサイドのある店でおこなわれた。ピーター・スティルマンと自己紹介したクインに、最初はスティルマンも驚くが、クインが息子のピーターにそっくりであることを認める。というか、クインはスティルマンの著書を読み、彼を尾行し、彼と話を交わすうちに、スティルマンの説く人類救済の思想を、まさにいまの自分に必要なものとして理解しはじめていたのである。息子ピーターの身を案じるスティルマンに、ピーター・スティルマンになりすましたクインが、「ぼくはすっかり回復しましたよ」と応えるとき、それはスティルマンの現実の息子ピーターの病気回復のことではなく、人生の目的意識の無さのうちに沈倫《ちんりん》していたクインの精神的な回復のことを言っているにちがいない。だから、「すべての言葉が遣えるようになりました」(101)と言うクインに、スティルマンは、「君のことが誇らしいよ」と応える。スティルマンは、一九六〇年に自分の息子ピーターのなかにはじめた実験の、すばらしき成功を、現実の自分の息子のなかにではなく、ピーター・スティルマンと名乗る見知らぬ青年のなかに見たのである。「これでわたしは思い残すことなく死ぬことができるよ、ピーター」(103)と言ったスティルマンは、クインに「すべてのことを憶えているんだよ」と諭し、それに対しクインは、「忘れませんよ、お父さん。約束します」(104)と応える。クインは、ピーター・スティルマンの思想を受け継ぐ、真の「息子」となったのである。

翌日もクインはスティルマンの見張りに出かけるが、いつまで経ってもスティルマンがホテルから出てこない。クインがフロントにいって確かめると、スティルマンは前夜ホテルをチェックアウトしたという。

ヴァージニア・スティルマンから電話があり、ピーターに朝方誰かから電話があって、以来ピーターはすっかり何かに脅《おび》えているという。電話は父親のピーター・スティルマンからにちがいない。スティルマンがいよいよ行動を起こしたのだ。ピーターを護らねばならない。

もともとクインはポール・オースターへの間違い電話がかかってきて、今回の仕事を引き受けたのだった。ここはプロの私立探偵のオースターに、どうすべきか訊くしかない。しかし電話帳に載っていたニューヨークで唯一のポール・オースターという名前の人物を訪ねたが、ポール・オースターは私立探偵ではなくて小説家であった。事情を聞いたポール・オースターは、クインがヴァージニアから受け取る探偵料の小切手(オースター名義)を換金してクインに渡してやろうと約束してくれる。

ヴァージニアに何度電話しても、いつも通話中である。なんとしてでもピーターを護るためには、ピーター・スティルマンのマンションの前に見張りに立ち、父親が危害を加えにマンションに立ち入ったりしないよう、四六時中の監視態勢にはいるしかない。クインはマンションの前の小路《こうじ》に陣取った。食事は、統計的にもっとも多くの人が睡眠中であるという朝の三時半から四時半の時間帯を選んで食料の買い出しに出かけ、睡眠は五、六分ごとに三十秒間だけ眠るという方法をとって「寝ずの番」を貫徹し、入浴と髭剃りはいっさい省略した。こうやって不眠不休の監視が続いた。監視をはじめた晩春はいつか夏になり、そして八月も終わりになってきた。スティルマンはついに現れない。もう二ヶ月半も監視をつづけていたことになる。

資金がすっかり尽きてしまった。金を取りに自宅にいったん戻るしかなかったが、もうバス代もなかったので、歩いて自宅に戻ることにした。途中、ある店の前の正面の鏡に自分の姿を映してみた。そこに映った人間はとうてい自分とは思えなかった。それは、見たこともないホームレスでしかなかった。しかし、もっと仔細に鏡の像を見ているうちに、そこに映った人物は、ポール・オースターを装って私立探偵を演じている男の姿ではないことがわかってきた。それは、他人を演じているクインではなく、クインという人間そのものだ。「その人物は、クインが昔から自分自身と考えてきた男にどことなく似通っていることに、じょじょに気がついてきた。そう、それはどちらかというとクインその人であった」(143)。クインはだんだんと「自己」を取り戻していたのだ。

クインは野宿をして二ヶ月半ぶりにぐっすりと眠り、そして朝を待ってふたたび自宅にむかって歩きはじめた。途中電話ボックスがあったので、オースターに預けてあった五〇〇ドルの小切手のことを思い出し、先に現金を手にしようと考えた。ポケットに残っていた最後のコインで電話をかけると、電話に出たオースターも何度もクインに電話をかけていたという。オースターが伝えたかったのは、小切手は不渡りであったこと、そしてピーター・スティルマンはブルックリン橋から投身自殺を遂げたこと！二ヶ月半も前に。つまり、クインが不眠不休の監視態勢に入ったとき、すでにスティルマンはこの世の人ではなかったのだ。

クインはやっと自分のアパートにたどり着く。ところが自分の部屋にはすでに別の女性が住んでいて、その女性は、前のテナントのクインなる人物は数ヶ月も家賃を滞納して行方不明になっていたため家主からテナントを抹消されたのだと話す。とうとうクインは住所も仕事も金も、すべてを失ってしまった。そのときの彼を、小説は不思議なかたちで表現している――「クインは深い溜息を吐《つ》いた。彼は自己の終着点まで達したのだ。まるで大いなる真理がついに自分の中に顕れ出でたかのごとく、彼はそのことを感じることができた。彼には何も残っていなかった」（傍点引用者。149）。これは、クインがいかなる状態に達したことを述べているのか？ 個我としての「自己」が失われた極限のさらにその先にあるもの、普遍的な「真なる自己」の開示される前の段階、「神の言葉」が見えはじめようとしている段階――いまやクインはその状態に達したのである。老スティルマンの真の精神的な子供として彼は再生しかかっている。二ヶ月半の〝荒行〟によって、道元の言う「百尺竿頭に一歩を進」めたのだ。

だからクインは息子ピーター・スティルマンのアパートに行き、ピーターもヴァージニアもどこかに姿を消してしまったその部屋に独りとどまって、ひたすら赤のノートブックに執筆をはじめる。靴も衣服もすべて脱ぎすてた。彼は「肉体」というよりも「精神」になりつつあったのだから、靴や衣服は必要ない。ペンネームのウィリアム・ウィルソンとか、自分の創りあげた人物マックス・ワークなど完全に忘却した。彼は「作家」として書いているのではなく「自己」として書いているのだから。食べ物も、執筆をする「肉体」としては無しですませるわけにはいかなかったが、不思議なことに、誰もいない部屋なのに彼のわきの床に必要なだけ皿に盛っておかれていた。時間や空間を超えた普遍の次元に没入しかけているのだから、食事が自然に与えられたからといって、「彼は驚くことも当惑することもなかった。そうさ、こういうことだって大いにありうるだろうさ」（153）。だんだん周囲が暗くなってくる。「ゆっくりとクインは終着に近づいていた」(156)。彼は「懸命に自己を表現」(同)せんとしている。彼は「神の言葉」を書こうと必死だった。

クインは星々のこと、地球のこと、人類に対する自分の願いなどを書き記した。自分の言葉が自分から切り離され、世界全般の一部となって、石や湖や花などと同じ個別の実在するものと化したことを感じた。その言葉はもう彼個人とは何の関係もなかった。彼は自分の誕生の瞬間《とき》を、母の子宮からゆっくりと引き剝がされるときのさまを、想い出した。彼は世界の限りないやさしさを、これまで愛したすべての人びとのやさしさを、想い出した。それらがすべていかばかり美しいか——重要なのはいまやそのことだけであった。(同)

かくて『ニューヨーク三部作』のもうひとつの作品「ガラスの都市」では、老スティルマンが、脆弱でもろい〝ガラスの都市〟のごとき現代文明にあって、人間は永遠的なものに通じる叡智を、「神の言葉」のイノセンスを回復して本来の人間へとなるべきであることを説き、クインがその信奉者・継承者となってノートブックにスティルマンの哲学探求をおこない、その哲学を実践するためにどこかへと旅立ってゆく。赤のノートブックは、「赤のノートブックの紙枚が尽きてしまったら、そのあとはどういうことになるのだろうか?」(157)という一文で終わる。クインはフラニーのように「神の言葉」をもとめている。そして、フラニーが「ゾーイ」において「神の言葉」としての〝真理〟を与えられるように、『ニューヨーク三部作』のもうひとつの作品「鍵のかかった部屋」において、われわれは「神の言葉」を知ったクインというべきファンショーを見ることになる。クインは〝フラニー〟に、〝ファンショー〟に、なっていくにちがいない。

二　サリンジャー「バナナ魚に最適の日」――オースター「鍵のかかった部屋」との関連で

サリンジャー「バナナ魚に最適の日」

「純粋経験とは自己が真の自己になりきることだ。真の自己を知ることだ。真の自己とは宇宙の本体であり、そこに究極の実在があるということだ」[4]――何度も言うことになるが、「真理」は自己のなかにしかないし、宇宙の究極の実在たる「真理」を体得したとき、自己は「真の自己」になる。すべての本物の宗教、すべての本物の哲学も、結局はここに帰する。サリンジャーの九編の短編を集めた短編集『ナイン・ストーリズ』(*Nine Stories*, 1953)の最初の作品、「バナナ魚にとって最高の日」〝A Perfect Day for Bananafish〟も、まさに宇宙の本体である「真の自己」に到達するシーモア・グラスを描いている。

フロリダのホテルの五〇七号室でシーモアの妻ムリエル・グラスが、ニューヨークの実家の母親と電話をしている場面で短編ははじまる。シーモアは第二次世界大戦の除隊後、重度のノイローゼにかかってしまい、母親はそのことを心配して娘に電話をかけてきたようである。母親は、「シーモアが完全に自分を見失ってしまう可能性がある」(傍点原著。「バナナ魚にとって最適の日」、8-9頁)から、「お父さまなど、すぐに帰ってこいとおっしゃってるわよ」と心配する。

そのころ同じく海岸に出ていたシビル・カーペンターという少女は、母親に日焼け止めのクリームを塗ってもらいながら、「もっと鏡を見るのよ（See more glass）。ねえ、もっと鏡を見た？」(14) などと言っている。「もっと鏡を見る（See more glass）」は、つづめていえば Seymour Glass、つまりシビルが知り合いとなった、同じホテルに滞在している避暑客の青年の名前シーモア・グラスとなる。「もっと鏡を」という神託めいた言葉も、実相《リアリティ》を映し出している現象界という「鏡」をもっと、つまり、その奥まで貫き見ることを意味しているにちがいない。シーモアは明在系にあって、存在論的な「鏡」を通し暗在系を、宇宙の実在《リアリティ》を見ようとしている人物である。そういえばシビル・カーペンターの「シビル Sybil」という名前も、「女預言者」や「巫女」を意味する古代ギリシア語の sibylla を思わせる。「もっと鏡を見るのよ」は、言ってしまえば、「神の言葉」を話すようになりなさい、と同義なのである。

シビルは強度のノイローゼの患者のシーモアのもとへと砂浜を駆けてゆき、シーモアは童女シビルを浮き輪にのせてやって、二人して水遊びをする。浮き輪遊びではあるが、なにせ宇宙の実在を見ている青年と、「神託」を伝える童女との会話である。会話はどうしても浮世離れした、超絶的な寓意とならざるをえない。小説の扉に作家サリンジャーは、江戸時代の臨済禅宗「中興の祖」と称される名僧白隠禅師の、いわゆる「隻手音声《おんじょう》」の公案を掲げている。「We know the sound of two hands clapping（両手を合わせて手を鳴らせば、パンと、音がする）、But what is the sound of one hand clapping?（では、片手では、どんな音⁇）。ゼン・コウアン（禅公案）」。禅の公案は、周知のとおり相手の悟りの度合いを知るために作成された質問であるが、白隠自身、四十二歳のときに真理に覚醒して「悟り」を得た瞬間、「覚えず声を放って号泣」したと伝えられている。「キリギリスの相連なりて鳴く声に、豁然と『法華教』のとうとい真理にふれ、従来の疑問はすべて氷解し、あまりの嬉しさと有り難さと尊さに、涙が豁然とくだり、号泣した」。[5]『ナイン・ストーリズ』の最初の短編「バナナ魚にとって最良の日」（と、最後の短編「テディ」）は、「悟り」に関する物語なのである。

次にシビルは「『リトル・ブラック・サンボ』を読んだことある？」とシーモアに訊き、昨夜その本を読み終わったばかりのシーモアはその質問の偶然の符合《シンクロニシティ》に驚く。さらにシビルは童話のトラを「たったの六匹」（21）と言い、シーモアは「たったの六匹！　きみは六匹を〝たったの〟と言うのかい！」とビックリする。しかしヘレン・バナーマンの童話『リトル・ブラック・サンボ』において、おたがいの尻尾を咬んで木のまわりをグルグルと走りまわるトラの数は四匹であって、六匹ではない。「six（六）」はラテン語ではsex（セックス）を意味する。人間をこの世に縛りつける数ある煩悩のなかでも最たるものは、肉欲の呪縛であろう。シビルのこの勘違いは、最大の煩悩に対するシーモアへの警告と考えることができる。「たったの六匹」とは、「たかがセックス」と読み替えることができようか。

シーモアはシビルを浮き輪に乗せてやり、沖のほうへと出ていく。シーモアはバナナ魚(bananafish) がいるかもしれないから、よく探してごらんと、シビルに言う。

「手を離さないでよ」とシビルは命令口調で言った、「ちゃんともっててよ」

「カーペンターのお嬢ちゃん、まかせなさいって」とシーモア。「それよりもバナナ魚がいないか、よく眼を開いて探すんだよ。今日はバナナ魚にとって最良の日だからね」

「どこにもいないわよ」シビルは言った。

「それも無理ないね。バナナ魚の習性は非常に独特なんだ。非常に独特なんだよ」彼は浮き輪を押しつづけた。もう胸のあたりまで海水に浸っている。「とっても悲しい生活を送る魚でね。どういう生活か知ってる、シビル？」

シビルはかぶりを振った。

「あのねえ、バナナ魚たちは穴へと入ってくるんだけど、その穴のなかにはたくさんのバナナがあるんだ。穴に入ってくるときはバナナ魚はごく普通の魚なんだよ。ところが、いったん穴のなかに入ってしまうと、まるでブタみたいに寝穢《いぎたな》いふるまいをする。バナナ穴に入っていって、バナナを七八本も食べてしまったバナナ魚だって知ってるよ」と、浮き輪をさらに沖のほうへと押しやると、「とうぜん、バナナを食べすぎてブクブク肥っちゃったら、バナナ魚は二度と穴から出られなくなる。入り口が狭すぎて外に出られないんだ」

「そんなに沖に出さないでよ」とシビルは言った、「それで、どうなるの？」

「どうなるって、誰が？」

「バナナ魚よ」

「ああ、バナナを食べすぎてブクブク肥ってしまい、穴から出られなくなったらってこと？」

「そうよ」

「うう〜ん、あんまり言いたくないけどね、シビル。死んじゃうんだよ」

「どうして？」

「そのう、バナナ熱にかかっちゃうんだね。とっても恐ろしい病気なんだよ」（22–23）

「バナナ魚」とは、数多くの煩悩に迷いながらこの世に生きる凡俗の人間のことを指していることがわかる。ある日、われわれ人間は、「永遠の大海」という生命の根源から、この世という「穴へと入ってくる」、つまりこの世へと生まれてくる。この世には、美味しいもの、楽しいこと、嬉しいこと、気持ちのいいことなど、「たくさんのバナナ」が、煩悩のタネが、ある。俗に「百八煩悩」とか「八万四千煩悩」といわれるくらい、人の世の煩悩、つまり「バナナ」の数は多い。生まれてきたときは、「穴に入ってくるとき」は、われわれ人間はまだバナナの味を知らない、つまり汚れを知らない無垢な存在、「ライ麦畑」に遊ぶイノセントな存在、「ごく普通の魚」である。しかし、歳をとるにつれて、バナナ穴のなかのことがわかってくるにつれて、人は「まるでブタみたいに寝穢いふるまいをする」ようになる。ホールデンの言い方を借りるならば、「ライ麦畑から落ちてしまう」ことになる。肉欲や権力欲や所有欲、他者への怒り、仮の実在への執着、貪欲《どんよく》・瞋恚《しんに》・愚痴《ぐち》、無明《むみょう》、自己中心の考えとそれにもとづく事物への執着などの我執、「貪・瞋・癡・慢・疑・悪見」など、など、人は〝フォニー〟な欲望や心の迷いに囚われ、その虜《とりこ》となる。煩悩の虜となり、人は欲望と我執だけの存在になり果て、「バナナを食べすぎてブクブク肥っ」てしまう。永遠的な真理や人間の魂の救いなど、いっこうに気にしないどころか、そんな問題の存在すら知らなくなってしまう。キェルケゴール風にいえば「絶望」に、ハイデガー風にいえば「耽落」に陥ってしまう。われわれ「バナナ魚は二度と穴から出られなくなる」。「入り口が狭すぎて外に出られない」。

　煩悩の虜となり、欲望と我執だけの存在となった人間はどうなるか？　「バナナを食べすぎてブクブク肥ってしまい、穴から出られなくなった」人間は、どうなるか？　「死んじゃう」のだ。この場合の「死」とは、肉体的な死のことではない。現世を超えた、この世をこの世たらしめる超越的なリアリティが存在するということ、その超絶的な実相を知ることは人間の大きな解放につながるということをまったく知りえない、「俗」だけの住人となってしまうこと、それが「死」なのである。「滅びにいたる門」（マタイ伝）に入ってしまう。キェルケゴールは永遠性の意識の欠如を「絶望」と呼び、「絶望とは死にいたる病である」と言った。ここでシーモアがいう「死」とは、「絶望」という「死にいたる病」と完全に符号する。彼はそれを「バナナ熱」という名の「恐ろしい病気」と呼ぶ。

「あっ、いた！」とシビルが叫ぶ。「いたって、何が？」とシーモアが訊くと、「バナナ魚」と、シビルは調子のいい返事を返す。「口にバナナをくわえてた？」とシーモアが問うと、「くわえてた。六本」とシビル。くり返すが「six（六）」はラテン語ではsexを意味する。凡人たる「バナナ魚」は、煩悩の最大のものである「愛欲」を口にくわえ、愛欲と〝合体〟していたのだ。

浜辺にもどると、「バイ、バイ」とシビルはホテルへ駆けていった。

そしてこの日は、「バナナ魚」であったシーモアにとっては「最良の日」となることになる（白隠禅師だって歓喜のあまり号泣したのだ）。ついに「バナナ穴」から脱出できる。彼はホテルの五〇七号室にもどると、ツインベッドで午睡をとっている妻ムリエルにちらと眼をやったあと、旅行かばんの下着類のしたから七・六五口径の拳銃をとりだし、妻の寝ていないほうのツインベッドに腰をおろして、右のこめかみに銃をぶっ放して自殺することによって、ついに「バナナ穴」から出ていく。

自殺した拳銃の口径七・六五は、逆に読むと、五六七という続き番号になっている。もしかしたらこの数字は、ブッダ（釈迦、現在仏）が入滅したあと五六億七千万年後の未来に人類に救いをもたらすために姿をあらわすとされる弥勒菩薩のことを踏まえているのかもしれない。シーモアにとって、この拳銃は「弥勒菩薩」であった。さらに、五六七が本来の数字の系列であるのに、シーモアたちの泊まっている部屋の番号は五〇七となっている。六が抜けている。つまり、「六＝セックス」がない。ということは、人間の煩悩のなかでも最大のものである「愛欲」や「渇愛」から、ついにシーモアは自由になったことを、煩悩それ自体から彼が解き放たれたことを象徴している。

「存在の構造についての正しい認識を妨げている」ものは人間の「渇愛」であると、仏教は言う。「渇愛」とは、あたかも喉のかわいた者が水をもとめてやまないような、激しい欲望のいとなみを指す。つまりは、〝バナナ〟をもとめる〝バナナフィッシュ〟の欲望のことだ。「人はこの〝渇愛〟によって真理を見る眼を覆われているために、〝無常〟〝無我〟の原理を知らぬままに、〝苦〟のなかに押し留められている。それゆえ、〝苦〟からの解放は、まずはその究極の原因である〝渇愛〟を取り除きさることでなければならないであろう。ひとがよく〝渇愛〟の根を断つならば、彼は、それによって存在の本質を静かに観察することのできる最高の智慧を獲得し、もはや何ものにも動かされることのない境地に到達することができるに違いない」[6]（傍点引用者）。

シーモアは、人間の永遠につづく「苦」（＝「バナナ穴」）としての輪廻転生の輪を断ち切り、リアリティつまりは「存在の構造についての正しい認識」を得て、「真理を見る眼を覆」っていたヴェールを取り去り、「存在の本質を静かに観察することのできる最高の智慧を獲得し、もはや何ものにも動かされることのない境地に到達することができ」たらしい。仏教でいう「解脱」したのである。輪廻転生するこの生存は苦であり、その原因は無知（無明）と欲望（渇愛）にある。〝バナナ魚〟としてのシーモアは、自覚や悟りに達することによって無知と欲望からの自己の解放を経験した。仏教の理想をあらわす涅槃《ねはん》（ニルヴァーナ）という語は「吹き消された状態」を意味し、滅（ニローグ）と同義であるらしいから、いったん人生の目的たる無知と欲望からの解放に達したシーモアのなすべきことは、転廻する生存の止滅しかないことになる。だからシーモアは自殺した。彼は、よりよく生きるために死を選んだことになる。

しかし、死んでしまったら元も子もないではないか、との疑問もわく。だがそれは、渇愛を棄てがたく俗世に執着しているわれわれ〝バナナフィッシュ〟の、「負け惜しみ」なのだろうか？

あるいは、シーモアのように死んでしまわないまでも、悟りを得たあと世を棄ててしまう人間もいる。『ニューヨーク三部作』のなかの中編「鍵のかかった部屋」（"The Locked Room"）の主人公ファンショーがそうであった。

オースター「鍵のかかった部屋」

ニューヨークに住む「三文文士」のナレーター「ぼく」のところに、幼なじみのファンショーの妻ソフィー・ファンショーが訪ねてくる。ソフィーは、失踪した夫ファンショーの言いつけだからと、ファンショーの書きためた膨大な量の作品を「最大の友」である「ぼく」の「手にゆだねる」。

百編を超える詩と三編の小説と五編の一幕ものの戯曲とから成るファンショーの原稿を通読した「ぼく」は、編集者に出版の検討を依頼し、そうやって出版されるや、ファンショーの作品は読書界に大好評で迎えられた。同時に「ぼく」は、心からソフィーを愛するようになり、美しいソフィーに求愛し、結婚するにいたる。

「ぼく」は理想の女性ソフィーと結婚し、ファンショーの出版される書物から得られる莫大な印税で裕福になり、ファンショーを父とする〝我が子〟のベンとも仲がよく、数ヶ月前には思ってもいなかった幸福な人間となる。しかし、他人の才能と生活をそのまま奪って裕福で幸福な作家となることのできた「ぼく」は、自分というものがわからなくなってきた。「ぼくはまったく自分を見失ってしまった」（289）。ファンショーの書物で金持ちになり、ファンショーの妻をめとり、ファンショーの子供を我が子としているこのぼくは、何ものなのか？　それを明らかにするため、ぼくはファンショーの伝記を書くことを決意する。ソフィーが言うように、その伝記は「あの人を語るのと同じくらいにあなたを語ることになる」（290）はずだからだ。

「ぼく」は彼の作品ではなく手紙類を徹底的に調べてみた。ファンショーの過去を調べるうちに、ファンショーが自己変容をとげた最大の契機を「ぼく」は見つける。青年時代にフランスに渡ったファンショーが、デドモンというアメリカ人の知人夫婦に代わって管理人を務めていた田園地方の別荘から出された手紙に、ファンショーの変容の謎を解くすべての鍵があった。この田園地方から出したファンショーの手紙は、「書き物として、すべての他の手紙を凌駕していた」（326）。それ以前の彼の書くものと、それ以後の彼の書くものとは、はっきりとした一線を画している。彼に何かの変化が起きたにちがいない。自己のなかに永遠をとりいれる変化が、この地で彼に起きたようなのだ。人口四十人の村へと通ずる崖道、絡み合う木立や茂みに隠された礼拝堂の廃墟、エニシダ、タイム、ブナ、赤土、白い粘土、冷たい北風《ミストラル》。こういう風景のなかで一年有余を過ごすうちに、「それらはゆっくりと彼を変え、じょじょに深く自分自身のなかに彼自身の根を張るようにさせていったように思われる」（327）。この田園生活のなかでファンショーはある「個人的体験」をおこない、自己発見をすることができたらしい。

いまに残るあらゆる証拠から察するに、ファンショーはほとんど人に会うこともなく、ほとんど口を開くこともなく、つねに独りでいたように思われる。その厳格な生活が彼を鍛え、その孤独の生活が「自己」へ入りゆく通路に、自己発見の道具になってくれた。当時彼はまだ若かったけれど、この時期が作家としての彼の成熟のはじまりを画していたと、ぼくは思う。これ以降、彼の作品は可能性の萌芽を伺わせるものではなくなり、すでに達成されたもの、成就されたもの、疑いようもなく彼自身のものとなってゆく。田園で書かれた長い一連の詩（『グランド・ワーク』）にはじまり、戯曲を経て（ニューヨークで書かれた）『ネヴァーランド』にいたるまで、ファンショーはまさに満開の大輪を咲かせている。人はこれらの作品に狂気の痕跡を、彼をしてついに自分自身に背《そむ》かせるにいたった思考の兆候を、探そうとするが——これらの作品群は断じてそのようなものを示してはいない。ファンショーは疑いもなく並外れた人物ではあるが、しかしどの面から見ても彼は正気の人であり、一九七二年の秋、アメリカにもどったときは、完全に自分を把握するにいたっていたように思われる。（傍点引用者。327）

小説「鍵のかかった部屋」では、ナレーターの「ぼく」の、このフランスの田園地方におけるファンショーの生活の意味の「発見」がもっとも重要な箇所である。彼が弊履のごとく妻子を棄て、作家としての名声を棄て、予想される莫大な収入を棄てたのは、彼がフランスの田園地方において真実の自己を発見し、発見された自己を生きることを決意したからに他ならない。その自己発見は、「ガラスの都市」におけるクインのような、『雨の王ヘンダーソン』のヘンダーソンのような、「バナナ魚にとって最良の日」のシーモアのような、超絶的で永遠的な認識を「自我」の中核にすえた「自己」を発見することであった。ナレーターの「ぼく」もそれを感じていた。現実にはそれが疑いようもなく「宗教的あるいは神秘主義的な体験」(332)であることを、見抜いていた。だが、「ぼく」は、「宗教的」とか「神秘主義的」という言葉は「ぼくにとっては何の意味も有さない」という。(俗世の今の生活があまりにも快適な)自分にはファンショーの真似はできないとわかっているがゆえに、「宗教的あるいは神秘主義的な体験と呼ぶことはためらわれ」たのだった。「ぼく」はすべての人と同じように、ファンショー的な世界を予想しながらも〝バナナ穴〟に留まろうとする一介の〝バナナ魚〟でしかなかった。「ぼくは未知なるものに飛びこもうと努めたが、着地するたびにぼくの足がつくのは、よく知りぬいたものに囲まれた〝昔ながらの場所《ホーム・グランド》〟であった」(333)。

とうとう「ぼく」はフランスに渡ってファンショーの足跡をたどることを決意する。しかしフランスに渡ってファンショーの痕跡をたどればたどるほど、「ぼく」は彼となることはできないことを思い知る。「ぼく」は、「昔ながらの場所」を——愛する妻子や快適な生活などの「昔ながらの場所」を、棄てることはできなかった。「世界におけるぼくの真にいるべき場所は、どこかぼく自身を越えたところにあるようだ」(274)と理解できるが、その場所に入っていくことはできない。「ぼくの内面にある」らしいその場所は、「ぼく」には入っていくことのできない、「鍵のかかった部屋」としか思えなかった。「ぼく」は「宗教的実存」を望見しながら、きわめて居心地のいい、「よく知りぬいたものに囲まれた〝昔ながらの場所《ホーム・グランド》〟」にとどまりつづけることを選ぶ。

ファンショーはまさにぼくのいるところにいたのであり、最初からそこにいたのだ。彼からの手紙が届いて以来、ぼくは彼のことを想像しようと努め、彼がどう変わったか、そのさまを思い描こうと努力してきた――しかしぼくの精神はいつも何も思い描けない白紙であった。せいぜいが、貧弱なイメージがあるきりだ。鍵のかかった部屋のドア。それしか思い浮かばない。その部屋のなかでファンショーは独り、おそらくは生活をし、おそらくは呼吸しながら、神のみぞ知ることどもを夢想しつつ、神話的な孤独に浸っている。この部屋はぼくの頭のなかにもあることを、いまやぼくは発見した。(傍点引用者。344―345)

「ぼく」はファンショーにボストンの廃屋に呼び出され、七年後には自殺の予定だというファンショーから赤のノートブックを渡される。もちろん、その赤のノートブックには、「ガラスの都市」のクインが赤のノートブックに書きつづったのと同じことが――いまだ神に創られた人間本来の「運命」を実現していない人類に、超絶的な永遠に通じた「自己」となる「宗教的あるいは神秘主義的」な方法が記されているのであろう。ところが「ぼく」は――ノートブックに記されていることを〝生きる〟ことができないとわかっている。「ぼく」は、ニューヨーク行きの電車を待つ駅で、ノートブックを読み進めながら読んだページを丸めて一枚ずつ駅のプラットホームのゴミ箱に棄てていった。「最後の一ページを読み終えたとき」、つまりノートブックのすべてをゴミ箱に棄て終わったとき、ニューヨーク行きの「電車は出発した」(371)と、小説は終わっている。

「真理」を悟ったシーモアは自殺し、同じく「真理」を悟ったファンショーは世捨て人となり、おそらくやがて自殺するのだろう。しかし、まことに素朴な〝バナナ魚〟としてのわたしはある重要な疑問を発せざるをえない――世界のリアティを悟達し、それと一体となった「真なる自己」の意識を達成した人間は、そのままこの世界を去るか、棄てるかすべきなのだろうか？「魂の眠り」のなかに惰眠をむさぼる度しがたき「縁なき衆生」を離れるか、棄てるかすべきなのだろうか？　自殺や世捨てが、よりよく〝生きる〟ための方法であったのだろうとは思う。しかし、「死んで花実が咲くものか」との、〝バナナ魚〟としての俗人の疑問はどうしても残るのである。

反面、生涯、道をもとめて倦《う》むことのなかったトルストイは、悟達した真理を内に秘めたまま世にあって社会の一隅を照らす「還俗の僧」的な生き方こそが尊いと言っている。あるいは『走れウサギ』においてルター派教会の牧師フリッツは、人は超絶的な真理に覚醒したとき、「自分の存在自体によって周囲の人間に真なるものを感じさせ、真理の道にいざなう」（『走れウサギ』、171）ような形で生きねばならないと、エックレスに説いた。それこそが内村鑑三の言うように、われわれの「後世への最大遺物」となってくれるはずである。さらには、ブッダやイエスやマホメットなどの極端な宗教的天才なども、いまだ〝バナナ穴〟に囚われている衆生に対し、みずから到達した解放された自由な精神を説くことによって彼らを救おうとした。ブッダは、七度も解脱に達したあと二度と退転してしまうことがないようにと弟子のゴーディカが自殺したとき、「ゴーディカは完全に涅槃した。安らぎに入った」と賞讃しながらも、自身は八十歳まで〝伝道〟の生活を送る。

「真なる自己」を実現して真理を認識した人間には、生（か世）を棄てるか、その真理を生きるか、〝ふたつの生き方〟があるのだろう。そして、それは、どちらが正しいとか間違っているとかいえる問題ではないと思う。それは、仏教が大乗仏教と小乗仏教とに別れていった根本義につながる問題にちがいない。大乗仏教は自己の解脱だけを目的とするのではなく、すべての人間の平等な救済と成仏を説いたのに対し、小乗仏教はひたすら自己の解脱だけを第一とした。「小さな乗り物」という意味の小乗は、大乗側からの貶称《へんしょう》ではあろう。しかし、どちらが正しいとか間違っているとかは、普遍的なかたちでは決して断じることはできない。

でもなおかつ人間的な意味ではわれわれは、「真なる自己」を実現できたとき、生きて在ることの素晴らしさが、ただ生きているということ自体の神秘的な美しさが、しみじみと実感されるように思う。有限のこの世に在りながら永遠的な「真なる自己」の体現者として、永遠的な「いま・ここ」を生きるということの意味が実感されるように思う。だったら、なお生きつづけて、「肥っちょおばさんのために靴を磨くこと」も、人間的にはよりすばらしいと言ってもいいではないか。次に見るフラニーやトニー・ウィルヘルムのように。

三　サリンジャー「ゾーイ」——ベロー『この日をつかめ』との関連で

サリンジャー「ゾーイ」

時は一九五五年の十一月、フラニーがレストランで倒れた土曜日の翌週の月曜日、場所はニューヨークのグラス家のマンション。眼を覚ましたテレビ俳優のゾーイ（二十五歳）がシャワーを使いながらバスタブのなかで兄バディの手紙を読んでいるところから中編ははじまる。グラス家の男五人、女二人の子供たちのうち、下の二人ゾーイとフラニーの子供時代の教育は、上の二人の兄シーモアとバディが〝管理〟していた。その〝教育〟は、聖書や古代ヒンドゥー教の教典ウパニシャッド、（鈴木大拙などの）禅の解説書、大乗仏教、老子、ラーマクリシュナ（あらゆる宗教は平等で、神へいたる道がちがうだけだと説いたインドの宗教家）、エックハルト（中世のドイツの神父主義者）、キェルケゴールなどをテキストに使って、いちばん下の弟と妹に哲学的宗教的な「永遠の哲学」を教え込むものであった。自称ノイローゼ、ニューヨーク州の女子短期大学の「大学内在住作家《ライター・イン・レジデンス》」であるバディは、手紙のなかでゾーイにこう書いていた――「ドクター鈴木はどこかの本で、『悟り』という純粋意識の状態は、『光あれ』という以前の神と一体となる状態のことだと書いてるね。……シーモアとぼくは、この意識状態について何かを、あるいはすべてを知っている聖人、阿羅漢《アーハット》、菩薩などに関し、ぼくたちの知っているかぎりのことをきみたちに伝えておくのが建設的だろうと考えたんだ」（65-66）。「区別」から成る世界という現象界を超脱し、「『光あれ』という以前の神」と、つまり宇宙創造の生命原理、「エラン・ヴィタール」と「一体となった状態」、〝無境界〟の状態がいわゆる「悟り」であり、その純粋意識を自己の意識の中心にすえることによって個別の「自我」から脱し、「自分」などの区別を超えた真の普遍的な人間の意識をもつにいたる。そのことを二人の兄から学んだゾーイは、短編「ゾーイ」において、「死活問題」たる人生のその「真理」を、ともに兄二人から学んだはずの妹フラニーに解き明かすことになる。

フラニーは土曜日からほとんど何も食べないままグラス家の居間のソファに横になっていた。ゾーイが入っていくと、フラニーはギクッとして眼を覚ます。「どうして主の祈りを毎日唱えているのだい？」と切り出したゾーイにフラニーは、周囲の「インチキ臭い《フォーニー》」ことにだんだんと我慢できなくなってきたとホールデンみたいなことを言い、「なかでも最悪なのは、わたしがなんて退屈な、つまらない人間かってことが自分でわかってたことだ」と応える。

ゾーイは、「主の祈り」を唱えているフラニーもある種の宝物をこの世に蓄えようとしている行為じゃないのかと言う。「ごく自然な論理の帰着としてぼくの考えるところでは、物質的な宝物、あるいは知的な宝物に貪欲な人間と、精神的霊的な宝物に貪欲な人間とのあいだには、なんの違いもないね」（148）。フラニーは「物質的な宝物に貪欲な人間」のエゴの醜悪さを嫌悪するが、「彼らのあらわしているものではなく、彼らという人間を軽蔑して」（162）いるフラニーも、「知的な宝物に貪欲な」、エゴむき出しの醜悪な人間ではないのか。ゾーイはそう言い、フラニーが「大学で送っている自己犠牲的な、ちっぽけな殉教者まがいの生活」（傍点原著。161）を嫌っているだけだと指摘する。「きみは自分がいかにぼんやりと、いかにいい加減にしか世界を見ていないかということが、自分でわからないのかい？……きみの主の祈りとやらが三流の宗教であるだけじゃない、きみのノイローゼとやらも三流のしろものだよ。本当のノイローゼというのは、そんなものじゃない」（傍点原著。166）。どうして自分のエネルギーをもっと建設的なかたちに使わないのだ？

泣きじゃくりながら、「お願い、黙って！」（傍点原著。167）と叫ぶフラニーに対し、ゾーイは黙らない。彼は、真の「自己」を理解しそれを生きたイエスに真に学べと、じゅんじゅんと妹をさとす。

「きみはエゴ（自己）ということを言う。いいかい、エゴというのが何であるか、何でないかを本当に言うことができるのは、キリストだけだよ。それは神の世界であって、いいね、きみの世界じゃない。エゴが何であり、何でないのかを最終的に言えるのは、キリストだけなんだよ。……エゴ一般についてわめき立てるのは止したまえ。ぼくの考えではね、本当のところを言うと、世の中の半分の悪は、自分の本当のエゴを使い切れていない人間のおこなっていることだよ。……いいかい、フラニー、主の祈りを唱えるなら、少なくともそれをイエスにむかって唱えろよ。……祈るなら、イエスのことを、イエスだけを、心に思い描き、こうあってほしかったなどときみの思っているイエスにではなく、現実のイエスにむかって祈りたまえ。……イエスは、神と人間とはつながっているということを真に認識した人だったのだ。……なによりも、まずもっとも大切なことは、すべての人間がいかに愚かで、気分屋で、想像力に欠けているように見えようとも、自分のなかに、〝天の王国〟をもっている存在だということを、聖書のなかでイエス以外の誰が知っていたというのだい？　そういうことがわかるには、自分がまず神の子でなくてはならない。そういうことをどうして考えないのかい？　いいかい、フラニー、ぼくは真剣だよ。……主の祈りの目的はひとつ。ひとつだけだ。それは、それを唱える人に〝キリスト意識〟を与えることなんだよ」（傍点一部引用者。167－172）。

「イエスは、神と人間とはつながっているということを真に認識した人」であった。すべての人は、それに気づいているといないとにかかわらず、宇宙創造の生命の根源、暗在系、エラン・ヴィタールを集合的無意識として、「自分のなか」にもっている。「神と人間はつながっている」。すべての人は、永遠を、集合的無意識を、「天の王国」を、「静かの山」（『この日をつかめ』）を、自分の内部に預かっている。イエスは荒野の試練において、そのことを、「人はパンのみにて生きるにあらず」の真理を悟った。キリストとなったイエスが偉大なのは、人間の真の自己を体感し、自己の内なる永遠を、神的なものを自分のなかに取り入れることによって実現できる、万物との一体感、万物への愛によって生きろと、ひたすら説いたことにある（「エゴ（＝自己）が何であり、何でないのかを最終的に言えるのは、キリストだけなんだよ」）。イエスは「真なる自己」を、もっとも明晰なかたちで知り、それをもっとも大胆なかたちに生きた。人間は、その「キリストに倣う」ことが、自身が「神の子」となることが、「キリスト意識」をみずからがもつことが（オースターなら「神の言葉」を知ることが）、必要だ。生ぬるい人間的傲慢さに浸って、安易な「三流のノイローゼ」なんかにかかっているんじゃない。真の自己に目覚めること、それが人間としての「人生の義務」だ。ゾーイは愛する妹フラニーにそう伝えようとする。フラニーは頭を垂れてすすり泣いていた。ゾーイは居間を出ていく。

ゾーイは、かつてシーモアとバディの二人が使っていた部屋に入っていき、たっぷり二十分間、かつてのシーモアの机に座って考え事にふけり、シーモアの遺した書物や書き物を眺めていたあと、さらに一時間、考え事にふける。それからバディの机へ移り、受話器にハンカチをかぶせると、居間のフラニーに電話をした。ゾーイは、シーモアの肉親の弟子とでもいうべきバディの声色を真似て、シーモアの「言葉」をフラニーに伝えるのである。

電話を受けたフラニーは、電話の主がバディの声色をまねたゾーイであることを見やぶる。ゾーイは「主の祈り」を唱えているだけでは充分でないこと、「いまきみにできること、きみにできる唯一の宗教的なことは、行動することだよ。できることなら神に代わって行動すること。できることなら神の俳優ゾーイとなることだ」（傍点原著。198）と言う。（シーモアのように自殺したり、ファンショーのように世を棄てるのではなく、生きて、「できることなら神に代わって行動すること」だと言うのである。）

そしてゾーイは「神に代わって行動すること」の意味を、今は亡きシーモアの教えを引き合いに出して説明する。グラス家の子供七人が出演していた「驚異の豆博士」の五回目の録音のとき、ゾーイがウォーカーといっしょにスタジオに出て行こうとしたら、シーモアに靴を磨けと注意されたことがある。ゾーイは激怒した。スタジオの観客はバカだし、アナウンサーはバカだし、スポンサーもバカばかり。「そんなバカのために靴を磨くなんてイヤだ。それに靴を磨いたところで、誰も見えやしないよ」と怒るゾーイに、シーモアは「肥っちょおばさんのために靴をいつも磨くんだよ」と言う。「ぼくはシーモアが何のことを言ってるのかさっぱりわからなかったけど、シーモアの表情があまりにシーモア的な顔つきだったもんだから、靴は磨いたよ。『肥っちょおばさん』が誰のことか、一度もシーモアは教えてくれなかったけど、以来『驚異の豆博士』に出るたびに、肥っちょおばさんのために靴を磨くことは欠かさなかった」(200)。

ゾーイは「肥っちょおばさん」のイメージを想像してみる。「一日じゅうポーチに座り、朝から晩までラジオを大音響でかけっぱなしにして、油照りのなか蝿を追っている、醜いデブっちょのおばさん。身体はもう癌にむしばまれている」(同)。フラニーの思い描いた「肥っちょおばさん」もまさに同じであった。

「俳優がどこで芝居をやるものなのかは、ぼくにはどうでもいい。サマー公演ということもあるだろうし、ラジオのこともあるだろうし、テレビのこともあるだろうし、想像もつかないようなファッショナブルな服に身をかためた、この上なく栄養の行き届いた、この上なく陽に灼けた観客の見守るブロードウェイのシアターのこともあるだろう。しかし、恐ろしい秘密をきみに教えてあげよう――フラニー、聴いてるね？　シーモアのいう『肥っちょおばさん』でない人間なんて、観客のなかに一人もいないんだよ。そこにはきみのいうタッパー教授もふくまれる。教授の何十人といるいとこたちも全部そうだ。シーモアのいう『肥っちょおばさん』でない人間なんて、一人もいないんだよ。きみはそれを知らなかったのかい？　この秘密を知らなかったの？　それから、きみは――いいかい、フラニー、聴いてるね、きみはその肥っちょおばさんが誰のことか、知らないのかい？　……ああ、きみ。

いいかい、きみ。それはねえ、キリストその人なんだ。まさにキリストのことなんだよ、きみ」（傍点原著。201―202）。

人間はすべて、同じ生命の根源からこの世に生まれきて、ふたたび根源へともどっていく存在だ。「バナナ穴」というこの世に生まれ来たった「バナナ魚」は、ただの一人の例外もなく、みんな、「百八煩悩」にまみれ、我執に偏した醜い「肥っちょおばさん」である。きみはぼくであり、ぼくは彼であり、彼は「肥っちょおばさん」であり、彼も彼女も、彼らも、きみもぼくも「肥っちょおばさん」だ。すべての人はおたがい兄弟であり、おたがい姉妹なのだ。しかし、同時に、「肥っちょおばさん」たる人間は、自分の内に神を、永遠をあずかり、多くはいまだ実現されてはいないものの、宇宙的な「キリスト意識」を自己において実現できる存在でもある。「肥っちょおばさん」とはキリストなのだ。あなたが、ぼくが、彼らが、キリストなのだ。すべてが、そうなることのできる存在なのだ。仏教では、「悉皆仏性」という。人間は同じ根源から発してきた存在であるがゆえにすべて平等で同じ存在で、内に永遠性をあずかっているがゆえにすべて尊い。フラニーよ、こういう世の中に、すべての人のために「靴を磨」いて生きることが、いかばかりすばらしいことか！

電話は切れたが、フラニーは「異常なまでに美しい言葉」をまだ聴こうとするかのように、受話器を耳に当てていた。しかし彼女は、いつ受話器をおくべきか、その瞬間《とき》を知っていた。ゾーイの話がゆっくりとフラニーの心のなかに沈んでいき、「この世で人の到達できる叡知がどのくらいあるかはわからないが、そのすべての叡智がとつぜん、彼女のものとなったとき」（傍点引用者。202）、それが受話器をおくべき瞬間だ。そしてそのあとの行動がいかなるものであるべきかも、彼女は知っていた。フラニーはタバコを片づけ、ベッドのカバーを取ると、スリッパを脱いで、ベッドに横になった。「しばらくのあいだ彼女は天井に微笑みかけながら静かに横になっていて、それから夢のない深い眠りに落ちていった」(同)。(バディの声色を真似た)ゾーイの口を通して伝えられるシーモアの「言葉」――「この世で人の到達できるすべての叡知」としての〝福音〟――を聞いたフラニーは、悩みから解放された平安を得て、「夢のない深い眠りに落ちていった」のである。

シーモアは、「バナナ魚」としてのあり方に苦痛を感じ、「解脱」によってある境地に悟入した。その「神との合体」による「真なる自己」の達成の〝福音〟は、あたかも〝宗教〟のようにシーモアの死後に〝弟子〟によってフラニーに伝えられ、フラニーはその言葉によって救われ、平安としての「夢のない深い眠り」に落ちていった。量子論によって宇宙のリアリティに鋭い解明をおこなった理論物理学者のシュレディンガーは、このような魂のあり方にも深い理解を示している。

生誕と死滅、そして再生という永劫の輪廻は、バラモン教信者にとっては苦悩の源なのである。かの目標はそれに終止符を打つことであり、「解脱」によってある境地に悟入することである。それは、ウパニシャッドでは夢のない深い眠りに等しく、仏教徒においてはニルヴァーナ(涅槃)と呼ばれ、またキリスト教徒や多くの神秘主義者には〈神への悟入〉もしくは〈神との合体〉と呼ばれているものである。夢のない深い眠りとの比較には考えさせられるものがある。[7]

「魂の眠りが破られ」た〝ヘンダーソン〟はアメリカに帰国して、真の生を生きる。迷いから覚めて「夢のない深い眠りに落ちる」ことのできた〝フラニー〟はふたたび目覚めたのち、以前より深い認識のもとに生きる。彼らは生きてゆく。同じように、「真なる自己」に目覚めて生きてゆくすばらしき人間の例を、われわれは『雨の王ヘンダーソン』の著者による作品『この日をつかめ』(Saul Bellow: *Seize the Day*)に見ることができる。

ソール・ベロー『この日をつかめ』

『雨の王ヘンダーソン』の主人公ヘンダーソンが優秀な大学を卒業し、裕福な資産家で、家庭的にも恵まれた、強健な身体の偉丈夫という、「成功の夢」の代表者みたいな人物であったのに比べると、『この日をつかめ』の主人公トミー・ウィルヘルムは、仕事も家庭も家も将来もない、社会の「敗北者」である。まず大学をまともには卒業していない。ペンシルヴァニア州立大学の学生の頃、スカウトに声をかけられて青年らしい野望を燃え立たせ、大学を中退してカリフォルニアに出ると、ハリウッドのスターになるべくスクリーン・テストを受けた。テストの結果にスカウトは彼を見限ったが、両親と大喧嘩のすえ啖呵《たんか》を切って西海岸に夢を追ってきたウィルヘルムとしては、いまさらおめおめと大学に戻るわけにもいかず、七年間というもの、カリフォルニアに残って俳優になるための自分なりの努力をつづけてみた。結局自分に俳優になる才能がないと思い知って、アルバイトを転々としたあと、将来性のある会社ロジャックス社に勤めることができたものの、喧嘩別れをして辞めてしまう。おかげで、結婚した妻マーガレットとも別居。自分の人生をゆがめてしまった夫ウィルヘルムに対する復讐のためか、マーガレットは離婚を認めようとはせずに、養育費などの慰謝料を矢のように催促してくるばかりだ。オリーブという愛する女性はできたが、マーガレットが離婚を拒否しているため、オリーブと結婚することもできない。文字どおり尾羽《おは》打ち枯らしたウィルヘルムは、住む家もなく、ニューヨークのグロリアナ・ホテルに宿泊費を溜めて生活し、〝全財産〟の虎の子七〇〇ドルを、同じホテルに住む心理学カウンセラーのドクター・タムキンに託して株を買ってもらっている。

ウィルヘルムが生活している同じホテルに、彼と知り合いの二人の人間も住んでいる。一人は、いま述べたドクター・タムキン。もう一人のグロリアナ・ホテルの住人、それはほかでもない、ウィルヘルムの父親ドクター・アドラーであった。内科医学を大学で講じ、ニューヨークでも有数の臨床医として引退した父親のドクター・アドラーは「すべての人に偶像視され」(『この日をつかめ』、9頁)ながら、相当な財産家としてホテルで悠々自適の生活を送っている。地位と名誉と財産と知名度のすべてを得た、虚栄心の強い、自己満足した人間ドクター・アドラーは、地位と金のない息子ウィルヘルムを軽蔑していた。ホテルのレストランで朝食をとりながら、ウィルヘルムが窮状を訴えて、滞納したホテルの宿泊費を無心しても、父親は手をさしのべようとはしない。

ニューヨークのホテルに住むこの父子に、作家ベローは現代を代表する二つの人間タイプの両極を配置している。ひとつは、ニューヨークが代表する現代物質文明の価値を代表する、肯定的な価値の「勝ち組」ドクター・アドラーと、もうひとつは否定的な価値の「負け組」トミー・ウィルヘルム。カリフォルニアに出たときウィルヘルムが父親の姓のアドラーを棄て、ウィルヘルムという姓を選んだのも、父親、あるいは父親的な生き方、価値観から自分を隔絶したいからだった。

トミー・ウィルヘルムとその父親ドクター・アドラーをいま二つの「極端」と評したが、この二つの人間タイプは、まさにエーリッヒ・フロムのいう「〝持つ〟(to have)人間」と「〝在る〟(to be)人間」とに該当する。フロムによると、「〝持つ〟人間」とは私有財産、収入、権力、地位などを自分の存在の柱として、それらに依拠している人間、『アシスタント』のナットパールやルイス・カープのような人間のことだ。つまりは、この産業社会でももっとも支配的な価値観に生きる人間タイプということになる。このドクター・アドラー的人間にとっては、〝個人主義〟は、否定的な、すなわち「自分自身の成功のために自分の精力を投入する権利――そして義務」[8]しか意味しない。財産や地位や権力や金は、これらの人にとっては「地位の象徴であり、力の延長であり――自我の構築者」である。[9]自分の所有物が、「〝持つ〟人」にとっては、〝自己〟のすべてなのである。

ドクター・アドラーとは対照的にトミー・ウィルヘルムは、「〝在る〟人間」を代表する。そのことは小説の展開とともにおいおい明らかになってゆくのであるが、ここで前もって、ウィルヘルムの人間としての「意味」を父親との対比において述べておく。

〝在る〟存在様式においては、私たちは在ることとの二つの形を確認しなければならない。一つはデュ・マルセの所説に例示されているように〝持つ〟ことと対照をなすもので、生きていること、世界と真正に結びついていることを意味する。〝在る〟ことのもう一つの形は見えることと対照をなすもので、〝在る〟ことの語源に例示されているように（バンヴェニスト）、偽りの外観とは対照的に、人あるいは物の真の本性、真の現実に言及するものである。[10]

トミー・ウィルヘルムは、人生のどん詰まりの状態にありながらも、『アシスタント』のフランク・アルパインのように何よりも〝生きよう〟とする人間であった。「人が生きるということはこの自己を負っていくこと。……このウィルキー、あるいはトミー・ウィルヘルム、四十四歳、二児の父、ただいまはグロリアナ・ホテル在住のこの男は、自分というもの、特徴的なこの自我という重荷を、一生、背負ってゆく定めなのだ。一種の思弁的な動物たるこの存在。自分はどうして生きているのかを突きとめることができると考えているこの存在。生きて在る理由を、これまでほんとうに突きとめようなどと努力したことはないのに」（傍点引用者。35）。彼は、父親のドクター・アドラーと対照的に、「生きていること、世界と真正に結びついている」こと、そして「人あるいは物の真の本性、真の現実に」かかわっているヘンダーソン的な人物である。社会的・経済的・家庭的・肉体的な条件としてはウィルヘルムはヘンダーソンと正反対の人物であるが、人間的には彼はヘンダーソンと同一の「〝在る〟人間」なのだ。

このウィルヘルムは〝自己変容〟をとげてゆく。フロムも、「かなり多くの集団や個人が〝在る〟ことをめざして進んでいる。彼らは大多数の人々の、〝持つ〟方向を超越した新しい傾向を代表する、歴史的な意義をもつ人々である」と言っている。あるがままの「〝持つ〟人間」の状態に安穏と自己満足して安住している父親アドラーとちがって、ウィルヘルムのような「〝在る〟人間」は、「〝持つ〟方向を超越し」て、新しい状態へと変容していくことがある。拝金主義の、物質中心の価値観が横行しているように見受けられるこの時代にあって、自我の喪失から脱し、「〝持つ〟方向を超越する」ことこそが、現代の緊急の「歴史的な意義」なのだ。「〝在る〟人間」の代表のウィルヘルムも、自分のなかにそれを予感していた——「しかしウィルヘルムのなかには自分でもわかっていなくはない精神の深みがあったため、人生のなすべきこと、人生の真になすべきことは自己という独特の重荷を負い、羞恥と無力感に打ちひしがれ、呑み込んだ嗚咽を味わうことであり、それこそが人生の唯一大切なこと、至高の義務なのだということを理解しており、こういう生活を送りながら同時に自分はその人生の至高の義務を果たしつつあるんだということを、思考のなかの奥深い要素が彼に語りかけていた。おそらく過ちを犯すということがまさに彼の人生の目的であり、彼がこの世に生きているということの本質なのであろう。おそらく彼は過ちを犯し、それを悩むためにこの世に生まれてきたのであろう。金を崇拝しているだけのパールス氏や父親よりも彼は人間的に上位ではあろうけど、しかし彼らは精力的な人生を送るようもとめられている人間なのであり、それはそれで立派な人生である。彼のような、わめいて叫んで、祈って懇願して、探りまわって失態ばかり演じ、発作的衝動的に動きまわり、人生の茨《いばら》に足をとられて倒れかかる人生よりは、マシなのではないか。そして彼のほうは最後には水なす表面《おも》のしたに沈みゆく――これは過酷な人生の終末なのだろうか、それともすばらしき解放なのであろうか?」(52―53)。

「水なす表面《おも》のしたに沈みゆく」。これは、大学の二年次の途中で退学してしまったウィルヘルムが一年次に受講した「文学I」の講義のテキスト『英国散詩文集』で読んだ詩句であり、絶望的な万事窮した生活のなかで彼の念頭から去らないものであった。「こういったことに彼は昔から感動する質《たち》であったが、いまやそれらの言葉がはるかにもっと強く彼の心を打った」(10)。「水」とは、ユングによれば、無意識層のもっとも普遍的な象徴である。だから、「水なす表面《おも》のしたに沈みゆく」ことは、個人的な意識層を超えて、集合的な無意識層に「沈むゆく」ことになる。とすると、シェイクスピアの『ソネット集』から採られたこの詩句は、「深層心理学的に解釈すれば、『世界内存在』としての個体の存在制約を為す個人的無意識の領域をこえて、集合的無意識の深層を探求し、本来的自己の霊性の次元に迫ってゆく企てであると言ってよいであろう」。[11]

一般に人間の心理は、表面的な意識層と、本人も無自覚なことが多い個人の誕生以来の経験の記憶を収める個人的無意識層と、そして人類の記憶すべてを収める集合的無意識層とから成っている。意識層と無意識層との関係は、「無限の広がりという意味では無意識層は海に、そして意識層は海のまんなかに浮かぶ島に喩えることができよう」。[12]「意識は無意識と同様に、決して停滞し固定したものではなく、無意識は意識と絶えず相互に作用し合いながら存在している」ものであるから「あまりこの比喩を極端に推し進めるのは正しくない」けれど、だいたい無意識を「海」に、意識をそのなかに浮かぶ「島」に喩えてもよろしかろう。そして「島」たる意識は、夢のなかにおいて、神経症などの心の病(最初のフラニーのような「三流のノイローゼ」ではなく、ゾーイのいう「本物のノイローゼ」)において、鈴木大拙の言うように、ウィルヘルムのような激しい絶望や挫折や失意などの「個人的体験」において、あるいは「直感」や「瞑想」などによって、「海」たる無意識に「沈みゆく」ことがある。意識は無意識の層の内容を知り、自分のなかに無意識の内容を取りこむことができるのだ。暴力と死が支配しながらも根源的な生命のうずまく無意識に降りゆき、その内容を意識に取りこむとき、人は、地位の高低や頭脳の優劣や財産の多寡や肉体の美醜などが価値の基準となっている社会的な意識をはるかに超えた、普遍的な叡知と認識に到達することができる。無意識層に沈みゆくとき、人は「神の言葉」を知る。普通の意味での「自我」は、合理的な意識を自我の中心にすえることによって実現される。その具体的な形態は、われわれは第四章の「自己実現」において見てきた。しかし意識が無意識層の普遍的で永遠的な要素(ベルグソンのいう「エラン・ヴィタル」)を取りこむとき、もっと高次の「統一現象」としての自己が、トランスパーソナルな自己が、達成されうる。本書が「真の〝自己〟」と呼んでいるものは、その超自我的な(トランスパーソナルな)自己のことに他ならない。ユングは『アイオン』において、「自我《エゴ》」は意識的な要素と無意識的な要素とから成り、したがって「統一現象としての個性」は「自我」、つまり普通の意味の意識的な個性と一致するものではなくて、「自我」とは区別されるべき統一体を構成するものであると述べている。そして、存在してはいるのだけれども充分には知りえないこの統一的な個性をこそ「自己《セルフ》」と呼ぶことにしようと言っている。[13]

ヘンダーソンが「ライオンになる」という「個人的な体験によって実現した真の「自己」とは、深層心理学的にはそういうふうに説明される性質のものであった。そして人世の苦衷によってウィルヘルムが降りいたった「無意識との対話により」、彼も「魂がしだいに深化し、聖なる方向にむかっていく」経験を得る。生命の根源である無意識と触れ合うことにより、聖なる菩提知が、「光」が、得られ、聖書にいう「この命は人の光となる」ことが実現するのだ。

ウィルヘルムに、「より大きな集団」という概念が訪れる。すべての人間は、それぞれに異なる個別の集団や組織や国家や文化に属してはいるけれども、同時に、まったく同一の「より大きな集団」に属してもいる。「人類」「同じ人間」という「より大きな集団」に。ヘンダーソンが宇宙との一体感を覚知し、万物は一者であるとの認識を得たように、ウィルヘルムは、「より大きな集団」に共通に属しているすべての他者と自分との同一性を直感する。

この「より大きな集団」の考えが彼のなかに植え込まれたのは、数日前、タイムズ・スクエアでのことであった。彼はその日、土曜日の野球の試合（ポロ・グランドでのダブルヘッダー）のチケットを買いにダウンタウンに出かけた。彼は、いつにもまして大嫌いに思えるスクエアの地下の通路を歩いていた。通路の壁には、広告と広告とのあいだにチョークで、「二度と罪を犯すなかれ」とか「ブタを食うな」などの落書きが書かれている。急いでいるやら、暑いやら、暗いやらで、そこに寝転がる人間たちの鼻や眼や歯が奇怪な、不気味な、断片的なものにしか見えない暗いトンネルのなかで、とつぜん、思いもよらずに不意に、そんな不完全な、忌まわしい格好の人たちすべてに対する広い愛が、ウィルヘルムの胸のなかに湧き起ったのである。彼はホームレスの人たちを愛した。ひとり残らずすべての人を、烈しく愛した。この人たちはぼくの兄弟、ぼくの姉妹だ。ぼく自身、不完全で不気味な人間だ。でも、この燃えるような愛でこの人たちと結ばれているのであれば、人間のちがいなど、どこにある？ そして彼は歩きながら、「ああ、兄弟たちよ――わが兄弟、わが姉妹たちよ」と言い、自分自身だけでなく彼らすべてをも祝福したのだった。（傍点引用者。80－81）

ホテルのレストランを出たところでウィルヘルムはドクター・タムキンと出逢う。最後の所持金のすべてをこのタムキンに託してあるウィルヘルムは、株の相場が心配でならず、「きょうのラードの株価はどうでしょうか？」（54）と訊く。「大丈夫、大船に乗った気持ちで安心して、わたしにまかせなさい」と言うタムキンといっしょに、彼はラードの値上がりを確かめるために証券取引所へとむかった。ウィルヘルムの最後の虎の子をあずかっているこのタムキンは、世界中を旅行して、外国の王族や大富豪と知り合いで、あらゆる思想に通じ、弁舌がいかにもさわやかだ。高尚めいたことを立て板に水と話すが、しかし、どうも話がどこか胡散《うさん》臭い。ところが、観念的な理解しかないままタムキンの話す〝叡知〟が、重き自己を背負って呻吟しながら生の意味を模索するウィルヘルムには、いちいち深い感動をもって迫ってくる。

　たとえばタムキンは、証券取引所への道すがらウィルヘルムにこう語る――「わたしの場合、お金をとらずに仕事をするときがいちばん仕事ができますね。愛だけをこめて仕事をするときですよ。経済的な見返りをもとめないでね。わたしは社会的な力のあるものには、なるべく近づかないようにしているんです。とくにお金は。精神的な見返りこそがわたしのもとめるものです。人々をいま・ここに導き入れること。真実の宇宙。それはこの現在という瞬間《とき》ですよ。過去はもうわれわれにとっては修復のきかないものですし、未来は不安に満ちています。現在だけが現実《リアル》のものなんです――いま・ここが。この日をつかめ、ですよ」。(62)ホラティウスの『詩集』第一巻第一一歌の有名な句、「われらが無駄話に興じている間にも、意地悪な〝時〟は足早に逃げていく。今日一日の花を摘みとれ。明日が来るなんて、少しも当《あ》てにはできないのだから」の「今日一日の花を摘みとれ」(carpe diem)が、この小説のタイトル「この日をつかめ」(*seize the day*)になっている。これが西欧の伝統的な考え、「いま・ここを生きよ」になっているわけだし、タムキンはどこかで聞きかじったその思想をウィルヘルムに生の哲学として与えたのだろう。詐欺師めいたタムキンはどうせどこかで聞き覚えた、自分の実感や経験のなんらこもらない高尚めいた話としてしゃべったにすぎないのであろうが、ところがウィルヘルムにはこの言葉の「真実性」がズシリと胸にひびいてくるのである。

「過去から未来にむかって飴のように伸びている時間の意識は、現代人の最大の迷妄である」という意味のことを小林秀雄は述べたことがある(『考えるヒント』)し、大森荘厳も「古い伝統を持ち無数の深い感慨や感傷で彩どられてきた〝時の流れ〟は、やはり点時刻という矛盾概念とつながった空虚で無意味な観念であると言わねばならない」と断じている。[14]「時間」の経過は、ロウソクが燃えるのに似ている。ロウソクは、炎が燃えながら消えては次の炎が燃えて消え、また次の炎が燃えて消えして、間断なく持続する炎の燃焼と消滅によって「今」を燃焼している。まったく同じように「時間」も、どこかに死に絶えていた「未来」が刻一刻と生まれ変わっては「現在」となり、その「現在」は刻一刻と死に絶えては「過去」へなってゆく。「過去」とは、人間の記憶の心理的錯誤から生じた実在しない「時間」であり、「未来」とは、人間の期待や希望や恐怖の心理的投影から生じた実在しない「時間」である。そんなものは実在しない。あるのは、瞬間瞬間に、刻一刻と「在化」しては「非在化」してゆく、この非時間的な「刹那」だけである。つまり、われわれが「迷妄としての時間意識」から「現在」と呼んでいる一瞬一瞬は、この刹那刹那は、〈すべての時=永遠〉に通底している。「永遠とは、終わりも始まりもない時間の継続のことではない。永遠の今のことである。だから、わたしたちにとっての今は、アダムにとっての今であったものと、同一である。いいかえれば、今現在と当時とのあいだには差違がない」。[15]

ハイデガーは、現存在（人間）の存在の根本構造を「ツアイトリヒカイト」と呼んだ。それは、「永劫に一回きりの時（刹那）を、刻一刻、刻む」時間のありようとして、「刻時性」とでも訳すべき概念だろう。それはニーチェの達した永劫回帰思想と変わることのない、「永遠の今」の概念だ。「〝在る〟人間」が生きるとしたら、その「永遠の今」しかない。「いま・ここ」は一般に誤解されているような、「無限に引き延ばされた時間のことではない」。それは「無時間」のことである。あらゆる時間と空間とが凝縮された、非時間の「永遠」のことだ。ウィルバーは「いま・ここ」を次のように説明する。

記憶としての過去がつねに現在の体験であることがわかれば、この瞬間の後ろにある環境は崩れ去る。この現在の以前には何もなかったことが明らかになるのだ。同様に、予期としての未来がつねに現在の体験であることがわかれば、この瞬間の前にある境界は吹き飛ぶ。われわれの前後に何かがあるという重荷がすべて、突然に、即座に、完全に消え去る。この現在はもはや縁取りをされたものではなくなり、拡大されてあらゆる時間を満たすようになる。キリスト教神秘主義者はこれを〝今の姿勢《ヌンクスタンス》〟と呼ぶ。〝今の姿勢《ヌンクスタンス》〟、すなわち過ぎゆく過去が、〝今の姿勢《ヌンクスタンス》〟、すなわち過去の現在へと回帰するのだ。この現在は、リアリティの単なるスライスではない。その逆に、このいまのなかには、世界のあらゆる時間と空間とともに、すべてのコスモスがあるのである。[16]（傍点原著）

過去も、未来も、そういう意味なら現在も、実在しない。あるのは、「永遠の今」であるこの刹那だけ。刹那としての「いま・ここ」だけが、人間にとっての唯一の永遠の現実なのだ。「時」を超越した永遠の「時」なのだ。ただ今の、この瞬間に、在るということの喜びにくるまれて「在る」こと――これが、「〝在る〟人間」にとっての唯一の在るあり方であり、人生を生きることの意味のすべてだ。「〝持つ〟人間」は、過去から現在を経て未来へといたる機械的な時間のなかで、何かをなすこと、何かを達成することに、生きることの意義を見出す。それに反しフロムは、「現代のサイパネティックス的、官僚的な産業主義――その〝資本主義〟版と〝社会主義〟版とを問わず――に生きている人々は、〝持つ〟存在形態を打破して〝在る〟存在形態の部分を増大しなければならない」[17]と訴える。というのは、〝在る〟存在とは「常に成長する生の過程に幸福を見出すこと」であり、「できる限り十全に生きるということは、自分が何を達成するか、あるいはしないか、という懸念が増す機会をほとんど与えないほどの満足感をもたらすからである」[18]（傍点引用者）。自分が〝持つ〟ことといかに少なくとも、何も有さなくとも、「いま・ここ」に生きて在ることに身いっぱいの充足と喜びが感じられたら、それがつまりは生きるということのすべての意味ではなかろうか。ウィルヘルムは、タムキンの言葉に自分の魂に触れてくるものを感じた。「〝在る〟ことのすべてのあらわれにおいて、同じことが言える。愛することの、喜びの、真理を把握することの経験は、時間の中で起こるのではなく、〝いま・ここ〟で起こる。この〝いま・ここ〟は永遠である。すなわち時を超越している」。[19]「世界にはたったひとつのことしかない、それは〝現在《いま》〟。現在よ、現在よ、永遠の現在よ――大きな、長大な、著大《ちょだい》な波、生と死に満ち、明るく、美しい、巨大な波、空に天がけ、海に屹立する波。唯一現実なるもの、〝いま・ここ〟、この栄光とともに人は進まねばならぬ……」(85)。

証券取引所にむかう二人がアッパー・ブロードウェイにさしかかったとき、タムキンは「昨日、詩をひとつ書いてみました」と言って、ウィルヘルムに一編の詩を渡す。そこには、人間に内在する永遠性が、「いま在り/永劫にわたり在る汝の偉大さ」、「永遠へといたる汝の揺籃」が、「静かの山」として謳われていた。すべての人は自分のなかに永遠性をあずかっており(先に述べた「集合的無意識」がそれに当たる)、世界の超絶的な永遠性が人間のなかのこの永遠性に「働きかけている」。もしかしたらタムキンはニセモノかもしれないけれど、しかしその話の「真実」性をウィルヘルムは自分のなかに体感し、自己の真実の姿を突きつけられて、「畏怖」の念をおぼえざるをえない。

ウィルヘルムとタムキンは証券取引所へと入っていった。ライ麦は値上がりを示しているが、ラードは異動がない。昼時になったので、ウィルヘルムとタムキンはカフェテリアで昼食をとった。食後、ウィルヘルムは盲目の天才相場師をたばこ屋に連れていったため、タムキンだけひとり先に取引所に戻る。ウィルヘルムが証券取引所に戻ると、タムキンの姿が見えない。見ると、ライ麦とラードは大暴落していた! これからの全人生をかけていた虎の子の七〇〇ドルが消えてしまった。すべてを失ってしまった。ウィルヘルムは茫然自失。スッカラカンのウィルヘルムはもう破産だ。文字どおり路頭に迷った。生きのびる唯一の道は、タムキンを見つけ、何とかしてもらうことしかない。

ウィルヘルムは午後の陽の照りつけるブロードウェイに出た。人混みのなかにタムキンとおぼしき人影を追う。だが、タムキンの姿は見あたらない。それよりも、いつしかウィルヘルムは人混みに圧《お》され、流されて、葬儀のおこなわれている礼拝堂のなかへと押しやられていった。

いつしかウィルヘルムは棺のそばに立っていた。死骸はまだそれほどの老人ではない。彼はじっと死人の顔を見つめた。そのときウィルヘルムに「変化」が生じる。

少し離れたところでウィルヘルムは泣きはじめた。最初は嗚咽を漏らす感傷的な感泣《かんきゅう》であったが、やがてもっと深い感情から発する噎《むせ》び泣きへと変わっていった。彼は大声で慟哭《どうこく》した。顔はゆがみ、熱く、涙が頬を刺す。……

やがて彼は言葉とか理性とか首尾一貫性とかの域《いき》を超えていった。どうにも止まらない。彼の内部で、黒い、熱い、深い涙の源がとつぜん弾け散り、涙があふれ出て、彼の身体をゆすり、強情な頭をたわめ、肩を落とさせ、顔をゆがめ、ハンカチを握りしめる彼の両手の感覚を奪った。なんとか取り乱すまいとする努力も詮《せん》ない。咽喉に詰まった哀憐と悲嘆の大きな塊がこみ上げてきて、彼は完全に自制を失い、顔を覆って号泣しはじめた。彼は吠えるように泣いた。

……

ウィルヘルムの涙にかすんで何も見えなくなった眼に、花輪と照明が陶然と混じた。重々しい大海のような音楽が彼の耳朶《じだ》にひびいてきた。その楽の音は、涙の大いなる幸福な忘却作用によって会葬者の人群れのまんなかに身を隠している彼のなかへと流れ込んできた。彼はその音楽を聞き、悲哀よりもっと深い彼の内部のほうへと、千切《ちぎ》れちぎれの涕泣《ていきゅう》と慟哭のなか、人間の心の究極の必要の頂点へと沈んでいった。(傍点引用者。113―114)

この一節でもって小説『この日をつかめ』は終わる。主人公ウィルヘルムが見も知らぬ死人の顔を見て号泣しながら、「人間の心の究極の必要の頂点へと沈んでい」く描写でもって終わっている。「水なす表面《おも》のしたに沈みゆく」。ウィルヘルムの流す涙はつまりは「水」であり、彼は表層の意識層から、「水」の象徴する無意識層へと「沈」んでいった。いまやウィルヘルムは、挫折と絶望のどん底において、「個人的な意識層を超えて、集合的な無意識層に〝沈みゆ〟き、偏狭な自我中心の自己から解放されて「すばらしき解放」へと、「真実の魂」の真理へと、「本来的な自己の霊性の次元」へと、「人間の心の究極の必要の頂点」へと、〝沈んでい〟ったのである。彼は、「より大きな集団」に属するすべての人間との一体化としての「愛」に到達した。「人間の心」にこれ以上の「必要」はない。それは、およそ人間がこの世で到達することのできる「頂点」だ。ハックスレーは、「人間の究極の目標、人間の最終的な存在理由は、この神的な基盤を合一的に識ること――〝自己に対して死んだ〟、したがって神をいわば容《い》れる準備のできた者のみが知ることのできる認識に達する」ことにあると言った。ウィルヘルムは、まさにこの「人間の究極の目標」に達したのである。

ウィルヘルムがタイムズ・スクエアの地下の通路でホームレスなどすべての人間に感じた「広い愛」は、「より大きな集団」に属するすべての人間に対する一体化としての「愛」であった。ウィルヘルムは「より大きな集団」に属するすべての人間との一体化としての「愛」に到達し、「本来的な自己の霊性の次元」へと、「人間の心の究極の必要の頂点」へと、〝沈んでい〟って、真なる自己を確立した。

「真なる自己」を確立したからといって、尾羽打ちからし無一文、ホームレス同然の人間にすぎないのではは意味がないだろうか？　だいじょうぶ。彼はいま決意しているように、「復讐の鬼」と化した妻マーガレットとは絶対に別れ、車を売り払ってホテル代を払ってしまい、愛人のオリーブのところに駆けつける。何度か暗示されているように、父親アドラーの莫大な遺産も、いずれは（案外と早いうちに）転がり込んでくるだろう。彼はちゃんと生きてゆく。これまでよりもはるかに豊かに。マッサージなどの人為的な快適さのなかに死の恐怖をつかのま忘却して、空虚な心を自己満足でくるんでいるだけの「哀れ」な父親よりも、はるかに豊かな心をもってウィルヘルムは、生きて在ることの神秘と歓びにうち震えつつ、世界とのまったき調和裡に、永遠である「いま」を、自分のしかと立つ「ここ」において、生きつづける。大切なのは、「生活する」ことよりも「生きる」ことなのだから。

ウィルヘルムは、自己の深層なる「無制約者」「超越者」＝無意識層へと〝沈んでい〟って、人間最後のトランスパーソナルな「真なる自己」に達していった。ヘンリー・ミラーも、『心情の叡智』のなかで述べている——「目覚めた人間にとっては、人生は、いま、この瞬間、どの瞬間にでもはじまる。人生は自己が大いなる全体の一部分であると認識した瞬間にはじまり、そしてその認識において人は全的となる。制限や他との関係が多々あるなかでも、人は永遠の自己を発見し、服従と規律をもって、まったき自由のうちに動くことができるようになる」[20]（傍点引用者）。

シーモアのように「まったき自由のうち」に自殺を選ぶのではなく、ファンショーのように「まったき自由のうち」に世捨て人になるのでもなく、ヘンダーソンは新しき意識でもって祖国アメリカの妻との生活にもどり、フラニーは「夢のない深い眠り」から目覚め、ウィルヘルムは「永遠の自己」として、「いま・ここ」を生きようとする。

15

神とは〈いのち〉のこと

カート・ヴォネガット『屠殺場五号』（一九六九）

——一羽の小鳥がビリーに話しかける——「ポーティーウィート」。

カート・ヴォネガット
© Ullstein Bild/APL/JTB Photo

我が国でもっともすぐれた宗教学者とわたしの信ずる町田宗鳳は、「『宗教は人類を救いうるか』と自問自答してみれば、『やはり救い得ない』という答えしか返ってこない」[1]と断言する。それは宗教が、神、教義、教典、儀礼、聖者、僧侶、信者、教会（寺院）などに関し、それぞれに強固な「とらわれ」を持し、自分の「とらわれ」が唯一正しいものとして、他の宗教の「とらわれ」を攻撃してきたからだ。「すべての争いは、『とらわれ』からはじまる。そして、その『とらわれ』の最大供給源となっているのが、宗教にほかならないことを思えば、宗教の罪は、人間が犯した罪よりも重いかもしれない」。[2]では、どうすればよいのか。わたしも、宗教はいまの〝宗教〟であるかぎり人間の救いとはなりえないとして、「人間の心の究極の必要の頂点」としての「真なる自己」を追ってきた。町田氏の述べることも、わたしの「真なる自己」と一致する。

宗教に依存することなく、一人で神に立ち向かうことである。神とは無限生命、〈いのち〉のことにほかならない。〈いのち〉などと抽象的な存在について、もっともらしく語らないでほしいという読者もいるだろう。

では、一度でもいいから、早起きして地平線の向こうから白々と昇ってくる朝の太陽を眺めてみてほしい。〈いのち〉の形は、そこに厳然としてある。信仰の有無、人種の如何を問わず、太陽の光は燦々と大地を照らし、われわれの肉体をほのぼのと温めはじめるだろう。

〈いのち〉に生かされているという事実において、われわれは平等である。そのあまりにも平等で、あまりにも平明な体験を持つために、いかなる宗教も、どれほどの教養も必要とされていない。

無限生命である〈いのち〉の温かさを感じずに、平和を語ることこそ、偽善ではないのか。高尚な国際関係論を熱心に説く学者に会ったとき、彼の存在から、どれほどの愛情を感じられるだろうか。街頭で平和運動を繰り広げる活動家が、ときに誰よりも闘争的であるのは、なぜなのか。

それは、〈いのち〉の尊厳に、みずから一度も触れていないからである。〈いのち〉の力強い手に、みずからのちっぽけな存在をまるごとつかみとられる体験を持たないからである。

どれほど異なった思想の持ち主も、〈いのち〉においてつながっている。民族や宗教を比較するかぎり、何の共通点も見出せないとしても、同じく〈いのち〉を共有する人間であるという事実は動かしようがない。

平和を構築するのは、国連でも各国政府でもない。われわれ一人ひとりが、自身の中において、平和を構築するのが、人類が共存共栄していくための最初の一歩となる。

無限の〈いのち〉に触れて、今ここにいる自分もまた、その〈いのち〉の一しずくであることをまざまざと体感すること以外に、宗教の正しい理解はない。思えば何と長い時間、われわれは宗教という「とらわれ」の中で生きていたのであろうか。

もし宗教が、真理や正義というまことしやかな表現で「とらわれ」を説き続けるかぎり、われわれは毅然たる態度で、その宗教を踏み越えていかなくてはならない。

神には、たった一人で立ち向かえ。[1]（傍点引用者）

「神には、たった一人で立ち向かえ」とは、神的な永遠的な意識と合体することによって個別的な特定の自我を去り、「同じく〈いのち〉を共有する人間」として、すべての人間に普遍的な「真なる自己」を確立せよ、の謂いにほかならない。『この日をつかめ』のウィルヘルムは、まさに「無限の〈いのち〉に触れて、今ここにいる自分もまた、その〈いのち〉の一しずくであることをまざまざと体感」した。そして、どんなに異を唱える人がいようとも、ヴォネガットの『屠殺場五号』は、「早起きして地平線の向こうから白々と昇ってくる朝の太陽を眺め」ながら「われわれ一人ひとりが、自身の中において、平和を構築」する意識の必要性を訴えている小説なのである。われわれは、普遍的な「真なる自己」をユーモラスにフィクション化しえたすばらしき例を『屠殺場五号』に見る。

「とらわれ」からはじまる人間の営為のなかでももっとも愚かなものは、戦争であろう。小説『屠殺場五号』は、死者が十三万五千人とも伝えられる、第二次大戦中の最大規模の都市爆撃たるドレスデンの大空襲を舞台に取り上げる。さらに、人間の普遍的な営為の愚かしさを鳥瞰図《ちょうかんず》的な超絶の視点から眺めることができるよう、現在と過去と未来を自由に往き来することのできる時間浮游という、SF小説としては稚拙《ちせつ》ともいえる技法を採用し（なぜなら、時間は実在しないのだから）、さらにまた、空飛ぶ円盤による他の惑星への拉致という、これまた幼稚なSF的技法を用いて、地球人アースリングとは異なる、より永遠的で超絶的な異星人トラルファマドア星人の宇宙観を紹介する。小説の主人公ビリー・ピルグリムは、戦争中に斥候に出たドイツの森のなかではじめて時間浮游を経験し、帰国後は空飛ぶ円盤によってトラルファマドア星に拉致されるのだ。作家がビリー・ピルグリムにこんな時間浮游をさせるのは、それら時間（「時間浮游」）と空間（「トラルファマドア星への拉致」）の巡礼（ピルグリム）を通して、永遠性という聖地への「巡礼」をさせながら、人類の認識の眼を暗愚なものとしている時間と空間の三次元的な意識を超越し、聖なる永遠的な意識を読者のなかに生じさせるためであるらしい。トラルファマドア星人の世界観に触れるとき、われわれ読者は、「とらわれ」から争いを繰り返してばかりいる人類のあり方がアホらしく思えてくる。そういう新しい超俗的な意識と自己を確立したビリーは、歴史上もっとも悲惨な大規模の戦争と殺戮をくり返している二十世紀の人類にむかい、ラジオや講演を通して、キリストのように新しい〝宗教〟を説きはじめる。そしてさながらキリストのように自分の死を予言し（もっとも、時間浮游によって自分の将来をすでに何度も見ているビリーにとっては、その予言はナザレの村出身の預言者にとってよりもずっと簡単なことではあったが）、予言どおりに〝刺客〟によって暗殺されていく。かくのごとく、ヘマでドジの眼科医ビリー・ピルグリムを主人公として、ユーモラスに現代の〝福音書〟（！・）たる『屠殺場五号』は語られてゆく。

主人公のビリー・ピルグリムは第二次大戦中にドイツの森に斥候に出ているときに時間浮游を経験する。とたんにビリーは「紫色の光の死後の世界」（『屠殺場五号』、37頁）に入っていったり、「赤い光と泡立つ音」だけの誕生以前の状態に入ったり、子供時代に故郷でシャワーを浴びているところにもどったりする。そして小説のストーリーは、時間的配列に従わず、現在と思ったら過去、過去と思ったら未来、未来と思ったらまた現代と、時間と空間のなかを「ここと思えばまたあちら」と移動するビリーを追って展開する。読者はビリーとともに時間のなかをめまぐるしく往き来することにより、「過去から現代、現代から未来へと数珠繋ぎにつながる、古い時間意識」から、「時の流れ」という忘念から解放され、ビリーに代表される人間なるものの生きている姿を、客観的な超時間的な視野から眺めることになる。人間は、生きて在ることの永遠的な静かな愉悦を享受することなく、代わりに、なんと愚かなことにとらわれておたがい憎しみ合い、殺し合っていることか、と思えてくる。

しかし「時間」に呪縛されているわれわれとしては、小説の超時間的な枠組みを解体してビリーの半生を時間的な配列に戻して追ってみることにする。

ビリーは歩兵隊に所属してヨーロッパのドイツ戦線に派兵された。一九四四年、従軍牧師補のビリー・ピルグリムは、斥候の戦友二人と対戦車砲手の一人とともにドイツ軍の後方で道に迷ったとき、最初の時間浮游を経験する。対戦車砲手のローランド・ウィアリーは極端に嗜虐的な男（十八歳）で、ドジでウスノロのビリーを深く憾《うら》んでいた。しかしビリーが戦死せずにすんだのは、「ウィアリーが彼を呪い、蹴上げ、叩き、何とか前進させていたおかげ」(29)であるかもしれない。ウィアリーは自分と斥候二人を「三銃士」と称し、とかくビリーをバカにし、除け者にしていた。ところが彼ら四人はドイツ軍に見つかってしまい、斥候二人は射殺される。「そういうものだ」(So it goes)。小説では、誰か、あるいは何かが死んだとき、必ずそのあとに「そういうものだ」という短文が添えられる。「そういうものだ」という一文は、死んだ人または物に対する当事者の悲哀や慟哭がどんなに烈しいものであろうとも、「結局、すべての人間はいずれは死んでいくのが世の習い」的な、「超絶」(detachment)の意識を読者に与えてくれる。冷たく突き放しているのではない。生命はどんなに死に果てたように見えようとも、またふたたびこの世に別の形態で訪れるということを、トラルファマドア星人は知ってるし、彼らを通してビリーも知っているのだから。

ビリーたちはドイツ軍に見つかって捕虜となり、多くのアメリカ兵の捕虜たちとともに有蓋貨車でドイツの内部へと連行される。逮捕されたのはドジなビリーのせいだと信じているローランド・ウィアリーは、撃たれた足から発した壊疽《えそ》で死ぬとき、戦友のポール・ラザロに、いつかビリー・ピルグリムを殺して、自分の復讐をしてくれと頼む。時間浮游によってビリーは自分の死を「何度も見た」ことがあるので、一九七六年の二月二十三日に自分がポール・ラザロに暗殺されることはよくわかっているが。

ドレスデンに着いたアメリカ兵たちは「労働業務」につくために捕虜収容所に護送された。もともとは屠殺前の豚の一時飼育場だった平屋のコンクリート建てビルの収容所「Schlachthof-fünf(屠殺場五号)」である。

一九四五年二月十三日の夜、ドレスデンは米英の連合国軍の爆撃によって破壊される。ビリーは他のアメリカ兵や四人の守衛のドイツ兵とともに肉貯蔵室に待避した。「翌日の正午になってやっと貯蔵室から出ることができた。アメリカ兵捕虜と守衛たちが外に出てみると、空は黒煙にけぶっている。太陽は怒り狂った小さな点だった。ドレスデンは鉱物のみのひろがる月面と化していた。石も熱く焼き焦げている。一帯に住むすべての人は死に絶えていた」(153)。死者が十三万五千人とも伝えられる、第二次大戦中の最大の爆撃であるドレスデンの大空襲であった。瓦礫の山と化した市街地に命あるものはいなかった。「都市の住民は、地位や職業に関係なく、ただのひとりの例外もなく死んだと見なされた。都市のなかで動いているものは、画面についた染《し》みのように思えた。月面には生物がいてはいけないのだ」(155)。

ドレスデンの大空襲をなんとか生きのびて本国に帰還したビリーは、イリアム眼科学校の校長の娘と結婚し、眼科病院を開設する。そして一九六七年、娘バーバラの結婚式の夜に四四歳のビリーは空飛ぶ円盤に誘拐され、地球から三十億光年のかなたにあるトラルファマドア星という星に拉致される。彼は、同じく地球から拉致されてきたグラマラスなマリリン・モンローのような女優と動物園の檻に入れられ、トラルファマドア星人の見守るなかで地球人独特の生殖行為たるセックスをやらされる。そしてトラルファマドア星人から、これまで思ったこともなかった時間の意識やリアリティの実相についての説明を受けることになる。たとえば、「どうしてわたしを誘拐したのか?」と訊くビリーにトラルファマドア星人はこう答える——「じつに地球人《アースリング》的なご質問ですね、ピルグリムさん。どうしてあなたを? だったら、どうしてわたしたちが? ということにもなりますね。どうしてこの世界が? ということにも。この瞬間は、ただ在るだけなんですよ。……どうして、などはありません」(66)。

われわれは「琥珀のなかに埋め込まれたテントウ虫」さながら、「存在」のなかに埋め込まれていると、トラルファマドア星人は言う。宇宙は、なぜだかわからないがヴィットゲンシュタインのいう「最大の奇蹟」としてただ在るものであり、その誕生から消滅にいたるまですべてがすでに定められている。地球人の独特の妄想たる「自由意志」など、関わる余地もない。トラルファマドア星人は言う——

「……地球人は、どうしてこの出来事はこのような起こり方をしたのか、他の出来事を起こさせるには、あるいは避けるにはどうしたらいいのか、などと説明ばかりをもとめていますね。わたしはトラルファマドア星人ですから、時間というものを、ロッキー山脈の端から端までを眺めるような眼でもって見ているのです。時間はぜんぶ全時間なのです。……それはただ在るのです。瞬間瞬間をとってみれば、前にお話ししましたように、われわれはみんな琥珀のなかに埋め込まれた虫であることがおわかりになりますよ」(74)。

時間は実在しない。われわれ地球人の観念たる「時間」は、ベルグソンの言うように、本来分割できないはずのものを空間的に分割しただけのものであろう。すでに述べたように、あるのは「永遠の現在」だけだ。永遠的な時間や空間の意識と一体となったとき、過去・現在・未来などという時間の虚妄の分類は消え失せ、ただ世界とともに在るというかたちで「永遠の今」を生きる姿勢が実現される。作家ヴォネガットは、トラルファマドア星人の世界像を通して、トランスパーソナル心理学の説く超個我、真の〝自己〟の確立に必要な永遠的な意識をわれわれに暗示している。

世界は、なぜだかはわからないが、ただ在る。「存在の構造」は永遠に不変だ。人類《アースリング》の哲学は、古代ギリシャの昔より、どうして「無」ではなく「有」があるのかという存在論的な問題と格闘してきた。その問題自体が無意味であると、トラルファマドア星人は言う。「存在」そのものが、「言葉」では表現も把握もできない「神」なのだから。その「存在」を超えた存在である超絶的なものに触れたとき、われわれはこうやって生きて在ることのありがたさに打たれる。それは「善きもの」だ。われわれはトミー・ウィルヘルムのように、同じ根源から発したすべての生きて在るものに対する同胞的な愛に満たされる。個人的な不幸や不満や挫折や悲劇などの奥に、その向こうに、生きて在ることの悦びが脈打っている。「永遠の今」を全体として眺めやったとき、その個々の「瞬間」はいかばかり永遠的な「深さ」を有するものであり、人生とはなんと「美しい、驚くべき、深い」ものであることか。過去への郷愁や後悔にとらわれ、今を生きることの意味を知らず、将来にいたずらな希望や不安を抱いて、どうということのない人生の、〝時間〟という「起承転結」を追っているだけの地球人の人生は、いかばかり真の宇宙意識に欠けたものであることか。

戦争が終わって三年後、ビリーは「穏やかな神経性の病」を病んで退役軍人病院に入院する（ヘンダーソンも、シーモアも、フラニーも、おそらくファンショーも、「真理」を発見するにいたった人物はみんな、ノイローゼにかかっている）。ここでビリーは、ヴォネガットの『ローズウォーターさん、あなたに神のご祝福を』の主人公ローズウォーターと同室になる。

「ローズウォーターはビリーの二倍も頭はよかったが、二人とも同じようなかたちで同じような人生の危機に直面していた。二人とも、とくに戦時中の体験から、人生を無意味なものと感じていた。たとえばローズウォーターは十四歳の消防士をドイツ兵と間違えて射殺してしまった。『そういうものだ』。そしてビリーは、ヨーロッパ史上最大の虐殺、ドレスデンの大空襲を目撃していた。『そういうものだ』。そして、「二人は自分たち自身と自分たちの宇宙を再発明しようと努力していた。そのためには、（二人が共通して賛嘆する作家キルゴア・トラウトの）SF小説が大きな助けとなった」（傍点引用者。87）と記されている。新たな自己と世界像の発見によってローズウォーターは、『ローズウォーターさん、あなたに神のご祝福を』に描かれているように、自分の所有するローズウォーター郡のすべての住民たちに無料の人生相談と資金援助と激励を施すような「無償の愛の実践」をおこなうようになるし、時間と空間のなかを「巡礼」（ピルグリム）して新しい自分自身と世界観を発見したビリー・ピルグリムはその新しい世界観の宣教に奔走し、やがてイエスのようにその使命に殉ずることになる。

ローズウォーターがビリーに言う――「ドストエフスキーの『カラマーゾフの兄弟』には、人生で知るべきことのすべてが記されているけれど、でももうあの本だけでは充分じゃないんです」（87）。ここには作家ヴォネガットのすさまじいまでの自負が感じられる。たしかに『カラマーゾフの兄弟』には、「人生で知るべきことのすべてが記されて」いる。しかし、あの小説には、あのような深刻な人間の「現実」のなかにあって、いかにして人間は「自分たち自身と自分たちの宇宙を再発見」していくことができるのかについては、書かれていない。「それが書いてあるのは、この『屠殺場五号』だ」という思いがヴォネガットのなかにあったとしても、わたしはいっこうにそれを傲岸とも、悪戯《いたずら》がすぎるとも、無邪気な勘ちがいとも思わない。ロ－ズウォーターが言うように、「キルゴア・トラウトの文章はひどいものだよ。でも、彼の思想はすごい」（95）のだ。キルゴア・トラウトとは、人類に新しい真理のメッセージを伝える小説を書いているのに、それを理解されずに著作がポルノ店で売られている、ヴォネガットのいくつかの小説に登場してくるSF作家である。ヴォネガットが自分をキルゴア・トラウトに擬している「おふざけ」には、自分の真理のメッセージが世間に理解されない「深刻さ」が潜んでいる。『屠殺場五号』はまだ正確には読まれてはいない。

ビリーは入院中、担当の医者も当惑したことには、わけもなく急に泣き出すことがあった。ビリーのノイローゼの症状を治癒するつもりの精神科医もビリーの忍び泣きの意味を理解してはいなかった。彼は、『ヨブ記』に言う「私は私の起源に先んじて何であったかを知らず、死後に何であるかを知らない」この世界にあって、そのなかの一瞬、一瞬があまりにすばらしく、美しいことに、この世界のありがたさに、感泣していたのだ。「何事のおはしますかはしらねども／かたじけなさに涙こぼるる」と謳った西行法師的な感泣だ。「すべてのことはすばらしいのです。そしてすべての人は、まさにいま自分のおこなっていることをおこなうしかないのです。わたしはそのことを、トラルファマドア人から学びました」(171)。

　ビリーの婚約者の名前はヴァレンシア・マーブルといった。イリアム眼科学校の校長の娘として彼女は大金持ちであった。同時に「ひっきりなしに何か食べているため、豚みたいに肥っていた」(93)。ビリーはヴァレンシアと婚約し、結婚して、二人の子供をもうける。

　ビリーは診察室の壁に祈禱の言葉を額入りで掲げていた。「神よ、わたしの変えることのできないものを受け入れる平安と、変えることのできるものを変えてゆく勇気と、そしてその二つの違いを識別できる叡智とを、お与えください」。患者たちはこの祈禱の言葉に「生きる勇気を与えられた」(52)と言っている。これはのちにいっしょにトラルファマドアに拉致されたモンタナ・ワイルドハックの首から吊されたロケットに記されている文字でもある(181頁にその挿絵がある)。二度も作品のなかにあげてあるとは、作家ヴォネガットはこのモットーをよほど強調したかったのだろう。もっとも、このモットーが全米アル中防止協会のモットーからの借用であるところが、いかにもヴォネガットらしいが。

　トラルファマドアだって、つねに平和な星ではなく、ときには地球以上に残酷凄惨な戦争のおこなわれることもある。「存在の構造」自体が、宇宙の生物そのものが、そのように創られているのだから仕方ない。しかし、「地球人が一所懸命努力すればできるようになるかもしれないことが、ひとつあります。悲惨な時を無視し、素晴らしい時に精神を集中させるということです」(傍点引用者。101−102)。大切なのは、「変えることのできないものを受け入れる平安と、変えることのできるものを変えてゆく勇気と、そしてその二つの違いを識別できる叡智」なのである。

しかしビリーは、同時に、生命は死ぬものではないことを知っている。死を嘆き悲しむだけの人間のあり方を肉体的な激痛のように実感したビリーは、人間たちの「魂の眠り」を破らねばならないとの自分の使命感に目覚めはじめる。「時の流れ」のなかで死によって「永遠に」喪ってしまった愛する人たちを哀惜する人間たちのあり方に、そうではないんだ、生命あるものは永遠に「死なないのだ」とわからせないといけない自分の「使命」を感じはじめる。

一九六七年、娘バーバラの結婚式の夜に四十四歳のビリーは空飛ぶ円盤に誘拐される。「トラルファマドア星人はタイム・ワープを使って彼を地球から拉致したので、彼がトラルファマドア星で何年間も過ごしたとしても、地球から姿を消すのはほんの一マイクロ秒間のことだった」(22)。

一九六八年、ビリーはモントリオールの眼科学会に出席するため義父ライオネル・マーブルとともにチャーター機に乗り込んだ。やがてこの飛行機が墜落することを、ビリーだけは知っていた。飛行機はヴァーモント州のシュガー山の頂上に激突し、ビリーと副操縦士をのぞく全員が死亡した。「そういうものだ」。ビリーは頭蓋骨骨折の重傷を負ったが、意識はあり、トボガンで山を降りたあと、小さな市立の病院で高名な脳外科医の執刀による三時間にわたる手術を受け、生還した。崇拝する夫ビリーが墜落事故にあったと聞いた妻ヴァレンシアは、泣きわめきながら半狂乱になって病院まで車をぶっ飛ばし、途中で事故に遭ってしまって、飛行機事故を生きのびた夫の入院する病院の玄関前で死亡する。

「そういうものだ」。

ビリーは病院の同室のハーヴァード大学の歴史学の教授に、「すべてのことはすばらしいのです。そしてすべての人は、まさにいま自分のおこなっていることをおこなうしかないのです。わたしはそのことを、トラルファマドア星人から学びました」(171)と語る。彼は、「空飛ぶ円盤のこと、死はとるに足りぬものであること、時間の真実の性質などに関する手紙や講演の準備をおこな」(164)いはじめる。それは、人間は死なないということ、というか、死は存在しないということ、大切なのは「永遠の今」を生きる精神の姿勢であるという〝真理〟であった。それは、トランスパーソナル心理学の説く超個我、真の〝自己〟の確立に必要な永遠的な意識のことだ。インテグラル思想を提唱する現代アメリカの思想家ケン・ウィルバーが、ビリーの真理を代弁している——

……世界と自己は二つの個々の体験ではなく、ふたたび単一の体験となる。われわれはもはや波飛びをしない。存在するのはひとつの波だけであり、それがすべてだからである。……現在に抵抗しないということは、現在しか存在しないということである——はじまりもなければ、終わりもなく、前にも後ろにも何もない。記憶としての過去と期待としての未来が、両方とも現在の事実と見られるようになると、この現在をはさむ板金が崩壊する。この瞬間を取り囲む諸環境が、この瞬間へと倒れこみ、ほかにいくべきところのないこの瞬間だけが残る。……

このように、統一意識の追究がいかに難しいものかが明らかになったであろう。われわれが行おうとすることはすべてまちがっていた。すべてがすでに永遠に正しいからである。ブラフマンに対する原初の抵抗と見えたものさえ、実際にはブラフマンの一つの運動であった。ブラフマン以外何も存在しないからである。〝いま〟以外の時は、かつて存在したこともなければ、これからも存在することもない。〝いま〟から立ち去ろうとした原初の動きと見えたものも、〝いま〟の本来の運動の一つであった。本証妙修。本来の悟りは霊妙な修行である。永遠の〝いま〟は、その運動である。大洋の波は自由に岸へと押し寄せ、小石と子貝を湿らせる。[2]

ビリーは各方面に書簡を送り各地で講演をおこなって、死と時間は実在しない、生きとし生けるものは永遠に生きるという新しい世界観を広め、だんだんと有名人になっていく。

一九七六年の二月二十三日、ビリーはシカゴにあって大聴衆にむかい、トラルファマドア星での体験と「時間の真の性質」について話をし、そして自分の死が一時間後に迫ったことを語る。聴衆が抗議して騒ぎ出すと、ビリーは言う――「もしあなた方が抗議なさるのなら、もしあなた方が死を恐ろしいものだとお考えなのなら、あなた方は、今夜わたしがお話ししたことをひと言も理解なさっていないことになります」（傍点引用者。123）。ビリーが壇上から降りるとき、ポール・ラザロの高性能レザー銃の細い十字線がビリーのひたいに照準を合わせていた。「かくてビリーはしばらく死を経験する。そこは紫の光にあふれ、雑音がひびくだけの世界だった。人は誰もいない。ビリー・ピルグリムすらいない」（同）。時間浮游によって幾度も自分の死を経験しているビリーは、死の模様をテープに吹き込み、遺書や他の貴重品とともにそれをイリアム国立融資銀行の貸金庫に預けてあった。そのテープは、「わたしビリー・ピルグリムは、一九七六年の二月二十三日に死ぬことでしょうし、これまでも死んできましたし、これからも死ぬことでありましょう」（同）とはじまっている。

ビリー・ピルグリムの伝記を『屠殺場五号』という〝福音書〟に書き終えた作家ヴォネガットは、「もしビリー・ピルグリムがトラルファマドア星で学んだことが真実のことだとしても、すなわち、人間はその当座はいかに死にきっているように見えようともじつは永遠に生きる存在なのだということが真実だとしても、わたしは小躍りするほど嬉しいとは思わない。しかしながら、わたしという存在が、この瞬間、あの瞬間と訪ねまわりながら永遠を生きるものであるならば、その瞬間のじつに多くがすばらしいものであることを感謝したく思う」（9）と述べる。

　ビリーはトラルファマドアに行くことによって、つまりは「永遠」を自分のなかに取りこむことができた。永遠の相と一体となった意識でもって世界を改めて眺めやると、悲惨で残酷で愚かな行為があふれている場でありはするが、同時に、自分と同じものから発している山が、木が、石ころが、花が、他の人間が、世界そのものが、限りなく美しい、ありがたい、愛おしいものに見えてくる。町田宗鳳の言うように、「地平線の向こうから白々と昇ってくる朝の太陽」に、「無限生命の〈いのち〉の温かさ」を感じることができるようになる。超時間的な普遍の相から、スピノザの言う「永遠の相から」(Sub specie aeterni)、個別の具体的な「瞬間《とき》」を眺めるとき、世界はなんと「かたじけなさに涙こぼるる」ほどに美しいものか、こうやって生きて在るということが、ただそれだけでなんとすばらしいことなのかということがわかってくる。世界が悲惨なところであることはわかっている。人生が苦であることもわかっている。そんなことは、誰でも知っている。でも、なおかつそういう世界にあって、そういう人生を生きていても、永遠の相を意識のなかに取り入れた者の生活は、そのどこを切り取っても、まるで金太郎アメのように、生きて在る悦びがあらわれてくる。こうやって自己の「個別」と自己の外の「永遠」とが自己のなかで合体し、生きているという奇蹟にうち震えながら宇宙に佇《た》つとき、真の「自己」が完成される。自己は、永遠を、死を、自分のなかに取りこみながら、死にむかって完成してゆくものなのである。死は、ひたすら遠ざけたい恐怖の対象であることを止め、それとともにあって「いま・ここ」に十全に「在る」ためのもの、乗り越えつつともにあるものとなる。真なる自己を実現した人は、生きることの意味を知る。路傍に咲く花一輪に永遠を見て喜ぶ意識のなかに、生きて在ることの意味を感ずる。

真なる自己は、従来の自己が解体されたところに普遍的な自己として実現される。個々の人間は、個々の存在であることを止めて普遍的な人間となったとき、それぞれの「運命」である本来の自己となる。

辻邦生は、「地上に生きているということが、ただそのことだけで、ほかに較べもののないほどすばらしいことだ、と思うようになったのは、いつの頃からであろうか」と書きはじめた「樟の新緑が輝くとき」と題するエッセイのなかで、「ちょうど樟《くす》の新緑は、心のなかの太陽のように、その後、生命感の源泉となった」として、「この一回きりの生を、両腕にひしと抱き、熱烈に、本気で生きなければ、もうそれは二度と味わうことができないのだ――私は痛切にそう思った」[3]と記している。

ヨーロッパでの第二次大戦が終結した日の二日後、ビリーは他の五人のアメリカ兵といっしょに棺型をしたグリーンのワゴンで屠殺場を訪ねてみた。屠殺場に着いて五人の戦友たちが想い出の品を探しもとめに屠殺場のなかに入っていったあと、ビリーは独りワゴンに残って日向《ひなた》ぼっこをしながら昼寝をしていた。「のちにビリーはトラルファマドア星人に、人生の幸福な瞬間《とき》にだけ眼をむけ、不幸な瞬間《とき》は無視するように――永遠が見のがすことのできない美しきことどもだけを見つめるようにと、忠告を受ける。もし当時のビリーにこの種の選択ができたならば、彼の人生のなかでもっとも幸福だった瞬間《とき》として、ワゴンのうしろでの、この太陽がいっぱいの転寝《うたたね》を選んだことであろう」(168)。屍体発掘作業を終えてビリーたちが街に出たとき、木々は芽吹き、小鳥たちは声をかわし合っていた。一羽の小鳥がビリーに話しかける――「ポーティーウィート」(186)。小鳥が「話しかけ」たのである。それは、キラキラ輝く樟の大木の新緑が、退院の日に辻邦生に語りかけたことと同じであったにちがいない。地上に在る間の人間の「役割は、地上に在ることの歓びを担いつづけることなのだ」、と。まさにビリーは、「何事のおわしますかは知らねども／かたじけなさに涙こぼるる」の西行の想いでもって、「地上に在ることの歓び」に浸りつつ、小鳥の啼き声に耳かたむける――「♪ポーティーウィート♪」。

註

はじめに

1 梶田叡一『意識としての自己』、金子書房 一九九八年、55頁。
2 東浩紀『ゲーム的リアリズムの誕生——動物化するポストモダン2』、講談社現代新書 二〇〇七年、19頁。
3 トルストイ、米川正夫訳「イワン・イリッチの死」、岩波文庫、一九二八年、18頁。
4 前掲書、96頁。
5 エーリッヒ・フロム、鈴木晶訳『愛するということ』、紀伊國屋書店、一九九一年、33頁。
6 前掲書、36頁。
7 Erich Fromm: *Escape from Freedom*, Routledge (UK), 1941. 1–2頁。
8 キェルケゴール、山下秀智訳、『死にいたる病』、キェルケゴール著作全集第12巻、創元社、一九九〇年、245頁。
9 ジョナサン・カラー、富山太佳夫訳『文学理論』、岩波書店 二〇〇三年、165頁。
10 アブラハム・マズロー、上田吉一訳、『完全なる人間』、一九九八年、誠信書房、「序文」。
11 ケン・ウィルバー、岡野守也訳、『万物の理論』、二〇〇二年、トランスビュー、28頁。
12 諸冨義彦『トランスパーソナル心理学入門』、講談社現代新書、一九九九年、40頁。
13 丸山圭三郎『言葉と無意識』、講談社現代新書 一九八七年、194頁。
14 「イワン・イリッチの死」、101–102頁。
15 『トランスパーソナル心理学入門』、40–41頁。
16 河合隼雄『無意識の構造』、中公新書、一九七七年、148頁。
17 町田宗鳳『なぜ宗教は平和を妨げるのか』、講談社＋α新書、二〇〇四年、211頁。

第一章

1 リースマン、加藤秀俊訳、『孤独な群衆』、みすず書房、一九六四年、16頁。
2 同前、17頁。
3 新訳聖書『ルカによる福音書』、第8章27–33節。

1

『もう一つの国』原典——James Baldwin: *Another Country*, The Dial Press, New York, 1962.
（原典からの引用は、すべて筒井訳による。以下同）

4 ロロ・メイ、小野泰博訳、『失われし自我を求めて』、誠信書房、一九七〇年、4頁。

5 エーリッヒ・フロム、鈴木晶訳、『愛するということ』紀伊國屋書店、一九九一年、88頁。

2

『裸者と死者』原典——Norman Mailer: *The Naked and the Dead*, Henry Holt and Company, New York, 1976.

1 ロロ・メイ、小野泰博訳、『失われし自我を求めて』、一九七〇年、53–54頁。

2 C・W・ミルズ、鵜飼信成・綿貫譲治訳、『パワーエリート』、東大出版会、一九六九年、10頁。

3 浜本隆志『魔女とカルトのドイツ史』講談社現代新書、二〇〇四年、149頁。

3

『乳房になった男』原典——Philip Roth: *The Breast*, A Division of Random House, Inc., 1972.

1 桜井哲夫『フーコー』講談社選書メティエ、二〇〇一年、163頁。

2 ロロ・メイ『失われし自我を求めて』、一九七〇年、304頁。

3 酒井潔『自我の哲学史』講談社現代新書、二〇〇五年、142–143頁。

4 前掲書、145頁。

5 ピエール・レヴィ『ヴァーチャルとは何か?』米山優訳、昭和堂、二〇〇六年、iv頁。

6 世界文学大系『リルケ』、筑摩書房、一九五九年、「新詩集」中の「アポロのトルソ」、大山定一訳。

4

「幽霊たち」原典——Paul Auster: “Ghosts” in *The New York Trilogy*, Penguin Books, 1987.

1 古東哲明『〈在る〉ことの不思議』、勁草書房、一九九二年、252頁。

2 前掲書、255頁。

3　梶田叡一『意識としての自己――自己意識研究序説』、金子書房、一九九八年、73頁。

第二章

1　ロロ・メイ、小野泰博訳、『失われし自我を求めて』、一九七〇年、146頁。

5

『ライ麦畑でつかまえて』原典――J.D. Salinger: *The Catcher in the Rye*, Penguin Books, 1951.

2　アブラハム・マズロー、上田吉一訳、『完全なる人間―魂の目指すもの』、誠信書房、一九六四年、96頁。

3　志賀直哉『暗夜行路』、新潮文庫、一九九〇年、503-504頁。

4　サルトル、白井浩司訳、『嘔吐』、人文書院、一九五一年、9頁。

5　辻邦生『生きて愛するために』、メタローグ、一九九四年、124-125頁。

6

『ティファニーで朝食を』原典――Truman Capote: *Breakfast at Tiffany's*, Penguin Books, 1958.

7

『走れウサギ』原典――John Updike: *Rabbit, Run*, Penguin Books, 1964.

1　ロロ・メイ、小野泰博訳、『失われし自我を求めて』、一九七〇年、12-13頁。

第三章

1　鑪幹八郎『アイデンティティの心理学』講談社現代新書、一九九〇年、61-62頁。

8

『ガープの世界』原典――John Irving: *The World According to Garp*, Pocket Books, 1978.

2　古東哲明『ハイデガー＝存在神秘の哲学』、講談社現代新書、二〇〇二年、110頁。

9

『アシスタント』原典――Bernard Malamud: *The Assistant*, Perennial Classics, 1957.

1 エーリッヒ・フロム、鈴木晶訳、『愛するということ』、紀伊國屋書店、一九九一年、131頁。
2 新宮一成『ラカンの精神分析』、講談社現代新書、一九九五年、294頁。
3 エーリッヒ・フロム、鈴木晶訳、『愛するということ』、一九九一年、48頁。
4 前掲書、71頁。
5 前掲書、42-46頁。
6 辻邦生『生きて愛するために』、メタローグ、一九九四年、105頁。
7 ロロ・メイ、小野泰博訳、『失われし自我を求めて』、一九七〇年、271-272頁。

10

『見えない人間』原典――Ralph Ellison: *Invisible Man*, Penguin Books, 1952.

1 三田誠広『僕って何』、角川文庫、一九八八年、3-4頁。
2 サルトル、伊吹武彦訳、『実存主義とは何か』人文書院、一九五五年、42頁。
3 前掲書、80頁。

第四章

1 瀬住光子『道元』、〈シリーズ・哲学のエッセンス〉、NHK出版、二〇〇五年、99頁。
2 サルトル、伊吹武彦他訳、『実存主義とは何か』、人文書院、一九五五年、81頁。
3 Norman Mailer: "The White Negro" in *Advertisements for Myself*, Harvard University Press, 1992. 341頁。
4 古東哲明『〈在る〉ことの不思議』、勁草書房、一九九二年、263頁。
5 ヤスパース『哲学』、中央公論社「世界の名著」七五巻、山本信・責任編集『ヤスパース・マルセル』、一九八〇年、65-66頁。
6 西田幾多郎『善の研究』、岩波文庫、103頁。

11

『競売ナンバー49の叫び』原典——Thomas Pynchon: *The Crying of Lot 49*, Harper & Row Publishers, New York, 1966.

1 ショーペンハウアー、西尾幹二訳、『意志と表象としての世界Ⅰ』、中公クラッシックス、二〇〇四年、5頁。

2 ミルチェ・エリアーデ、風間敏夫訳、『聖と俗』、法政大学出版局、一九六九年、3–4頁。

3 Kerry Grant: *A Companion to The Crying of Lot 49*, The University of Georgia Press, 1994. 45頁。

12

「善人はなかなかいない」原典——Flannery O'Connor: "A Good Man Is Hard to Find" in *A Good Man Is Hard to Find*, Farrar, Straus and Giroux, 1955.

『賢い血』原典——Flannery O'Connor: *Wise Blood*, Harcourt, Brace and Company, New York, 1949.

1 古東哲明『他界からのまなざし——臨生の思想』、講談社選書メチエ、二〇〇五年、6頁。

2 前掲書、8頁。

3 前掲書、132頁。

4 遠藤周作『深い河』、講談社文庫、一九九六年、198頁。

5 前掲書、310頁。

6 前掲書、191頁。

7 前掲書、200頁。

13

『雨の王ヘンダーソン』原典——Saul Bellow: *Henderson the Rain King*, Penguin Books, 1959.

1 諸冨祥彦『トランスパーソナル心理学入門』、講談社現代新書、一九九九年、40–41頁。

2 鈴木大拙『禅とは何か』、角川ソフィア文庫、一九五四年、94–95頁。

3 ドストエフスキー、江口卓訳、『罪と罰』下巻、岩波文庫、二〇〇〇年、359–360頁。

4 量子力学など「人類の大きなパラダイム・システム」に関する情報は、ケン・ウィルバーの『無境界』（平河出版）と『インテグラル・スピリチュアリティ』（春秋社）や、もっと平易な解説書の天花司朗の『ここまで来た「あの世」の科学——魂、輪廻転生、宇宙の仕組みを解明する』（祥伝社）や『未来を開く「あの世」の科学』（祥伝社）その他に拠った。

5 エルヴィン・シュレーディンガー『わが世界観』、ちくま学芸文庫、二〇〇五年、101–102頁。

6 新約聖書「ヨハネによる福音書」第一章第一節。

7 エマソン「大霊論」。

8 服部正明『古代インドの神秘思想』、講談社学術文庫、二〇〇五年、14頁。

9 西平直『魂のアイデンティティ』、金子書房、一九九八年、125頁。

10 ケン・ウィルバー、吉福伸逸訳、『無境界』、平河出版、一九八六年、88頁。

11 西田幾多郎『善の研究』、岩波文庫、一九五〇年、103頁。

12 諸冨祥彦、『トランスパーソナル心理学入門』、一九九九年、108頁。

13 ヤスパース『哲学』、中央公論社「世界の名著」75巻、山本信・責任編集『ヤスパース・マルセル』、65–66頁。

14 西平直『魂のアイデンティティ』、金子書房、一九九八年、125頁。

15 Aldous Huxley: *The Perennial Philosophy*, Chatto & Windus, 1946. 29頁。

14

「バナナ魚に最適の日」原典——J.D. Salinger: "A Perfect Day for Bananafish" in *Nine Stories*, Little, Brown and Company, 1953.

「鍵のかかった部屋」原典——Paul Auster: "The Locked Room" in *The New York Trilogy*, Penguin Books, 1987.

「フラニー」と「ゾーイ」原典——J.D. Salinger: *Franny and Zooey*, Little, Brown Books, 1961.

「ガラスの都市」原典——Paul Auster: "City of Glass" in *The New York Trilogy*, Penguin Books, 1987.

『この日をつかめ』原典——Saul Bellow: *Seize the Day*, Penguin Books, 1984.

1 丸山圭三郎『言葉と無意識』、講談社現代新書、二〇〇一年、20–21頁。

2 前掲書、75頁。

3 前掲書、157頁。

4 鎌田茂雄『禅とはなにか』講談社学術文庫、一九七九年、22頁。

5 直木公彦『白隠禅師——健康法と逸話』日本教文社、一九七五年、29頁。

6 上山春平・梶山雄一編、『仏教の思想』、中公新書、一九七四年、119頁。

7 エルヴィン・シュレーディンガー『わが世界観』、橋本芳契＝監修、ちくま学芸文庫、二〇〇五年、217頁。

8 エーリッヒ・フロム『生きるということ』、佐野哲郎訳、紀伊國屋書店、一九七七年、106頁。
9 前掲書、107頁。
10 前掲書、46-47頁。
11 湯浅泰雄『ユングとキリスト教』人文書院、256-266頁。
12 前掲書、175頁。
13 C.G. Jung: *The Development of Personality*, Bollingen Series XX′ 51頁。
14 大森荘蔵『時間と存在』青土社、一九九四年、46頁。
15 古東哲明『「在る」ことの不思議』、勁草書房、一九九二年、226頁。
16 ケン・ウィルバー、吉福伸逸訳、『無境界』、平河出版社、一九八六年、123頁。
17 フロム『生きるということ』、230頁。
18 前掲書、176頁。
19 前掲書、176頁。
20 Henry Miller: *The Wisdom of the Heart*, New Directions Paperback, 1941. 39頁。

15

『屠殺場五号』原典――Kurt Vonnegut, Jr.: *Slaughterhouse-Five, or The Children's Crusade*, Jonathan Cape, 1969.

1 町田宗鳳『なぜ宗教は平和を妨げるのか』、講談社＋α新書、二〇〇四年、210頁。
2 ケン・ウィルバー、吉福伸逸訳、『無境界』、平河出版社、一九八六年、269-270頁。
3 辻邦生『生きて愛するために』、メタローグ、一九九四年、8-9頁。

あとがき

死は存在しないとわかったとき

どんな組織にも属さず、どんな宗教を信奉しなくとも、「自己」は自己だけを信頼し、自己だけに従って正しく生きることができる。どうして人間はそんなにも強固なる「自己信頼」をいだいて生きることができるのか？　エマソンは、評論「自己信頼」（“Self-Reliance”）のなかで、そのゆえんを問い、次のように論じている。

このように問うとき、われわれはあの普遍の根源へと――われわれが「自発的直感」とか「本能」と呼んでいる、天才の資質や善なる行為や生命などの本質的根源へと立ちいたる。この原初の叡智を「直感」（intuitions）と呼ぶならば、社会によって教え込まれる智慧は「間感」（tuitions）でしかない。この深い根源的な力のなかに――理性の分析では突き詰めることのできないこの最終の真実のなかに、森羅万象は共通の起源を有している。というのも、われわれが独りいる静かな時、どういうふうにしてかは分からないけれども魂のなかに自然と湧いてくる、わたしは生きて在るのだという意識は、存在物、空間、光、人間などと異なるものではなく、それらと一体を成しているものであり、生命や存在が発するのとまったく同じ根源から発しているものである。最初からわれわれは、万物が存在するゆえんたる「いのち」を共有しているのに、そのあと万物を、世界のなかにおける自己と異質の現象界と見なしてしまい、そして、われわれの存在自体が万物と同じ根源を有するということを忘れてしまう。しかし、この「いのち」にこそ、あらゆる真なる行為と信仰の源がある。ここにこそ、人間に叡知をあたえる「霊感」の根源があり、これを否定することは不敬虔や無神論のそしりを免れない。われわれは大いなる「知」の懐《ふところ》に休らい、その真理性を自分の存在に受け、その働きを自分の存在の基としている。

われわれを含めた世界そのもの、世界のすべての存在物は、同じ普遍的な根源たる「いのち」から発したものであり、その「いのち」との触れ合いからのみ、人間の真の行為や思考や叡智は生まれてくる。エマソン自身が「日記」のなかで述べているように、エマソンの評論や講演のすべてがこの認識のバリエーションでしかない。そしてわたしは、エマソンの認識が同時代のホイットマンから現代まで、脈々とアメリカ文学の奔流として流れていることを、本書で確かめたつもりでいる。「真なる自己」とは、エマソンの言う「自己信頼」の別名なのだ。

過去とか未来とかの時間など実在しない。時間とは、もしあるものならば、永遠が開示されるこの瞬間瞬間のことでしかない。われわれは、永遠の「いま・ここ」に、「生きて在る」ことの悦びに満たされながら在りつづければいい。それが「生きる」ということ。わたしは彼であり、彼はアフリカにいる、見たこともないある人である。あなたはあの樹であり、あの山であり、そしてわたしでもある。すべては同じ根源から発し、つかの間、この世に〝現象〟として在って、そしてまた根源へと還っていく。そしてふたたび、この不可思議な世界へ存在物として戻ってくるかもしれない。そんなこと、わからないし、それはどうでもいい。それはそのときのこと。すばらしいのは、言辞を超えてすばらしいのは、いま、ここに、こうして在ること。生きとし生けるもの、在りとし在るものすべてに、なにやらぬ〝共鳴〟を感じながら（人間的な、あるいは霊的な懐しさを感じながら）、ともに在ること。

このことは、最近の科学も実証している。量子論の基礎を築き分子生物学への道を拓いた、二十世紀の天才理論物理学者シュレディンガーも、『わが世界観』の第四章で言及している——「自己」は、永遠的な意識と合体することによって、真なる普遍的な「自己」として存在する。永遠的な意識を自己の意識としたとき、「自己」は自己のうちに不滅なるものを直感する。だから「自己」は、「私の死によって消滅」したりはしない。世界は「自己」の表象として存在するものであるから、この世に在るかぎりは、世界は「私とともに」存在しているものかもしれない。だが、「私の肉体が死」ぬとき、「自己」はそれまで自己の表象でしかなかった世界の普遍の実在リアリティのもとへと回帰していく。だから、断じて「世界は、私の肉体の死によって消滅」したりはしない。なぜなら「世界」とは、永遠の「いのち」なのだから。（「神」と呼ばれてきたものは、その「世界」のことなのだから。）

そしてそのことは、わたしが恩師大橋健三郎先生のご指導で〝専門〟とすることになったアメリカ文学から、そして自分の人生から、学んだことである。かつてソクラテスが「人生の目的は自分の魂の世話をすること」と言い、ヘンリー・ミラーが同じことをもっと卑俗な表現でもって「人生の意味は、人生を知ること」と言ったことがある。わたしは最近、少しずつ人生の意味とか目的なるものが見えはじめてきたような気がする。そのことをわたしは、おぼつかない筆で、現代のアメリカ文学に即し、あとづけてみた。言いたいことは、ぜんぶ書いた。もうこれ以上言うべきことはない。永遠の「いま」を生きるということは、いつ何時、その「瞬間」が切断されても、「早世」とか「長生」とかはありえないということ（なぜなら死は存在しないとわかったのだから）。永遠の「いま」は金太郎飴のように、そのすべてが等質で、詰まっている。「未来」に対する不安や恐怖、「過去」に対する悔恨はありえない。

かつて、わたしは南雲堂の原信雄さんに、「自分のアリバイを明確にする」よう慫慂されて、『ヘンリー・ミラーとその世界』を書いた。そして、その延長線上にあるこの原稿を書きおえたとき、アップダイク描く〝ウサギ〟のような〝生命力〟をいつも発散させている南雲一範社長が出版を快諾してくださった。本書において、自分の〝アリバイ〟を明確にしえた思いでいる。生涯あまり善いことはおこなってこなかったわたしだが、〝無罪〟証明くらいにはなってくれるだろうか。南雲社長と原さんには尽きない感謝をおぼえる。

二〇〇九年秋　府中の寓居にて

筒井正明

著者について

筒井正明（つつい　まさあき）

昭和十八年東京都に生まれ、大分県で育つ。東京大学文学部卒業、同大学大学院文学研究科修士課程修了。東京大学文学部英文学科助手、中央大学法学部助教授を経て、現在明治学院大学文学部英文学科教授。

著書に『ヘンリー・ミラーとその世界』（南雲堂）など。訳書にヘンリー・ミラー『梯子の下の微笑』（新潮社）、キングスリー・ウィッドマー『ヘンリー・ミラー』（北星堂）、アルフレッド・ペルレス『我が友ヘンリー・ミラー』（立風書房）、ポール・ストレイザン『地獄の季節――ランボーが死んだ日』、ウラジミール・ナボコフ『道化師をごらん』（立風書房）、ジェイ・マキナニー『ランサム』（新潮社）、アルフレッド・ケイジン『ニューヨークのユダヤ人』（共訳、岩波書店）、アダム・ザミンザード『サイラス・サイラス』（トレヴィル社）、ジョン・アーヴィング『ガープの世界』（サンリオ出版、新潮文庫）他多数。

真《しん》なる自己《じこ》を索《もと》めて　現代アメリカ文学を読む

二〇〇九年十一月二十四日　第一刷発行

著　者　筒井正明
発行者　南雲一範
装幀者　岡孝治
発行所　株式会社南雲堂
東京都新宿区山吹町三六一　郵便番号一六二-〇八〇一
電話　東京（〇三）三二六八-二三八四
振替口座　東京〇〇一六〇-〇-四六八六三
ファクシミリ　（〇三）三二六〇-五四二五
印刷所　壮光舎
製本所　長山製本

乱丁・落丁本は、小社通販係宛御送付下さい。
送料小社負担にて御取替えいたします。
<IB-309><検印廃止>

ISBN978-4-523-29309-5　C 3098